魅丽文化 花火工作室

画中美人

寒菽 著

2

江苏凤凰文艺出版社
JIANGSU PHOENIX LITERATURE AND
ART PUBLISHING

图书在版编目（CIP）数据

袖中美人．2 / 寒菽著．-- 南京：江苏凤凰文艺出版社，2022.7

ISBN 978-7-5594-6708-9

Ⅰ．①袖… Ⅱ．①寒… Ⅲ．①长篇小说－中国－当代 Ⅳ．①I247.5

中国版本图书馆CIP数据核字(2022)第048490号

袖中美人．2

寒菽 著

出版统筹 曾英姿

责任编辑 张 倩

特约编辑 唐 慧

装帧设计 李 娟

出版发行 江苏凤凰文艺出版社

南京市中央路165号，邮编：210009

网　　址 http://www.jswenyi.com

印　　刷 人民今典印务有限公司

开　　本 880mm×1230mm 1/32

印　　张 10

字　　数 327千字

版　　次 2022年7月第1版

印　　次 2022年7月第1次印刷

书　　号 ISBN 978-7-5594-6708-9

定　　价 45.00元

目 录

CONTENTS

第八章
三千宠爱
· 001 ·

第九章
偷天换日
· 033 ·

第十章
姐弟重逢
· 073 ·

第十一章
血浓于水
· 113 ·

第十二章
旧恨新仇
· 144 ·

目　录

C O N T E N T S

第十三章
齐心一致
· 172 ·

第十四章
云谲波诡
· 208 ·

第十五章
凤凰还巢
· 243 ·

番外一
· 296 ·

番外二
· 309 ·

【第八章】·三千宠爱

九月初三。

这是怀袖回宫最近的一个好日子，皇帝便定在这一日举办皇贵妃册封典礼。

当日，怀袖睡到最后一刻才起身。萧叡特意交代了下头，贵妃身子重，为了不动胎气，许多三跪九拜的礼节能省则省。

除却最后去慈安宫向太皇太后行六肃三跪三拜礼，怀袖小半日下来几乎没怎么屈过膝盖。到了慈安宫，才刚跪下，拜了一下，太皇太后便命嬷嬷把她扶起来，准她免礼。

太皇太后把怀袖叫到跟前，还赐了一张铺了软垫的椅子给她："别跪了。坐下说话吧。你肚子里揣着龙种，要是动了胎气就不好了。"

太皇太后无心与怀袖亲热，给面子地客套了数句，便打发她走了。怀袖行礼告退，乘上小轿回蘅芜殿。

翌日。

四妃九嫔前来拜见新晋的皇贵妃。

秋日肃杀的天气，蘅芜殿夹道两旁却摆满了鲜花。这座宫殿才刚翻新，比其他几座宫殿更华丽，金碧辉煌，美轮美奂。

崔贵妃自认这一刻自己的品阶虽不如皇贵妃，却是其他妃子的头头儿。她站在最前面，穿上自己最美的一身裙子，戴上最贵重的一套首饰，拾掇得光彩照人。

她也是头一回见这位半道儿杀出来的皇贵妃。这位平民出身的皇贵妃又无母族依靠，就算母凭子贵，也应当要对她们这些世家贵女折下身段结交才是。

没承想竟还将她们晾在殿外，足等了一盏茶的时间，才让她们谒见。

崔贵妃一跨进门，先是看见了一个高居上座的女子身影，依稀有点儿眼熟，却没立即记起在哪儿见过。

女子生得极美，相貌并不幼稚，身段窈窕，妆容映丽。一身玉裹金妆，琳琅环佩。大殿的琉璃瓦上照下一束浅金色的光，落在女子的身上，真如神女下凡一般熠熠生辉。叫崔贵妃看愣了。

她眯了眯眼睛，仍未看清。

但皇上她能看清，正伴在皇贵妃身旁，扶着她的手，举止亲昵。

崔贵妃端正规矩地跪下："拜见皇上。"

她心里不舒服，本来若只有皇贵妃在，不一定要行跪拜之礼，福身一下也就过去了。

萧叡道："平身。"

崔贵妃才要起身，却听见上首那个女子颐指气使地说道："陛下，我口渴了，您给我倒杯水吧。"

崔贵妃吓了一跳，膝盖一软，又跪了回去。

这个女人怎敢如此说话？居然敢指使皇上给她倒水，她可从不敢在皇上面前如此放肆。

结果皇上还真的亲手为她倒了一杯水，细微的汩汩水声让在场别的嫔妃都胆战心惊。

崔贵妃不禁更恭敬了几分，又福了福身："见过皇贵妃。"

秦月正面望向她，微微转了下身子，落在她脸颊上的光终于倾斜到她身后，叫人能看清她的脸了。

秦月莞尔一笑："崔贵妃，别来无恙。"

崔贵妃终于认出皇贵妃是谁，霎时间脸色雪白，吓得指尖发颤。

她最怕鬼，登时吓得魂都要飞了，还想自己是不是在做梦。若说是做梦，这个梦也太离奇了。

莫说是崔贵妃，就算是不怕鬼的其他妃嫔，前来蘅芜殿拜见皇贵妃时也都大吃一惊。当初她们猜测怀袖死了……如今看来压根儿没死，也不是被厌弃，而是被皇上送出宫去改头换面，而今怀了龙种再接回来，顺理成章地册封为皇贵妃。

大家都只知道她叫怀袖，谁也不知道她本名姓"秦"。

皇上这一番操作可真是煞费苦心，就算当初怀袖是尚宫时，他想封，谁能拦得住？但当初若直接封妃，异议太大，且名声多少不大好听。

瞧，像如今这样，送出去转一圈儿，换个名字再接回来，就算人还是这个人，名义却不同。皇上说这是民女秦氏，谁敢说她是尚宫怀袖？

皇上指鹿为马，那大家只能一起装瞎子。

宴席上，怀袖高居上首，皇上非常给她面子，特意坐在她身边。

下面的后宫嫔妃、高官命妇纷纷入座，心思各异。

崔贵妃忍不住去看当初因为戳破怀袖跟皇上私情而被贬斥的何嫔。她倒是能装，依然一副淡然的模样，还能笑着送礼祝贺，像是从没得罪过怀袖似的，耐心十足。

崔贵妃又四下打量，一边看一边想，听闻怀袖……不，皇贵妃父母双亡，幼时才被卖入宫中当宫女，果然没见有她的亲属在席。

这顿饭吃得还算喜气，人人都满口“恭喜”，还要祝皇贵妃一举得皇子呢。

当这后宫之中有第一个女人怀孕之后，她们便无比深刻地明白，别管嫁人之前你在家是怎样的娇娇女，多受父母兄弟宠爱，家中如何有权势，生不出孩子就是比不上能生的。

越想越叫人嫉妒生气，她们又不是真不能生，是皇上不乐意踏足她们的院子，只有一个人怎么生？再说了，皇上与皇贵妃好了那么久才怀上，也不算什么吧？

如今，后宫的妃子们随便拎一个出来，家世都比怀袖好，谁能真服气她？若是她跟以前当尚宫时一样滴水不漏也就罢了，但这个怀袖摇身一变成皇贵妃以后看着狂得很，谁都不放眼里，委实让人看不惯。

宴席之后，怀袖又招待嫔妃在院子里赏花。

崔贵妃心想：显摆什么呢？小家子气，不就是几朵花儿吗？皇上把暖室的花儿借给你摆两日而已，我也能去要。

怀袖客气地说：“在座之中，我最年长，大家便称我一声‘姐姐’吧。这些花儿妹妹们看着哪朵好的，若是喜欢，拿去便是。”

崔贵妃：“呃……”

皇贵妃让她们挑，大家都拿捏不准怀袖这葫芦里卖的什么药，也没人敢要，最后还是怀袖主动分送。

宫中后妃交际得礼尚往来，单凭那点儿俸禄肯定不够，这日送的贺礼堆满一个屋子，大家都是千金，家里有支援，拿一份厚礼出来并不算难。

眼下该轮到怀袖给见面礼了，便有人想等着看笑话，又想皇上必不会袖手旁观，不知道会帮她准备什么礼物，反正大家都能赚到。

却见怀袖不紧不慢，每个妃子都依循分位尊卑，多则一套头面，少则一件首饰，最低的也拿到了一支镯子、簪子什么的。既雅致也贵重，足够充面子了。

怀袖被这一群莺莺燕燕的女人围着，扎在这香粉堆上，一个两个还好，人多了，就香得有些过分了，叫人有点儿头晕。

“我瞧姐姐这孕相，必能生个皇子。”

“当初我见我娘怀孕时可被折腾得够呛，姐姐福气好，必是一个乖巧伶俐的小皇子。”

“是了，是了。我见姐姐还喜酸，绝对是个小皇子。”

有真心想攀上皇贵妃而阿谀奉承的，也有不怀好意的，想故意把她架得高，让她得意膨胀，万一到时候生了个公主，那才叫下不来台。

这边一团和气，亲亲热热，像是恨不得立即手拉手义结金兰。

何嫔一直冷眼看着，没说话，这时冷不丁阴阳怪气地说道：“你们说得这样信誓旦旦，若是让皇贵妃娘娘期待过甚，心思抑郁怎么办？”

蒋德妃闻言，立即辩驳：“大好的日子，你说这种丧气话做甚？难不成你是在咒皇贵妃生公主不成？”

何嫔笑了一声：“我可没那么说，是你说的。我与你们不同，我可不光是嘴上说说，我这就回去天天烧香拜佛祝皇贵妃一举得皇子，也不枉费皇上对皇贵妃的一片痴心。”

崔贵妃看着她们一个比一个牙尖嘴利，不敢开口，免得被人当枪使。

再看怀袖，跟一尊菩萨似的坐在那儿，无论是奉承还是嘲讽，都像跟她没关系似的，一直温和地微微笑着，不动声色。

待她们几个说完，怀袖才开口：“倒是承您吉言，我心里是想生个女儿。”

她说的时候真心得不能更真了，可在座的妃子，就算是最傻的也不信。

女儿？生个女儿顶什么用，就算是皇上的第一个孩子，若是儿子将来说不定能当太子，若是女儿，顶天就是个受宠的公主。

她们以为怀袖是在打圆场，赶忙顺着她的话说。

“对，女儿也好，女儿是贴心的小棉袄。”

“娘娘如此花容月貌，倘若生个女儿，那也定会是一个万里挑一的小美人儿。”

“先有花儿后结果，头胎是公主其实也好，下面可不就带着一串弟弟妹妹来了。”

而今皇上的宠爱都在怀袖一个人身上，她只要愿意分出一点儿，说不定她们也能怀上孩子，这样珍贵的机会，不过是怀袖的一句话。

不管怀袖说什么，先闭着眼睛奉承了再说，好听的话谁不爱听呢？

这时，皇上缓步走了过来。

萧叡等了又等，等不下去，心里嫌弃，这群婆娘怎么那么多话，一直缠着怀袖，说个没完。他这日好不容易最得空，可以多陪陪怀袖。

结果一进门就听见有人在祝怀袖生公主，萧叡本就等得烦躁，便笃定地说：“这胎一定是个皇子。”

怀袖给他生了这个孩子，也不知愿不愿意给他再生一个，而且生个孩子也不容易，受苦受累，他可得抓紧机会，这胎必须是个皇子！是个皇子他才好给她筹谋后位。

萧叡的语气并不算重，却让那几个笑着恭维怀袖的妃子差点儿被吓破胆，登时就要下跪谢罪。

还没跪下，萧叡没好气地说：“跪什么跪？今天是朕的大好日子，闹什么乱？”

萧叡也嗅到这满屋的脂粉香气，又说：“你们这搽的什么粉这么香？朕都要被你们熏到了，熏着皇贵妃了怎么办？以后来拜见皇贵妃都不准再搽香。”

“明知道皇贵妃身子重，就别在这里吵她了，差不多了就回吧。”

皇上亲自下了逐客令，嫔妃们纷纷告辞。

她们不禁想：皇上也太想要一个皇子了吧？就这么看重？

等他们都走了，萧叡对怀袖说：“你不耐烦接见她们就不见，最清净，也省得出什么事情。不用觉得她们是世家之女就得多给什么面子，现在你肚子里的孩子最重要。”

怀袖道：“你把我关在这里已经够闷了，怎么着，还想让人一句话也不跟我说啊？”

萧叡：“你若是无聊就找点儿别的消遣。”

怀袖笑笑说：“我对听曲儿看戏都不感兴趣，就喜欢打理庶务，你想给我找事情解闷，不如把凤印给我啊。”

她说罢，似笑非笑地直视着萧叡，似要将他脸上每一丝神情变化尽收眼底，想要看到他窘迫尴尬，以此取乐。

萧叡的脸皮实在太厚，怀袖都快在他脸皮上看出个洞来了，也没见他变色，只是一言不发。

怀袖委实出了一口恶气，心情爽快许多，拿起一个橘子要剥给自己吃：“我一个皇贵妃，仗着自己是怀袖就问皇帝要凤印确实不合规矩。不行就算了。”

“我帮你剥吧，免得弄脏了你新做的指甲。”萧叡说，怀袖便把橘子递给他，他还真的伺候她，橘络也仔细地剥了，一瓣一瓣地分开，缓缓地说，“你想要凤印便给你吧，如今六宫无主，皇贵妃暂代统摄之职并不出格。反正最后都是你的。这还是你头一回主动问朕要东西，以往你从不问朕要东西，朕反觉得不安。”

怀袖讥讽他：“你就不怕我拿了凤印把你的后宫搅得天翻地覆？你不是最看重你的明君名声吗？现在你宠幸一个庶民女子，冷落世家千金，在朝上不为难吗？”

萧叡像是听耳边风，左耳进右耳出，又剥起了核桃：“不为难，正好省得他们自以为是，以为朕什么事情都要听他们的。”

怀袖冷哼一声。

萧叡好声好气地说：“朕不怕你拿着凤印做坏事，你嘴上说得恶毒，但朕还能不知道你？你因为你姐姐之死，最讨厌那等视人命为草芥的皇权贵胄。不然也不会想着要走。”

“除非别无选择，否则你绝不会像那些女人一样只为一喜一怒而随意杀人。”

萧叡把剥出来的核桃仁堆在小碟子里，推到怀袖面前：“朕不怕这个，只怕你拿了凤印的第一件事情就是布置出逃的路线，怕你带着孩子一起逃。”

听听，这人整日揣着明白装糊涂，该精明时精明，该糊涂时又真敢去装傻子。

怀袖自愧不如。

这话算什么意思？刻意敲打她吗？凤印可以给，但是得保证不逃跑？

怀袖乐呵呵地说道：“你设计我怀上这个孩子不就是想把我绑在这里，现在你如愿以偿了，我一介弱女子，手无缚鸡之力，又斗不过你，你怕我逃什么？”

怀袖说得也有道理，但萧叡还是担心。

怀袖是什么人？只要让她抓住一丁点儿机会，她就能翻天覆地……把凤印交到她手里？委实让他忐忑不安。

但凡事有弊便有利，换个方向去想，他松松手，放一些权力给怀袖，让她扎根在此，天长日久，她更走不了。

册封皇贵妃这日，若放在民间其实也算是他们摆酒成亲的日子，只是没有八抬大轿、凤冠霞帔。

入夜，萧叡歇在怀袖这儿。一人一床被子，相安无事地睡下。

他倒是想要睡一床被子，怀袖嫌他挤，以腹中孩儿的名义正大光明地要求分床睡，勉勉强强地选了个折中的法子。

好歹同床，异梦也认了。

翌日，萧叡便亲自把凤印送了过来。

凤印该怎么用不需要他教。

此事他没有瞒着，又没哪里违反规矩，正好怀袖执掌凤印之后，可以让前朝和内廷的人都看看她能否胜任皇后一职。

后宫妃嫔既羡又妒，怀袖只是得宠也就罢了，还第一个揣上龙种，若仅如此也就忍了，皇上还对她信任有加，直接把凤印给了她。

这是何等的荣宠。

先前崔贵妃自认是后宫嫔妃之首，可连凤印的边儿都没摸过。

不光是后宫，如今京城上下都知道皇上对这位庶民出身的皇贵妃宠爱有加，甚至让她暂时代掌凤印，一时间风光无两。

这位继位还并不算太久的帝王在众人口中的评价也出现了些许差异。他确实不似他的父皇那样花心多情，本来觉得是好事，但眼看着又走向另一个极端。生太多不好，不生也不好吧？

先帝不是没有过平民出身的妃子，可那只是一时的荣宠，从未像萧叡这样直接推到台面上，权力加身。

前去祝贺、参加过册封典礼的命妇不是没人觉得眼熟。这位皇贵妃未免长得太像消失了半年多的尚宫怀袖，可这个怀疑也仅在宅院内流传，传不到外面。

在世人眼中，皇贵妃身上的宠爱是不浅，却像空中楼阁，虚幻而不真切，她别的什么都没有，只有帝王的宠爱，这枚凤印，能握住多久呢？

怀袖管后宫管惯了，轻车熟路，她的门生拥趸遍布六局一司，培养起来都可以直接省去挑人、辨人的烦琐事情。

苗尚宫都认出了怀袖，其他崇拜她的小宫女们哪能不认得？

当皇上的禁脔和当执掌凤印的皇贵妃有着截然不同的意味，怀袖姑姑就是怀袖姑姑，当宫女时能凭民女之身做到四品尚宫，进了后宫也直接做皇贵妃，说不定将来还能当皇后。

妃嫔们自己院子里的宫女又不可能全是从家里带来的，只要是从宫女司里出来的，谁能保证此人的心是否有几分向着怀袖？

一时间搞得人心惶惶，把怀袖视为妖女。

那边怀袖却在跟萧叡讨价还价："我想来想去，又被你占了便宜，你要我代管后宫，只给我这点儿月例银子我可不干。"

萧叡更安心了，怀袖问他要银子，那就是真心想做事，忙不迭地递银子："行，你要多少，我补贴给你。但还是你的身子最要紧，若觉得累了就与我说，歇一歇，不要逞能。"

怀袖理所当然地说："我自然不会累着我自己。"

萧叡颔首，想了想，说道："袖袖，这些时日，朕思虑了许多，你总想走是你厌恶这个宫廷，以往我没想到，你若是不喜欢，不如把它改成你觉得好的模样。你看如何？"

怀袖懒得生气，只觉得好笑："我为什么要劳心费力地做这种麻烦事情？你以前不也和我说不喜欢皇宫不喜欢世家，你改变他们了吗？你自己都做不到，却要求我做到？"

萧叡又一次碰壁，只得闭上嘴。过了一会儿，才又小心翼翼地说："我只是想找个办法……让你能稍微过得更自在一些。你怀着身孕，我怕你因为不快生什么病，出了闪失。我不能再失去你和孩子了。"

怀袖说："每次要骗我了你就开始自称'我'了。别总说怕我生病，没病也要被你咒出病来了。

"你知道我看到什么心情最不好吗？我看到你心情最不好。

"我现在也不能服侍你，何必晚上过来跟我挤一张床呢？我手脚都不好伸。后宫那么多美人，随便你挑，她们肯定比我要温柔解语，不像我这样还给你脸色看。"

萧叡觉得怀袖就是在吃醋。他若真去了，就怕怀袖要气得动胎气，而且他也安心不了，只怕一个不注意，怀袖和孩子就出了什么意外。

萧叡连哄带骗地把怀袖抓回来，得负责。而今，她什么都没有，他若不护着她，就没别人可以给她依靠了。

怀袖生孩子的这段时日，萧叡还是老老实实地扎在蘅芜殿，哪儿也不去。太医也说了，女子怀孕时会心情暴躁忧郁，嘴上不饶人是正常的。

忍忍吧。

怀袖还吓萧叡："女子怀孕时的模样可不好看，你现在看着还好，再过一阵子，我发胖臃肿、长斑掉发，你再看到我还能这样深情款款吗？"

萧叡便说："你也早不是十五六岁时一尺六的腰了。"

怎么？还嫌她如今腰粗吗？

怀袖顿时一副杀气腾腾的模样。

萧叡赶紧半是认真半是开玩笑地说："袖袖，你先听我说，我这身皮囊也没我十六七岁时英俊，你也没嫌弃我啊。我有时会想，定是因为我登基以后心力交瘁，没以前那么好看了，才叫你渐渐看厌了我。"

萧叡厚着脸皮哄怀袖，装成得意似的说："我那时候多风光，见天有小姐、宫女想送我香囊、帕子，我父皇宫中还有妃子按捺不住寂寞想勾引我呢。但我只想要我的袖袖看我看得目不转睛。"

怀袖看萧叡那滑稽样，还是忍不住被他逗笑了："你滚吧，现在也多的是女人想勾引你。你去呗，我何时阻拦过你？"

萧叡振振有词地说："她们又不是喜欢我，她们是喜欢皇帝，只有袖袖喜欢七郎。"

怀袖道："不喜欢了。"

萧叡非要说："喜欢的。"

怀袖静静地重复一遍："真不喜欢了。"

萧叡坐在床边，俯身下去，把耳朵贴在怀袖的肚子上。眼下还听不到什么动静，但他像是能感受到里面孕育着的小生命，感激地说："若不喜欢，就不会有肚子里的那个孩子了。我是很卑鄙，我知道你心软，我利用这点把你骗回来。袖袖，你就是还对我有一丝喜欢的，对不对？这次我一定好好珍惜，不再自欺欺人，好好把这点喜欢养起来，让你越来越喜欢我。"

原先大家都想着皇上就算再宠皇贵妃，怀袖身上有孕，必得召幸别的宫妃吧？结果这左等右等，皇贵妃的肚子慢慢儿地大起来，也没等到皇上哪个晚上不住在蘅芜殿。

崔贵妃是个急脾气的，别人坐得住，她坐不住，还敢去问怀袖。

她到的时候，正巧看到怀袖在做小衣服，上面绣了蝴蝶，一看就是给女娃娃穿的。她问："你绣这个做什么？"

怀袖说："给我女儿穿呀。"

崔贵妃诧异道："你还真想生个女儿啊？"

怀袖不慌不忙地说："不是我想，我怀的就是个女儿。"

崔贵妃左看右看，也没能从怀袖的脸上看出撒谎的痕迹，但她实在不能相信一个女人打从心里期盼自己生女儿，尤其是在深宫之中。

崔贵妃多来了几次以后，发现怀袖给孩子准备的东西一应都是女娃娃用的。

她相当迷惑："可皇上不是说你要生儿子吗？"

怀袖说："这就是个公主。以后你若要送礼，送些女儿家可以用的更好。"

皇贵妃的身孕转眼已有三个月，她一边打理着后宫庶务，得空还要给女儿做点儿小玩意儿，也没见她累，每日都精神奕奕。

别人问，怀袖都直说自己要生女儿，从不避讳。

偶尔有宫妃去怀袖的院子想碰个运气看能不能见到皇上，得个雨露机会，有时能遇上，也没人被皇上留下。有一位还被皇上说都冬天了还穿那么薄是不是想生病了染给皇贵妃，吓得那妃子不敢再去。

怀袖屋里的玉器最多，这一日招待崔贵妃便用了一套和田白玉的玉壶和玉杯。崔贵妃一边喝着热腾腾的花茶，一边想到宫中的一些传言。

据说皇上为了怀袖专门建了座玉庄，各种最好的玉料拉来以后都送到那里去，雕刻成大件小件。她屋里有一面玉屏风，倒不是无瑕的玉，其中的绿色杂絮深深浅浅，正好铺成山水的模样，格外雅致。

还有诸多珍玩宝贝，举凡陛下有一份，怀袖那里就必有另一份，旁人都没有。

怀袖的独宠实在太惹眼了，她的奸妃之名在外悄悄地传开。因她年纪不小，民间还有人编派她修了什么妖法，天生尤物，驻颜有术，是以近三十的年纪，还像少女一样娇美稚嫩，才让皇上着了道，沉迷于她。

但也只是小道消息，萧叡治下政清人和，就是有点儿这样的小癖好，也不算什么。不过就是一个女人，他又有分寸，只是宠，没给后位。

天气越来越冷，怀袖的肚子一日日地大起来。

这日萧叡过来，看到怀袖在纸上写了好多秀致的名字，问："在给孩子想名字啊？让朕来取吧，要记上玉牒的，有规矩。"

怀袖说："那我取个小名总成了吧？"

萧叡连忙答应，但他看着怀袖想的这些名字，怎么看都是给女儿取的，他却一心想要儿子。

萧叡一想到这件事情，就心生烦躁。太医院的御医们都给怀袖把过脉，全说怀的是女儿。他问孩子还没生下来，有没有法子改，太医都说不行。

情急之下，萧叡听说了一些不是办法的办法，请了几位"仙人"施法给怀袖肚子里的孩子转胎，又得了一枚"仙丸"，说是让怀袖吃了，就能让肚子里的女胎转为男胎。

怀袖恨不得生个女儿气死萧叡，与他直说必不会配合。

萧叡知道这些方士多骗人，可看他们以往做的，似乎也不是没有成功过，这谁说得清呢？他犹豫了几日，还是想偷偷骗怀袖吃，混在许多保气安胎的糖药丸子里拿去给她。

怀袖依照太医的方子吃了一些药，倒没太怀疑，只皱了皱眉，问："怎么又有新的药？"

萧叡难免有几分心虚："你不是胃口总不好吗？我让他们搓成丸子，还加了蜜，好下口一点儿。"

怀袖说："饭后再吃吧。"

待用过饭，怀袖像是忘了。

萧叡提醒她："你忘吃药了，我给你去拿吧。"

他亲自取了那颗药，放在怀袖的掌心，只见那颗黑褐色的药丸在她的手掌心里晃了晃，他的心也像跟着摇摆起来。

萧叡闭了闭眼睛。当是为了儿子吧，查过也试过了，顶多不起用，不至于伤着孩子。

他眼见怀袖拿起药丸，突然从未有过的心慌，心都吊到了嗓子眼儿。

他从未如此害怕，在怀袖将将要服药时，突然伸出手，抓住了她的手腕："我记起来了，太医说应该睡前吃。还是先别吃了。"

萧叡内心挣扎了一番，思来想去还是就此作罢。万一，万一这药吃了有事呢？

怀袖疑惑地望着萧叡，握紧药丸，缄默了片刻，问："萧叡，你有什么瞒着我吧，这到底是什么药？"

萧叡闭嘴不说话。怀袖紧攥着手，不肯松开。

他想了想，说："是我骗你的，别吃了，放回去吧。"

他一松开手，怀袖就一个仰头，像是将掌心的药往嘴里一扔。

萧叡感觉心脏骤停一般，手脚发凉，赶紧抓住怀袖，着急地说："我都让你别吃，你为什么还要吃？"

怀袖说："陛下给的东西，臣妾敢不吃吗？"

"吐出来，快点儿吐出来！"萧叡立即宣召御医，又着急又生气地问，"你就不怕是毒药？"

怀袖无动于衷地说："是毒药那不是更好吗？我一介妃子不配葬进皇陵，记得把我葬回我老家，我要与我爹娘、姐姐葬在一起。"

萧叡只得闷声急躁地辩解：“不是毒药。”

怀袖问：“那是什么？”

萧叡顾不上丢不丢人，坦白说：“那是方士给的丹丸……吃了能让人生儿子。”

怀袖怔忡了半晌，用看傻子的眼神看着萧叡。

萧叡被她盯得脸上一阵红一阵白，硬着头皮说道：“我是病急乱投医……不明不白的药你也敢吃？”

怀袖心底直冒火气：“你一个皇帝居然也会信这种江湖术士？你脑子长哪儿去了？”

她变戏法一样地张开另一只手的手掌，药丸还在她的手里：“我没吃，你一拿过来我就觉得不对劲，平时都是太医给我开方子，什么时候你亲自送过药？无事不登三宝殿，我就看看你要给我喂什么药！”

怀袖要护着自己的孩子，就算是孩子的亲爹也会提防。

这时，御医满头大汗气喘吁吁地赶到了，在屋外求见，打断二人之间剑拔弩张的氛围。

怀袖轻飘飘地说：“没事了，让他退下吧。”

萧叡却把人宣进来给怀袖把平安脉。

御医一头雾水。平安脉不是昨天才把过吗？怎么这天又把？

但陛下都吩咐了，自当照做。

太医又是一番望闻问切，左瞧右瞧，除了心情不好没有别的毛病，皇贵妃心情不好是老毛病了。他叮嘱几句，开了药膳单子。

太医看到桌上有一盒来历不明的药丸，一看就不是他们太医院出的。但这摆在皇上面前，他只能视而不见。

太医告退离开。

萧叡仍旧觉得尴尬，默默地让人把药收起来。

怀袖冷声问：“就那么想要儿子吗？几个太医都说了生的是女儿，你就别挑了。一年多前你不还心心念念地要我生女儿吗？如今不是正好合了你的心意？现在你倒是想要一个儿子了。为了要个儿子，还想骗我吃来历不明的丹药。萧叡，要是因为你而让我肚子里的孩子有什么闪失，我真的不知道我会做出什么事情。”

萧叡节节败退，被讥讽得不敢出声，讪讪地说：“我这不是还是舍不得让你吃嘛。”

“生女儿就生女儿吧……小公主我也喜欢……”萧叡妥协道，“我们的女儿必是大齐最有福气的小公主……”

萧叡话还没说完，怀袖已起身往寝屋走去。他连忙跟上，伏低做小道：“袖袖，都是我的错，我一时心急……你生什么都好。真的，就算你生个小妖怪那也是世上最可爱的小妖怪。”

怀袖回头瞪萧叡，凶巴巴地说：“你还咒我生个妖怪？”

萧叡装傻充愣地站在原地，摇摇头，道：“不是，不是……我是想让你消消气。”

“你别总跟着我最让我消气了。”

屋内屋外伺候的宫女内侍听到些许二人的动静，都只能低着头装没听见。谁能想到皇上在皇贵妃面前这样服软呢？说出去都没人信。

晚上萧叡过来睡觉，怀袖指挥着婢女铺矮榻。

“你做什么？”

“我不敢和你睡一张床。”

“呃……”

萧叡可怜巴巴地望了怀袖一眼，好似她才是个恶人，说：“你睡床吧，我睡外间。”

因这件事情，萧叡被分床睡，只赖在怀袖这里不走。见她还生气，就去御书房睡，左右此事是他做得不地道。

怀袖的肚子越来越大，行走越发不便。有的孕妇怀上以后会发胖，可她胃口不好，反而日渐消瘦，怀孕五个多月了，穿上稍宽松点儿的衣裳就看不出肚子的起伏。

但凡萧叡在，怀袖就不吃席上的东西，生怕他又想害她。

萧叡苦口难言，却也无从辩解。

二人之间的关系一度降到冰点，直到隆冬的第一场雪落下，御花园的池子结冰。

外面天冷路滑，怀袖没有情趣赏雪景，在屋里烤火。她不讲究，往炭盆里埋了芋头和板栗，烤得喷香。

怀袖觉得食物的香气比什么名贵香料的香味都要好闻，心情爽快许多，靠在贵妃榻上看账本解闷。

她正惬意着，萧叡脚步轻快地走进来：“在做什么吃呢？这么香。”

她抬眼看了看萧叡，说：“你要吃自己拿，又不是什么稀罕东西。”

萧叡踟蹰了一下，小心翼翼地说："袖袖，我给你做了一件礼物，你定会喜欢的。"

怀袖兴致缺缺，随口问："什么？"

萧叡走去外间，不多时，拎了一盏小冰灯进屋。冰壁里有碎花，有细草，还有纸绘的金鱼。虽不贵重，却很有心意。

萧叡讨夸地说："是我亲手做的，好不好看？"

说完，他眼巴巴地望着怀袖，就等着她感动。

怀袖羽睫微眨，懒懒地抬眸，看了一眼冰灯，又看了一眼满脸期待的皇帝。

看来不应付一下还不成。

怀袖短促地叹了口气，略微坐起来，以示自己的郑重。她放下账本，脸上扬起笑，意思意思地鼓了鼓掌："好看。谢谢陛下。放着吧，我会赏玩的。"

说完，怀袖便又斜躺了回去，继续看账本，仿佛连账本都比萧叡要有趣。给她捏腿的小宫女头低得更深了，埋头干活儿。

是个人都能感觉出怀袖的敷衍，萧叡当然也能感觉出来。他顿时兴意阑珊，心下茫然，不知道除了放怀袖出宫还有什么可以哄她开心，可他绝不可能放她走。

萧叡道："你明明不喜欢，喜欢就喜欢，不喜欢就不喜欢，何必骗我呢。"

怀袖无语地回答："没骗你，漂亮的东西谁不喜欢呢？再说了，你是皇帝，我总要给你个面子。"

萧叡提着冰灯，进了烧着暖炉地龙的室内，冰灯不一会儿就被烘得表面上融化了一层细密水珠。泥人还有几分气性，他一个皇帝伏低做小，却不得个好脸，也有些恼了，道："你若不喜欢就不要了，拿去扔了。"

怀袖只得说："那还是留下吧，多可惜啊，毕竟是你亲手做的。反正赏个一两日，它也化了。"

怀袖想留，萧叡顿时也心软了。他踟蹰了一下，道："不会，我得了一块冷玉。"

萧叡让人拿了一个玉雕的盒子过来，就算冰灯放进去了，若隐若现地也能看见里面。

他道："放在这个冰玉匣子里面就不会化了。"

冰玉匣子雕刻得极美，浅蓝的水头，上面雕了神女的图案。

怀袖仔细地打量了一下，发现雕的是嫦娥奔月。

萧叡屏退了屋里服侍的人，跟怀袖说腻歪话，搂着她，手掌贴在她微隆的小腹上，说："我少年时为你做的那盏冰灯你不是说存不住化了吗？假如要存，就只能存在冰窖里。如今我寻得了这冰玉匣子，即便放在光下，冰灯也不会再化了。可以长长久久、光明正大地放在这里。"

怀袖虽没表现得多感动，可起码也没讥讽他，萧叡心里便默认她其实挺感动，只是不好意思说出来。

怀袖静默了片刻，问："你怎么突然想到要做冰灯？"

萧叡说："上回惹你生气，我便一直想办法哄你消气……"

怀袖往后靠在萧叡的怀里，继续看账本："我不是早说了我不生你的气吗？你是怎样的人我还不清楚吗？本来就是你能干得出来的事情，想一出是一出。"

怀袖说是这样说，先前只要跟他坐一张桌子就不愿意吃东西，这天也没特地吩咐，只是坐在一起，相安无事地吃了一顿饭，甚至还给他夹了一筷子菜。

萧叡竟已然觉得受宠若惊。

他们吵架时，怀袖说得好像要把后宫搅得天翻地覆，真做上这个皇贵妃以后，除了不大给后宫嫔妃的面子，爱搭不理，却也从未做出过什么过分的事情。

萧叡原还想，怕有人要害怀袖，得时刻护着她。

但怀袖还真不用他护，偶尔冒出几个小绊子，都被她悄无声息地解决了。萧叡这才知道怀袖不显山不露水，实则是当初在当尚宫时，手里就捏了所有嫔妃的把柄，只是她不想发作罢了。

妃子若安分守己，过节或是生辰，怀袖还会送一份厚礼搭个份子，若更得脸一点儿，皇上还会过去坐一坐，说两句话。喏，因为崔贵妃与皇贵妃交好，前阵子崔贵妃生辰，陛下就过去坐了小半个时辰。

后宫嫔妃都在背后说，皇贵妃莫不是把皇上当成自个儿一个人的相公了，连怀孕了不能服侍皇上还要霸着，未免醋劲儿太大。

但慢慢儿地，开始传言皇上和皇贵妃打小儿相识，是青梅竹马的情谊，皇上重情重义，方对她多般宠爱。听完让人更嫉妒了，那也不是她独占皇上的理由。就算在市井，也鲜少有这样的妒妇。

可前回有日天气好的时候，皇上在路上被一位美人截住，这倒不用打听，他每日下朝了就去蘅芜殿，统共那么几条路，运气好了就能碰上。

那位美人打扮得花枝招展地过去偶遇，与皇上一述衷情，讲了曾经几夜的宠爱，却全然没得到怜惜，只见皇上脸色一白。她回头望去，瞧见皇贵妃在远处，看是肯定看到了，但应当没听到他们说的话。

皇上直接撇下来她走了，隔日就因为无礼冲撞皇上被罚了半年的月例银子，禁足一年，连家里人都因为她被皇上挑错出来骂。

之后再无人敢去拂皇贵妃之缨。

在后宫之中，女人和女人再怎么斗，归根结底都是为了皇上的宠爱。有了皇上的宠爱，便立于不败之地，可以不变应万变。皇贵妃便是如此。只是大家如何揣摩也不知怀袖是凭什么让皇上钟情于她。

寒冬过去，天气渐暖。

萧叡做的小冰灯就用玉匣装着，安放在书房，下面垫了一个大盘子，每日有人去冰窖取冰来铺，天气冷冰便化得慢。最近天气暖了，每日要换好几趟，还专门找了一个奴婢看着。如此劳时费力之下，怀袖几天也未必去赏一回。

麻烦是麻烦了一些，萧叡却觉得值得。而今，他与怀袖之间的爱意便像是这盏冰灯，他好不容易重铸，即便要他付出这样繁重的代价去维持也没关系，事在人为。

到了三月，临近上巳节，萧叡给群臣也放假去过节。

怀袖怀孕近八月，腹部圆鼓，见春光好，想要出门去踏青。她一个孕妇，萧叡哪敢让她出门。

怀袖道："我挺着这么个大肚子，你还怕我跑了不成？我不过是在这皇宫里被闷久了想出去逛逛。你每次话说得好听，什么都依我，全是哄我的。到底是人在屋檐下，我若还在临安，想去哪儿便去哪儿，哪像现在这样……"

萧叡一听就心虚，连忙说："这样好不好？朕带你去别苑，以朕的名字办个上巳节的游会，叫一些人来陪你玩。袖袖你不是不爱出去玩吗？怎么突然想到要出去玩了？"

季春之月，辰为健，巳为除，故用三月上巳拔除不祥。故人谓病愈为巳，亦此意也。此乃上巳节的由来。

《周礼》中又有记载：中春之月，令会男女，于是时也，奔者不禁。这是有情人的节日。

萧叡是个年轻的皇帝，也乐于与年轻人相处，邀了京中众多的公子和贵女来参加他的宴会，一起踏青游玩。

听闻萧叡会带上皇贵妃，见过、没见过怀袖的都十分好奇。

这位独宠后宫的皇贵妃究竟是怎样的角色，真如市井传言的那样妖媚惑人吗？

那日春光甚好。

等待多时，他们终于见到了被皇上深藏宫中的皇贵妃。

怀袖身着青绿底团花妆花缎直领窄袖小袄，下着湘色提花留仙裙，戴了一套翡翠首饰，是个美人，也不能算顶美。可她身边围着一群貌美的宫女，明明每个都比她要年轻，乍一看，却都不如她亮眼。

即便在一斛明珠之中，怀袖亦是最耀眼的那一颗。

算着时日，怀袖怀孕的日子应当不浅了，可她腰身看着还好，面容也并不臃肿，还有种温柔婉约之美。

倒没有传言中的狐媚之气，相反，怀袖的行为举止都大方得体，合乎规矩。叫人在心里点头暗道，果然皇上不是那等轻浮之徒。

怀袖环顾一周，却想，既是叫上了京城所有贵女，萧叡想要立后的几位贵女也在吧。果不其然，很快就用目光搜寻到兰家的大小姐。

怀袖先给这群拜见自己的少男少女分送礼物。在这方面，她向来不手软，反正送的是萧叡的钱，就让他心疼去。

在外人眼里看来，皇上与皇贵妃甚恩爱。二人坐同一张案，皇上虽没特意说什么，但望着皇贵妃的眼神总是含情脉脉，叫旁人看了都要脸红。他还给皇贵妃布菜擦手，没端夫君的架子，不可谓不温柔体贴。

怀袖也没和萧叡客气，当众指使他做事，说什么他就做什么，端的是好脾气。

便有几位贵女咬耳朵嘀咕皇贵妃未免张狂，一个平民出身、无母族依靠的女子也不知何来的底气竟敢对皇上颐指气使。市井出身就是小家子气，没点儿教养，就不怕被皇上厌弃吗？

宴会上还说要作诗取乐，皇贵妃居然理直气壮地说自己才疏学浅，不会作诗，皇上脸色不变，为之代劳了。

而后众人又投壶、蹴鞠玩乐，皇上以此一番行赏，才到午后，便使众人散开，可自行在花园水边约会游玩。

萧叡悄声问怀袖玩得快不快活，怀袖不置可否。

他疑惑地问："既如此，你为什么非要出来玩？害得我担心。"

怀袖淡淡道："我想借这个机会看看我未来的主母怎样。"

萧叡："呃……"

他的心脏一缩，脸色却丝毫未变，握着杯子的手一紧，饮了一口茶，淡淡地问："谁又跟你说什么闲言闲语了？明知道你怀着身孕还与你胡说八道，定是居心叵测。"

怀袖低笑了一声，萧叡觉得耳鼓像是被烫了一下："还用谁跟我说吗？你是司马昭之心，路人皆知。六宫后位空悬已久，该有个皇后了。"

萧叡心绪烦乱，不想在怀袖的面前提这件事情，若是不提，就可以装作不知。

回去的路上，二人同乘龙辇。

大路平整，龙辇行驶其上几乎没有颠簸的感觉。怀袖没跟萧叡讲话，撩起帘子揭开一条缝往外看。光照在她的眼眸中，让她的眼睛像是易碎的琉璃珠子。

怀袖这些日子因为养胎，越发白瘦，光落在她身上，让人害怕她是不是要蒸发不见。

萧叡有时觉得怀袖降落停留在自己身边了，因为怀袖回宫之后这个皇贵妃做得再称职不过，还时常问他讨赏。她要什么，他就给什么，一点儿也不心疼，要得越多他反而越安心。

但萧叡有时又觉得怀袖还是随时会逃离笼子飞走，他给他的鸟儿铸了最坚固的牢笼，给她戴上一层又一层沉甸甸的金银珠宝，让她的翅膀无法再飞起来，能做的他都做了，还是不由自主地担心。

怀袖的预产期越发临近，苗氏亲来给她布置产房，挑选奶妈。

因怀袖是第一次生产，苗氏又有过几个孩子，得空便过来，细细地与她说生孩子的事情。见她不以为意、心不在焉的模样，苗氏不免有几分来气："你别觉得我啰唆，女人生孩子就是往鬼门关走一遭，你别不放在心上。"

怀袖打起精神对她一笑："多谢你的好意，我会记下的。"

苗氏叹气道："不知为何，我最近眼皮总跳，总怕你出事。"

怀袖好笑地说："我能出什么事呢？还有谁能害我不成，我又不是那等蠢人。此事你不必担心，我必会保重我自己，平平安安地生下这个孩子。"

她就是不顾惜自己，也得为老姐妹和小宫女们着想，若她和孩子有个三长两短，以萧叡的脾气必要拿旁人出气。

皇帝嘛，脾气大得很。

权柄愈盛之后，萧叡也慢慢儿地撕开了温和的表象。

怀袖想是这么想，可谁能说得准。在宫里那么多年，难产而死的女人可不止一两个，她还曾经见过一个。

怀袖做了场梦，梦见自己提着一盏宫灯在黑暗的小道上走，却见前面湖里有一团影子。走近一看，才瞧见是一个女子飘在湖面。那女子极瘦，肚子高高鼓起，像是怪物。不知死了多久，浑身泛白。

灯光照到她的脸上，竟长着一张和自己一模一样的脸。

怀袖半夜惊醒，捂着胸口，像是快要窒息一样拼命地喘息。

不过几息的工夫，外面点起灯，萧叡在帐子外着急地问："袖袖，你怎么了？太医呢？叫太医过来！你们都聋了吗？"

萧叡掀开帐子，将怀袖连人带被子一起抱在怀里，抚摸着她的脊背，给她缓气。

太医大半夜地被叫起来，急急忙忙地赶来，官帽都没戴正。自打皇贵妃怀了身孕，他们好几个太医轮班十二个时辰待命，皇贵妃有点儿胃口不好，皇上都要紧张地问上好久。

床帐垂落着，萧叡知道皇贵妃在床上，心中默念非礼勿视，赶忙低下头，生怕看到什么不该看的。

却听见床帐里皇上和皇贵妃竟然还在吵架。

皇贵妃虚弱地说："没什么事，不过是做了个噩梦。"

皇上紧张道："做噩梦还不算是大事吗？"

皇贵妃好一会儿没说话，片刻后才说："烦人。"

太医恨不得自己是个聋子，什么都没听到。他低下头，见到一只纤白的手伸出来，垂在床边，细得吓人，似是随时都会折断。

他们使尽了浑身解数想给皇贵妃进补，吃药不好，便与御膳房那边一道每日精心给皇贵妃变着花样做药膳，也还是眼睁睁地见她一日比一日瘦，肚子也比别的孕妇要小一些。

太医走后，怀袖用了一碗静心茶，又点上了安神香。

萧叡赖在怀袖的床上不走，抱着她说："还是朕陪你睡吧。"

怀袖想翻身，但是肚子太沉了，怪累的："你是狗耳朵吗？我一句话没说你就听见了？”

萧叡答：“你是仗着怀孕胆子越发大，连朕都敢调侃，谁是狗耳朵了。”

怀袖有种破罐子破摔之感，不爱对付后宫的女人，专爱和萧叡对着干：“说你呢。你有本事就杀了我，正好我也不用为生育之事担惊受怕了。”

萧叡愣了愣，心里不是不慌，但他想要缓解一下当下紧张的气氛，带着笑意道：“原来天不怕地不怕的皇贵妃也有怕的啊？太医每天给你诊脉，你竟然也会怕？”

“怕啊，怎么不怕？”怀袖道，“我想到我要是难产死了，竟要为你这种人丧命不说，死后还不能葬回我老家，要和你躺在一个墓里，便觉得怄火，怄得睡不着觉。”

萧叡答不上话。他被怀袖折磨得火冒三丈，偏偏又动她不得。

可就算这样他也不肯放手。

萧叡躺在怀袖的身边，二人都睡不着觉。

他问：“你杀了我母后，可曾梦见过她？我就时常梦见我父皇，质问我谋权夺位。”

怀袖沉默了片刻，答：“梦见过。梦见又如何？她生前我都不怕她，她死了我难道会怕她吗？”

萧叡自嘲地笑了一下：“你倒是大胆。”

怀袖不仅不安慰萧叡，还变本加厉地嘲讽他：“我是很大胆，我觉得你胆子小，这也怕，那也怕，偏要装成胆子很大的样子，其实就是个懦夫，可笑得很。”

“你说得是。就是因为我胆小，所以我才不敢让你离开我身边。”萧叡说，“我最近却想起我母后的一些事情。”

怀袖问：“什么事？”

“我曾经总不明白，她那么恶毒，为祸后宫，为什么父皇却一直纵容着她，只因为她是世家贵女得罪不起吗？

“近来我却想，兴许父皇还爱她，不然早就可以找个借口把她贬下后位，也不会任由她杀子。

“因为我联想到，如果你真和你说的那样要杀别的皇子公主，我会怎么做呢？”

萧叡残忍地说：“我想，我也会为你掩埋踪迹。你说人命不分贵贱，我知道道理，可还是忍不住偏心。我想做一个仁爱的皇帝，但我设想了一下，你若这样做了，我还是觉得他们的命不及你重要。我只是这样一想，我知你性情，你万做不出那等恶毒的事情，我还是信你的。”

萧叡以前不懂史书里的昏君为何会做出那样愚蠢的事情，觉得轮到自己，必会保持清醒。

但真事到临头，他还是晕头转向。

到了预产期前几天，怀袖倒是想开了，吃好喝好，反而轮到萧叡开始做噩梦。

他梦见自己抱着个孩子，孩子不停地哭，在黑暗无人的宫殿里走来走去，无论如何都找不到怀袖在哪儿，着急之下，竟然一脚踏入泥潭之中，往下沉。

那是在夜里三更，萧叡赶忙偷偷去看怀袖，发现她还在床上，这才放心。

怀袖被他吵醒，皱眉看了他一眼，正欲开口，话到了嘴边却卡住。

萧叡问：“口渴吗，要喝水吗？”

只见怀袖的眉头越皱越紧，冷不丁对萧叡说：“我的羊水好像破了，把稳婆和太医叫来。”

原本已安静下来的蘅芜殿一下子热闹起来。

萧叡根本坐不住，焦急地在外面徘徊，时不时地望向门帘。

他竖起耳朵，却只听见稳婆和宫女的声音，怎么都听不到怀袖说话的声音，他听说孕妇生孩子时十分痛苦。想想也是，要将身体撕裂出一道口子，生出孩子，那该有多痛啊？

萧叡特意私下问过几个最近家里妻妾生孩子的官员，这女人生产是个什么情形。有几个冷心冷肺的竟然一问三不知，唯一一个素有爱妻之名的抹着眼泪说他娘子生孩子那日叫得撕心裂肺。

萧叡做足了心理准备，就等着怀袖叫，好冲上去安慰她。

没料到他左等右等，灌了一杯又一杯的茶，忍不住问：“怎么样了？开始生了吗？”

稳婆出来答话：“还没开始生呢。”

没过一刻钟，他又问：“皇贵妃怎么样了？怎么一点儿声响都没有？皇贵妃没事吧？”

宫女出来说：“娘娘没事，娘娘让我转告您，说她想省着力气生孩子用。”

一直到天大亮，怀袖还是没生。

萧叡觉得时间怎么过得那么慢。

不一会儿，张磐上前提醒他："皇上，该上朝了。"

萧叡这才记起来把早朝忘了，但眼下是怀袖生孩子的紧要时刻，他怎么能走开？万一有人趁他不在来给怀袖下绊子呢？她就是再要强，也分身乏术无从应对吧？

萧叡烦躁地挥手道："没看到皇贵妃娘娘正在生孩子吗？朕走不开，今日不上朝了。他们若有什么紧要的事情写成折子拿过来给我看。"

满朝文武都在等着了，皇上竟然说不上朝了？这还是那个勤于政事的皇上吗？但他一个当奴才的，无从置喙，只得应声，硬着头皮过去前殿通禀。

怀袖躺在床上，肚子一阵一阵地抽疼，稳婆还在推她的肚皮正胎位。苗氏坐在床边，拿鸡汤喂她喝，又喂她吃了一碗蒸蛋。

怀袖有些不耐烦地问："什么时候才能生完啊？"

稳婆说："娘娘，才开了两指，还得等等。"

怀袖满头细汗，点点头，疼是疼，不过还能忍。她本来就是极擅忍痛之人，一直没吭声。过一会儿，她又问："我能睡会儿吗？"

稳婆愣了愣，说："浅眠休息一下倒是无妨。"

怀袖闭上眼睛，想睡又睡不着，实在太疼了，就在心里大逆不道地骂萧叡。她好不容易分神不疼了些，有宫女进来问："娘娘，皇上问您可还好。"

原本怀袖在奴才面前多少给萧叡几分薄面，可她这一刻实在太疼了，萧叡问了一遍又一遍，她烦不胜烦，懒得再哄萧叡了，恼怒道："不好！"

小宫女两边问话都诚惶诚恐，不禁哆嗦起来，正要起身去应话，又被怀袖叫住："算了，跟皇上说我一切顺利，让他别着急。"

稳婆小心翼翼地提建议："娘娘，还是别让人一直进进出出的，带风进来不好。"

但是皇上下命，全宫上下谁敢不从啊？

怀袖此时疼得难以思考，忽然想起一件事情。她看了一眼窗户，见透着明光，有气无力地问："现在什么时辰了？"

苗氏焦虑地说："你着什么急啊？刚辰时呢。"

怀袖脸色一变，惊得差点儿要坐起来，众人"哎哎哎"地叫起来。

在外面等得心急如焚的萧叡听到这样的声响哪能不动容，急急地跑到门边，要是没被拦住便一头冲进去了。他实在忍不了派人去问的时间，顾不得被人听见，直接大声地问："袖袖，你怎么了？袖袖！你答一声啊。"

电光石火之间，萧叡已经脑补出怀袖没有力气生孩子的可怜样，快把自己给弄得落泪了。

怀袖快被萧叡烦死了，顾不得尊卑面子，一口怒气提在喉咙口，中气十足道：“你在这添什么乱？！去上朝啊！”

虽然皇贵妃平日里对皇上有点儿不恭敬也不是一两日了，但当众呵斥皇上还是第一遭。众人都傻眼了，连忙低下头装没听见。

怕皇上自觉丢了面子，要叫他们掉脑袋。

萧叡面子上是略过不去，但他能伸能屈，自欺欺人地想，不就是被自己的娘子骂两句，女人生孩子时候说的话，不作数，不作数。

都是心腹，没人会传出去的，他的面子还是铁打的，还在。

都这样了，萧叡索性眼睛一闭，仅当自己是世上最普通的一个夫君，正在等自己娘子生产，二人竟还说起话了。

萧叡自己也心虚，登基以来，这是他头一回置百官于不顾，可他觉得自己那般勤奋，这种紧要日子请一天假也不会耽搁大事，便与怀袖说：“我告假了，今日不去上朝。”

怀袖闻言，遏制不住地火冒三丈，怒骂道：“你快去上朝！”

稳婆却一喜：“产道开了，娘娘再用些劲儿。”

众人七嘴八舌地鼓励起她。

怀袖直来气：“用什么劲儿啊！你们快去与皇上说，让他上朝去啊！”

没几息工夫，萧叡又在外头叨叨起来：“朕不去！袖袖，我们的孩子没生下之前，朕不去上朝。”

怀袖又是一气，待想骂他，肚子一紧，感觉身体里有什么东西一坠，滑落出来。

稳婆惊喜地说：“娘娘，娘娘，生出来了！”

怀袖犹如被抽空所有力气，不想去骂萧叡了。她正要说话，便听见急匆匆的脚步声传来，还有劝阻声，原来是萧叡冲进来了。

萧叡一进屋就闻到一股血腥味，他倒是不嫌弃，在战场上比这更难闻，眼里就只剩下面无血色倒在床上的怀袖。

她的鬓发都被汗给浸湿了，紧蹙着眉头，奄奄一息。

怀袖闭目喘息，好不容易有了点儿力气，再睁开眼，想问问孩子，却看到萧叡在哭。

她蒙了：“你哭什么啊？”

萧叡摇了摇头，说不出话来，被吓得不轻。正是无法体验怀袖的痛，光靠他想象才更加显得可怖。

他太害怕了，早把什么再生个小皇子给忘了。

生什么啊？不生了。

稳婆在一旁已经用温水把孩子稍稍擦干净，用襁褓裹着。

这么尊贵的皇嗣此时此刻却被皇上和皇贵妃都给忘了，她站在一旁，怎么都找不到好时机插话。

还是怀袖回过神来，叫她："把孩子抱过来给我看看。"

萧叡说："给我。"

稳婆把孩子递给皇上。

萧叡看了孩子一眼，又哭了："袖袖，我们的孩子长得真可爱。"

他才记起来问："是男是女啊？"

稳婆道："是位小公主。"

萧叡喜不自禁："好，好。赏，都赏！袖袖，我们的女儿长得真像你，太漂亮了。"

怀袖着急地说："给我看看。"

萧叡把宝宝抱过去给怀袖看。

怀袖看了一眼，这就是一只没睁眼的红皮猴子，萧叡到底是怎么瞧出漂亮的？

皇上与皇贵妃的小公主生下来时五斤一两，比一个西瓜重不了多少。

可把萧叡心疼死了，他令一个正六品御医专门负责看护小公主，另有四个正七品医士，全天十二时辰贴身照料。

诚然，每个皇帝的第一个孩子都会得到额外的宠爱，但他的长女一生下来便得了"安乐"的封号，赐万户的封邑，在齐国最膏粱锦绣的腹地。仅此一点，就知道她的父皇对她有多么宠爱，自大齐开国，无一公主盛宠如斯。

当时小公主刚生下来，皇上原本很高兴，一上秤，发现这么轻，立即心疼不已。

最终那日的早朝皇帝还是没有到场。

宫里宫外不是没人鄙夷皇贵妃兴师动众，结果只生个女儿，可皇上都不嫌弃，宠之如珠如宝，谁敢说女儿不好？

闭上眼，夸了再说。

这一刻皇贵妃所在的蘅芜殿便像铜墙铁壁一般，被管得滴水不漏，不准外人进入，此为萧叡所为。怀袖还在坐月子奶孩子，没空管他。

虽然尚宫局那边早早给找好了奶妈，但怀袖还是要自己奶孩子，她能自己喂，就不假他人手。

萧叡本来跑这边就跑得勤快，从早到晚都扎在这里，与从前倒无两样。

他还与奶娘学怎么带孩子，又不是什么难事，没半日就抱得像模像样。小公主也乖巧，被他抱着的时候安安静静、不哭不闹，想喝奶、想方便了就呜两声。

有一回被小公主尿湿了龙袍，他还哈哈大笑，亲自学了怎么给孩子换尿布。

怀袖起初嫌弃孩子丑，几日后，孩子皮肤上的红色褪了，变成一身白嫩的皮子。小公主一生下来就有一头细软乌黑的头发，像她的母亲，还有一双水灵灵的桃花眼，像她的母亲，即使这一刻还小，也能依稀看出是个小美人坯子。

将来必然会是一个美貌的公主。

谁不爱漂亮的孩子啊？萧叡就爱得不行。

小公主的大名萧叡早就取好了，已计入玉牒，单字一个“宁”。他想了许多，最后还是化繁为简，选了一个最简单的字。

从封号到名字无一不显示了他对孩子的期许，他希望他的小公主能好好地长大，不必多贤淑，不必多聪明，只要平平安安，快快乐乐就好了，不用像她的爹娘小时候一样早早地学会为了生存而汲汲营营，她是大齐最尊贵的女儿。

他们无法回到过去补偿幼时的自己，但是萧叡愿把他没得到的、怀袖没得到的，在他们的女儿身上弥补回来，让她可以在这个冷酷的宫廷中有一片可栖身的桃花源，做一个无忧无虑、明媚快乐的小公主。

皇上对小公主宠之如宝传到民间，谁能不赞一句“慈父”。

但这宫里的娘娘们就不满意了。皇贵妃怀有身孕的时候霸着皇上便罢了，听说是她威胁皇上，说皇上宠幸别的女子就会气到小产，可如今孩子平平安安地生下来了，而且并不是皇上期盼的小皇子。当初皇贵妃册封大典的宴席上，皇上叱责祝贺生公主的事情还历历在目。刚听说皇贵妃生下个公主时，大家还等着看热闹，没料到皇上也欣喜若狂。

莫非只要是子嗣，不管是男是女皇上都喜欢？

若有个一儿半女，将来在这宫中也算有依靠了。众人无不眼巴巴地盯着皇上，希望皇贵妃因为照顾小公主而分身乏术，不能继续将皇上拘在蘅芜殿了。

谁承想，皇上好像往蘅芜殿跑得更勤了？

萧叡每日起码要问三四遍小公主的情况，还从藏书阁中找了小儿医术的书籍，处理政务的间隙就读一读。小公主咳嗽一声，他都紧张得不得了，比看眼珠子还看得紧。

各种珠宝首饰像不要钱一样地给小公主打，但是这样小的孩子戴首饰反而危险，便都给她留着，装了好几匣子。

小公主满月时，萧叡大办了一场满月酒，皇贵妃和小公主都没出场，说是小公主体弱，绝不抱出来给人看。

萧叡近来可谓春风得意，觉得一切都在照着他的心意发展，朝政清明，国泰民安，风调雨顺，连他与怀袖之间的感情也回暖了。

他们的宁宁降生之后，怀袖对他都温柔了许多。

他心爱的小姑娘给他生了心爱的小小姑娘，这让他觉得人生美满。江山、美人、孩子，他都有了，是世上最幸福的男人，就是为了怀袖和宁宁，他也要将这个国家治理得更好。

怀袖生下孩子以后，胃口忽然好起来，每日要吃好多，之前消瘦下去的肉都长了回来，但就算这样，她一人的乳汁还是不够女儿喝。别看这孩子猫儿一样小，饭量可不小，每日还要两个奶娘喂，才能喂饱她。

刚生下来头两三个月的毛孩子其实没什么好玩的，每日除了吃喝拉撒就是呼呼大睡。萧叡却看不腻，每日过来看女儿，边看边傻笑，翻来覆去地夸，他没腻，怀袖都要听腻了。

这日也是。

怀袖在屋里憋久了，出去在院子里走走，透口气，回屋就见着萧叡抱着女儿，做鬼脸逗她玩，把女儿逗得咯咯直笑。

萧叡看到怀袖回来，邀宠似的说："我们的女儿笑起来真好听，朕一听啊，就忍不住跟着一起开心。朕已经有好多年没有像最近这样天天笑得这么开心了。朕要叫宁宁这辈子脸上只有笑，没有哭。"

天真。

怀袖真想泼萧叡冷水，可看在他是为女儿着想的分上，便作罢了。

萧叡与怀袖说："下旬朕打算亲自去一趟潭拓寺，让方丈给我们宁宁立个平安牌，保佑她健康平安。”

怀袖颔首，却道：“你知我信道不信佛，我打算写封信给道长，让道长为毛毛祈福。”

萧叡好笑地说：“都可，两方神佛都护佑我们的宁宁。”

天光自楹窗间照进来。

萧叡把小公主迎着光举起来，她是个胆大的小宝宝，一点儿也不怕，还高兴地眯起眼睛笑起来，小腿一蹬一蹬的。

怀袖皱眉，道：“你别抱那么高，万一摔了呢？”

萧叡只得把孩子放下来。他喜欢得不得了，亲了一口小公主，宠溺地说道：“宁宁，宁宁，朕的宝贝，你可要好好长大呀。”

小公主听不懂，一双眸子带着笑意看着父皇，吃着小手。

正当所有人都在顺着皇上夸小公主有福气时，慈安宫中，八十一岁的太皇太后突然病倒了。几位御医为她诊治，依然没有好转，眼看着病得越来越重了。

太皇太后的身子一直很硬朗，八十大寿那年看上去还精神矍铄，面颊红润，连头发都只是半白。

怀袖做尚宫时对太皇太后的情况也有所了解，太皇太后鲜少生病，连小风寒之类的病也基本没见她得过，近十几二十年来从没患过大病，没想到突然这样毫无预兆地倒下了。

作为这一刻后宫执掌凤印的女主人，又与太皇太后有旧恩情，怀袖自然得去探望一番。

怀袖没抱孩子一起来，怕被过了病气。

而且因为太皇太后突然病了，近来外面风言风语颇多，这实在太不巧了，小孙女才出生，无灾无病的曾祖母便病倒了。

怀袖知道外面会怎么说，无非说她的宁宁命硬，克曾祖母，一个长公主是尊贵，可哪儿比得上高居凤座几十年的太皇太后。孰轻孰重，一目了然。

太皇太后病了，怀袖当然不能穿得太艳丽，便穿一件深湖绿色葫芦纹的裙子前去谒见。

太皇太后本来就爱清静，养病更要清静，除了四妃和皇贵妃，旁人连打搅都不得。

怀袖乘小轿才到半路，萧叡追了上来，让他们停下。

萧叡把怀袖叫上龙辇，握住她的手，道：“我陪你一道去探望祖母。”

他觉得有了孩子后，自己更爱怀袖了，不忍心见她受一丁点儿委屈。他心下有些不好的预感，总怕祖母会刁难她，或他不在时，会与她说些让人误会的话。

不如他陪怀袖一起。

怀袖问："道长呢，你不是派人通知他了吗？"

萧叡说道："信已经给皇叔送去了，他回信说这两日便下山。"

二人抵达慈安宫，相携入殿。

怀袖有两个多月没见太皇太后了，上次见还是她临产前。那回因身子重，太皇太后还免了她磕头请安，赐了她一张椅子坐。

怀袖记得那会儿太皇太后的精神还很不错……如此想着，二人进了屋子，门窗紧闭，光线昏暗，一股苦涩的药味混着慈安宫特有的佛香气味，沉闷怪异。

太皇太后没起身，病恹恹地躺在床上，面色蜡黄，眼窝凹陷，有气无力地说："皇上，你来了啊。"

怀袖福了福身子，请安："见过太皇太后。"

太皇太后冷淡地扫了怀袖一眼，像是连看都不想看她，对她说："平身吧。"

当初怀袖做宫女时是太皇太后最欣赏的宫女，如今当了皇贵妃，却招致厌恶。

换成几年前，谁能想得到呢？

内侍搬来一张椅子，萧叡在床边坐下，温声细语地与曾祖母说话，询问病情，问吃的什么药，用的什么餐。

二人不咸不淡地聊完。

太皇太后忽地问："长公主可还好？哀家听太医说她先天不足，可得好好养。"

说罢，太皇太后命人拿来一个木盒，打开以后，丝绸内衬上放着一枚菩萨玉佩。

太皇太后道："这是圆鉴大师开过光的，赠给她吧。"

她侧卧躺下，满头霜发，深深闭目，委婉而疲惫地让他们离开。

怀袖将玉菩萨握在掌心看，到底还是太皇太后会做人，但这大抵不是给她面子，是给皇上面子。

萧叡紧握住怀袖的手："不必担心，有朕在。太皇太后生病与我们宁宁有什么关系？朕也找了大师合八字，根本不相克，若还有谁嚼舌根，朕必不轻饶。”

怀袖回蘅芜殿，没进内间，先用药草煮的水洗了个澡，换了一身衣服，再回屋去抱小公主。

宁宁正好醒了，自己在那儿玩手指。见到娘亲来了，她笑得眯起眼睛，拍拍小手。她还没长牙，粉色的牙床上只冒出了一丁点儿如米的牙尖尖。

怀袖亲热地把她抱在怀里。

过了一会儿，宁宁饿了，怀袖解开衣襟亲自喂她，温柔地抚拍她的背：“我的心肝宝贝啊。”

萧叡掀帘而入，进门便瞧见怀袖在喂奶。

怀袖正在专注地看自己的宝贝女儿，没注意外面的动静，赶紧掩了掩胸口：“你怎么不说一声就进来？”

萧叡老脸一红，轻咳道：“我们孩子都有了，还有什么不好意思的？”

怀袖嗔怒地瞪了萧叡一眼，道：“你先出去，待会儿我再叫你进来。”

萧叡难得能见到怀袖这般娇羞，像个小女儿家，还挺喜欢的，便说：“那朕……朕还是先回御书房，过两个时辰我再过来。”

萧叡回御书房待了一个时辰，慈安宫那边遣人过来传话，说太皇太后找他有事，让他得空了过去一趟：“太皇太后说，想跟您说些体己话，不要带嫔妃一起。”

萧叡答：“知道了。”

怀袖陪孩子玩了一会儿，睡了一场午觉，初夏的午后格外好眠。

她最近睡得沉，有时醒来，恍惚觉得自己还在临安，又恍惚觉得是在尚宫小院的床上，不知今夕何夕。直到看到女儿，才反应过来自己都做了一年萧叡的皇贵妃了。

怀袖要了一杯温茶喝，润润嗓子，见外头天色暗了，问：“我睡了几个时辰？”

宫女道：“娘娘睡了两个多时辰。”

怀袖又问：“皇上在外面吗？”

宫女摇摇头：“皇上……皇上还没过来。”

怀袖便不再管他，说：“那先布饭吧，皇上今天应该不过来用晚膳了。”

这在一起吃饭吃了一年，除萧叡不在皇宫，他一日三餐都黏在自己身边一道用，这日突然不在，她竟然有些不适应。

天气燥热，怀袖吃不下饭，只要了几碟冷菜，一碗凉面，倒也爽利。

用完饭，怀袖问手下的眼线皇上没回蘅芜殿是去了哪儿。

眼线道："皇上去了一趟慈安宫，又去见了太皇太后，但关上门后说了什么却不知道，从慈安宫出来就回了御书房，此时还在御书房。"

皇宫的宫女就像小蚂蚁一样，不起眼，谁都不在意，但哪里都是。

宫中的每个角落，怀袖都能看得见。

怀袖没等萧叡，自己先睡了。

睡到半夜，她忽然感觉到一阵风钻进了被窝里，有人从后面贴上来。

怀袖被吵醒了："大半夜的才回来，干脆睡在御书房好了。"

萧叡笑笑，耍赖皮似的说："那可不成，我有袖袖，为什么要在御书房独守空房啊？"

怀袖也被逗笑了："'独守空房'是你一个男人用的词吗？你瞎说什么呢？"

萧叡说着，还不规矩地动手动脚起来。

怀袖不准他乱碰，与他在被子里推来搡去："你要干什么？"

萧叡紧搂着她，埋在她馨香的脖颈肩膀亲吻："袖袖，你可怜可怜我好不好？我都一年没尝过一点儿肉味儿了。"

怀袖半推半就的，便也从了他："你轻点儿声，别被人听见了……"

外面有人大着胆子问要记床，萧叡骂了一声"滚"。

怀袖笑了："真不记啊？"

他们抱作一团，萧叡轻蔑道："回头让他们随便写点儿上去就是了，一群奴才也敢管我？"

主子在快活，奴才都在外面守着，宫女守在一扇门。夜里太静了，她隐隐约约还听到皇贵妃说："别喝了，你不害臊我还害臊呢，留点儿给宁宁。"

仔细想想是发生了什么，便惹得人满脸通红。

一宿欢愉。

萧叡素了好久，终于开戒，连着几日过来与怀袖欢愉。

怀袖回宫以后，他们就没这般要好过。萧叡好生餍足。

这日，萧叡听闻顺王进宫拜见太皇太后。过了小半个时辰，他也起身过去，却见顺王这次没换亲王服，还穿着道袍，只是稍微把自己打理得整齐体面了一些。他打量了皇叔一番，心下惊叹：皇叔倒是一点儿没老，真似修了仙法。

探望过母亲之后，顺王与皇侄儿一边在慈安宫的花园里散步一边说话。莲花池里有几只白鹤，倒也雅致，这还是顺王送给母亲解闷的。

萧叡问："皇叔，您这次下山也只待几日吗？"

顺王笑了笑，眼角有浅浅的笑纹："哪能呢？我母亲重病，自然要侍疾。等她老人家病好了，我再回山上去。"

萧叡点点头："正是如此。但愿祖母的身体能快些好起来。"

顺王淡淡地说："但生死之事谁能说得准呢？"

萧叡的脸色越发难看，静默不语，心事重重。

顺王道："皇上，贫道有一事想求，倘若这次太皇太后仙去，请准我离开仙隐山，云游四海。"

顺王在京城王府住下，每日进宫给母亲侍疾，晚上再回去，看着太皇太后的身子倒像是一日一日地好起来了。

他一个外男出入宫廷多有不便，萧叡每日会问顺王进宫之后的走动，先前顺王与怀袖算是半个知交，如今却像是不认识的一样。顺王在山里那会儿，二人还时不时地写封信。

萧叡走神了一下，想到那日太皇太后与他说的话，一颗心就像灌了铅一样，重重地往下沉——

"哀家知道哀家的病，没人能保证哀家一定好起来。哀家活到八十多，熬死了那么多人，早该入土了。只一件事情还放心不下，若哀家死了，皇上又要守孝，你已经这个岁数，拖不得了。正好我生病，便算是半个冲喜，赶紧娶个皇后吧。"

【第九章】·偷天换日

怀袖收到临安寄回来的信，雪翡这一刻是家里的女当家，按照怀袖的指示，改做海船生意。米哥儿还在读书，武艺也有小成，下个月准备一道出海，去书上记载的异域国家去见识一番。

这封信是顺王带给她的，没过萧叡的手，怀袖看完就烧了。

这皇宫是萧叡的皇宫，也是她的皇宫。她扎根在皇宫十几年，先前只是不想，而今布置了一年，她也有了自己的一些心腹，能藏起一些仅属于她的秘密。

所以她知道萧叡正在相看皇后人选。

信纸点着之后燃起一小团火，映在怀袖空洞的眸中，却是冷冰冰的，像没有一丝温度。

她将纸灰倒掉，又开窗散气。

等萧叡过来的时候，这点儿焦味早就散完了。

他最近多少有点儿心虚，所以比以前更加殷勤地给怀袖送礼物。

让她想起了几年前，萧叡刚要广纳嫔妃那会儿，也是这样，一直瞒着她，直到她忍无可忍，主动问起。

她不知道萧叡在怕什么。他是皇帝，娶妻纳妾，为皇家血脉开枝散叶是理所当然的事情，就算是这一刻，她也从未阻拦过他去找别的妃子。

入暮。

萧叡轻车熟路地到了蘅芜殿，走到门外，听见怀袖在哼唱一首乡调，用她的老家话，吴侬软语，格外清甜温柔。

萧叡不禁停下脚步，听了一会儿，方才抬脚进屋。怀袖正抱着孩子在哄，见他进屋，对他轻轻地“嘘”了一声。

萧叡本来就放轻的脚步，又更轻了一些。

怀袖对萧叡说：“我想让宁宁今天晚上跟我睡，好不好？”

萧叡问：“这怎么睡？”

怀袖说：“就像我小时候跟着我爹我娘睡觉一样，穷人家哪儿来的那么多讲究？你看宫里的阿花，它下了崽以后，猫崽儿也都和她睡一个窝。”

阿花是一只三花猫，怀袖命人喂着。

萧叡亦心生好奇，他喜欢怀袖这样有时会带点儿市井气的做法，让他觉得他们好似只是民间一对再平常不过的夫妻。

怀袖把女儿放在床上。小公主睡得很香，被爹娘养肥许多，白嫩嫩、圆嘟嘟的。

萧叡低声笑道："真是只小猪崽。"

怀袖没好气地说道："你说谁呢？宁宁要是小猪崽，那你是什么，我是什么？"

萧叡忍不住笑。

怀袖又骂他："不准笑，好不容易把她哄睡着了，要是吵醒她，我把你轰出去。"

萧叡只得把笑意憋住，打趣道："皇贵妃且息怒，小的从命。"

怀袖用药水泡脚，有个小宫女伺候。萧叡在边上一直盯着她白生生的双足，过一会儿，吩咐小宫女："你先退下吧。"

怀袖不解："你干什么？"

她有种不祥的预感，眼睁睁地看着，待屋里没人了，萧叡竟蹲下来，要给她洗脚。

她屈了屈脚趾，又不敢乱动，怕不小心踢起水花溅在萧叡身上，这是更大的不敬。

"皇上，您这是做什么？"她惊道。

萧叡道："这民间的夫妻，丈夫给娘子洗脚也不算稀奇吧？我听说好丈夫还要给孩子搓尿布。"

"您还是别了。"怀袖说，"我的鸡皮疙瘩都要冒出来了。"

萧叡握住怀袖的脚踝，忽然说："袖袖，你要知道，在我心里，你我才是夫妻。但我这回真得立后了。"

怀袖一动不动，过了一会儿，说："皇上，您与我说这个做什么？您既已决定好了，那去做就是了。"

萧叡又说："我向你发誓，以后还是你做皇后……这只是权宜之计，不得已为之。"

他神色严肃地问："袖袖，我不与你说笑，你想让谁做皇后？"

怀袖不说话，过了一会儿，说："皇上，水都要凉了，您放手吧。"

她抬起脚，萧叡给她擦干，像个奴仆一样。

"您直接与我说就是了，何必要做到这种地步？倘若被人知道了，岂不是要惹人笑话。我一介民女，哪儿当得起？"怀袖慢悠悠道。

萧叡闷声说："对不起，袖袖。"

怀袖坐在床上："你也不必与我道歉，你只是做了一个皇上该做的事情，何错之有？我也从没要求过你什么，你看，如今你赏赐了我一个备受宠爱的大公主，又是皇贵妃，一人之下，万人之上，还有数不清的金银财宝和一座独属于我的宫殿，对世上的哪个女子来说，都该心满意足了。"

对别的女子来说是这样，但这是怀袖，她与世间大多数女子都不同。

似是相安无事。

床帐放下，他们一左一右地睡在小公主的两侧，小公主就是睡得再沉，也被吵醒了。怀袖轻轻地拍着自己心爱的女儿，又唱起安眠的小调。

萧叡恭维她："真好听，你教教我吧，我也可以唱给宁宁听。"

怀袖从善如流，在被子里教他。萧叡学得快，学了两三遍，就把整首小调学下来了。

萧叡给她哼唱了一遍，问："学得好不好？"

怀袖没回答，萧叡听到她绵长的呼吸，心下松一口气。他的袖袖大概是睡着了，睡着好，睡着说明她没有太生气。

几日之后，全宫上下都知道萧叡要立后，已择好人选，由钦天监算好良辰吉日，礼部和六局都忙碌地操办起来。皇贵妃暂将凤印交还至太皇太后手中，待皇后进宫，便是皇后的东西了。

太皇太后宣召兰小姐入宫那日，得了许多太皇太后的赏赐，无人不赞她的容止礼仪，一位世家贵女出身的皇后，才是众望所归的。

怀袖独自在书房，烧了个火盆，将萧叡做的那盏冰灯放进火中。

亲眼看着它一点儿一点儿地融化了。

这是第二次，也是第无数次。

怀袖恍惚想起少女时，萧叡为她做的那盏粗劣的小冰灯，她藏不了又舍不得，自欺欺人地焐在怀里，眼睁睁地看着它慢慢儿地化掉。

那时她还小，心软，难过极了，心口的衣裳被打湿了，枕头也哭湿了。

有些东西，就是护不住。

这次她却不觉得多难过，冰化开了，里面的碎花和纸金鱼一点即燃，烧作灰烬。

小公主第一次看到烧火，一点儿也不害怕，还好奇地睁着一双水汪汪的大眼睛，似乎是觉得有趣，咯咯地笑起来。

怀袖也对她笑，把她抱起来，亲了她一下，问："宁宁，宁宁，以后跟着娘过日子好不好呀？"

也不知道这孩子听没听懂。她那样小，应该还听不懂吧。怀袖想。

但不知道宁宁是不是看到娘亲笑，便也眯起眼睛笑，高兴地拍拍小手，像是同意了。

数日后。

御书房。

“皇贵妃今日又做了什么？”萧叡问。

张磐立即上前，事无巨细地禀告。自皇上决意要立后，反而更紧张皇贵妃的事情。假如他不在蘅芜殿，也要派人看着大概动静，每天什么人见了皇贵妃都要报告。

怀袖这天没做什么，交了凤印以后闲下来，每日给公主做小衣服、小鞋子和小玩具，连院子都没出，只有苗尚宫以送份例的名义，亲自去了一趟。最近去得多的人只有苗尚宫，她们是好友，怀袖在宫中又没几个能说话的人，萧叡便由着她去了。

但私底下，他还是提了苗尚宫夫家的官职，让她最近多劝着怀袖。

萧叡亏欠怀袖，心虚，若给兰家送一份东西，私下他就偷偷也给怀袖送一份。

怀袖收是收，却不拿出来把玩，怎么装在箱笼里送过去的，就怎么放进库里，连封条都懒得拆。

萧叡问起来，怀袖就说：“好东西谁不喜欢？都攒起来，以后给宁宁做嫁妆。”

他说：“宁宁的嫁妆到时还有我准备，这些是给你的，你用着就是了。”

怀袖笑笑：“那这就算是我给她准备的嫁妆。”

她转头就去哄女儿，像是满心满眼都扑在女儿身上：“是不是呀？宁宁，高不高兴？”

宁宁吃着小手，咯咯地笑，眼眸晶亮。怀袖爱得不行，也一起笑起来。

萧叡情愿怀袖像以前一样狠狠地辱骂自己，也好过这样对他熟视无睹，若即若离。

他追着问：“我怎么感觉有了宁宁以后你就不理我了。”

怀袖翻了个白眼，无可奈何地说：“陛下，您别这么说，以往没有宁宁，我也不爱搭理你啊。”

“呃……”萧叡委屈巴巴的，像只狗狗一样地瞅着她。

怀袖忍俊不禁，对萧叡笑了一下，他就觉得自己那颗心，像是被春风拂过的花枝，一瞬间花苞都绽放了。

怀袖像是对立后一事装聋作哑，当不知道，从没提起来。萧叡去慈安宫晨昏省定，也没与太皇太后提起皇贵妃。

太皇太后的病情反反复复，说好也不大好，说不好似乎又没那么重。

这两日太皇太后身子好了一些，又将兰小姐召进宫中侍疾。

是日，萧叡正在朝上，却没来由觉得心神不宁。一下朝，张磐说："皇贵妃今日在御花园遇见了兰小姐。"

萧叡心头一跳，头皮发麻，问："她们说了什么？"

张磐答："那倒没有，皇贵妃见到兰小姐以后就转身直接走了，兰小姐都没看到她。"

萧叡顿觉心酸，愧疚极了。

他换下朝服，径直去了蘅芜殿。

进了门，静悄悄的，宫女都紧闭嘴巴，一言不发，气氛有些沉闷。

萧叡开口便问："你们娘娘呢？"

一宫女答："娘娘在屋里刺绣。"

萧叡卷帘而入，见怀袖坐于窗边，伏在大绣架前，正在刺绣。她的绣工在宫中不算好，若是在市井，倒是很对付得过去。

怀袖怀孕生子的这一年多，为了给宁宁做衣服，把手艺练好了许多。

萧叡站在一旁看，怀袖完全当他不存在似的，眼神都不给他一个。

他罚站到腿有点儿发麻，叹了口气，也不想继续粉饰太平："袖袖，朕听闻你今天去御花园见到了兰小姐。你若生气便跟我说好不好？打我都可以，别憋在心里。"

闻言，怀袖扎到指尖，血珠滴在绸布上。

她放下针，自己用帕子包住手指，抬起头，说："怎么？怕我要再杀一个皇后，先来敲打我了？我若不避开她，难道上前打招呼？她虽已预定好皇后之位，可如今也只是兰家的大小姐，而我有品阶在身，如果真遇上，她得向我行礼。将来我们再见面，该如何自处？岂不尴尬？"

萧叡连忙说："我没这个意思……你做得对，我是怕你觉得心里不好受。你不想见，就别去见她，没关系，就算她以后进了宫也一样。"

萧叡又说："其实凤印你也不必交出去。她年纪小，又没有打理庶务的经验。你年长，由你拿凤印也不是不行。以往也不是没有掌故。"

怀袖笑了笑："以往确有皇贵妃掌凤印之事，但那是皇后生病或失宠，不然不合规矩。那她岂不是一进宫就明摆着失宠？我倒是听说兰家大小姐从小就帮着她娘亲打理庶务，还曾多次主持办过诗会，是个能干的姑娘。"

萧叡去看怀袖受伤的手指，血已经止住了。他道："我知道你生气了。"

怀袖收回手，道："她一个才十几岁的小姑娘，听从父兄之命，嫁给你这个坏东西，将来要在宫里讨生活，也不容易。我与她无冤无仇，气什么？我不气她。"

"你就是在生气。"

"我真没生气。"

怀袖想了想，古井无波似的说："起码不生她的气，我平时好强好胜，生于卑贱，却不信命，一路争上来，总要与人拼个输赢，只这次输了。但我又不是输给她，我是输给皇位。这世上，能有谁可以与皇位相提并论呢？我输得心服口服，并无异议。"

怀袖起身，往内屋走去。

萧叡压抑再三，还是没忍住，握住怀袖的手："袖袖，你有什么想要我做的，我能补偿的，你尽管说。"

怀袖停下脚步，静默半晌，才说："我若说不要，你又得反复烦我。那我问你讨一样东西好了。"

萧叡问："什么？"

怀袖徐徐地说："你先前不是说想与我在民间做一对普通夫妻吗？还作不作数？我想要一场婚礼。在你与她成亲之前，你能给吗？"

京城。

平安巷。

巷尾的空房子里近来搬来一对外地来的男女。男的是个读书人，英俊不凡，但整日在家闭门读书。娘子生得窈窕美貌，多在家服侍相公，并不怎么出门。说是夫妻，女的却不盘发，说不是吧，男的一口一个"我家娘子"。

邻居问起来，男的说："我们是自小定下的亲事，只是没过门，她是我家的童养媳。以前家里穷，我们胡乱过，一直没钱操办亲事。最近挣了点儿钱，终于买了座宅子。她跟着我苦了那么久，要让她过好日子哩。我爹娘都已去世，她自小被卖，也没有爹娘，就我们过日子。"

——这二人正是萧叡和秦月。

谁能想到皇上和皇贵妃在这里玩扮家家酒呢？

街坊邻居闻言，便要祝贺几句，还说："真是个好相公，小娘子苦尽甘来，祝你们早生贵子，百年好合。"

萧叡笑呵呵地说："一定，一定，我下月成亲，还要摆几桌。我便厚颜，请大家来喝个酒。"

要说他们都相好了十几年，如左右手般互相熟悉，连孩子都半岁大了。

封妃大典也不是没办过。

萧叡开始也觉得略荒唐，可真的自己亲手操办准备亲事，还真有那么几分乐趣，便真像是第一次成亲的愣头青似的，布置婚房，买喜品。

反正他是皇帝，偷偷命人重新凭空弄了两份户籍，便凭空出现这世上两个不存在的人。一个是京城平安街的萧小七，一个是临安下面秦家村的秦小月，找过官媒，合了八字，在官府处记为夫妻。

这宅子是新买的，有天下了雨，才发现屋顶漏水，萧叡非要自己修。怀袖也不管他，坐在院子里剪红纸，剪成一张张"囍"字，还要用红绳打如意络子，一个络子挂一枚铜钱。起初手法生疏，但她学得快，很快熟练起来。

怀袖将打好的络子放在一个小簸箕里，堆成一座红艳艳的小山，旁边再摆一张藤编小床。宁宁躺在里面，晒着太阳睡觉。

萧叡看一眼就傻乐。

怀袖嫌萧叡吵闹，抬头瞪了他一眼："别笑了，等下又把宁宁吵醒了。"

看她还要自己绣嫁衣，萧叡道："现在做哪来得及，得好几年才能制成一件嫁衣吧？"

怀袖无语道："我又不是贵女，民间平家女子扯块红布做件红嫁衣就算很好了。"

于是他们手牵手去买红布。

宁宁用襁褓裹着，萧叡力气大手臂粗手掌宽，就把女儿抱在怀里，一只手牵娘子，一只手抱女儿。他走在路上，觉得自己是这世上最幸福的男人。

怀袖只找了一家小布庄，进门问要买红布。

掌柜的问："娘子作何所用？"

怀袖说："做嫁裳，做礼衣。"

掌柜见他们打扮只是庶民，身上穿的却是棉布，针脚细密，便取来真红色的棉布："这个如何？"

怀袖爽快地付钱买下。

萧叡却拦了她一下："再多买两匹吧。"

怀袖问："为何多买？"

萧叡一本正经地说道："你那制衣手艺，不敢恭维，你给宁宁做了好几件衣服，缝错袖子，钉反纽扣，怕你做坏了，又要重新买，不如直接多买两匹布，便不用再跑一趟了。哈哈。"

怀袖气得瞪了萧叡一眼，气咻咻地说："我就不多买，要是缝错了，你不肯穿，我给别人穿，当我的新郎官。"

二人拌拌嘴，回去的路上，怀袖的心情却很好。他们又手牵手回家，路过一个卖糖葫芦的，她还买了一串，边走边吃。

萧叡空不出手，眼巴巴地看着她。

惹得她大仇得报似的哈哈大笑，吃到最后一颗，才递到萧叡的嘴边分给他吃。

萧叡嚼着这颗吃剩下的糖葫芦。其实这糖葫芦做得不大好，糖衣裹得薄，山楂又太酸，他却觉得甜得不得了。

二人在宅子里一家三口过日子，睡到早上，才从密道回宫去，继续当皇上和皇贵妃。

怀袖没事的时候，白天可以待在宫外的宅子里，萧叡不行，他不是每天都有空过去。

嫁衣做得颇快，又不要仔细地往上绣花，大概裁好了布片，缝起来就完事。

萧叡得空过来看看，还要嫌弃道："你的那件比我这件做得好，你又糊弄我的衣裳了。"

怀袖怪不耐烦地说："得做得快点儿，不然赶不上好日子了。能穿就行了，要是觉得我缝得不好，你自己缝呗。"

萧叡打趣道："哪有这样的娘子？"

怀袖理直气壮："你爱娶不娶。"

萧叡哪敢说不要，笑嘻嘻地凑上去："还是要娶的，你给我缝的衣裳，缝成什么样子我都喜欢。"

这一刻万事俱备，只欠东风。

什么都筹备好了，还差个主婚人。

可他们在宫外偷偷办婚礼，哪能让人知道呢？怀袖没有家中长辈，萧叡倒是有，但请不了。

怀袖说："不如找顺王吧，这种荒唐事，他最爱凑一脚了，也不会说出去。不然没旁人当得起你一拜了。"

萧叡便悄悄去求了皇叔。

顺王闻言，倒是淡定，甚是感兴趣："好，我便帮你这忙。"

终于到了婚礼那日。

他们这是庶民成亲，连小富人家成亲都算不上，也不敢到处逛。怀袖穿上嫁衣，坐着一顶喜轿从宅子里被抬出来，围着宅子绕了一圈，便算完了。新郎官穿着一身针脚蹩脚的大红喜服，脸上也搽了粉，昂首挺胸，喜气洋洋。

怀袖出院子时，萧叡不能待在宅子里，没亲眼看到，只听着喜乐渐渐地远了，又渐渐地回来。明明也等不了多久，他却越发心急如焚。

顺王这日也应景地穿了一件鲜亮点儿的衣裳，揣着袖子嘲笑萧叡："你急什么啊？又不是头一回成亲。"

萧叡道："就是第一回。袖袖怎么还没到？"

终于瞧见怀袖的轿子回来，萧叡恨不得冲过去迎。

轿子到了门前，停稳，媒婆递来一道红绸，两人各握住一边，萧叡的手都在发抖。

萧叡觉得自己每走一步，都像是踩在云端，又像是在做梦。

跟宫里的婚礼完全不同，没有繁文缛节，他们被市井民间最平常的喜乐和祝福围着。他们相识了快二十年，他才牵着他心爱的小姑娘，走到了喜堂。

没有奢华，没有文雅，没有规矩。

他不是皇帝，怀袖不是皇贵妃，他们只是世间一对相爱的男女。

司仪道："一拜天地。"

他们一起跪下，拜向天地。

"二拜高堂。"

再拜上座主婚的皇叔。

"夫妻对拜。"

萧叡站起来，怀袖像是有些站不稳。他伸手扶了一把，心里觉得好笑，怀袖看上去淡然，其实也很激动吧？哪个女子成亲不开心呢？

顺王道："喜今日嘉礼初成，良缘遂缔。一堂缔约，良缘永结。看次日桃花灼灼，宜室宜家，卜他日瓜瓞绵绵，尔昌尔炽。谨以白头之约，书向鸿笺，好将红叶之盟，载明鸳谱。此证。"

他念完祝词，司仪拔高声音："礼成，送入洞房。"

萧叡随便在外面应付了一圈儿，没一刻就急急地回了喜房。

关上门以后就隔开了吵闹。

他的新娘子盖着红盖头，端端正正地坐在喜床上。

萧叡一时间都不敢走近，站在门边望着他，心怦怦乱跳，只怕那是个梦，一碰他就醒了。

那真是袖袖吗？袖袖竟然愿意嫁给他吗？

只差这几步了，他反而畏缩，仔细打量，却看那身形，怎么看都是怀袖。

就算没有揭开盖头，他也能认出来。

萧叡拿起桌上的喜秤，忐忑地上前，挑开了红盖头。

怀袖梳着妇人髻，脸涂得白白的，嘴唇抿得红红的，微微抬起头，望向萧叡，展颜一笑："七郎。"

这就是他的袖袖。

萧叡忍不住扬起嘴角，胸口似有一团热流，鼓胀起来，却不知道该如何发泄，只声音沉沉道："袖袖。"

怀袖站起来。

萧叡握着她的双手，像是傻了一样，只知道直勾勾地盯着她，傻笑。

他们执手相望，也不知过了多久。

时光像在此刻停滞，又倒流。萧叡恍惚觉得自己还是那个深宫中无人问津的小皇子，怀袖也只是个不起眼的小宫女。

还是怀袖被看得受不了了，说："赶紧喝交杯酒吧。"

萧叡一拍脑门儿，说："对，对，还要喝交杯酒。"

怀袖倒好两杯酒，递给萧叡一杯，自己一杯，两人钩着手臂，仰头饮下。

酒液灼喉，五脏六腑都烫了起来，但都不比心烫。

萧叡激动得恨不得骑上马去跑两圈儿，他的一腔爱意疯狂膨胀，却不知道该如何宣泄，反而显得笨拙起来，傻笑地喊："袖袖。"

怀袖说："我在。"

"袖袖。"

"嗯？"

“袖袖。”

“你想说什么就说啊。”

萧叡面红耳赤地说：“我好爱你，袖袖。”

怀袖看着萧叡，像是无可奈何一样地轻声说：“我知道。”

萧叡等着下文，却没听见怀袖对他说“爱”这一字。

萧叡牵着怀袖到床上，怀袖坐在他的腿上，主动抱上来，把头埋在他的肩膀：“七郎，你别动，让我抱一会儿好不好？”

这一刻的拥抱，无关其他，只是两个人的爱在静静地相融。

反而比任何一次的床笫之事都更让萧叡满足。

怀袖一声不吭，萧叡却感到自己的肩膀和脖子有点儿湿了。

萧叡好笑地说：“哭了啊，还害羞？

“我都说了，在我心里，最重要的是你，等个五年好不好？我一定立你为后。

“袖袖，当年我第一次见到你，就觉得你是世界上最漂亮的小姑娘，我的小姑娘又给我生了小小姑娘，我现在觉得我是世界上最幸运的男人。”

怀袖没说话，低低地“嗯”了一声。

萧叡继续抱着怀袖，高兴地说：“我明日不用上朝，我装病。明天一整日，我都在这里陪你，就我们，你做饭，我烧火。

“宁宁呢，宁宁要不要接过来？

“我觉得还是不要了，要是宁宁在，你又围着宁宁转，没空搭理我了。”

萧叡在那儿喋喋不休地说着，怀袖一句都没回。

他说着说着，怀袖搭在他肩膀上的手像是灌了铅一样，慢慢儿地滑落下来，抱不住他了。

萧叡这才感觉到不对劲，满身酒气的他终于嗅到了血腥味。

他感觉到有一滴温热的液体落在他的手背上，低头一看，他以为是怀袖的眼泪，却看到一滴黑红的鲜血。

萧叡如魂离体，怔了怔，才僵硬地把怀里的怀袖翻过来面朝着自己。怀袖倒在他的臂弯里，黑红的血从她的嘴角流出，将她的侧颈、前襟，将他的肩膀也都染湿染红了。

萧叡这才意识到发生了什么，双手止不住地发抖，不停地去抹她脸上的血，怎么擦都擦不干净：“你干了什么？袖袖！朕现在就去找御医，朕现在就去！”

萧叡把怀袖打横抱起来。

怀袖靠在他的怀里，摇了摇头，轻声说："没用的，我是上轿子前服的毒。我既想死，无人可救我。"

萧叡哪儿听得进去，他太着急了，没看脚下，被绊了一脚，摔在地上，还记得要把怀袖护在怀里。

他要爬起来，怀袖拉了他的衣服一下："我有话要与你说。"

萧叡发抖地问："你要说什么？"

他坐在地上，把怀袖搂在怀里。

怀袖像是用尽了最后一点儿力气，若不仔细听，她气若游丝的声音一说出来，便飘散不见了："您说您爱我，您也问过我许多次。

"我终于可以告诉您了。

"我不爱您。

"您是这世上最尊贵的人，贱妾卑微，一无所有，我只剩下我的一颗心，实在不想奉献给您。

"您坐拥江山四海，无数人爱您，应当不缺我这颗心。

"您为什么……总想问我要呢？"

怀袖闭上眼睛，耳边的声音都飘远了。

不知怎么回事，怀袖突然梦见幼时的事情。那时他们都小，萧叡非要教她背一首诗，她学会了以后，萧叡考她。

她把诗背给萧叡听——

"春日宴，绿酒一杯歌一遍。

再拜陈三愿，

一愿郎君千岁，

二愿妾身常健，

三愿如同梁上燕，岁岁常相见。"

怀袖不知道为什么萧叡要她背这首诗，总觉得有点儿不正经。她背完，抬起头，看到他眼睛一眨不眨地望着自己，脸颊不知怎么就发热起来。

萧叡夸她："背得真好。我得奖奖你。"

她傻乎乎地问："奖什么？"

萧叡飞快地亲了一下怀袖的脸颊。

她满脸通红，羞得把书砸在萧叡的脑袋上，再也不敢去见他了。

怀袖靠在萧叡肩膀上，闭上双目，在心底默默地念：三愿如同梁上燕，岁岁常相见。

皇宫突然变天了。

一直危在旦夕的太皇太后还吊着一口气，而刚生了孩子、仍圣宠不衰、如日中天的皇贵妃秦氏却毫无预兆地薨了。

册子上只写了短短的一句话："皇贵妃秦氏，年二十七，四月初三，急疫而卒。"

"皇贵妃"听上去贵重，但来来往往百年间，宫里也出过不止一个皇贵妃，死过不止一个皇贵妃，倒无甚稀奇。先前还有臣子为皇贵妃的盛宠而心生忧虑，担心到时皇后入主东宫之后，皇上会宠妾灭妻，坏了规矩。

但皇贵妃自己交了凤印，皇后又没进宫，且静观其变，待看后事如何……没料到，皇贵妃突然没了，一切问题都迎刃而解，所有人都松了一口气。

然后，皇上也跟着病倒了。

卧病在床，长眠不醒。

萧叡记不大清后来发生的事情，他的记忆是破碎的，只有一些断断续续的碎片，他无论说什么，自己都像听不见，觉得自己像是聋了哑了，一点儿声音都没传到心里。

萧叡记得自己抱着怀袖跑出去，满身是血。他站在门口，却不知该往哪个方向去，该去哪儿找大夫，仓皇无措，手抖个不停。

在此时此刻，至尊无上的皇权亦毫无用处。他觉得自己在天地之间，彷若一粒微不足道的尘埃，什么都做不了。

萧叡只有用最后的一丝理智，命人赶紧套了马，乘马车去找御医，在黑夜中一路狂驰。

他把怀袖抱在怀里，想要焐暖她正在冷去的身体，握着她的手反复地亲吻，不停地对怀里的人说话："袖袖，袖袖，你醒醒，我带你去找御医。

"你一定会好的，你别睡好不好？

"宁宁还在宫里等娘亲回去呢，你忍心抛下宁宁吗？你想想宁宁好不好？宁宁才学会喊'娘'啊。

"你不喜欢我便不喜欢吧，你想想宁宁好不好？

"我求求你，你别睡。

"你睁开眼睛啊，你骂我啊。

"袖袖，我求你了，你骂我啊，骂我啊。"

萧叡来不及去太医局，直接去了太医正家。

医正被吓了一大跳，大半夜的都睡下了，突然被皇上砸开门，还抱着鲜血淋漓的皇贵妃上门。

他不敢多问，赶紧给皇贵妃诊脉，一摸脉象，再探颈息。

这人都死透了……

萧叡的声音都在抖："将医药库开了，用什么药都可以，朕准了，朕都准。"

他跪下谢罪："皇贵妃已薨。"

萧叡提了剑就要砍他，幸好有顺王在，将他拦下："你杀了他有什么用呢？杀了他怀袖就能活吗？不过是给怀袖徒增杀孽，害她到了地下下辈子没办法投个好人家的胎。她活着你要她为你当牛做马，她死了你还要接着害她吗？"

萧叡深吸一口气，扔了剑，道："再去找个大夫，再去找一个，换一个御医，快点儿，把人都叫过来！"

医正仍伏地不起："陛下，医者可救活人，却不能活死人。"

萧叡眼睛赤红，头发凌乱，满身狼狈。

他难道不明白吗？他当然知道怀袖死了，谁都救不了了，但明明，明明他眼前的怀袖还像是好好的，只是闭着眼睛而已。

怎么就死了呢？

他又抱起怀袖，走出屋子，下意识地朝皇宫的方向走去。

他看到巍峨高耸的宫墙，已有溟蒙的光。

天亮了。

怀袖的手也凉了，就算他把她的手贴在自己的胸口，也焐不热了。

那个曾与他手牵手在黑暗的冷宫小道里穿行，与他偷偷亲吻的小姑娘就这样死了。他无力地跪坐在地上，把人紧紧地搂在怀里，吻着她的额头，无声地哭泣。

曾经有个小姑娘，眼睛亮着光，高兴地对他说："我的老家在江南的一座小村子里，我家门前有一条小溪，等我出了宫，便回去。我想开一间女塾，教别的女子读书识字，每天日出而作日入而息，悠闲到老。"

萧叡不以为然，开玩笑地说："那好，那我就做个农夫，给我们的女先生种菜猎肉，哈哈。"

纵有皇权又如何？还不是连这样一个小女子的命都挽留不住。

不，不是他留不住，怀袖就是他一步一步逼死的，他连怪罪别人都不行，他自己就是罪魁祸首。

萧叡再也无法找借口了。

那碗药是怀袖自己服下的，也是他亲口喂她服下的。

他看到父皇站在自己面前，腐烂可怖。

父皇对他说："我早说了吧，你就不适合当一个皇帝。不过都一样，是皇座选了你，不是你自己坐上去。每一个皇帝都一样，谁坐到了那里，都会变成这副模样。"

萧叡低头看自己，已经开始腐烂了。他站在皇座之前，他的兄长、姐姐都在此处，抓着他的腿，要将他往下拖。

他怔怔地坐下，犹如被裹尸布缠住，不得动弹，腐烂从下而上地蔓延。

萧叡闭上眼，沉入一片漆黑深潭。不知过了多久，他再醒来，依稀听见有个人在叫他："七郎，七郎。"

像是怀袖的声音。

萧叡睁开眼，看到怀袖正在看着自己。

是十六七岁时的怀袖。

怀袖推了他一下，催促道："你快起来，该回去了，不回去的话就要被人发现了。"

萧叡愣愣地问："发现什么？"

怀袖皱眉，像在看傻子："发现我们暗通款曲啊！"

她自顾自地坐起身，薄被从她的身上滑落下去。她也不管萧叡的目光，背过身去，开始穿衣服。

萧叡蒙了，已经分不清这是在梦中还是在现实。怀袖明明死了啊，死在他的怀里，他一看到她要走就慌张，就算是梦，能再多做一刻梦也是好的。他连忙从背后抱住她："袖袖，袖袖，你别走。"

怀袖不耐烦地说："七殿下，您别折腾我了，再不回去就要被皇后娘娘发现了。"

她回过头，被吓了一跳："你干什么啊？怎么要哭了的样子。"

萧叡红着眼睛说："我梦见你死了，你死在我面前。"

怀袖笑了一下："什么啊？我这不是好好的吗？"

萧叡哽咽道："我怕是做梦。"

怀袖凑过来亲了他一下："好了，别傻了，不是在做梦，行了吧？"

萧叡又说："我梦见你自杀了。"

怀袖像是觉得很荒唐似的说："我自杀？我怎么会自杀？我才不想死呢。你这做的什么梦啊？好了，放开我吧。"

萧叡仍抱住怀袖不放，近乎卑微地说："袖袖，我们成亲吧。做我的妻子，好不好？我这就去跟我父皇求。"

怀袖更觉得好笑，道："你上次不是还嫌弃皇后给你找的那位小姐是庶女，身份太低吗？人家好歹是小姐，我还不如她，我是给皇宫签了卖身契的奴婢。"

萧叡急忙说："那我也只是宫女生的皇子啊。"

怀袖又说："别开玩笑了，你不是想要当皇帝吗？你娶个宫女当正妻，还怎么做皇帝？"

萧叡说："我现在就去求父皇。你等我。"

怀袖脸红了。

他们手牵手去找了皇上，皇上竟然真的允了他们成亲。

成亲不过两月，怀袖有了身孕。

为他生下一个儿子。

孩子一生下来，不必人教，他便很会带孩子，比好多丈夫都要带得好。

人人都羡慕怀袖跃上枝头，嫁了个好丈夫。

他们虽不算般配，但是琴瑟和鸣，夫妻恩爱。春天便一起去踏青，夏天采荷，秋天蹴鞠，冬日堆雪。

他的儿子生得特别聪明伶俐，冰雪可爱。

萧叡对此心满意足。

真好，真好。

萧叡已经忘了计较这是不是梦，他太喜欢这里了。他当了个手无实权的闲散王爷，娶了怀袖做他的妻子，没有别人，只有他们，他给怀袖抚琴、梳发、描眉。

别人说怀袖身份低，又不妨碍他过日子，他觉得喜欢就好了，他才不管世间的闲言碎语。

多好啊。怀袖嫁给了他，做他的妻子，要与他白首不离。

萧叡又见到怀袖在屋子里缝一件衣裳，多看了两眼，奇怪地问："这是什么衣裳？怎么看着像是给小女娃娃穿的。"

怀袖说：“是啊，这是做给宁宁的。”

宁宁？

宁宁是谁？

萧叡恍惚了一下，再回过神，发现自己站在空寂无人的宫殿之中，怀袖穿着一身嫁衣，满身是血。

孩子的哭声如破空般灌入他的耳中。

宁宁，是宁宁在哭？

萧叡深喘一口气，咯出一口血，光从眼缝漏进来，太刺眼，周边乱糟糟的一片。

“醒了！醒了！皇上醒了！”

有人对他说：“怀袖死了，要是你也死了，宁宁谁管？怕是没过两年就跟着你们一起去了啊。”

萧叡缓过这口气，心口还是很疼。他眼前还是一片模糊的，嗓子也如咽下一把沙子似的干哑，有气无力道：“把宁宁抱给我。”

萧叡整整昏迷了三日，米水不进。一群太医束手无策，后来便想了一些迷信的法子，说可能是伤心过度，魂魄离体，要想办法把魂魄叫回来。

连生病的太皇太后都拄着龙头拐过来喊魂，也毫无反应，还是顺王拍板把小公主抱过来。她胆子倒是大，也不知是不是没心没肺，看到爹爹躺在床上昏迷不醒，只好奇地把一双大眼睛睁得圆溜溜的，再看其他人，完全不晓得发生了什么。

顺王亲自抱着她，说：“宁宁，哭。”

小公主不仅不哭，还笑。顺王是个坏心眼儿的，抽她的小屁股，她才“呜哇”地哭了起来，哭得上气不接下气，这才知道要去向爹爹求助。她觉得好委屈，往日她一哭，所有人都来哄她，娘亲会来抱她，爹爹也会来逗她，更别说下人了，但是这天没有，没人理她。

宁宁大哭，没一会儿，床上的萧叡终于动了动。

众人大喜。

萧叡一醒过来，就赶紧要人把哭闹的宁宁抱给他，亲自哄宁宁。他把宁宁抱到手里，看到宁宁那双像极了怀袖的双眸，又开始鼻子发酸。

怀袖平生没哭过几次，跟他哭得最厉害的一次就是被他骗回宫的那次，哭着问他：“你是真想逼我死吗？”

萧叡以为怀袖只是一句气话，而今再想想，说不定是真的，或许当时怀袖已经心存死志。

他在床上躺了好几日，浑身无力。宁宁这一刻是个胖丫头，他差点儿抱不动了。

宁宁本来哭得凶，小脸蛋儿都哭红了，但看到爹爹一脸悲伤，像要哭起来一样，她还是第一次见到爹爹这样，把她给弄蒙了。她的眼角还挂着眼泪，傻傻地看着萧叡，伸手轻轻地摸了摸他的脸颊。

正如她每次哭起来，娘亲哄她的一样，笨拙地模仿。

萧叡愣了愣，意识到宁宁是在学怀袖。他闭上双目，对众人说："朕已无大碍，退下。"

这是他最后的一点儿面子了。

待没人了，萧叡抱着女儿哭了个痛快，方才起身，披了件衣裳，抱着宁宁坐在床边，再宣人进屋。

张磐问："皇上可要用餐？您几日未食，太医说不能吃得太急，用点儿粥养一养，过两顿再吃大菜。"

萧叡道："不必，朕不饿。"

这倒也古怪，他只觉得伤心，一点儿也没觉得饿。

刚醒来的时候他一点儿气力都没有，宁宁到他的怀里以后，他便觉得自己有了主心骨一般，重新活了过来。他走到如今这步，哪还有退路去奢望当个闲散王爷？

这个皇宫是怎样对待一个没有娘亲的小皇子他又不是不知道，而宁宁还不是皇子是公主，怀袖留给他的就只剩下这个女儿了，他得护着宁宁。

萧叡问："朕睡了几日？"

太医上前搭话："禀告陛下，您昏迷了三日。"

萧叡颔首，头还在疼，有种魂魄没有完全附体的脱离感。他问张磐："皇贵妃呢？"

张磐怔了怔，一时间不敢说话，听说皇上差点儿把太医院的医正给砍了。而且皇贵妃死得蹊跷，具体发生了什么他也不清楚，只知道皇上和皇贵妃近来总是偷偷地出宫，原先还好好的，然后皇贵妃突然就没了。

他以为皇上是昏过去了，赶紧跪下去，磕头道："皇贵妃……皇贵妃薨了。"

萧叡平静地答："朕知道。朕是问皇贵妃的尸身呢？朕这几日昏迷，皇贵妃的事情就没人处理吗？"

张磐冷汗都冒出来了，小心翼翼、一字一板地说道：“皇上您昏迷的这几日，太皇太后做主，顺王操办，暂时将皇贵妃的尸身收殓，停在皇庄，等您的旨意好下葬。”

萧叡道：“请皇叔进屋一谈。”

顺王进了屋。

四下无人，萧叡抱着宁宁，先对皇叔浅身一揖，道：“多谢皇叔担待。”

顺王赶紧扶他：“我一老道，当不起陛下一谢，陛下不必多礼。”

他开门见山地说：“怀袖得赶紧下葬了。这两天天热，近夏了，就算用着冰，尸身也放不了几日。已停灵三日，可以葬了。您准备把她葬在哪儿？葬在妃陵？还是偷偷把她送回老家安葬？”

这又诛心了。

怀袖与他说过无数次，要是死了，想要葬回老家祖坟，埋在爹娘和姐姐身旁，一家团圆。

她根本不想和他生同衾，死同穴。所幸他的心此刻已千疮百孔，不介意再被多捅一刀。

“容朕想想。”

“那可得快点儿了。”

萧叡又问：“还没封棺吧？朕想去看袖袖最后一眼。”

顺王道：“你确定你要去看吗？苗尚宫给怀袖换了衣裳，重新打扮，但停在灵堂多日，她的尸身一定开始腐坏了。我劝你还是别去看了。她身前那么体面的一个人，最落魄的时候都要把自己打扮得齐整，怎会愿意被你看到腐烂丑陋的模样？”

萧叡心头绞痛，顺王说得甚有道理。

顺王想了想，还是进言：“我知你不舍，但她平生多苦，好不容易死了，让她得个安宁，早日入土为安吧。”

萧叡苦笑一声：“朕知道了。”

此事却得尽早解决。

萧叡歇了半日，虽没有饿意，但还是用了两碗粥，有了一些力气。他换上龙袍，命人伺候笔墨，亲自写了一道圣旨，然后带着圣旨去了慈安宫。

不仅如此，萧叡还一直抱着宁宁，一路没放手。

太皇太后起身迎他：“皇上大病初愈，怎么来我这里了？”

萧叡道：“朕欲追封秦氏为皇后，请太皇太后在圣旨上盖凤印。”

太皇太后一句反对的话都未说，直接叫人将凤印取来，亲手盖了章。完了，她将凤印放回盒中，略带讥讽道：“她人都死了，你现在追封她做皇后又有何用？”

太皇太后质问：“你追封了秦氏做皇后，那兰家女儿呢？你打算怎么处置，让人家当继室吗？”

萧叡面不改色道：“兰家嫡小姐便由祖母您认为干女儿，朕会给她加封一个郡主头衔，赠一笔嫁妆，送她嫁人。”

太皇太后轻笑一声，像是在笑话他什么都想要，结果什么都没得到。

她看了一眼小公主，又问：“那公主呢？你打算交给哪个妃子抚养？就算你不娶兰氏为后，也得立别人为后，到时把公主交给继后吗？”

萧叡不说话，但显然不乐意。

太皇太后懒得再劝萧叡，疲惫地闭上眼睛，摆摆手，倒在床上，翻了个身：“算了，你走吧。你们萧家的男人一个个的，都一副德行，我懒得管。”

萧叡行了一礼，把宁宁抱到怀里。

宁宁等得困了，靠在他的肩膀上睡着了。

萧叡将圣旨颁布下去，满宫皆惊。

但这连酸都酸不起来，人都死了，再加多好听的谥号有什么用？就是泼天的荣华富贵，也享用不到了。

这皇宫里还是有几个人为怀袖落了几滴泪的。

怀袖这一生，说来幸运，说来不幸。一介民女八岁入宫，一路至六局尚宫，转身为妃，又一步登天当上皇贵妃，诞下皇长女，又突然薨了。

眼见他起高楼，眼见他宴宾客，眼见他楼塌了。

但就算是这一刻追封怀袖为皇后，并将她以皇后规格葬入皇陵，也有些来不及准备了。

萧叡命苗尚宫办理此事，他带着小公主回了御书房，先将堆积了三日的奏章挑着紧要的看完批了。

萧叡批到一半，原本睡着的宁宁突然哭了起来。

他赶忙去看孩子。

他心里慌张，不知道该怎么哄孩子好，以前怀袖在的时候都好好的。他把宁宁抱在怀里哄，却止不住孩子的哭声。宁宁哭着哭着不哭了，萧叡刚要松一口气，突然感到手上一热，才发现宁宁是尿了。

萧叡顾不上自己换衣服，先让人把小衣服和尿布拿过来，给宁宁换干净衣裳。

然后他才自己略擦洗了一下，换了一身清爽的，终于冷静了点儿。他记得怀袖与他说过，宁宁很乖，若是哭了，就是要方便或是要吃奶。

他把宁宁放下没一会儿，宁宁又开始哭。

他想，一定是该喂奶了。

萧叡将宁宁的奶娘找来，让人给宁宁喂奶。但宁宁不知道怎么了，就是不肯吃，又哭又闹，不停地喊“娘”。

哭得萧叡头疼。

萧叡问这妇人：“小公主是怎么了？”

奶娘生怕被问责，支支吾吾地说：“兴许小公主是想娘亲了。她要娘娘喂，不要我喂，以往也有过几回。”

一说到这个萧叡就鼻子泛酸。宁宁想找娘亲，他也想找他的娘子啊。

可是能去哪儿找啊？

怀袖对他狠心也就罢了，怎么会舍得丢下还那么小的宁宁呢？

萧叡把奶娘屏退。宁宁哭累了，坐在堆满被褥的柔软榻上，泪汪汪地望着爹爹，脸蛋儿都哭红了，满脸泪水，头发也乱糟糟的，鼻涕都哭出来了。她自己抹了把脸，把脸上弄得脏兮兮的，一点儿都不像小公主，像个小乞丐。

宁宁这一刻哭歇了，只是还在哽咽，打哭嗝。

萧叡心疼得不行，给她擦脸，一擦她又哭了起来，小手揪着他的衣服，叫道：“娘，娘。”

像是在问萧叡讨要怀袖。

萧叡自己都想哭了。他实在无计可施，就抱着宁宁，给她唱怀袖教过的小调，好不容易终于把她哄睡了。

萧叡想睡也睡不着，御医再三嘱咐让他好好休息。他躺了一会儿，一闭上眼忽然看到他挑起喜帕之下怀袖的脸庞，忽然又想到怀袖死在他怀里的模样。他半夜惊醒，呆坐在那也无济于事，不如做点儿事。

这几日堆积的政务也没做完。

过了一会儿，宁宁也醒了，应当是肚子饿了。他命御膳房弄了一碗米糊，一碗香橙蒸蛋，亲手一勺一勺地喂宁宁吃，再哄她睡觉。

萧叡才一个人带孩子小半日，便觉得焦头烂额。明明怀袖说宁宁是乖娃娃，以往他看怀袖带孩子，他也不是全撒手不管，从没感觉这样棘手。

辗转煎熬到天亮。

萧叡抱着宁宁回蘅芜殿，为怀袖整理遗物。

蘅芜殿的女主人已经不在了。

只留下满宫仓皇的奴仆，他送给怀袖的这么多金银财宝，却不知道该不该把那些装进怀袖的棺柩之中。

宁宁本来很高兴，以为能见到娘了。

但是被爹爹放在小床上，她左看右看，都没找到娘亲，撇了撇嘴，又开始哭。

萧叡只得赶紧又把她抱起来："莫哭了，要给你娘办丧事了。"

他抱着她四处去看，这才想到，怀袖既存有死意，有没有给他留下只言片语呢？

他翻看怀袖的首饰盒，在最下一格里，发现了一封被压在玉兔抱月钗下面的信。他拿出来看，上书"绝命书"三个字。

萧叡颓唐地坐下，拆开信看。怀袖的字迹娟秀，笔锋宁静，既看不出悲怆，亦看不出不舍，像是在写一封极平常的家书：

"七郎，这是我最后一次称你为'七郎'。

"你在看到这封信时，我应该已经死了，是我大逆不道，欺君犯上，在此向您谢罪。

"自八岁那年我进宫认识您，迄今将近二十年。我从不曾问您邀功，只此一次，希望在我死后，请您将我送回老家安葬，让我魂归故里，落叶归根。"

萧叡看完只觉心口绞痛，疼得几乎喘不上气。怀袖这都死了，还要再捅他一刀，他想装作视而不见都不行。她决绝地走了，还要他死后也孤零零地躺进皇陵。

萧叡一直在屋里，关上门独自待了大半日。

一日后，空的金丝楠木棺中装着凤冠凤袍，葬进了皇陵。

无人注意到另有一行人带着骨灰瓮，悄悄地离开了京城，前往江南怀袖的老家。

京城离江南那么远，若是直接送尸体回去安葬，必定在路上腐化得不成样子。所以最后萧叡还是决定命人先将怀袖火葬，收殓骨灰，送回江南怀袖的老家安葬。

可是怀袖老家全家的人都死光了，只剩下他们女儿一个后人，也不好正大光明地扫墓拜见，也不可能写入秦家族谱，相当于秦家一脉就此死绝了。

萧叡亲自去看火化，都不敢走近，怕自己多看一眼都承受不住。

他给怀袖追封皇后之后，将皇后大婚的婚袍一并放进了棺材里，凤冠霞帔，该皇后有的，一应放了进去。皇后婚礼礼袍不比怀袖自己做的那件大红嫁衣，不仅是布料珍贵，上面的金针银线刺绣都需要二十个顶级的绣工做三年，方可做成一件，凤冠上的每一颗珍珠都是八分浑圆的南珠。那么多宝贝，都跟着怀袖的尸身一起，偷偷地烧了。

烧了整整一日才烧完，捡了一罐子的骨头骨灰。

他抱着宁宁去看怀袖火化，宁宁倒是没哭，靠在他的肩膀上，不知道发生了什么。

萧叡问这个小傻子："你知不知道你娘没了啊？"

宁宁什么都听不懂，但是听懂了"娘"这个字，咧嘴笑，露出两颗刚开始冒尖尖的白色小米牙，朝他傻笑，拍拍小手："娘，娘。"

她一笑起来，跟怀袖更像了。

萧叡如咽下一把碎瓷片，扎得五脏六腑都疼。他哽咽地说："还笑呢，你娘回不来了。你娘不要我了，也不要你了。"

只剩下他们父女俩了。

因火化是私下偷偷进行的，没几个人知道。名义上怀袖的棺材已经送进皇陵的皇后冢中，等他身过之后，将帝后合葬。

萧叡只请了皇叔过来做法事。

又亲眼见一队人带着怀袖的骨灰启程去江南。

末了，他去找皇叔喝闷酒。

顺王道："就算你明日不上朝，你还得照顾宁宁，你喝什么酒？"

萧叡痛苦地说："一盅，最后一盅。"

他把怀袖以前那个小徒弟雪翠提了上来，负责照顾宁宁。他不知道旁人，但这个女孩子对怀袖的忠心日月可鉴，必会是个忠婢。所幸宁宁谁带都乖，比起男子，她更喜欢女子，找个漂亮的姐姐抱她她最开心了，比跟爹爹在一起还要乖些。

但若不是实在没法子，萧叡都亲自带女儿，不愿假他人手。一是他如今杯弓蛇影，他知自己太过宠爱这个女儿，未免会让人瞧不惯，在这宫中大多数时候皇帝的宠爱就是最大的过错；二来宫中子女多因不怎么和父皇亲近，导致感情淡薄，他与父皇就是一个典型的例子。他不想到时候变得跟宁宁也那么生分，他更希望自己是宁宁的爹爹而不是高高在上的父皇。

萧叡只埋头喝酒，也不管酒好酒坏，喝得烂醉，一言不发。

许多与怀袖之间的事情，他无人可说，也不能说，只能闷在心里，不停地反刍。

真的憋到了极点，又喝得醉极了，他才喃喃道："我们相识了二十年，在一起十年，她为我做了好多好多，我总觉得是应该的。

"我对不起她。

"她多狠啊，总是骗我，临到死了，还要骗我说她一点儿也不爱我。我觉得她是骗我的，若她不爱我，怎么又会伤心到服毒自尽？可若她爱我，又怎么会忍心抛下我就走了？"

顺王左耳进右耳出，觉得自己这两年和皇家实在走得太近了，也该再远一点儿才好。他平生不沾半点儿男欢女爱，全然没有触动，只觉得果然很麻烦。幸好他是个老道士，打光棍儿打到老，多快活。于是，他只是不冷不热地劝道："少喝点儿吧，你明日还得回去当皇帝。一个皇帝，不应该喝得烂醉如泥。"

萧叡醉醺醺的，意识不清。他看看自己的手边，没发现宁宁，被吓了一跳，问："宁宁呢，宁宁呢？"

萧叡赶紧从椅子上站起来要去找不见了的女儿，像是被吓坏了，但是他醉得摇摇晃晃，连直线都走不了。

顺王说："宁宁睡了，你满身酒臭，还是别去抱她了。"

萧叡便又坐回来，脑子似乎清醒了一些。

顺王问："接下来呢？你接下去打算怎么样？这个皇后追封了，但是继后呢？兰小姐被你发嫁了，可没有兰小姐也会有陈小姐、邓小姐吧？国不可一日无后。而且你还没有儿子，怀袖没了，你必须找别的女人生。"

萧叡沉默不语，夜色落在他的身上，像是给他裹上了一件漆黑的袍子。过了良久，他才说："如果我说我想为怀袖守两年，是不是听上去很可笑？"

顺王被噎了一下，也只有他是萧叡的亲皇叔，所以才敢和皇帝这样说话："是很荒唐，皇上。"

他其实无法理解萧叡的所作所为，既如此，在怀袖生前，他为什么不做呢？而今怀袖死了才一口气补回来，有什么用？

顺王委婉地说："还是以大局为重吧。"

萧叡一下子也看不出是醉还是没醉，他说："你一定觉得我在惺惺作态吧？这世上男子为亡妻守节也不是没有，只因为我是皇帝，就显得很稀奇吗？我又不会大张旗鼓……我只偷偷为她守。”

萧叡一直没有去想，当初他有了第一个和怀袖以外的女人时，怀袖是什么心情，她是否彻夜难眠。她那样骄傲的女子，即便出身卑微，却从未看低自己，哪里受得了这样的折辱？虽然她什么抱怨都没有，但那颗真心不是一刀就死掉的，是在日积月累之中，一寸一寸地化作了灰。

只有他在装傻，在沾沾自喜，以为一切都会如他所愿。

顺王又说：“你说你要为怀袖守两年，可是太皇太后病体沉疴，多半没有下一个两年了。若是太皇太后也没了，你又得守孝，两年又两年，你守得了这么久吗？陛下，您是皇帝，金口玉言，有些事情若是您也做不到，还是不要承诺为好。”

皇叔虽说得委婉，对萧叡来说仍如当胸一剑。

他立即想到自己对怀袖允下的诺言，他平生失信并不多，几乎都栽在了怀袖身上。他一次又一次地对她许诺，一次又一次地反悔，他以为厚着脸皮可以蒙混过去。

结果就是这样。

究竟是当初他放怀袖离开皇宫回了江南。此生一别两宽更好？还是让怀袖作为他的新娘子，死在他怀里更好？

萧叡希望怀袖活着，又希望怀袖是自己的。

人死都死了，再放马后炮有何意义？

要是怀袖没死，萧叡也不会知道她在自己心里比他想象中的还要重要。他连父亲兄弟都能下狠手，唯独她是他的软肋，可是以前她太坚强了。她是个勇敢的女人，不需要他的保护，不是那种请君垂怜的女子，所以他也没意识到。

萧叡以为怀袖只是个玩物，配不上当他的伴侣。他以为只是习惯了这个女人陪在他身边，就像是一张舒适的被子，一件合身的衣服，密切地存在他的生活之中，虽没有奇珍异宝那么贵重，但是必不可少。那样一个无依无靠的女人，还不是他掌心的玩物吗？

这个“玩物”把自己摔碎了，裂成碎片，狠狠地扎进他的心里，他心疼欲死，还舍不得拔出来，最好就这样长在一起，至死为止。

过了两日，萧叡在梦里又见到了父皇。

萧叡反而异常平静，以前他很不想梦见父皇，所以都去找怀袖一起睡觉。和她在一起，他就会觉得内心安稳。

而今怀袖死了，没人会再把他从噩梦里拉出来。

父皇在嘲笑他妇人之仁，竟然为了一个女人伤心至此："你看，我早说了你不适合当皇帝吧？你是不是后悔当皇帝了？"

与以往不同，萧叡既不害怕，也不心慌，说："我发现怀袖说得对，大抵再来一次，我还是会选择当皇帝。"

萧叡发现自己的身上多了一身甲胄，腰间悬着他的宝剑。他提起剑，一剑将父皇的脑袋斩了，道："我是皇帝，皇帝至高无上，想做什么就做什么，你可以喜欢三宫六院佳丽三千，我也可以只爱怀袖一个人，你凭什么管我呢？我凭什么又非要照着别的皇帝做过的事情来做呢？"

父皇的脑袋咕噜噜滚到地上，仍然能眨眼说话："你现在终于有个皇帝的模样了。"

萧叡醒来时，还是深夜。

他坐起身来，先看宁宁。他在龙榻上铺了张小床，宁宁就和他睡一张床上，就近照料。

夜里他睡着了，把宁宁交给谁照顾都不放心，于是就这样没规没矩地让小公主睡龙榻，等宁宁再大一些了，再在房间里弄张床给宁宁睡。若不是不可以，他恨不得把他的乖女儿揣在袖子里，走到哪儿带到哪儿。

最近萧叡去上朝，都要带着宁宁一起。

朝臣说了他一回，他一意孤行，大家就睁一只眼闭一只眼了。反正小公主很乖，不吵不闹，多半是在父皇的怀里打瞌睡，要么坐在那儿好奇地盯着百官。

只是她生得太可爱了，让人忍不住想要多看几眼。

萧叡怕吵醒宁宁，看宁宁没醒，才打开床头的一个暗格。里面装着一樽瓷罐，与他们送去江南的怀袖的骨灰罐一模一样，正是一对。

怀袖的骨灰实际上并没有全部送去江南，一半已经送去埋下了，另一半在他这里。

明明上面没有一丝灰尘，萧叡还是把瓷罐拿出来擦了擦。他每天夜里都要偷偷拿出来擦一下，和怀袖说说话。

"袖袖，我知我是个自私的人，你现在肯定在地下骂我吧？

"不过我没想把你葬进皇陵，你放心。

“我只是怕都葬下去了，你就毫不留情地投胎去了，我估计还会活个十几二十年，到时就算我抓紧时间投胎，也赶不上你，我们又得错过。

“你想骂我就骂我吧。你在奈何桥上等等我，等我死了，我让人把你好好地葬下去，我们一块儿投胎。

“下辈子啊，我不选生在皇家，我们就生在市井里，做一对普普通通的夫妻。”

说完，萧叡把罐子放回去。

萧叡怔了一会儿，又说：“你一定不想和我再续前缘，我知道的，你被我伤透了。那到时候你要不要再嫁我，就随你吧。”

“下辈子我给你当牛做马，还你这辈子为我做的那么多。”他神经质的喃喃自语把宁宁吵醒了。

“对不起，宁宁。”萧叡侧卧下来，轻声给宁宁唱小调儿，哄她睡觉，“我如今唱得这么好，你娘听了，定要夸我哩。”

宁宁睡得迷迷糊糊的，挥舞着小手。萧叡把自己的大手伸过去，宁宁的手实在太小了，握不住爹爹的手，只握住一根手指，就是睡着了也紧握着不放。

萧叡亲了一下她的额头：“唯愿孩子愚且鲁，无灾无难到公卿。爹只有你了，你要平平安安地长大呀。”

京城的某处。

宅院深处，几个人关上门密谋。

上首的一女子道：“我觉得差不多了，可以着手安排人将宁宁偷出来。他伤心不了多久，不过做做样子，他去妃嫔那里过夜时必不可能带着宁宁，那时便是好时机。左右一个公主在宫中也不稀奇，公主又待如何，将来他会有很多儿子很多女儿，反正不差一个宁宁。这宫中死了一个小公主也不奇怪，他落两滴泪便算完了。”

外面天色还一片漆黑，雪翠听见寝殿里的一丁点儿动静，立即醒了。她被皇上直接提到正和宫当差，做小公主的贴身大宫女，从早到晚都得随时随地地候着，自然很辛苦。可中宫中当奴婢的，哪有不辛苦的呢？

再说了，小公主是姑姑的女儿，她乐意至极，伺候得非常精心。

雪翠和衣而眠，一起身，却没有进寝宫，而是在外面听从吩咐，让人把热水拎来，准备等下给皇上和小公主洗漱。寝宫内依稀传来穿衣服的窸窸窣窣声，还有小铃铛叮叮咚咚的响动。皇上不知在与小公主说什么，小公主咯咯地笑起来，父女俩别提有多亲密了。

雪翠安静地等着，说是贴身宫女，但很多时候都用不着她伺候。皇上待小公主如掌上明珠，纵然是她翻遍掌故，也没见过有哪位皇帝宠爱子女到这种地步，竟然还让小公主睡在龙榻上。

每日夜里，她都会听见皇上给小公主唱歌，亲自哄小公主睡觉。睡下之后，就算半夜小公主醒了，除了让他们拿吃的、换被褥、换衣裳，旁的都不怎么需要伺候，他们连抱一下小公主都用不着。

有时临睡前皇上会让他们准备好小公主翌日一早要穿的衣服，早起给小公主穿。

雪翠年纪虽小，但因为得皇上的信任，如今也是正和宫中说话颇有分量的宫女。

过了一会儿，皇上在屋内唤了一声，他们才敢进去。

皇上还穿着里衣，四名宫女过去给皇上换衣服，雪翠则去照顾小公主，给小公主换上一件西瓜红的宫裙。小公主的衣裳多得很，小孩子身体长得快，一个月变一次样，寻常民间的孩子，家里人会把衣裳尺寸稍放宽一些，能穿得久一点儿。

但小公主不同，尚服局那边皇上特意命了三十个绣娘给小公主做衣裳，每旬都要做新衣裳，别说三十天每日一件不重样，就算是一年到头不重样都可以，几乎日日都有新衣穿。

更别说那布料，用的都是最上等的丝绸，贴在肌肤上无比柔软，再适合小孩子穿不过了。

小公主刚学会走路，仍是玉雪可爱的一团。她刚睡醒，乌黑细软的头发被睡得乱蓬蓬的。

她自顾自地拿着一个翡翠玉球在玩，这个玉球是镂空雕刻而成的，金鱼戏水的吉祥图案，里面装着铃铛，格外别致，晃起来“丁零丁零”地响，是小公主的最爱。

小公主自生下来就被伺候，也被伺候惯了。雪翠给她穿衣服，随便雪翠给她穿，就是忍不住乱动，一件衣服要穿半天。穿好了，她还知道要自己伸脚穿小袜子、小鞋子。

穿好衣服，雪翠再抱她去梳头，鲜少有小孩子这么小头发就如此多的，若是不好好地梳，就会像是小狮子。待好好养一养、顺一顺，以后小公主长大了，也会同她的娘亲一样有一把好头发。

她才梳到一半，皇上已经穿好了龙袍，一刻都离不开似的过来看他的宝贝女儿。

小公主瞟了皇上一眼，又玩自己的翡翠玉球去了，几乎在无视九五之尊，尊贵的父皇并没有她的玩具有趣。

皇上看着雪翠梳头，雪翠不免有点儿紧张，不免扎得紧了点儿，可小公主都没皱一下眉头。皇上见了，却担心地插嘴说："你轻一些，别扯疼了小公主。"

雪翠只好放轻一些，小公主还小，戴不了什么钗环，只用红绳扎小鬏鬏。

前日，小公主刚在耳垂上扎了耳洞，戴了小金葫芦的小耳环，皇上想以此来保佑她一生平安顺遂。

小公主刚生下来瘦瘦小小的。叫御医、御膳房一道围着精心调养了一年下来，养胖了许多。像个白白圆圆的雪团子，皮肤似吹弹可破，脸颊总是透着桃花花瓣般的粉红，尤其是一双眼睛长得和她娘亲好像，瞳仁又大又黑。哪怕她还小，也看得出是个不可多得的小美人坯子，专挑她爹娘最美貌的地方长在自己身上了。

萧叡耐心地等着女儿穿好衣服、梳好头，便让雪翠退下，抱着女儿去用早膳。

都不需要他们喂，皇上亲自喂女儿吃饭。

找不到娘亲之后，小公主不爱喝奶娘的奶，幸得她那时也慢慢儿地大了，可以断奶。

皇上端着一碗鸡蛋羹，用小银勺子一勺一勺地喂她吃。她边吃饭还玩玩具，吃了一会儿不耐烦了，皇上一勺子递到她嘴边，她皱起眉，别过脸。

这也吃得太少了，皇上要再喂几口，小公主还敢伸出她肥嘟嘟的小手打过去。

皇上的动作便止住了，屋内的气氛一时间像是被冰冻住一样。他们在边上伺候的都觉得害怕。就算皇上再宠爱女儿，但皇上就是皇上，怎么能被冒犯呢？

雪翠赶紧跪下来，磕头道："皇上，还是让奴婢来伺候小公主用早膳吧。"

却听头顶上传来皇上的声音："不必，宁宁大概是吃腻了。"

小公主一点儿也不怕，还在那儿玩自己的。皇上把她的翡翠玉球拿走，让宫女收起来，板起脸教育她："宁宁，别玩了，先好好吃饭。"

小公主皱起眉，伸手去拿翡翠玉球，见玩具被放起来，又着急又生气。她仰起头，抓着爹爹的衣服："爹爹，球球。"

皇上不给她。

小公主甚是骄纵任性地说："爹爹坏。"

皇上说："吃饭。"

小公主生气了："不吃。"

皇上也生气，强行喂了一下，小公主抬手就摔碗。

连皇上都拿她没办法，只好作罢，对他们道："准备一些点心，等会儿小公主饿了给她吃。"

然后萧叡照惯例带着小公主去上朝。

小公主自还牙牙学语时就被皇上抱着去上朝，朝臣早就见怪不怪。她也是个怪小孩儿，明明还不会说话，每天摇着腿坐在爹爹的怀里听一群叔叔、伯伯、爷爷讲话，不但不犯困，反而像是听得懂似的，听得津津有味，偶尔还能冷不丁地冒出两句她在朝上学的话，像模像样。

在抓周礼上，小公主没拿胭脂水粉。她左手抓一个金元宝，右手抓一个印章。

萧叡连连拍手叫好。

那下面的人能怎么办？一起夸小公主聪明呗。

萧叡忍不住想，不愧是他和怀袖的女儿，如此聪颖，与普通的孩子就是不一样。

宁宁尤其爱看大臣吵架，一吵她就乐，吵得越厉害她越乐，整得这些臣子最近都收敛了许多。

因为还要脸啊。

原本萧叡一见吵架就烦心，但女儿一笑，他也觉得好笑，心里也没那么生气了。

在早朝上，谁敢无礼？只有小公主敢。皇上纵容这个女儿几乎到了令人发指的地步，小公主如今会走路了。

小孩子嘛，坐不大住，一忽儿跑下来溜达一圈儿，一忽儿又要去恭房。她肚子饿了，就让人拿点心来，颇没规矩地吃，吃得喷香。

让下面为了不出丑尽量少喝水用食的臣子闻到，个个都饥肠辘辘，又不能跟一个小儿计较，小公主还不仅是小儿还是个女儿。

偏生小公主还长得如此可爱，就是要对她生气，也不大气得起来。

萧叡在上头看见他们不舒坦，心里就舒坦。

他而今权力愈炽，不耐烦规矩的本性渐渐暴露出来。虽在大事上不敢违背，但平日里越发肆意，丝毫不肯让这群人总拿规矩来约束他。

萧叡下朝便去御书房批奏章、看书。

宁宁被萧叡放在不远处的矮榻上，由雪翠看着。

萧叡偶尔也会抱着女儿批奏章，有回他一个不留神，就被宁宁摸了一把朱砂，一巴掌按在奏章上。完了这小东西还摸摸自己的脸，把自己的小脸蛋儿也涂红了，抬头对爹爹笑。

萧叡气都气不起来，只是关乎大事的奏章却不好随便给宁宁玩，于是让雪翠把宁宁抱到旁边。宁宁会有样学样地也想要看书，她看也看不懂，萧叡就叫人画图画本子给她看。

等萧叡处理累了，就去陪女儿玩一会儿，给她念故事书。他念得可好了，绘声绘色，把宁宁逗得哈哈笑。

宁宁还爱看皮影戏，萧叡就弄了一个班子，有人负责写适合小孩子读的话本子，专门给她演，她每天都要看。

萧叡有时带女儿睡在正和宫，有时睡在蘅芜殿，就算蘅芜殿的女主人不在了，但这里的什么都没变，就好像怀袖还在一样。

这日看完了皮影戏，张磐端着放着绿头牌的盘子上来。

萧叡方才陪女儿玩，玩得心情正好，一看此物，就知道该去后宫坐坐了。他虽不宠幸女人，但三宫六院摆在那儿，总得去坐坐，面子上必须过得去。他都过去喝杯茶，左右这些女人也不可能背着他互相试探有没有被宠幸。

房事册子上记着宠幸了就算呗。

萧叡随便翻了一张，竟然是何嫔的牌子。

他想了想，把雪翠叫过来，让她这晚负责照顾小公主，叮嘱务必贴身不离，让她教宁宁读两个字，把宁宁哄困睡觉，然后便从正和宫乘龙辇出发了。

雪翠抱着宁宁回到屋子里，拿了一本画了图画旁边写了字的本子，教宁宁读字。

明明屋子里没有闲杂人等，可她手心都在冒汗，她一边有些害怕，一边又很激动。

她一个小小宫女，竟然要与皇上作对。

雪翠看了看一无所知，手指指着一只图画鸭子牙牙学语地说“鸭鸭、鸭鸭”的小公主，尽管还没到约定的时间，她已经开始心跳加快。

她要把小公主偷出去给姑姑。

萧叡已有许久未见何嫔。被罚之后，她极少出门，不甚喜拉帮结派，以前还常去太皇太后处抄写佛经，自禁足也不大去了。

太皇太后生病后，她就在自己院子里抄经书祈福，十分清心寡欲。

萧叡过来在她这儿一道用晚膳，何嫔为他布了两筷子菜，也没再动过筷子。

待用过晚膳，萧叡进了里卧。何嫔还未问，萧叡便说：“你先睡吧。”

何嫔脸色不改，也无疑问和怨言，却说：“臣妾还无睡意，臣妾抄会儿经再睡吧。”

二人便在屋子里一南一北，各做各的。

何嫔在萧叡心里是个心机深沉的女人，指不定是在做什么把戏。他懒得去想，也没看她。后宫这些女人求的无非是孩子和地位，相差无几，像贵妃、淑妃她们些个，每次他过去，都想方设法地挽留，不缺俗艳手段。

萧叡待满一个时辰，何嫔这儿跟她桌上的山茶花似的，清清冷冷，也不怎么搭理他。他觉得差不多，可以走了。临走前看了一眼何嫔在写什么。一看，却怔了怔：“你不是礼佛吗，怎么在抄道家的经文？”

何嫔道：“这是抄给皇后娘娘的，皇后娘娘信道，我便抄道家的经文。”

萧叡的目光瞬时冷下来。

借怀袖来邀宠吗？以为这样就有用吗？怀袖都死了，还要遭这群女人利用，他一点儿都不想让别的女人提起怀袖。

何嫔见萧叡不悦，反而微微一笑：“陛下恼了？臣妾并无以此取悦于陛下的意思。”

萧叡淡淡地说道：“你为皇后抄经文，亦是一片诚心，并无过错。只是你一个礼佛之人抄道经，大抵没什么用处。”

何嫔道：“只是闲来无事。我礼佛是因为我祖母礼佛，我便跟着礼佛，神佛在我眼中都差不多。我为皇后抄经也不图什么，只是深宫无聊，打发时间罢了。”

她胆大道：“皇上或许会想，我曾因皇后获罪，定然心中厌恶皇后。我确曾厌恶皇后，但我早就不讨厌她了。我想，若是我与皇后在宫外时相识，说不定还会结上手帕交。我敬佩她。所以我要为她抄经。”

萧叡静默不语，他还是头一回从别的妃子口中听到有人敢提起怀袖。他问：“你敬佩她什么？”

何嫔继续道：“皇上大抵不知道，皇后打理庶务的几个月，每月给各宫发放份例，却有不同。

“她不一碗水端平，崔贵妃喜胭脂水粉，皇后便会多赠她一些新制的胭脂水粉，时常有新的花样，不甚贵重，却很精巧。我喜欢看书，她便会赠我书画。宫中嫔妃，依喜好性格，多多少少皆有一份。即便我曾得罪过她，她亦从未刁难过我，每月送我的书都合我心意。后来有一回，我问过她为什么要送我那几本书，她说她喜欢，料想我应当也喜欢。我看了她送我的书，便再不气她了。”

萧叡听着还觉得有几分新奇，之前他把凤印给怀袖，却没去看她是怎么管后宫的，反正她做过尚宫，料想她定能做得好。这宫中其他女子怎样，他一概没有兴趣，哪会特意去打听？

那几个月宫中也没出什么事，似乎有人不逊，但悄无声息地就被怀袖对付过去了。

萧叡一想到怀袖就觉得心痛。

怀袖说要凤印，办事却糊弄，每日也没见她兢兢业业，惯会偷懒。

萧叡记得自己有回跟怀袖开玩笑说她糊弄人，她还理直气壮地承认了：“这皇宫上下自有自己的规矩，我又插手不了什么，照旧运作便成。难道要我标新立异不成？我还没那本事。这凤印谁拿都一样，就是放个西瓜在那儿都成。”

萧叡觉得怀袖谦虚，也不是任谁拿了凤印，都能让下面的人都服气，他又不是没见过奴大欺主的事情。

想起怀袖，他不免有些走神。

他胸口难受，坐下来缓了两口气：“皇后还与你说过什么？跟朕说说。”

何嫔道：“倒没别的什么了，我们又不熟悉。他们都说皇后妒性重，爱呷醋，我却觉得不然。这是我佩服她的一点。”

萧叡问：“皇后都送了你什么书？给朕看看。”

何嫔道：“都在书架上。”

萧叡走到书架去看，倒并不都是甚个高雅的书，有诗书，有游记，也有民间的传奇话本。他莞尔一笑，怀袖就爱看故事。

蘅芜殿里也有许多，因他把怀袖拘在宫里，自觉愧对她，平日里她想要买书看书，他都由着她去，偶尔还能抓着她看艳本。他觉得花好月圆，她却总要辱骂主人公一番。

萧叡觉得自己这一刻像陷入迷障，稍有和怀袖沾边的事情，他就会不可遏制地想起她，一想就难受，又忍不住不去想。

因心里惦念着怀袖，他的态度便温和了许多。

何嫔平静地说道："先前，我心悦于您，也会因此而心生妒忌。所以我一时糊涂，犯下错事。但我发现皇后不一样，她不在乎您。"

萧叡听到这儿，脸色骤然难看起来。他被戳中痛脚，沉声道："住嘴。"

何嫔像没听见，继续说："臣妾甚至猜测，皇后并非因为疾疫去世，而是她不想再活下去了。"

萧叡又斥责了一声："朕让你住嘴！"

何嫔跪下去，却还在说话："我研读道教经书，在道教中，自杀亦是恶业，死者不得超生。我怜皇后娘娘心胸宽容，身后却落得如此下场，着实于心不忍，是以才擅作主张，要给她抄自杀经文，超度亡灵。"

何嫔说完，对萧叡磕了个头，却没起身，道："臣妾出言不逊，冒犯皇上，是大不韪，皇上现在可以罚我了，臣妾甘愿受罚。"

萧叡气归气，却不想在她面前情绪外露，转念之间，便慢慢地平复下来。他在气什么呢？因为被说中了，所以恼羞成怒吗？

他气有什么用？

萧叡没有让她平身，也没让人掌嘴，只说："你既这样爱抄，那你就抄个五百份经文，罚一年月例，抄不完不准出门。"

何嫔的身子俯得更低了，答："臣妾知道了。"

萧叡虽然没兴趣与这些女人卿卿我我，但遇见何嫔这样不逊的未免太过扫兴。

他拂袖离去，才走出门，就看见这天皇宫上空的夜空与往日不一样。

南北角落的天空似乎比旁边要更亮许多。

那是蘅芜殿的所在地。

萧叡赶紧赶回去，还隔着几道宫墙，已看到熊熊火光。

蘅芜殿起火了，他视若珍宝的女儿还在里面。

雪翠带着小公主从蘅芜殿出来，还没走出多远，接应的人都没碰头，便发现宫中乱了。原是蘅芜殿着了火，将宫人都惊醒了。

小公主睡前，她给小公主用了一点儿宁神香，眼下小公主睡得沉。

可她往哪儿走，都能听到人声，连绕路都绕不得。她走得也不算太远，怎么就着火了呢？

雪翠心急如焚。

她了解这宫中的规矩，如此一来，外门必定会比平日更加戒备森严，排班兴许也打乱了。

她还要不要往外走呢？再按照原先的计划行事，是不是会败露？假如她被逮住，她该如何解释？

雪翠抬头望了一眼冲天的火光，双手紧握在一起。她紧抿嘴唇，到底一咬牙，决定了下来。

雪翠把藏在箱笼里的小公主抱起来，小公主困意很重，打了个哈欠。看到是她，便在她的怀里找了个舒服的姿势，继续睡。

她抱着小公主，折返回蘅芜殿的方向。

火势不可遏制地蔓延，雪翠还未走近，就感觉到扑面而来的热浪，四处都是嘈杂的救火之声，倒不算太乱。

她听见有人在喊："小公主呢，找到小公主了吗？"

明明热浪滚滚扑面而来，萧叡却一点儿都不觉得热，反而觉得身子冷。

他已经没了怀袖，要是连他们的女儿都没了，该怎么办呢？

萧叡心疼得揪住胸口的衣服，命人搜寻灭火、搜救小公主，大内侍内进出几趟，都没找到宁宁。

眼看着火势愈演愈烈，萧叡实在按捺不住，急得眼睛都红了，冲昏了头脑。他要自己进火场去找女儿，却被张磐紧紧地抱住腿拖住："皇上，皇上，您三思啊！侍卫们已经进去搜寻小公主了，请您以自己的安危为重啊。"

萧叡气疯了，抬起一脚重重地踩过去，正巧踩在他的心口上。

张磐喀出一口血，当即昏迷倒地。

但谁敢就这样放手让皇上冲入火场，皇上的闪失可是关乎国家危亡。说不好听一点，小公主再得皇上的宠爱，也只是个小公主，且还是个才一岁多的小公主，这后宫中的孩子夭折的多了去了。

就是小公主真的烧死了，也不能让皇上受半点儿伤。

但萧叡真的来气，谁又能拦住他呢？他盖了一件浸湿的披风，便往火里冲，侍卫只得跟着一起冲进去。

其实里面的重要地方，尤其是卧房，都已经有人搜寻过了，萧叡却信不过。他只担心别人是不用心，遗漏了那个地方，他要亲自去找一遍。

烈烈的火舌几乎要舔上他的衣角，几欲要将他点燃。

萧叡亲自去卧房，却没在床上找到宁宁，床下也没有。他四下搜寻一圈儿，着急得不得了。宁宁不在这里，那宁宁去哪儿了呢？

雪翠不是看着她吗？雪翠呢？一定是雪翠带着宁宁先逃出去了吧？

正这时，萧叡终于听见有人喊："陛下，陛下，小公主救出来了。"

萧叡连忙从火场中冲出来。他的头发都有点儿被撩着了，身上也沾了脏污，但他顾不得这些，第一时间去看宁宁。

雪翠紧紧地抱着宁宁，她身上也有被烧的痕迹，满脸烟熏火燎的，额头上还有道伤，形容狼狈。

萧叡从她手中把宁宁接过来，连忙查看宁宁全身上下，却没一点儿伤。宁宁被他吵醒了，看到他，娇声道："爹爹。"

萧叡失而复得，喜极而泣。

雪翠跪地道："奴婢见着了火，赶紧带小公主离开，却不小心摔一跤晕了过去，这才终于醒了。奴婢有错，护主不力，使皇上受惊了，请……请皇上责罚。"

萧叡哪有心思教训她。他紧紧地抱着宁宁，在女儿的额头亲了一口，对雪翠说："你何错之有？若不是你，宁宁也不会安然无恙。你自己受伤，宁宁却一点儿伤都没受，足以见你护主心切，拳拳忠心。"

雪翠非但没有受罚，还因保护了小公主得了嘉赏，心里却在叹气。

错过这次机会，也不知什么时候才会有机会可以把小公主偷出宫。

这场大火一直到天亮才扑灭。

萧叡抱着女儿，亲眼看着蘅芜殿被烧至灰烬。他体恤宫人，将人都扯出来之后便叫人不必再去抢救财物。蘅芜殿中的许多奇珍异宝，只抢救出来一小部分。

寄托了他与怀袖好时光的许多东西，尽数付之一炬。

这座宫殿修起来也才两年多，还是新的，就这样被烧毁了。

但宝贝没了，可以再得，他的乖女儿还活着就好了。建筑财物的损失、人员伤亡、起火原因还待之后调查。

萧叡惊魂未定，抱着宁宁回正和宫。他没有睡意，但是宁宁可以休息。

太医给她把脉，说小公主身体无恙，只是睡着了，但还是开了一服安神茶的方子，等小公主醒来以后再喂给她喝。

萧叡一刻也不敢撒手。

他刚才根本不敢想像宁宁出事的场景，一想就觉得自己的天仿佛要塌了。怀袖死后，他已经白了不少头发，倘若宁宁也出事，他这头发怕是要全白了。

萧叡不是不知道自己对宁宁的宠爱未免过头，近乎溺爱。在怀袖没了以后，宁宁是他唯一的弱点，可他甘愿留着这个弱点。

蘅芜殿失火之事彻查一番之后，似乎只是个意外，最后只将看夜的宫人惩罚了一遍。萧叡却不太相信这只是个意外，怎么会这么巧，恰好在他不在的时候失火？定然是有人在背地里下黑手，瞧不惯他宠爱宁宁，想要害死他的宁宁。这宫中为了宠爱，对小孩子下黑手的还少吗？他自己都遇上过。

萧叡少时特别希望自己有个亲生的母妃保护自己，又或是父皇能够庇佑于他，但是没有。他虽有养母皇后，父皇也在世，可他依然孤独一个人。难道他也要像他们那样保护不了自己的孩子吗？

萧叡觉得此事虽因他宠爱宁宁而起，却不能因此而冷落宁宁，相反，他要更加宠爱宁宁，让大家都知道小公主是他的心头肉，是他的逆鳞所在，才没人敢伤宁宁一根汗毛。

自此，萧叡更加杯弓蛇影，觉得都是自己还太过优柔寡断。他既不打算宠幸后宫，还要去装模作样，才会让人寻得可乘之机，差点儿害死他的宝贝女儿。

是以，自那之后，萧叡除了个别宫宴，能将宁宁带在身边的，其他时候，一律不踏入后宫，更别提单独去过夜。

小公主身边除了雪翠还在，仍是贴身大宫女，其余的换了一批仔细忠心的，他亲手栽培。还拨了武功高强的护卫，轮班十二个时辰严密保护小公主的安危。

确保小公主不会有任何危险。

人人都知公主是皇上的掌上明珠，不但如此，还为自己的掌上明珠造了一个牢固的“铁匣子”加以保护。蘅芜殿失火，皇上甚至不惜自己的安危，也要冲进去救女儿，可见皇上仁爱，对女儿一片拳拳慈父之心。

这一任帝王倒是与上一任截然不同，先帝后宫子女多，死的也多，在民间名声颇为不好。

新皇却不一样。萧叡虽然好像是捡漏上位的，没有经历过储君教导，却有他的一套法子，看似仁弱，可也将国家慢慢儿地管了起来，而他对女儿的爱护亦是有目共睹的……虽然其中亦有他爱故去的皇后的原因，可平心而论，即使在民间，又能有几个父亲爱护女儿至此？

因皇上带头宠女，上行下效。官员世家之中便忍不住揣测：若是亏待家中女儿，在皇上眼里看来，是否会成德行不佳的一个表现呢？

无论是出自真心，还是出自作样，自上而下，各家的女儿都比以往更受重视了一些，起码不会受苛责。又见皇上给小公主启蒙，皇上都这样做了，谁敢说女子无才便是德，这京中的但凡有几个钱的，都要给自家女儿请个先生教识几个字。

这乃后话，暂且不提。

雪翠因救护公主，得了萧叡的一笔赏赐。

次月，在女官考核之后，她力拔头筹，拿了甲等第一。由苗尚宫举荐，皇上钦点，一进尚宫局，就赐了她一个六品品阶，但仍要她在小公主身边伺候。

萧叡要保护宁宁，当然不仅仅是给金银珠宝、绫罗绸缎和尊贵的封号。这是他最宝贝的女儿，他要给宁宁忠诚的仆人、得力的护卫和御下的才能。将来，就算他有什么不测，宁宁也有自保之力。

此事便要从给宁宁培养一个女官开始，雪翠是个再合适不过的人选了。

宫中的人都能看出来苗尚宫有意辞官隐退，大家都猜雪翠会当上下一任尚宫。

着实叫人羡慕，她也是贫家女出身，仅跟当过童生的父亲学过几个字，因为性格沉稳仔细又能认字被怀袖姑姑挑去当徒弟。先后跟随过两任尚宫，又因忠心护驾得了皇上的赏识，成了一众小宫女的模范。

秦月得知雪翠考上女官的消息，无不欣慰："那孩子聪明机敏，遇事果断，又不失沉稳，考上女官对她来说只是小事罢了。"

两年不见，米哥儿蹿高了许多，身量长大，已有了少年的模样。他正在换嗓子，一张嘴，已不是奶声奶气的童音，而是一口沙哑的嗓音。他遗憾地说："但是小公主没能带出来，皇上看守得还更加严了。"

秦月叹了口气："倒也无妨，宁宁没事就好。依照那时的情形，她暂且放弃便是最佳的选择，只是这次打草惊蛇，怕是短时间内，再难等到这样好的机会了。"

米哥儿问："干娘，那接下去怎么办？"

秦月坐得久了，有些累了，她站起身，米哥儿立即上前来扶她。

只见怀袖小腹高隆，显是怀有好几个月身孕。

当初那丸假死药毒性略重，怀袖服下之前并不知道自己肚子里又怀了一个。毕竟以她那身子能怀上一个宁宁，都觉得是老天爷在怜悯她了，没想到又有了一个孩子。

这还是怀袖被偷天换日送出来以后，顺王给她诊脉才诊出来，怀了都没几日。按说这么小的孩子，稍有不慎就没了，但这孩子活了下来。

就算是在宫里，怀袖大概也不会狠心打掉，更不用说她出了宫，当然打算把孩子生下来。

宁宁她也想带走，可看眼下情况，大概轻易带不走宁宁了。

而且怀袖想偷走宁宁，除了她爱自己的女儿，也是因为她觉得宫中险恶，怕宁宁受害。但见萧叡宠女儿那劲儿，一时半会儿，宁宁应当不会有什么危险。

此事还是从长计议吧。

秦月如此想着，心底不免浮起几分压不下去的忧虑。

宁宁在宫中当这个公主当久了，更大一些，还能带出来吗？又或许让宁宁做一个备受宠爱的公主也挺好。这世上若有哪个女子自生下来就比其他女子更加自由强大，那就只有公主了。

宁宁暂时偷不出来，那还是先让她待在宫里，待在世上最安全的地方。

易容之后的秦月乘船离开京城。她站在船头，最后回望了京城一眼。

此一处，不知几载才能回来，但愿她此生不必再与萧叡相逢。

【第十章】·姐弟重逢

五年后。

临安。

夏天日头出得早，才过巳时，外面阳光便慢慢儿地猛烈起来。沿街的商铺都已经开门做生意，高声吆喝。垂髫带着一串欢声笑语从街边跑过，学堂里此时已响起了朗朗的读书声。

好一派太平景象。

尹景同尹通判送女儿兰姐儿去学堂。尹通判这年三十几许，是寒门出身，考取探花之后，在翰林院安安稳稳地熬了三年再被外放。按部就班地回老家做了两年知县，之后被皇上擢升为通判，安排到临安就职。

他的为官之路走得很顺利，自他高中之后，因他生得英俊，也不是没有高官贵人想要榜下捉婿，但因在老家有一门亲事，他拒绝了结亲，回乡与他定亲的未婚妻成亲。虽然失了岳父的提携，但是因为他全无背景，又没投靠任何党派，反而被皇上瞧中，有意要培养他。是以他赤足进了官场之后，反而平步青云。

他与娘子是青梅竹马，婚后感情一直很好，没有旁人，成亲七年，生了两个女儿和一个儿子。

他娘子是小户人家出身，先前不懂大家礼仪，在京中时，曾有几回出门应酬被刁难，闹了个大笑话。皇上听说以后还问了他一句，得知他娘子不是官家小姐，就是老家对门的小姑娘。年末宫中竟然多了一份赏赐，是给他家娘子的。

多年过去，皇上依旧只有一个女儿，如珠如宝地养在掌心。

而今，但凡有几个钱的，都会送女儿去读几日书。而民间人家请不起女夫子单独上门教书，渐渐就有了女塾，专给女儿家读书用。

已故的皇后秦氏是临安出去的，有传闻说，她正是因为饱读诗书、知书达理才能越过众多贵女被皇上相中，也有传闻说，她在临安时还办过女塾，教过几个学生。

总之，临安算是国中第一个办女塾，且风气最盛之地。

尹通判也是得了他家娘子之令，去衙门的路上，顺带送女儿去学堂。

他的长女这年六岁，刚上学堂几个月，也是个娇生惯养的娇小姐，还没柜子高，但一进门就敢用她的小手指着点心，颐指气使地说："这个、这个、这个，都包两份，还有这个要一两。喏，装进我的小食盒里。"

尹通判觉得她这小大人的模样好笑，赞她："兰姐儿好气派啊。"

兰姐儿哼哼两声，从小背包里掏出一个竹制的小食盒，给柜员递过去，看着他装满。

尹通判由着爱女买糕点，那个小男孩儿因他们进了门，默默地站到一旁。

尹通判总觉得他有几分眼熟，眉目之间仿佛有几分挥之不去的熟悉，便多看了几眼。他越看越觉得这个小男孩儿生得好，再仔细看，更能瞧出男孩儿的家世应当很好。他穿得倒不算太奢华，只是棉布，但一看就是上等的细棉，脖子上戴着一块和田玉玉佩，水头润泽，单这一块玉估计就得千贯不止。他身边跟着两个仆人，身上背着褡裢。

若是他没猜错，这应该是富商家的小公子。

但小男孩儿似乎身染疾病，一张小脸下巴尖尖的，有些病态的消瘦，一直安安静静的。他盯着柜台好久，也没说想要。

兰姐儿也注意到这个没见过的漂亮弟弟，看他好可怜的样子，走过去，把自己的食盒亮出来："弟弟，要不要？"

小男孩儿摇摇头："不要。我娘亲不准我吃外面的东西，要是又生病了，娘亲又要难过了。"

兰姐儿说："你娘管得可真严。"

尹通判听这个小男孩儿说话的声音，却是京中的口音，说的一口好官话。不知他父母是京中的商人，还是家中有意从小教他说官话。

正这时，听见有女子从糕点铺子楼上下来，唤了一声："复哥儿，你跑哪儿去了？"

小男孩儿便循声小跑过去，跑了没两步就跑不动了，停下来喘气："娘，我在这儿。"

尹通判望过去，发现这个女子竟然还是他认识的。他问了个好："白夫人好。"

女子望过来，对他微微一笑："尹通判好。"

这个女子是近两年在临安城颇有名气的女富商，没人清楚她的来历，户籍似乎也不太准确，她平时说一口官话，又会各地的方言，说起来时都像是本地人一样。听说她有一支自己的海上商队，但她为人低调并不打眼。尹通判看过税务账本，白夫人每年都要给官府送上不少收入。

沿海有港口的几座城都有她的手笔，但这两年来了临安，带动临安的商家都比以前要更热闹了。知府高兴得很，管她是男是女，大齐律令又不禁止女子行商，能叫临安城的百姓有活儿可干、有钱可赚，那便是一个大好人。

这位白夫人看着三十左右的年纪，相貌平常，打扮得也不出挑，可只是站在那儿，就能让人感觉到她身上不俗的气质，沉稳老练。

尹通判听人说起过，她似乎嫁过人，不过夫家死了，却不避免和男子打交道，有时候也有一些不好的传闻，譬如说她养面首之类的。但他还真不知道白夫人有个这么大的儿子，她太神秘了，深居简出，由几位臂膀亲信办事，其中有男有女，她的私事如何倒没怎么打听过。

白夫人微笑着对他颔首致意，微微福身，不冷不淡地应了一声。

尹通判牵着女儿走了，坐上轿子上，好奇地多看了一下。

见到白夫人把儿子抱起来，问："想吃点心啊？"

被叫作"复哥儿"的男孩子点点头。点心铺子的掌柜跟在一旁，殷勤道："小公子想要什么点心？尽管称就是了。我们近来还新制了蛋黄酥、玫瑰酥，也给小公子拿上吧。"

不但白送，还翻出来一个螺钿红漆绘八仙图的八角盒，满满当当地装了三层，亲自拎着给送上了白夫人的马车。那架势，跟供财神爷也差不多了。

这个白夫人到底有多有钱？尹通判心想。

他把女儿送到女塾，然后去了衙门。皇上这两年在查隐田、隐民，各地颇有是非。

他坐下写送回京中的折子，写完突然想到那个小男孩儿生得像谁了。

因为小男孩儿病恹恹的，他一时间没想起来——小男孩儿长得有几分像皇上。

此念只在尹通判心中一闪而过，便消弭不见。

真是荒谬，他怎么能这样冒犯皇上呢？况且，以天下之大，即使有相貌相似之人也不足为奇。

他到了衙门，椅子还没坐热，知府便过来与他说："尹通判，你在京中时，可识得顺王殿下？可知晓他的喜好口味？"

尹通判道："顺王来临安了？"

知府捏了一把汗："正是，也未知会一声，都来了两日了，本官这才知晓。切勿怠慢了。"

尹通判点了点头，又摇头："顺王在京中时深居简出，从未见他出门应酬，我亦不知他喜好如何……但听闻顺王平易近人，应当不难接待，只要诚心以对，定不会出甚差错。"

知府道："只能如此了。"

四年前，太皇太后崩。

在京中侍疾的顺王在太皇太后下葬皇陵之后，回仙隐观为母守孝两年。孝期到后，他结束了长达二十年的隐居，下山云游四方，结朋访友，好不逍遥洒脱。

他虽自称出家人，但他皇叔的身份摆在那儿，他不上心，旁人却不能不在意。每到一处，都会受到当地官员的热情接待。

别的道士出门都是风餐饮露，还要给人算卦做法事赚钱，他倒好，走到哪儿都是吃喝玩乐，除了满口道经，瞧不出哪儿是个道士了。他慢慢儿地走，每到一处还要欣赏一下山川景色，写写游记，品尝一下美食，再写一篇食记，偶尔做两篇诗词歌赋。

而顺王毕竟是皇家出身，纵使是皇子中最不学无术的那个，亦是大儒名师教导的弟子，文笔自不必说，大抵是出于喜欢而手痒写的，笔下的文字都颇为有趣，叫人看了也仿佛随他一起游历山河、品评美味。写完印了书去卖，卖得甚好。不过顺王也不差这点儿钱，收到银两多是拿去接济穷人，资助女孩儿念书。

顺王觉得世间女子多可怜，该多念书，念了书，才会多出现几个像怀袖那样有趣的女人。女子与男子不同，总能做出一切让人意想不到的事情来。

大抵因是如此，惹了一些误会。他一个"风韵犹存"的老道士竟然还招惹了几朵桃花，有时到某处，还没玩够，便不得已逃之夭夭了。

顺王一路优哉游哉地逛到临安。

他不隐瞒自己的身份，也不会上赶着去官府递帖子告知。

先前顺王在别处认识了一个临安的朋友，还在临安一百里开外，就有马车来接，直接送进大园子里接风洗尘，吃吃喝喝。

他也不急着出门，又不赶时间，睡了两日才出去玩，这才被知府知道他的行踪。

当地官员请他吃饭，他也不拒绝，施施然地上门去了。

顺王在当地酒楼被招待了一顿，酒足饭饱，知府送他下楼，要派马车送他回去，问他去哪儿。

顺王道："去霜晴山房。"

尹通判闻言，那座山房不是白夫人的一处宅子吗？

可他竟然一点儿也不感到惊奇。

顺王交友无论贫富贵贱，男女老少，和一个女商人有交道并不足为奇。

顺王以往在别的地方也不只住在一个朋友的家里，他的朋友多，到处住。再说了，住别人家这回事，住一两天欢迎，住得久了，就要惹人嫌了，所以他从不在朋友家久住，玩两天就走。

他的商人朋友不止一个，女性朋友也不止一个，是以也没惹人奇怪。

顺王着一袭深蓝道袍，头戴道冠，面留美须，打竹林小径经过。竹风徐徐，颇有道骨仙风之感。白夫人早在等他，炉上热着一小壶桃花酒。她正坐席上，一只手捻衣袖，一只手执竹舀，舀了两杯酒，盛在水晶杯子里，甚是精巧。

旁边摆着各种蜜饯、果干和糕点。

顺王在她对面坐下，笑道："我才吃酒回来，你又让我喝酒。"

白夫人道："这算什么酒？与蜂蜜水差不多了，喝上两壶你也醉不了。不然光坐着说话，多无聊。"

顺王看桌上有些水果是自己从未见过的，便问："这是什么果子？我怎没见过？"

白夫人道："是从外面带来的，没多少。你尝尝？我已找人试种，如今还没多少产量。若长得多了，再送与你吃。"

顺王饮一杯酒，爽快地长舒一口气，道："好。不过我该怎么称呼你？怀袖，秦娘子，还是白夫人？"

——这个相貌看似寻常的女人其实正是怀袖。

她在家中卸下了易容，以真面目接待了老朋友。

顺王打量她的脸，年华似乎没有在她的脸上留下太多痕迹。她本就生得艳美昳丽，而不是稚嫩之美，长了几岁也是一般模样。这几年怡情养性，眉目之间的愁绪散去，不常皱眉，眼角自然就不长皱纹了。她放下酒杯，轻咳一声："还是叫我'白夫人'吧，或者'月娘'也可。怀袖已经死了，死在京城。秦氏也死了，葬在皇陵。"

顺王饶有兴致地问："那你是什么呢？"

女子笑道："我？我是弥留人世的亡灵，是无君无父的孽人。"

顺王拊掌大笑。

顺王又问她这几年在海外的见闻，月娘就给他大致讲了一些海外新奇有趣的东西，介绍蔬菜水果，异域美食。

顺王听得津津有味，但她此行见他，却不只是为了叙旧：“我都写下来，绘了图，改日我送给你。”

顺王问：“外头那么好，你怎么回来了？”

月娘道：“迟早是要回来的，不过这次回来，是为了我的复哥儿。”

“对。先前你信中说复哥儿身子不好，不是请了名医医治，可有好转？”

“好了一些，但是大夫说还需一味药，旁的都好说，唯独其中的药引，实在不好找。”

“什么药引？”

“要他生父的心尖血。”

顺王握着酒杯，怔怔半晌：“这……这我还真的不可能帮你办到。”

月娘不慌不忙道：“我自有打算。”

她又问：“下个月便是宁宁的生日，我还想托您再给她送礼物。”

顺王一口应下：“此事好办。”

月娘想了许多办法，都没办法把宁宁带出来。蘅芜殿失火之后，萧叡看女儿比看眼珠子更紧，即便出宫也要把女儿带在身边，为此远门都不出了，连夜里也不往后宫去了。

秦月找不到机会偷孩子，只得一次又一次地作罢。她每去一个国家，就会买些当地的珠宝华服，以皇叔祖的名义，在宁宁生日那天送去。

宁宁是大齐最受宠的姑娘，不缺礼物。她送的东西都不算贵重，但雪翠的信里写了宁宁很喜欢，这年也在期待皇叔祖的生日礼物。

入夜。

复哥儿洗干净小脚，钻进娘的被窝儿里，母子俩一块儿睡觉。

这孩子抱在怀里，小手小脚冰凉，像块小冰坨子似的，就算盛夏时节也是如此。

复哥儿在她腹中时受了毒，身子骨极弱。月娘想了许多办法，找了许多医生，还是医治不好。复哥儿出生之前，她反复地做一场梦，在梦里见着一个小娃娃，与她十七八岁时没掉的那个孩子长得一模一样。

小男孩儿扑到她怀里，她直想落泪，把孩子紧紧地抱在怀里，不愿撒手。

待孩子出生之后，月娘给小儿子取名为“复”，失而复得的“复”。大名秦复，随了她的本姓。她老家人都死绝了，正好有个儿子用以承嗣。她搂着复哥儿，给他唱小调，心里却不由自主地想起她的宁宁。

她走的时候，宁宁还那么小……这一刻也还是个小童。她知道宁宁长得多高，脚有多大，却不能把她抱入怀中，只能靠想象，去幻想抱女儿的感觉。

不知道宁宁在做什么？

月娘使人去老家打听过，萧叡皇位坐稳了，不需要天天上朝，每年都会抽出十余日的工夫，微服私访，带着女儿去给她扫墓。

到时她就能见到宁宁了吧？

在那之前，宁宁会先收到她的生日礼物，裙子、鞋子的一针一线都是她亲手缝制的，每年都是，不知宁宁穿上以后会有多漂亮。

京城。

还未到安乐的生日，但从各地送过来的庆生礼物已经往宫里送了。

安乐公主这年六岁，最近开始换乳牙，两颗门牙掉了，说话漏风，但仍爱张嘴笑。整日上蹿下跳，父皇不在就到处玩。

萧叡一回来，就看到她坐在一张波斯毛毯上拆看礼物。她已经等不及生日那天再拆，喜欢的就摆在屋子里，不喜欢的就让人装在箱笼放进她的小内库里。

安乐是个小财迷，旁人不得她喜欢，就是怎么巧言令色地哄她，也休想从她手里骗到钱。

倒是与怀袖一模一样。萧叡这样想。

安乐在花园里扑蝶，跑了一日，头发都乱了。雪翠坐在她身后，正在给她梳理长发。

安乐公主天生有一头乌黑的长发，越发衬得她一张小小的圆脸好生姣美。

萧叡见她热火朝天地拆礼物，笑道："小猴，又在搂钱啦？"

小公主生性好动，萧叡也惯着她，至多亲昵地说她一句"小猴"。

安乐公主埋头拆礼物，胆大包天地不搭理父皇。雪翠提醒了她一句，她才敷衍地行礼："父皇好。"

萧叡问："在找什么呢？"

小公主头也不抬地说："我在找皇叔祖送的礼物，他今年没有给我送裙子吗？"

萧叡记起来了，皇叔每年都给小公主送裙子，就属他精明，东西不贵，但小姑娘喜欢啊。那些奇珍异宝、珠宝首饰，小公主看一眼就完了，还不如九连环好玩，至于名人书画，她也不会欣赏，还没有皮影戏好看。

最后安乐竟然最喜欢皇叔祖送的小裙子，皇叔祖给她送了各种各样的裙子。小姑娘嘛，甭管几岁都爱俏。有些说是从异国买的裙子，还有小靴子、小皮鞋，颇有妙思，宁宁爱得不行。她好生期待皇叔祖送的礼物。

安乐好不容易终于找到了。

宁宁把裙子翻出来，要说这布料还是他们国家的丝绸，但是剪裁不一样，看上去怪模怪样，穿上以后却很可爱。

萧叡连声夸她小美人，把她美得咧嘴笑，露出一口没有门牙的牙齿。她也不羞，眼眸亮晶晶，神采奕奕。

宁宁美完，说："可惜我长高了，又不能穿了。"

萧叡道："爹爹找个画师给你画下来，好吧？"

他说到做到，立即去找了一个画师，给宁宁画人像画。

萧叡宠女之名在外很响亮，其中就包括他酷爱给小公主画人像画，一两个月就要画一幅，记录小公主的模样。

晚上。

宁宁依依不舍地让人把裙子收起来，吩咐道："要放好啊，过几天我生日，我要穿给秀姐儿、慎姐儿她们看！"

秀姐儿、慎姐儿都是宁宁的手帕交，一个是国公府的大小姐，一个是郡王家的小县主。萧叡不拦着她交朋友，甚至还特地点了几家的小姑娘进宫陪她玩。她偶尔也能出宫去好朋友家做客，但是不准过夜，当天就得回来。

宁宁每次出门都声势浩大，前拥后簇，很麻烦，也玩不尽兴。她不怎么爱出门去，多是叫人进宫陪她玩，一道念书。

仿佛有几分世子给储君伴读的意味，只是换成女子。萧叡倒不是没想过让世子给宁宁伴读，但是毕竟男女有别，他怕他们从小在一起读书，宁宁小小年纪会被别人家的臭小子骗走。

他跟怀袖可不就是这样好上的吗？

宁宁解开头发，萧叡没再让人伺候，亲自拿梳子给她梳头。每天都梳满九十九下，祈福他的宁宁无病无灾，健康到老，活至九十九岁。

很多时候，这宫中的女人都比男人要活得久。

这一刻宁宁稍大了，不好跟他再睡一张床。

他便在寝殿里又摆了一张床，是怀袖以前睡过的，宁宁知道是她娘以前睡过的也很喜欢。

萧叡哄宁宁睡着，又看了一会儿政务，才回里屋。

他一看，宁宁睡觉不安分，又踢被子，睡得四仰八叉。他觉得好笑，过去给她掖了掖被子。

宁宁翻了个身，呢喃道："娘……"

萧叡的手一僵，怔在原地。

他深吸一口气，将胸口的酸涩压下去。都多少年了，他还是一想起怀袖就觉得心头绞痛。他在雾蒙蒙的灯光下端详宁宁的小脸蛋儿，她越长大就和怀袖越像。他应当早就看惯了才是，可有时还是一看就想哭。

怀袖，怀袖。

萧叡想揣在袖中的美人，却穿着嫁衣，死在他的怀中。

他大概这辈子都忘不了了。

他想着想着也去睡了。

睡着了好，睡着了，就能在梦里见到怀袖了。

萧叡知道自己身处梦中，起初怀袖刚没了的那会儿，他总会弄错，不知自己是身在梦中，或者……恨不得沉浸在梦中，不愿醒来。他想梦见怀袖，因为在梦里起码能见见她，多快活，可以抚慰痛苦。又怕梦见，因为醒来之后会加倍痛苦。

萧叡曾在书上读到过，异域有一种奇花，称阿芙蓉，花姿美丽，炮制之后服用，可以体验神奇的幻境，让人如登仙境，欲仙欲死。只是会成瘾，之后若不再使用，就会痛不欲生。他觉得怀袖就是他的阿芙蓉，久而久之，心疼成了他的痼疾，御医也找不出治疗方法。病因他心知肚明，就是因为怀袖之死，心病罢了，无药可医。

治不好便不治了，索性就这样隔三岔五地疼着吧。

起码在心疼的时候，是在给他自己一个告诫，让他不会再一叶障目，重蹈覆辙。

这一刻萧叡也不知道偶尔的心绞痛是身体在提醒自己不能忘了怀袖，还是因为怀袖才会犯心绞痛。这个出身卑微的女人用她决绝的自尽彻底成为插在他心口的一把刀，拔不出来，伤口也愈合不了。

五年下来，梦得多了，萧叡能知道清楚地知道自己是在做梦。

这梦中的时间和现实中不同，他可以优哉游哉地生活好久。

但是这次，萧叡一有意识，却没看到身边的怀袖。

怀袖呢？

萧叡发现自己是在兵营。

怎么会梦见在兵营？他有些不高兴，怀袖又没有随他去兵营。

这个梦还不如不做。

但很快，萧叡意识到自己为什么会梦见在兵营了。过几日将有一场大战，他身负重伤差点儿死了。而与此同时，在京城之中，怀袖怀了他的孩子，为了他，狠心地打掉了孩子。

萧叡拉了副官过来，问了一句时日。闻言，他登时想快马加鞭地赶回京城，应该还赶得急。

他心急如焚，赶紧派人过去，阻止怀袖打胎，想办法把怀袖从宫中运出来送到他的身边。

萧叡恨不得自己策马回京，但是边城战事告急，他走不开，又因有了经验，这次虽也受伤，可不是危及性命的重伤。他只因为伤口发炎，烧了两日，烧得迷迷糊糊，总觉得嗅到一股熟悉的馨香。他心有猜测地醒来，蒙眬间看到怀袖在拧布巾给他敷额头，傻乎乎地心满意足地笑了。

怀袖没好气地说："笑什么笑？差点儿死了不说，还把我从宫里掳出来。我好不容易才做到尚宫，这下全白费了。"

她又说："也没人在宫里给你盯情报了。还想当皇帝呢，没见过你这么蠢的人。"

萧叡紧抓着怀袖的手腕不放，虚弱地说："可是，要是我没把你掳走，你在宫里是不是打算把孩子打了？我听说你连药都买好了。"

怀袖沉默不语，久久才说："我在宫中，若是生了孩子，哪儿说得清？你要是死了，我才不给你生遗腹子，妨碍我以后出宫再嫁人。"

萧叡倒不生气，又笑了两声，不小心扯到肚子上的伤口，把自己给弄疼了。

怀袖又急又气："你傻了吗？莫名其妙地笑。你还是快休息吧，烧还没退呢。"

"放手啊，都病成这样了，手劲儿居然还这么大。你抓疼我了。"萧叡的动作稍微轻了点儿，却仍不肯放手，握着怀袖的手，贴在自己的脸颊上。

说实话，怀袖的手不算太细嫩，梦里没有感觉，但他记得这个触感。她从小宫女一路做上来，从小干活儿，手心和手指上都有茧。虽然手指生得好看，却不像那些大家闺秀十指不沾阳春水般，后来才慢慢儿地变细腻了，是他用各种名贵的香膏把她养出来的。

但他喜欢这个触感，心里反而觉得很踏实。

怀袖的脸红了红："你放开，被人看到了怎么办？"

萧叡不但不放，还亲怀袖的手指："被看到就看到呗，让他们知道你是我的女人。"

怀袖气闷地说："我不是，我只是个小宫女……现在连宫女也不是了，只是个民女。"

萧叡却说："不是民女，是我的妻子。"

怀袖怔了怔："您别说笑了。"

萧叡说："我没说笑。袖袖，如今你腹中怀着我的孩儿，我的长子又岂能是庶子？"

怀袖又不高兴了，脸上的笑意还未显露出来，就冷了下去，淡淡地说："您倒也不必因为介意嫡子庶子而娶我，您第一次有孩子，所以舍不得，但还是狠狠心吧，不然以后我做了您的妻子，丢你的脸，你再后悔就来不及了。不如把孩子打了，对你我都好。"

说着，怀袖还用手指甲剜了他一下。萧叡手心一疼，放开手，怀袖转身就走。

萧叡心急如焚，不顾伤口，连忙要从床上爬起来追上去："袖袖，我不是这个意思，我是喜欢你喜欢得紧，才想娶你为妻。"

怀袖听见萧叡说话，回头看一眼。这男人真是疯子，雪白的绷带上都渗出鲜血了。她赶紧把萧叡按回去，道："你疯了吗？"

萧叡道："若娶不到你，我才是真要疯了。"

怀袖不信他："你不是心心念念要娶个贵女吗？身份低点儿你就不乐意，更何况是我。你又在骗我，我才不信。"

"是要我把心剜出来你才信吗？"萧叡着急地说，"我求求你了，你嫁给我好不好？"

怀袖坐在萧叡的床边，半晌不说话，盯着他裂开流血的伤口，轻声说："我叫大夫过来给你重新包扎。"

萧叡道："你先听我说完好不好？"

怀袖说："那你快说吧。"

萧叡说："我以前是被蒙了心，我觉得自己出身低微，一心想要一个身份高贵的妻子，以为如此一来，就会让别人瞧得起自己。但我的出身就摆在那儿，与我娶了怎样的妻子无关。我差点儿死了一回，现在只想随我心意，娶我最喜欢的小姑娘。袖袖，做我的新娘子吧，我惦记你为了我穿嫁衣的模样已经惦记了十年啦。”

怀袖的耳垂都红透了：“你是不是觉得没有别的女人会陪你死，要拉我陪葬？你觉得你喜欢我，我会陪你死是吧？”

萧叡却说：“我哪儿舍得你死？若这次我夺嫡失败了，你不必管我，我会让人送你走，你去嫁人就是，找个真心待你的好男人，平平安安地过日子。我只是想与你做夫妻，已成了我的心魔。”

萧叡给怀袖恢复了本籍。

他找皇兄帮忙，又求了父皇，终于迎娶了心爱的怀袖。

父皇看不起他，皇兄也觉得他傻，但他们可巴不得有个傻弟弟，少个人争权，多好。

成亲之后，怀袖随萧叡住在苦寒的边城，但他们的感情极好。他猎了一头白熊，给怀袖做垫子；又猎兔子，给长子做裘衣，好生可爱。

他勤政爱民，秣马厉兵。怀袖生下孩子以后，组织城中的女子织布制药，爱民如子，将边城治理得井井有条，如他们的世外桃源一般。

边城的百姓都十分爱戴这位王妃。

如此过了三年好时光。

这次却没白头偕老。

政变时，萧叡身在局中，亦不由己，派人将妻儿送走，独自被围困。

生死存亡关头，一支救兵赶来。

萧叡见到怀袖，苦笑：“你来做什么？不是说好了，我死了，你再嫁吗？你赶紧走，再晚就得与我死在这里了。”

怀袖很有主母的架势，岿然不惧：“我这辈子就没有逃过，我可不记得我的七郎是这般胆小如鼠之人，你已经像个懦夫一样等死了吗？我已经使人将孩子送去了安全的地方，会有人将他抚养长大。”

萧叡深吸一口气，他们的身旁是火光。他握住怀袖的手，道：“夫人责备得是，纵是要死也该死得像个大丈夫。”

火舌大作，将他们湮灭，箭矢如雨般落下。

他提着剑，携着持弩的妻子，走向火中。

然后萧叡醒了过来。

他怅然若失，这梦断断续续地做了好多日，似完非完，不知接下去是否还有剧情。他是同怀袖殉情了呢，还是带着怀袖杀了出去？

谁知道呢？

萧叡甚至有几分荒唐地觉得，若能跟怀袖像那样死在一块儿也不错。

这天是宁宁的生日，宁宁一早就起床闹腾了。

她非常期待地问："爹爹，爹爹，什么时辰给我放烟花啊？"

萧叡道："天黑了就给你放，好不好？"

宁宁爱看烟花，每年生日萧叡都给她放烟花，和当年他给怀袖放的是同一种。

这时宫女禀告说其他几家小姐来了。

宁宁欢呼一声，跳下椅子，像一阵风似的跑出去见她的好朋友。

御花园。

十年前栽下的牡丹已然根深蒂固，更有海棠、兰花、芍药等摆在架上。有些花儿不应季，是特意在暖房中养出来的，还特地放了一笼蝴蝶，将这座花园装饰得有如仙境。

匠人劳心一整年，就只为给小公主在生辰上赏玩一日。

宁宁却不甚在意，只觉得这日的花儿还算衬自己的裙子，与小伙伴们显摆。

显摆完，她美滋滋地听着小伙伴们夸自己的裙子新奇美丽，道："是我皇叔祖送我的。"

宁宁不是个只听奉承的小姑娘，礼尚往来地夸小县主的裙子也好看，问是哪家铺子做的。

小县主道："不是在外面做的，是我娘亲给我做的。"

宁宁怔了怔，虽没说什么扫兴的话，但她低头再看自己身上的裙子，顿时觉得没那么喜欢了。她也想要娘亲亲手做的裙子。

她的父皇是天底下最厉害的父亲，她要什么父皇就给什么，除了娘亲。

过了一会儿，萧叡过来了。

萧叡这两年留了短须，早就不走什么温润如玉路线了，想让自己看上去更加稳重威严。他这几年仍勤练弓马，身形较以前还壮硕了一些。

他单臂就能将宁宁抱起来，笑着问她："今天玩得开心吗？"

宁宁笑："开心。父皇，什么时候看烟花？"

萧叡道："不是要演你最喜欢的皮影戏吗？"

小公主便又带着小伙伴们去看皮影戏，这日排的戏本子是《牛郎织女》。

为了适合给小孩子看，故事重新编过，是萧叡亲自删改的，最后只演了一个简单的仙女爱上凡人却被棒打鸳鸯的故事。

几位小小姐都看得甚是入迷，有会动的图画小人儿，还有有趣的配音，唱歌也好听，故事更感人。

“那个王母真坏，非要拆散他们。”

宁宁不是第一次看，不赞同地说：“织女是仙女，仙女本来就要回天上去。若她一直逗留人间，谁来织彩霞云雾呢？牛郎就该体谅他的娘子，光知道把她关在家里做个普通的妇人，还是做仙女更好吧？做妻子，只能做饭洗衣，做仙女却能让世上无数人有彩霞云雾可以看。”

小公主童言稚语，把几个年纪比她稍长的小姐都说愣了，大家一时之间也陷入了她的歪理之中。

萧叡闻言一惊，欲言又止，想了想，还是没当众驳斥宁宁。

他一面觉得震惊，一面又觉得宁宁不愧是怀袖的女儿，起码生了她娘亲的半寸反骨。

宁宁生来尊贵，众星捧月，能说出这样的话也不奇怪，如此想来，还是怀袖最为异类。她一个目不识丁的农女宫婢，从小做奴婢，也敢质疑尊卑贵贱。

宫宴上，萧叡与女儿坐一席。与旁人离得远了，他便问宁宁：“刚才看皮影戏那番话是谁教你的？”

宁宁不以为然地说：“没人教我，是我自己想的。”

萧叡不置可否。宁宁是他的女儿，与一般的小姑娘不一样也正常。

夜幕落下。

烟花攀上天穹绽开，璀璨银花，耀耀火树。

宁宁看得高兴极了，小脸蛋儿红扑扑的。她不知道这只闪耀一瞬间的焰火要烧掉多少银钱，只知快活道：“爹爹，你说娘在天上能不能看到我放的烟花？”

宁宁平时在外人面前，都会规规矩矩地称呼“父皇”，私下却要撒娇叫“爹爹”。她这样一说，萧叡觉得心都要化了。

萧叡撒谎道：“你娘一定能看到，她必要赞我们宁宁是个有孝心的乖女儿。”

焰火的光映在宁宁的脸上，像极了怀袖。

萧叡想起幼时，怀袖刚进宫时也就和宁宁差不多高。宁宁是他教养出来的，身体强健，怀袖却不是。

她小时候吃不饱饭，长得瘦瘦小小，一张桃心小脸，下巴尖尖的，总拿着一把比她还要高的竹扫帚扫地，纤弱的身体像是能被一阵风吹走。

他就想，这个小姑娘真像路边一株不知何时长出来的小草，一阵风就把她压下去了。以为她折了，过两日再去看，发现她又直了，活得好好的。

他给怀袖放过烟花，哄她开心。

怀袖嘴上谢主隆恩，其实一点儿都不喜欢。

萧叡后来才明白，怀袖喜欢的不是烟花，是十五岁那年和七郎一起躲过的柳梢月下。她就像是这烟花一样飞到天上，明亮地燃烧绽放一瞬，然后化作尘土，落回人间，湮灭不见。

宁宁这天玩闹了一日，累极了。萧叡抱着她回宫歇息，亲手给她脱鞋子。

再过一年，宁宁七岁了，就不方便和他住在同一间寝殿。但他又不放心让女儿住得太远，便打算把侧殿整理整理，先住着，等孩子再长大些，再换去别处住。

宁宁睡着了，萧叡却睡不着。

屋里没人了，他把放在床头暗格的骨灰坛子拿出来，对着骨灰坛子喃喃自语。

宁宁依稀听见父皇在说话，似乎听见"袖袖"两个字，但分辨不清具体说了什么。

萧叡把骨灰坛子抱在怀里，轻声说："袖袖，你是不是觉得我烦？三天两头地来吵你。我这不是怕你在地下等得久了，你就把我忘了吗……"

白天里，萧叡是祲威盛容、乾纲独断的君王；到了晚上，他觉得自己就只是个失去了妻子的鳏夫。

他时常等夜深人静了，对着骨灰坛子说话。

怀袖还在的时候，这些话只能和她说，而今她死了，也没有其他人可说，就只能对着她的骨灰坛子说话。

萧叡跟怀袖抱怨那些烦人的大臣，某些政策推行不顺利，哪些士族大族阳奉阴违，还有什么清高自傲的名人大儒，等等。

平日里他不爱发作，倒不是忍着那群人，无非是不想让人摸清他的喜怒，但是在怀袖面前就不必藏着掖着，可尽情地叨唠。

不过萧叡怕吵着宁宁，也不想被侍卫听见，这是他和怀袖的悄悄话。是以越发显得神经质。

萧叡的名声不似以前那样完美了，他差点儿立旁人为后的事情已经渐渐被淡忘。兰家嫡小姐嫁人之后都怀上三胎了，没嫁在京城，而是远嫁了另一世家，做了长媳，夫妻和美。

世人只知道皇上爱已故的先皇后甚重，不光是将唯一的女儿视若掌上明珠，而且亡妻后久未再娶。太皇太后过身后，更没人能压住他。每次大臣拿纲常伦理一逼，他就往皇陵跑，去皇后墓前哭老婆。

还要大臣哄他回去，捏着鼻子保证暂且不与他说这件事情。

这点对于一个皇帝来说显得很荒唐，但古往今来，每个皇帝都有一些自己的癖好，又不是酒池肉林、铺张浪费，弄得民不聊生，只是深爱亡妻，不肯续弦，似乎也不是什么大毛病，反而显得这位以前端方过正、温柔古板的君王变得可亲起来，而且也没人觉得他真能不沾女色。男人嘛，谁还不懂谁了。

萧叡讲完，自嘲地轻笑了一声，道："袖袖，你要是在，一定骂我又装模作样了是不是？你是不是好生气，觉得你都死了还要被我用来装饰名声？"

临安。

蒹葭书院。

修竹疏影，微风习习。

檐下的瓷风铃飒飒作响，淡青色的轻纱幔帐兜住一阵过路的风，悄悄地漾起碧波柔浪。

少女们身着深青色的交襟襦裙，翩跹而来。她们都穿着制式衣裙，个别的给自己加上了襕边，或在裙角上绣了茶花、兰花，显得别致。

在场只有女学生，没有男学生。

蒹葭，蒹葭。蒹葭苍苍，白露为霜，所谓伊人，在水一方。顾名思义，这正是一座女子学堂。

世家大族的小姐极少来民办的学堂念书，都是家里单独请个女夫子在家念书，会送到学堂读书的，一般都是有几个闲钱又爱惜女儿的小户人家。多是寻思着，送出来学点儿诗书礼仪，将来嫁人的时候也能嫁得高一点儿。

不然旁人家的女儿因为读过书被高看一眼，自家女儿没读过便矮了一头，谁能服气？又不指望考状元，不必分个高低。

再不济，结识几个手帕交也好，将来多条门道。或是看看你家缺不缺个嫂子，我家好像少个弟妹，互通有无，交换适龄好儿郎的消息。

这书院便是秦月开办的，不过她鲜少出面。这日闲来无事，她便过来逛逛，顺带以白夫人的名义，给女学生讲堂课。倒让她想起当年在尚宫局给宫学生讲课的过往，这么多年过去，她也遇见了一茬又一茬鲜妍秀丽的女孩子。

不过这宫外的讲课与宫中不同，光是那厚厚的《宫规》就不必了。

早上的课上完了。

在学堂用饭，可以由学堂供饭，也可以从自家带饭菜过来吃，女学生们三五成群地坐在一块儿。吃完饭，可以休息一个时辰，可以去小院小憩一会儿，也可以坐在一起聊聊天儿，做几针刺绣。

她们这一班多是快要及笄的少女，正是春心萌动的年纪，私底下便会悄悄地说一说各家的郎君，其中有两位定了亲，不知怎么就聊到将来对夫君的要求上。聊着聊着，就聊到了皇上。

少女倾慕地说道："若我将来的夫君能有皇上的一半好就成了。多么感人，皇上都为皇后守了整整五年。天下男子如能以此为榜样，哪还会有怨侣恨生？"

她们又谈起几首皇上为亡妻写的诗，真是一片凄凄深情。

秦月闻言，本来高高兴兴地饮一杯茶，突然觉得饮不下去了。

那个伪君子，她都"死"了才来深情，有何意义？她不信萧叡是因为多爱她才会一直没有再娶，必定是牵扯了什么利益。她还不了解他吗？惯会装样子示弱骗人。

秦月便道："皇上后宫佳丽三千，只有皇后亡故，还有别的妃子，想必他不会寂寞，或许他还是在别的后妃那里，一边抱着别的女人，一边哭诉对亡妻的深爱。"

这未免太不浪漫，女学生们深受打击："先生，你怎么能这样说？"

瞧瞧，多少小姑娘家被萧叡骗到。想必京中也有不少名门闺秀会为这一片深情感动，成为他砧板上的鱼肉，任他挑肥拣瘦。

萧叡此人，对秦月来说自然特别，毕竟是同床共枕十几年的男人。

一日又一日的纠缠陪伴，有的是爱，有的是恨，时而爱长，时而恨生。

但在怀袖"死"的那一刻，所有的感情都成了恨。她厌恶极了萧叡，只是懒得时时刻刻去恨他，何必把自己的喜怒哀乐交由一个男人左右。

怀袖曾经的每一丝余烬爱意都被萧叡亲手浇灭了，这一刻只剩厌恶，没有心软。

不过，她的人生还长，有那么多东西好惦记，何必总想着一个讨人厌的家伙。她平日里鲜少想起，知情的人也不在她面前提，乍一听见，就像是看到一只蟑螂突然冒出来，叫人恶心。

好像到底觉得可笑，忍不住说了一句“这个伪君子”，说完，却有学生不满。

秦月就给她们讲了几个故事，都是写爱妻诗赫赫有名的诗人，只是纸上写得漂亮，妻子死了没几日，就另娶娇妻。她没明摆着说，为什么世间多是女子在亡夫之后守贞孀居，而男子再娶却理所当然呢？

她只说：“你们将来嫁人，少听那些花言巧语，多看郎君是怎样做的，要仔细分辨谁才是那些真正珍惜你的人。那些在纸上把情爱写得情真意切的男人，给旁个女人写的时候，也同样情真意切。”

不过秦月在这个小学堂，却没有当年作为尚宫在宫学生里的威望。

女学生们听了还有人在心中颇为不屑。

果然都说寡妇做久了，会性情古怪，看看这位白夫人便是。

秦月哪会知道她们是怎样想的，下午便回了自己的院子。

她这几年在南洋做生意，收购船只，前年做了自己的造船厂，在外面招揽了许多贤人异士。

说真的，这还是当年她在宫中为了学天文地理、观星看象，认认真真地学了不少，还在书中看到了一张海图。她记性好，过目不忘，照着其中的海路走了一遍，安然无虞地抵达了另一片大陆。正因为她读过书，到了海上才能辨别方向，判断天气。出航时，个别船员并不服她，但到了半路，她的所作所为已经令人心服口服，对她唯首是瞻。

起初最难，怀袖手上握着的银子不多，买到第一艘可载百人的大船，她花了一年时间，第二艘花了半年，第十艘却只花了一个月。她找到了一条前人未走过的航路，在各地倒卖，账本全在脑子里，一点儿不乱，钱像流水一样泼进来。如今，她手上有三百余艘海船，一支大海队。

其实她在外还有另一个名声，只是不大好听。

早先他们在海中遇上过海盗，打了一架，打赢了，收缴了对方，后来遇上了麻烦，也一一化险为夷。到了后来，他们似乎成了这片君王管控不到的大海上的贼子。郦风如今是二把手，人称“风阎王”，真名也没几个人知晓，而秦月作为当家人更少露面。“风阎王”这个名字在海边如雷贯耳，可使小童止啼。

秦月十分纳闷儿，又没劫掠过正规商船，偶尔还好心在路上护别人一程，只要给钱就行，竟不知不觉就成了大魔头。

秦月回去盘账。

她戴上一枚水晶镜片，这是从西洋国买来的，是定制的，架在鼻梁，正好能卡在眼前。她中毒之后眼睛就没以前看东西看得那么清楚了，有时候看账本看得久了，就得戴这玩意儿。她盘账盘了那么多年，盘过整座皇宫的账本，盘过国库的账本，盘一两艘海船的收益，不过小意思。而今船多了，却有点儿累了。

不过这两年雪翡越发得力，跟手下人先过了三遍，她再大致看看有没有纰漏就是了。

复哥儿乖乖地坐在一旁，秦月不觉得小孩子不可以看账本，只叮嘱他不准弄坏。他想看，翻看一下也无妨。

复哥儿小小年纪在算术上很有天赋，万位的算术都可简单地心算出来。但做这些耗费心血，他脑子用多了，就会流鼻血。秦月不准他每日学太多，像别家孩子一样傻头傻脑地玩最好的了。可复哥儿不爱玩，就爱黏在娘亲身边，生怕一不留神就会跟丢了。

这时，他听到有人进来的声音，便乖巧地说："娘，我去看看是谁来了。"

秦月笑笑："谢谢复哥儿了。"

过了一会儿，身着男装的雪翡牵着他回来。雪翡已是个大姑娘，皮肤晒成小麦色，沉稳了许多。因常年在外行走，为图个方便，多作男装示人，在外自称"翡公子"。乍一看，也确像一个雌雄难辨的俊秀少年郎，瞧不出是个姑娘家。

秦月放下账本，问："怎么了？"

雪翡道："姑姑，雪翠传了消息回来，皇上启程下江南了。"

萧叡此行为微服私访，并不大张旗鼓，只告知了托以监国的内阁大臣，他因事十天不上朝在如今已不算什么大事。做了十年皇帝，他也从一开始的如履薄冰、战战兢兢，到得心应手，从容不迫。阁老知道他去江南做什么，但他也不明说是去扫墓，只说是去体察民情，谁能说不是？古有齐桓公微服以巡民家，后为历代明君效仿，他效仿一下也理所当然。

萧叡一路过去，每次走不同的路线，每到各地，都会驻足一下，考察物价，询问官情，再看农收，有时会写信回去。京中若有大事实在拿不准，也会加急把奏折送过来，由他亲自批复。

萧叡也当给自己放半月假期，他坐拥大好江山，自己却只能在山河图上过过眼瘾吗？而且在宫中待久了，他觉得自己又开始腐烂了，想出来喘口气。

萧叡不但自己出来，还要带上宁宁。

队伍伪装成商队，萧叡装扮成丧妻的富商，把女儿抚养在身边。

宁宁这孩子自小娇生惯养，头两天的新鲜劲过去了，就会开始嫌弃赶路无聊疲惫。这时候，萧叡就得停下来，带她玩一玩，分散她的注意力。

宁宁用惯的御厨也跟了过来，但赶路哪有那么讲究，再如何巧心烹制，也比不得宫中山珍海味，也不能在她心爱的白玉浴池里洗澡。到了晚上，也没有宫中的小叶紫檀拔步床可以睡，客栈的床就算铺上了软软的被褥和她最喜欢的灯芯草垫，她也睡不大惯。

是夜。

雪翠姐姐伺候宁宁洗漱之后，又拿篦子给她通完头发，哄她睡觉。

残暑未消，蝉鸣匝地，屋里热烘烘的，没有窖冰，就算有雪翠坐在床头给她扇扇子，她也热得睡不着。她倒没叫苦，就算叫了也买不到冰，她这一刻知道宫里和宫外不一样，只委屈地说："我想回宫去，能不能让爹爹先把我送回去？我好热啊，身上都长红点点了。"

她奶声奶气地说可怜话，谁不心疼啊？但雪翠做不得主，说："这得问过皇上才行。"

宁宁又说："每年都说带我去看娘亲，我也没见到，不是说我娘去天上当仙女了吗？"

父皇有时说娘是仙女，又带她去上坟，让她给娘祭拜，但是皇陵里还有皇后墓，过年祭祖时也得去。她稀里糊涂，也不知哪个是娘亲。

雪翠哄了她两句："奴婢愚笨，奴婢不知道。小公主要听故事吗？奴婢给你讲故事吧。"

宁宁叹了口气，说："把书拿来念一念吧，我也好多记几个字，我背到第三卷了，等回去以后先生是要考的。"

父皇给她找了老师读书，已经换了两位，她知道是怎么回事，无非是不乐意教她。有个人还曾进言让父皇给她生个弟弟，那才是太子储君，她只是个公主，公主只需要识得胭脂水粉就可以，倘若太过溺爱，将来说不定会牝鸡司晨，祸乱朝政。隔天她就没再见到那位老师，后来听说是辞官回乡养老去了。

她问父皇"牝鸡司晨"是什么意思，父皇不告诉她，她就自己去查。《尚书》中写：牝鸡无晨。牝鸡之晨，惟家之索。

可是，为什么呢？她很困惑。

宁宁还是想不通。

但她隐隐约约地知道一件事情，凭什么那些人觉得她不可读书，她便不要读了呢？她喜欢胭脂水粉，喜欢美丽的绸缎和鲜花，也喜欢书中文字，可让她变得聪颖，不被身边的人哄。她刚开始晓事，就知道自己是高高在上的公主，除了爹爹，其他人都是她的奴仆，但有些人以为她还小，总想哄骗她。

宁宁讨厌别人哄她，包括爹爹哄她，她隐隐约约知道这是因为她还很笨，什么都不懂，那她就更要读更多的书。

她天性争强好胜，没有因为自己是公主而偷懒，反倒觉得自己是公主，必须做得好才行。伴读的小姐妹聊起家里的兄弟，还对她说："我们女子读书不过是修身养性，也没必要悬梁刺股吧？"

宁宁总觉得有哪里不对，可是说不上来，只得在心下感慨自己还是太笨了。她在心里背着书，背着背着就睡着了。

雪翠给宁宁掖了掖被角，揉了揉她紧皱的眉头。雪翠算是看着宁宁长大的，又是她最敬爱的姑姑的女儿，宁宁对她来说，不仅是一个尊贵的小公主，更像她的小妹妹，她想让宁宁没有忧愁。

夜深人静。

萧叡离怀袖的墓地越近，夜里就睡得越好。

隔了月余，他又梦见怀袖了。

这次又与上次不同。

醒来是在萧叡当上皇帝之后，他怀里还搂着怀袖，是在御花园那边的花丛。

那么多匠人精心养出来的花儿，全横七竖八地折了，被糟蹋得不像样子。虽铺了衣服垫在下面，怀袖雪白的背上还是被硌出了许多绯红的印子，皮肤还染上了丁点儿艳红的花汁。日光照在她身上，她洁白无瑕的肌肤像玉一般透着光似的。她沉默地低下头，看也不看萧叡，扯了一件衣裳遮着胸口，眼眶通红，却没落泪。

过了一会儿，怀袖才将檀紫色的女官服捡起来穿，竭力忍耐，但还是流露出了一点儿哭腔，轻声说："陛下，您既已尽兴，可否准奴婢离开？

尚宫局那边还有差事要办。”

萧叡渐渐地记起来了。

他以前拉着怀袖强迫她一道做过很多荒唐事，在哪儿都有。她一开始都不大乐意，只是拗不过他，后来才随他的意，有时还会配合他一番。

这……好像就是第一次。

他当时说了什么来着？

萧叡茫然了一下。

怀袖已经穿好了衣裳，自己大致拢了拢头发，起身行礼，就想退下。萧叡赶紧握住她的手腕，不放她离开。

怀袖一怔，想了想，说：“是了，奴婢还没有服用避子汤。”

萧叡闻言，十分扎心，连忙说：“朕没说让你服用避子汤。”

怀袖说：“奴婢却不能不知礼数。”

萧叡道：“别在我面前一口一个‘奴婢’，我又没将你当奴婢。”

怀袖像是无法再忍下去似的，冲动地抬起头，怒目而视。他才对她做了这种事情，还要说这种假惺惺的话，不过是火上浇油罢了。

当年他刚做皇帝时，实在太得意了。他低声说：“我以后……我以后再也不对你做这种事情了，我与你道歉。”

怀袖面露困惑。

萧叡看上去歉意十足：“我才当上皇帝所以得意忘形了。我在外面装模作样，心里憋得慌，回来以后只能在你面前暴露我的真性情。我知我说这种话，你也不会原谅我，是我不好。”

怀袖却说：“陛下可别这么对我说话，我只是个奴婢，当不起陛下对我这种下贱的人躬身道歉。请您还是给我一碗避子汤吧，奴婢不配为皇上生儿育女。”

萧叡道：“不准。若有了，便生下来，如果是女儿就是我的长女，如果是儿子，就是我的长子，以后所有的孩子也只有你生。”

怀袖生气地说：“我只是个宫女，我生下的孩子地位也不高，我不能生。”

萧叡着急地说：“我娶了你，让你当我的皇后，不就可以了吗？”

“不行。”怀袖绝不相信，“我怎么可能当皇后？您在说什么梦话？您不是非贵女不娶吗？什么时候能轮到我了？我好不容易当上尚宫，皇帝与女官有染，您才刚登基，是想惹人嘲笑吗？不说我，单说您的面子，您不要面子不要体统了吗？”

萧叡道："这都不是什么大事，只是一个身份而已。

"我说你尊贵，你就尊贵，旁人还敢说不尊贵不成？

"就是那些世家贵族，还不是因为有皇室的抬举，才能一步步地变得尊贵？你若答应，我送你出宫，给你换个身份，换个贵女身份，再接回宫封后。

"我自有办法的，你信我。"

怀袖最终还是松口答应了萧叡。

过了几日，尚宫怀袖因"急疫"被送出宫养病，没过两天就死了。

而某个落魄小世家的族谱上硬生生多了一位嫡幼女，年方十六，刚刚及笄，正是待嫁的好年纪。萧叡写好聘后的圣旨，直接去让太皇太后盖章，说他在上巳节对一位贵女一见钟情，打听之后还知道她知书达理，是个不可多得的好女郎，想要娶她为后。太皇太后未曾刁难，见他如此喜欢，虽有些奇怪，但还是盖章了。

萧叡正满心欢喜地要等怀袖入宫和他成亲，还写了信给怀袖，让她安心等候。可是，他只不过多等了几日，刚要发旨，突然迎来一个噩耗。

属下告诉他，怀袖逃了，不知逃去哪儿了。

即使知道这是在梦中，萧叡还是傻眼了。

这不是美梦吗？

前几场梦，就算他们有吵架有不合，但起码还是成亲了。为什么这次，怀袖居然在婚前直接跑了？他该去哪儿捉呢？

萧叡在梦中着急，不知该去何处找怀袖，心下一片迷茫。还未想出个对策，天亮了，梦醒了。

这可不是一场好梦。

平日里都是做美梦，醒来后面对残酷的现实，所以难受。这次做了个噩梦，醒来以后发现现实比噩梦还要残忍，更让他难以接受。

也不知下场梦里，能不能找到怀袖。

萧叡坐起身。

其实他知道怀袖为什么会逃，当时怀袖已对他心灰意冷，与他求过多次要出宫，是他一而再、再而三地反悔，将她禁锢在宫中。待到有机会可以逃走，她怎么可能留下？

怀袖是个厉害的女人，无论到哪儿都能好好地活下去。

但萧叡还是为此感到惆怅，都已经是做梦了，就不能让他一偿夙愿吗？居然还擅自改剧情了？他纵是皇帝也控制不了梦魇。

萧叡睡得浅，还做了一场噩梦，睡醒过来以后一点儿没解疲，反而感觉更累了。

宁宁还在睡，像小猪一样睡得酣甜。萧叡不忍心立即吵醒她，辰时才把她叫起来，洗漱、穿衣、用早点。

这天他们去码头坐船走水路。

宁宁头一回坐船，新鲜极了，在船上四处探索，看到什么都要问一句是做什么用的。萧叡也不嫌烦，抱着宝贝女儿，问什么就答什么，也不知这小家伙记不记得住，但他作为爹爹不能随口敷衍，必须在女儿心里竖起一个学富五车、无所不知的父亲形象。也就这会儿宁宁乐意跟他玩，等她玩厌了，又要嫌他烦。

有时萧叡都觉得好笑，他小时候，父皇一个月也不见得和他说几句话，他那时特别希望父皇能看自己几眼。而他的宁宁小公主，一生下来就有他亲手抚养，从早到晚围着她转，她反而嫌弃他，觉得爹爹好烦，管头管脚，管天管地，还不准她出宫去玩。和他小时候是天壤之别，但他不介意，他和怀袖的女儿，就是被宠得骄纵了点儿又怎样？

水路走了两日，抵达月港。

月港在九龙江的出海口，外通海潮，内接溪涧。

萧叡大概三年前曾来过此地，当时虽也繁荣，比之以前，又大变样，扩张了许多。他登基第二年时便开放了四大港口的海禁，其中便有月港。只见码头上商人、脚夫、走贩来往不绝，摩肩接踵，熙熙攘攘，倒与他曾去过的国内第一大港泉州近似了。

而萧叡举目望去，更有许多他没见过样式的大船。据说是外国的船，旗帜上写的又是汉字，写着一个大大的“白”字，应当是这些商船的东家姓氏。

江南豪贾在萧叡手里大致有个名单，这个姓氏他倒是头一次听说。

岸边有一个看上去十八九岁的少年搞着张桌子，拿着算盘，面前放着账本，手指噼里啪啦地打算珠，正在利落地点货记账。

他身着一件长衫，与走卒不同，但是为了干活儿更利索而把下袍卷起来掖在腰带处，看上去也更有精神，又生得浓眉大眼，刚毅俊朗。也不知是谁家的小儿郎，这般年轻就如此干练。

一个年老的脚夫扛着麻袋过来记货，他干瘦的身体被货物压得深深地弯下去，一不小心滑了一下。眼见着要摔了，却见那个少年飞快地放下纸笔，过去扶住了他。能将老脚夫压得抬不起头的货物，在少年手里仿佛不比一条鱼更重，他单手就提了起来，还能空出一只手去扶人。

少年问："陈伯，你这把年纪怎么又出来做活儿呢？之前不是伤着腰了吗？"

老人说："我儿子病了，孙子要吃饭，不干活儿不行。"

少年不客气地说道："但你若也出了什么意外，不又得给家里添一笔账了？"

老人叹气道："没法子啊，我婆娘和儿媳妇儿都去给人洗衣服了，挣的也不够。"

"今天你搬货的钱我先给你结了。"少年想了想，回头喊了个人过来，"你随那个人过去，我们东家的缫丝厂子还缺女工，带你家的女人过去试试能不能聘上，比洗衣服要挣钱。那边还缺个扫地的，你若肯干也归你干，比扛货轻省些。"

萧叡却想，这个白家不但有这么大的商船，还在本地开了庄子、铺子，看上去财力不俗，也不知是个什么来历。

他雇了一个当地的掮客，稍使了点儿银钱，便知道了个大概。这白家的商队是三年前过来的，过来以后便与本地的官老爷打好了交道，还在本地开钱庄、开布庄。

掮客说："他们东家不常露面，也有说他们背靠北海的'风阎王'，才能在海上畅通无阻，来往自如。今天港口上那位就是白家的小东家，我听说白家是一对姐弟一块儿做生意，但是没见过其人。"

萧叡稍作询问，便不再感兴趣。

他还要带宁宁去逛街市，购买一些当地的特产。宁宁惦记着宫里伺候她的宫女姐姐们，凡要买钗子、梳子，就要给每人都带一个，还要给她的朋友带。

萧叡就没见过宁宁这样的公主，但宁宁就是个不一样的公主，左右她的钱花不完，花完了理直气壮地问父皇要。

走到半路，有人迎面走来。

对方还没接近，护卫便上前拦住陌生来人。来人身穿一身道袍，却笑盈盈地说道："先生，我们城中过两日要办庙会，我见您的女儿美貌非凡，可否愿意扮一扮菩萨身边的小仙童？我们道观必献上一份薄财，虽我看您衣着打扮，知您必然不缺钱财，我们会为您女儿立个长生牌，保佑她一生富贵平安……"

萧叡不耐烦听下去，二话不说就拒绝了。

他转身便走。

宁宁被萧叡抱在怀里，还趴在他的肩膀上探头看："小仙童是什么？"

萧叡道："小仙童就是陪伴在仙女身边的小童。"

宁宁振振有词地说："那我不就是小仙童吗？我娘是仙女，我是小仙童。"

萧叡忍俊不禁，想起怀袖与他说过，她幼时因为生得美丽，与她姐姐一道扮过仙子和仙童，母女俩倒是遇见了同一遭事。但他的女儿是公主，他不敢冒一点儿风险让宁宁抛头露脸。

晚上回床上歇息，宁宁披着头发，把她买的一匣子簪花摊开放在床上数，数完还多出来一个。萧叡听着她数，数到最后，她说："这个是最漂亮的，留给娘亲。"

说完，宁宁还对雪翠招招手："雪翠姐姐，把这个装进箱笼里。"

萧叡怔了一怔，敛起笑意，道："把箱笼拿过来给朕看看。"

雪翠把一个颇沉的箱笼搬过来，萧叡打开看，全是些细碎的东西，有胭脂水粉，有绫罗绸缎，有珠宝首饰，有贵重的，有市井买的，还有她喜欢的小玩具。萧叡以前就觉得怎么有些东西给了她，没几日就不见了，听说是收起来了，还觉得他的女儿真是个小守财奴。

萧叡问："这些是做什么啊？"

宁宁奶声奶气地说："送给娘亲的啊，不然娘亲没有首饰戴，没有胭脂怎么办？我瞧着有好的，就要给娘亲留一样。"

萧叡鼻尖一酸，险些落下泪来。

他摸摸她的头，轻声道："我们宁宁真乖。"

宁宁骄傲地答："我本来就乖。"

萧叡却不禁担忧。宁宁年岁还小，这一刻还能哄骗她，等她再长大一些，晓事了，不知会怎样想。

宁宁兴致勃勃地整理着自己将要带给娘亲的礼物，问雪翠："雪翠姐姐，你说娘亲会喜欢吗？"

雪翠笃定道："一定会的，你送什么你娘都会喜欢。"

宁宁觉得雪翠姐姐与别的宫女不同，有些时候她能感觉出来旁人是在哄她，但是雪翠姐姐说话很有底气，是在认真待她，而不是把她当成小孩子。

宁宁得了肯定，欢欢喜喜地上床睡觉去了，父皇说第二日差不多就到了。

临安。

清晨。

秦月坐在廊下的美人靠，看着复哥儿跟着拳脚师父打了一套慢悠悠的拳。这套拳不累人，只用来强身健体。

但即便如此，只打了一拳，还是把他累得气喘吁吁，满头大汗，走过来仰着小脸蛋儿要娘亲给他擦汗。

秦月拧了布巾给他擦脸，牵他回屋歇息。

她对这个小儿子什么指望都没有，就算是个不成器的，她挣的钱和留下的人也够护着他悠闲一生。不盼他活到百岁，能和普通人一样活个五六十岁，就算好了。

秦月都不知道自己能不能活到那个岁数。

这天，复哥儿却有些别扭。他是个很文静的孩子，有心事也不会直接说出来，但一眼就能看出来。

秦月问："你怎么了？"

复哥儿欲言又止，最后还是问："娘，宁宁是谁呀？你昨天说梦话又提到她了。"

秦月把复哥儿抱到怀里，轻声与他说："宁宁是你的姐姐。"

复哥儿眼眸一亮："姐姐，我有姐姐吗？"

秦月含笑说："有呀。你姐姐是个又聪明又漂亮的小姑娘，她已经会写一千个字，会背一百首诗，还会画画，会投壶，会蹴鞠。"

复哥儿满怀憧憬地"哇"了一声："姐姐好厉害。"

但是惊讶完，他又疑惑地问："那我怎么从没见过她呢？"

怀袖摸摸他的头："再过几天你就可以见到你的姐姐了。"

复哥儿喜溢眉宇，点点头。他见娘亲回答了关于"宁宁"的问题，还有一件事情很好奇，便一道问了："娘，那……那我……"

他越说越小声，像是不敢期待，嗫嚅着："那我有没有爹爹啊？"

秦月料到复哥儿迟早有一日会问这个问题，到底听见他这样问了。

她认真道："你爹爹死了。"

复哥儿垂头丧气地说道："那我们不用去给爹爹扫墓吗？我在书里看到的。"

秦月骗他："你爹爹没有尸骨可以埋葬，你爹是个大英雄，他是个特别勇猛的将士，为了保家卫国，死在了边城，但是没有尸骸带回来。你有这份心意就很好了。”

复哥儿一直十分担忧，隐隐约约知道自己该有个爹，却没见过。他问过雪翡姐姐，雪翡姐姐不但不告诉他，还让他不要去问娘亲，不然会惹得娘亲伤心。

复哥儿就自己琢磨，他不爱和人说话，他学说话都很慢，快两岁了才开始说话，还惹得娘亲担忧，但是一开口他就能说出完整的句子。

他很小就开始能记住事了，好像从他还是个只能躺在床上的小婴儿时他就有记忆了。虽然他也不知道自己为什么能记得，这一刻的他以为全世界的小孩儿都是跟他一样的。

所以，自他记事以来，他总是安安静静地观察身边的人和事，听大人说话。娘带他坐船去过很多地方，见识过各种各样的人。

别的复哥儿不清楚，但有一点他确定，就是每个小孩儿都有爹和娘，他只有娘没有爹。

他为什么没有爹呢？

是爹死了，还是爹不要他们了？

复哥儿终于从娘这里知道，哦，原来爹是死了啊。

害他还忧虑了好久，他们母子俩是不是被抛弃了，爹爹死了倒是比被抛弃要好得多，他总算可以放心了。

复哥儿对这个从未出现的爹爹其实也不感兴趣，反正他有风叔叔，有盛哥哥，还有拳脚师父和教书先生，身边不缺男性长辈。前些日子总带他去玩的道长爷爷也很好。

相比起来，复哥儿对姐姐更好奇更期待，和娘亲说：“娘，你应该早点儿告诉我我是要去见姐姐的，我现在都不知道来不来得及准备礼物。”

一向慢吞吞、心平气和的复哥儿难得一见地着急起来。

他挠挠头：“我该送什么给姐姐啊？”

秦月笑道：“没关系，到时候娘给你准备。”

复哥儿难得不听哄，很较真地摇摇头说：“不要，不要，那不一样。娘，到底还有几天去见姐姐啊？”

秦月说：“还有三天吧。”

复哥儿慎重地点点头：“我知道了。”

秦月看小儿子这般高兴，情不自禁地跟着扬起嘴角。她也为能见到宁宁而喜悦，但她也不是全无忧虑……她想带宁宁走，毕竟那是她身上掉下来的一块肉。当年她错过机会，没能直接把宁宁偷出来，一拖就是五年。

直至这日。

可平心而论，就一个帝王而言，萧叡待宁宁亦极尽宠爱，世间女子能有的，她都有，世间女子不能有的，萧叡也闭着眼睛给她。

宁宁也不是个小婴儿了，雪翠说宁宁是个主意很大的小姑娘，宁宁还愿意要她这个娘亲吗？

就算秦月让雪翠在宫里保护宁宁，又有萧叡的宠爱，这些年来她也一直很害怕宁宁会出事。夜里有时还会做噩梦，梦见宁宁哭，哭个不停，哭得她心都碎了。

她的两个孩子都是她的心头肉，可一个被她留在宫里，无法亲手抚养，另一个又天生体弱，奄奄一息。她宁愿拿她的钱财去换她的两个孩子，母子三人粗茶淡饭地过日子。

算算日子，就这两天，萧叡该到临安附近了。

好巧米哥儿送了信回来，说是遇见了萧叡，他还使人去试探了一下，不过没成，宁宁出落得玉雪可爱。看得秦月觉得好焦心，感觉好些人都见过宁宁了，就她没见过，雪翠传信不便，只能带几个简单的消息。但顺王知道啊，还会给她写一些宁宁的小趣事，什么在朝上薅了哪位阁老的胡须啊，抓了御花园的鱼啊，追着哪家的小世子打啊……

听得秦月心痒痒，又担心萧叡把宁宁宠坏了，也不知他是怎么想的，竟然能干出这么蠢的事情。

萧叡先到了临安，时辰已不早，一行人暂且歇脚，第二日再启程去秦家村。

当年怀袖住过的院子他早就盘了下来，和女儿一起住在此处。

宁宁刚晓事时，萧叡告诉宁宁这是娘亲住过的院子，宁宁还很生气："是谁欺负娘？！让娘住在这么小的地方！爹，你是怎么回事，你都不带娘回去住吗？"

萧叡又觉得心酸，又觉得好笑。

蘅芜殿被烧了，这世上还留有怀袖痕迹的就数江南这个小院子。他没把东西搬回京城，只叫人守着，打扫尘埃，一应物件要保证在原位，不丢失。

这里还留着几本书，有怀袖的亲笔字迹，好像是她当初给人做女先生时留下来的。

这晚上萧叡和女儿一道睡。

萧叡一时半会儿睡不着，给宁宁打扇，找了几本怀袖做过备注的书看，都不是什么深奥的书。他看了几页，想着带回去，给宁宁读书用，拿来启蒙倒是好的。

萧叡不知不觉地睡了过去，又做梦了——

隔了好几日，萧叡还以为上次梦到怀袖逃跑以后就没了呢。

原来还有后续。

萧叡也没有当时那种焦虑急迫的心情了，在梦中，他布下天罗地网，还是找到了怀袖的行踪。

却没让人直接把怀袖抓回来，而是前去见她。

怀袖被人关着，吃好喝好，没寻短见。

好像见到他，还给他倒了一盏茶："陛下用吗？"

萧叡问："你就那么厌弃我吗？"

怀袖答："民女哪敢厌弃皇上？"

"你敢。"萧叡说，"你嘴上说不敢，心里厌我至极。"

怀袖起身就要给萧叡跪下。

萧叡拽着她的胳膊，硬生生地把人从地上拔起来："别跪了，别给我跪了。"

他无可奈何地问："我不逼你喝避子汤了，我还打算封你为后，你若还愿意信我一次，有什么要我做的，你告诉我，我都去做。"

怀袖盯着他，沉默半晌，才道："你做不到，我也不妄想一个皇帝能为我做，我只是一介民女，我凭什么呢？我虽卑微，却不贪慕荣华富贵。你知我进宫是为了何事，我大仇已报，心愿得了，我只想找一隅清净之地，了却残生。"

萧叡苦笑说："你就是不信我。"

怀袖道："是，我不信你。你现在说得再好听，都会色衰而爱弛，你对我的宠爱随时都能收回去，我不能依仗着那点儿东西过活。"

萧叡心想，为什么之前的怀袖信了他，但这个不信呢？

大抵……大抵是因为他没能救下他们的那个孩子吧……

萧叡颓唐地坐下来。

他总在想，他们是什么时候走向绝路的，没想到打从这时候开始，怀袖已经信不过他了。

明明年少时，他们是交心交命地相互信任。

怀袖还是跪了下来，道：“皇上，请您放我走吧，我愿毒哑我自己，绝不会透露出您的秘密。”

也可能是从他登基以后，怀袖第一次给他下跪时起吧。

萧叡道：“我自是信得过你。”

他闭上双目，虽然他知道自己身在梦里，还是心如刀割：“朕放你走，你走吧。”

萧叡像在做一场梦中梦，清楚地记得怀袖穿着一身红衣，在新婚之夜，死在自己的怀里。

“朕情愿你好好活着，也好过死在我面前。”

萧叡放怀袖走了，还给怀袖改了户籍，改回了她的本名秦月，送她回乡。

怀袖临走前，他问：“你回去以后打算嫁人吗？”

她恭谨端正地说：“若陛下命令我不嫁，我便不嫁。民女已非完璧之身，世间男子能有几个不介怀呢？左右嫁与不嫁也不妨碍我过日子。”

萧叡以前是打死也不愿意怀袖嫁给别的男人，就算那次放怀袖走，他也与怀袖约定不许她嫁人。即便是这一刻，他一想到她会被旁人拥入怀中，依然心如刀割，但比起心痛，他更希望她能过得好，便道：“若有个好的，你便嫁了吧。”

萧叡下意识地想去握住怀袖的双手说话，指尖将要触碰到时，才反应过来，讪讪地收回手，藏入袖中，心酸地说道：“找个好男人，别找像我这样的……首先要明媒正娶，他要对你一心一意，尊敬你、爱护你、怜惜你，不会叫你一而再、再而三地付出，伤透你的心，让你逃之不及。”

怀袖想了想，沉默了片刻，才轻声说：“这世间所有身处功名场的男人都一样，倘若为了功名利禄，女人和孩子都只是身外物罢了。”

萧叡心平气和地说：“总会有的吧，只是难找了一些。你孤身一人过日子几多艰辛，再说了，我信你无论嫁谁都能把日子过好。”

怀袖答：“若有好的，也不是不能嫁。”

过了一两年，萧叡听闻了怀袖的消息。她在老家办了一家女子学堂，教书育人，粗茶淡饭，安闲度日，嫁给了一个无名无姓的江湖人，那个男人待她极好。夫妻俩琴瑟和鸣，生了一儿一女。

几十年过去，怀袖就在青山之间安然度过一生。她桃李满天下，是一位享负盛名的女先生。

怀袖死在他前头，他得知后，还赶往了江南一趟。

他也老了，为不重蹈覆辙，在自己力竭之前提前退位，将江山交付给他选定的储君，改称太上皇，雍容养老。这一刻的他，老得不成样子，太医说他快不好了，但有一日，他突然能走动了，只是得拄着拐杖。

他已是个不拄拐杖就站不住的糟老头子，但他好面子，不爱拄拐杖，便要人放了张椅子，坐着和怀袖说话。

怀袖的坟前种着一株桃花，正是春天，艳红的桃花开满了枝头，洒落一地，落在她的墓碑上，落在了他的头上。

萧叡屏退旁人，笑了笑，在和煦暖醺的春风中，轻声说："袖袖，朕这江山治理得还算不错吧？"

他强撑着的最后一口心气便这样舒心地散了。

萧叡觉得大齐一百多年来，没有比他更幸运的皇帝了，既不负天下，一生寻得所爱，还能死在心爱的人面前。

"朕现在也要去见你了，等到了地下，你还愿意唤我一句'七郎'吗？我此生辜负了你，你且等一等，来生我们投胎在附近，我好好娶你为妻，与你一生喜乐安平。"

他拄着一把剑，手中握着一支早就老旧斑驳的女子发钗，就坐在那儿，微微弯着腰，缓缓地闭上双眸，对旁边的人说："朕要睡一会儿，别吵我。"

他静静地沉入一场长眠不醒的梦中，

萧叡回到了皇宫，四处去找怀袖，走下高高的龙椅，拄着拐杖，离开幽深漆黑的宫殿，周围由暗到明，慢慢儿地亮起来，他的双腿也逐渐有力起来。

萧叡走过尚宫小院，又到了他少时住过的皇子居所。他看到了前面有个熟悉的窈窕身影，心急如焚，抛开拐杖，追了上前。他越走越快，逐渐跑起来，脚步从老迈蹒跚到轻盈轻快。

风从身边掠过，岁月回到他的身上。

萧叡狂奔过去，终于抓到了怀袖的衣袖，把她拉住。

怀袖正是韶华年岁，梳着双环髻，着一身最平常的青绿色宫女服，不愉快地与他说："你别拉着我，有什么事吗？七殿下。"

萧叡不顾一切地握住怀袖的手，炽热滚烫，目光灼灼地望着自己心爱的小姑娘："秦月，我心悦你。"

怀袖叛逆地望着他："怎么，不做皇子了吗？"

萧叡笑着说道："不做了，终于可以不做了，不做皇子，也不做皇帝，就做怀袖的情郎。我带你私奔好不好，怕不怕？”

怀袖骄傲地说：“我怕过什么？”

他们便手牵着手地跑了，一直往前跑，跑到山花烂漫之处，停下来，紧握双手，笑望彼此。

再约来生，长长久久，白首不离。

萧叡再一次醒来。

宁宁正坐在床边，一见他醒了，就扑过去抱住他：“爹爹，你终于醒了！”

萧叡一时之间还沉浸在梦中无法自拔，抱了抱她，问：“怎么了？”

宁宁紧皱着眉头，奶声奶气地责怪他：“你还问我怎么了？我一醒过来就看到你在哭，爹爹一声不吭把枕头都哭湿了。吓到我了。”

萧叡一摸自己的脸庞，指尖触及之处一片湿凉。还真哭了。

被女儿看到自己哭了还挺丢人的。

萧叡道：“这是宁宁跟爹爹的小秘密好不好？不要告诉别人。”

宁宁踟蹰了一下，担忧地问：“爹爹又梦见娘亲了吗？”

萧叡：“呃……”

宁宁：“又不是第一次了，我听到过好几回了，我都没告诉过别人，你总是说‘袖袖’，这是娘的小名吧？”

大人都以为小孩子什么都不懂，萧叡是小孩子时很愤懑不平，但等他长大了，也变成傲慢的大人了。

萧叡叹了口气，没有立即回答。

宁宁好生愠怒：“爹爹是个骗子，整天骗我。”

萧叡赶紧哄她：“我的小公主哎，我又哪里惹你了？”

宁宁太奶了，就算发火也看上去好可爱。她发起火来，与怀袖好像，也与他像：“你就是个骗子，我娘到底是哪个，你一会儿说是仙女，娘去天上了，一会儿又要我拜皇陵的那个，一会儿又成了过几天我们要去见的那个。我只有一个娘，怎么可能有三个娘亲？你就是觉得我傻，跟我说过我就会忘掉，所以跟我乱编，我都记得。”

“你别小瞧我，世界上没有哪个小姑娘会记不住自己的娘亲！”宁宁气冲冲地说：“你什么都不告诉我。”

萧叡把小小的、软软的女儿抱在怀里，宁宁就是长大了一点儿，也还只是个小姑娘，抱在怀里那么轻。就算他不告诉宁宁，以她的聪明和好奇心，将来迟早会自己发现，只是没想到这一天来得这么早。在皇家之中，或许只有他这一个不正经的皇帝拥有了一份真正的父女之情吧，他的女儿不畏惧他，对他喜，对他怒。

萧叡说："爹爹没骗你。人是分肉体和魂魄的，在爹爹心里，你娘去世以后，魂魄回了天上，去当仙女了。但她来到人间一遭，亦有凡躯，所以也有一个坟冢，就是要我带你去拜的那个。"

宁宁还是不太明白："那皇陵的那个呢？我娘不是皇后吗？皇后不是要葬在皇陵皇后冢吗？"

童言无忌，一箭穿心。

萧叡道："皇后冢里葬着你娘的衣冠，只是个衣冠冢，他们都以为你娘葬在那里。但你娘有自己的家人父母，她想和自己的家里人葬在一起，爹爹就把她送回她的老家安葬了。"

宁宁勉强接受了这个解释，她尚且年幼天真，威严深沉的父皇这么认真地答复她，那她便相信了。

父女俩在临安停留了一日，因要赶在怀袖的忌日扫墓，隔日便启程去了秦家村。

秦家四口人的墓地都用青砖修葺得齐整，有看墓人一年到头看守。

萧叡带着宁宁去坟头。宁宁穿着一身缟素，规规矩矩地跪下，磕头、上香。她这两年越发口齿伶俐，还要跟娘亲唠嗑几句："娘亲，你在天上要保佑我，保佑我回京城以后不被先生责骂，保佑我背书可以背得再快一些。"

萧叡觉得好笑："你怎么只求这个？"

宁宁振振有词地说："娘亲只是小女子，对她来说，这已经很不容易了吧，做人要知足常乐。"

尹通判为查秋收农情，这日亲自下乡下田，慰问父老乡亲，正好走到秦家村。

秦家村他知道，是怀袖尚宫的故乡。她生前与皇上有点儿私情，死后皇上惦念二人之间的旧情，对秦家村多有提携，原本一个名不见经传的小村子如今已是附近最富庶的村落。

他曾与怀袖有过几面之缘，遗憾她年纪轻轻香消玉殒，还曾上坟祭拜。

他一来就听人说，说是这天村里来了一拨外人，特来秦家坟上祭拜。

尹通判好奇这是怀袖的哪位故人，便过去看一眼。这不看还好，一看就正好看到了皇上。

早知便不该来。

尹通判震惊之后，想了想是否应该打搅圣驾，最后决定回身离去，却被皇上的侍卫拦住了。

他们去宅子里说话，见四下无人了，尹通判才敢敛衣端正行礼：“见过皇上，臣为农忙奔走，未承想惊扰圣驾。”

萧叡笑问：“你怎么没事跑到乡下了？”

尹通判按捺住内心的震惊，还瞥见了小公主。虽说皇上一直带小公主上朝，但是也只有站在最前面的几位阁老看得清，他从未近距离见过小公主。而今一见，才发现小公主长得与怀袖极像。不过此事由来已久，都说皇后秦氏与怀袖相貌相似，那生下的女儿也像并不足为奇。

但这两个秦氏竟然是一个人吗？假如是一人，皇后葬在了皇陵，秦家村葬着的怀袖又是何人呢？

萧叡全然不提此事，他就装不知道，君臣俩你一句我一句地说起朝堂之事。

而后尹通判又恭请萧叡去他家里住，直接把人带回家。他娘子也干练，立即把院子整理出来，主院自然要让给皇上和公主住。

唯独他的女儿大受打击：“爹爹，你怎么这样？我都跟我的同窗约好了，明日要办赏花会，这下可完了。”

她对这个不知道哪儿冒出来的叔叔很是不满。

尹通判连声告罪。

宁宁倒是很感兴趣，自来熟地说：“兰姐儿，你们要办赏花会吗？要玩什么？”

无非是一群小姑娘在一起办家家酒似的玩闹。

兰姐儿犹豫了一下，宁宁生得太漂亮了，骄矜却和气，她甚是想跟宁宁交朋友。

宁宁转头就跟父皇说：“爹爹，我可以和兰姐儿玩吗？”

反正还在他的视野里，又跑不到哪儿去，萧叡欣然同意。

宁宁又交到一个年龄相仿的小伙伴，没一会儿就牵着人家小姑娘的手去花园里玩去了。她笑得甜美可爱：“在这里，我叫‘宁宁’，你叫我‘宁姐儿’也可以。”

两个小姑娘手拉着手走着，后面缀着一大串的奴仆伺候。

尹家的兰姐儿交友广泛，隔日，她下好帖子的客人们纷纷到了，全是临安城达官显贵家的小孩子，年纪都不大。

宁宁第一次见到这么多同龄的小孩子，玩得连父皇都不要了，但在其中，她见到一个格外让她注意的小男孩儿。

这个小男孩儿打扮得非常可爱，穿着一件竹绿色的衣服，衣袂上绣着一丛修竹，还有一只蚱蜢，甚是有童趣。他长得更可爱，宁宁一见他就觉得面善。

他看上去病恹恹的，一双眼眸却很明亮，一个人安静地站在角落里，大眼睛时不时扑闪扑闪地望着她，像是在用眼睛说好想和她说话，又因为害羞不敢。

这个弟弟仿佛在哪儿见过？宁宁想。

宁宁多看了他两眼，主动走过去，问："你好可爱，你叫什么名字？"

小男孩儿羞怯地说："我叫复哥儿。"

复哥儿虽然已经四岁了，但因为先天不足，比同龄的孩子都要瘦弱。宁宁就不一样了，她从小是一堆御医、御厨围着养出来的，萧叡也不把她拘在屋子里，带她打猎、蹴鞠。偌大的正和宫随便她跑，毕竟连太和殿都是她打小玩惯了的地方，三天两头就上房揭瓦。

宁宁见过的小男孩儿没多少，而且都非富即贵，可从没见过复哥儿这样像小病猫一样的。他好天真，随便一问就把家里人用的小名儿说出来了。

真是个小傻瓜。

宁宁想多逗逗他，把他拉过来，要他到自己身边坐下。

有和她说了几句话的官家小姐提醒她："宁姐儿，你怎么把男孩子拉过来坐啊？男女授受不亲。"

又有人小声地告诉她："他是商贾家的儿子……"语气里是掩不住的鄙夷，委婉地让她别跟复哥儿玩。

宁宁最不喜欢别人拘束她了，更别说指点她能和谁玩，不能和谁玩。

她父皇都不管她，轮得到旁人管？

她是当朝唯一的公主，集万千宠爱于一身。什么毛病？她都没嫌弃跟他们一群小官的孩子玩，她们倒是嫌弃起她一见就喜欢的小弟弟。

在宁宁看来，这些自诩尊贵的官家小姐跟复哥儿没什么区别，反正都不及她尊贵，都是没有品阶的庶人，有什么好分三六九等的？

哼。

宁宁不管不顾地把复哥儿拉到身边，非要复哥儿跟她坐在一起。在座的人也不知道为什么这是尹通判家的家宴，一个做客的外来小姐却坐在最上首。这个叫“宁姐儿”的女孩子长得那般美，裙子穿在她身上都比别人要鲜艳三分，其他和她年纪差不多的女孩子都还是黄毛丫头，头发都没多少，她却有一把乌黑的好头发，还梳得格外别致，戴着旁人没有见过的发饰。

她的头上只戴了绢花，远看还以为是真花，栩栩如生。她通身上下没什么首饰，只在脖子上戴了一颗鸽蛋大的浑圆南珠，光泽莹润。而她一张口，就是地道的官话。虽说她们也有学官话，可说得没她好，一听就知她是京城来的小姐，估计她爹是尹通判的上峰，绝不可得罪。

本来大家是这么想的，可见她居然不顾身份，拉着一个商贾之子玩，便觉得她就算是千金小姐，大抵也缺乏教养。

宁宁不听他们的劝说，非要和复哥儿说话。本来围在她身边问裙子、问梳发的小姐们便悄悄地散开了，除了一个兰姐儿奉了父亲之命，不得不跟在她身边，被孤立的兰姐儿顿时如坐针毡。

宁宁浑然不知，还在兴致勃勃地与复哥儿说话，越说越觉得复哥儿乖巧可爱。

雪翠端上来一盘宫制点心，宁宁喂给复哥儿吃：“快吃吃看，好吃吧？这是我最喜欢的一道点心了。”

复哥儿像是小松鼠吃东西一样小口小口地吃着。

太可爱了。宁宁伸手摸摸他的头，看到他还戴着小金葫芦的耳坠子，好笑地问：“你是男孩子还是女孩子啊？怎么还戴耳坠？”

复哥儿满脸通红，说：“我生下来就身体不好，我娘找了个大师给我算命，大师让我戴这个，说好活得久一些。”

宁宁见复哥儿嘴唇泛紫，就觉得他应该身体不太好，不过没想到这么不好。她财大气粗地说：“什么病啊？我家有很多厉害的大夫，你跟我回去，我让他们给你治病吧。”

如此漂亮可爱的弟弟要是生病死了，多可惜啊。

复哥儿摇了摇头，说：“没关系，我娘有带我去看病，给我找了好多大夫了。”

宁宁不屑，自觉皇家的都是最好的，民间的大夫再好能好得过御医吗？

复哥儿本来拙于言语，这一刻对宁宁满是崇拜。娘亲说得果然没错，他的姐姐又漂亮又厉害。但是娘亲让他问的话他怎么都找不到机会问，姐姐口齿好伶俐，说个不停，像是娘亲送他的那只鹦鹉，一天到晚都要说话。

宁宁还接着说："你回家问问你爹娘，要不要去京城治病，我给你介绍大夫，一准能把你治好。"

复哥儿腼腆地说："我只有娘，没有爹，我爹死了。"

宁宁怔了一怔，心头一酸，觉得跟复哥儿更投缘了。她凑到复哥儿的耳边轻声说："我也是，我娘死了，我只有爹爹。"

复哥儿机敏地抓住这个间隙，发现总算可以顺水推舟地向姐姐问娘亲交代的问题了。他问："那你想要一个娘亲吗？"

宁宁理所当然地回答道："谁会不想要娘亲啊？但娘亲又不是想要才有的。"

她越发觉得复哥儿是个傻的，果然还小，不懂事，反问他："你想要爹爹吗？"

复哥儿却摇摇头："不是很想要。"

这个回答出乎了宁宁的意料，忍不住问："你不想要爹爹？为什么啊？"

复哥儿皱起眉，沉思了一会儿，慢吞吞地说："我也不知道。有也可以，没有也没关系，有没有爹爹没有区别。但是，如果我想要爹爹，娘亲会很为难的。"

宁宁也想了一下，有没有娘亲她都是尊贵的小公主，但她还是想要个娘亲。她日渐长大，不是没有撞见过有人劝父皇续弦。从未有人教过她，可她天生就知道续弦不是好事情。皇后的位置是她娘亲的，她不准别的女人染指。

宁宁发自权力动物的本能让她意识到，假如父皇娶了别的女人，或是有了别的孩子，她的尊贵就会被别人分去。

所以，每次有人劝父皇再娶，她就故意在父皇面前提娘亲的事情。如此一来，父皇就会拒绝掉亲事，屡试不爽。

她几乎是拥有世上所有美好的小公主，只除了一个娘亲，要是她再有一个疼爱她的娘亲就更好了。这时，复哥儿扭了扭屁股，从袖子里掏出了一个珠串，不好意思地递给她："这是我送给你的。"

这串珠子晶莹剔透，不像是水晶，也不像是玉，旁人都不清楚这是什么。

但宁宁知道，她什么宝贝没见过？她径直说："是琉璃珠子啊？"

复哥儿点点头："你喜欢吗？"

宁宁不缺宝贝，但她稀罕别人喜欢她，高兴地说："我喜欢。"

复哥儿越是乖巧，宁宁就越觉得遗憾。若是没遇上便罢了，都遇上了，却要眼睁睁地见他死掉吗？

宁宁再次劝说复哥儿："你去问问你娘亲，可不可以去治病。若是你娘亲要做生意，抽不出空，那你先单独跟我去好了，我会给你安排住处，安排大夫，安排下人，你什么都不用操心。"

复哥儿点点头，说："那我去问一问吧。"

说完，复哥儿从椅子上爬下去，爬了一半，旁边的雪翠把他抱下来。他乖乖地说了声"谢谢"，才斯斯文文地走了。

宁宁看复哥儿走路也觉得好笑，忍不住笑出声："雪翠姐姐，你有没有觉得复哥儿好像一只小乌龟。干什么都慢吞吞的。"

她等了一会儿，复哥儿为难地走回来，说："我使人回去问了，我娘说不行。"

宁宁冷哼一声，心道，不识抬举。

她说："你娘在哪儿？让她过来，我亲自问。"

她明明是个小辈，却要叫长辈来拜见她。

在座的其他小姑娘听了都面面相觑。

复哥儿不懂这些忌讳，说："哦，她在侧院跟夫人们一起看戏呢。那我过去问问我娘要不要过来。"

他说完，又走了。

不多时，一个温柔和气的妇人牵着复哥儿回来。

宁宁一见到秦月，不知怎么回事，忽然生不起气来了，总觉得她也很熟悉。她问："你就是复哥儿的娘亲？"

【第十一章】· 血浓于水

秦月一瞬不瞬地望着宁宁。她离开的时候，宁宁还是襁褓里的小婴儿，转眼已经长到这么大了。她一见宁宁便觉得眼眶发热，想要落下泪来。

她点了点头："是。"

宁宁见到秦月，心下亦因奇怪的熟悉感而迷茫了一下，甚至一时之间，都忘了自己本来想说的话，过了一会儿才回过神来。

她如个小大人般地说："我与你的儿子复哥儿投缘，得知他身患重病，我想为他寻医问药。我家在京城，京城名医云集。你若为他着想，便让人带他去京城治病如何？"

秦月见宁宁的言行举止都有条有理，拿捏着小公主的架势，既可爱，又心酸。明明她的女儿就在面前，她却不得相认，还当她是庶人一般。

雪翠侍立一旁，知晓这是怀袖姑姑。宁宁怎么可以对亲生娘亲那么不敬呢？她都为怀袖难过。

雪翠主动解围："夫人，请在这边坐下说话吧。"

秦月从善如流地入座，复哥儿十分自然地要娘亲抱抱，坐在娘亲的怀里。

宁宁看了，莫名又心生羡慕，觉得他们母子好生亲密。她别扭地说："我见你对复哥儿的照顾也很悉心，不是那等不爱惜子女的母亲，为什么不顾他的身体呢？她跟我去京城一定能治好。"

宁宁真是一派天真，大抵她自有记忆起萧叡就宠溺着她，她想要什么就有什么吧。

姐姐盛气凌人，复哥儿一直不敢反驳他，这一刻娘在身边了，他才有足够的底气，说："我不想离开我娘。"

宁宁较上了劲儿："你这小家伙，怎么这么不识好人心呢？大不了把你娘一起带去！"

这对姐弟怎么一会儿好，一会儿吵。

秦月道："你莫要着急，且听我说好不好？"

宁宁噘起小嘴，一副很不满的样子："你要说什么？"

秦月柔声细语、不紧不慢地说："谢谢你为复哥儿担心，他这是娘胎里带出来的病，自他出生起，我已经带他看了很多大夫，也不是没去过京城，如今已找到了可以医治到他的大夫，正在治疗，所以不必特地再去别处寻大夫了。"

宁宁闻言，脸色稍霁，不自觉地略带傲慢地点了点头，但仍有些担心："你找到的大夫可以治好复哥儿吗？"

宁宁一半是因为实在与复哥儿投缘，一半是她出于作为公主的骄傲，一个小孩子而已，她都救不了吗？她摘下自己的南珠金项圈，走过去，给复哥儿戴上，道："若是有什么意外，便到京城来，找弘郡王府，给他们看这个，递张帖子，我就会派人来帮你们了。"

这样价值连城的南珠首饰，宁宁说给就给了，一点儿也不心疼，其他姑娘见了无不替她心口滴血。

秦月对她微微一笑："谢谢你了。"

宁宁觉得秦月望着自己的眼神如春日湖水一般，和煦温柔，让人很舒服。

她在宫中没有格外依赖的长辈，断奶之前是母亲亲自母乳哺育，后来是父皇带在身边，用不着奶娘。以前她有过一位教养嬷嬷，在她身边颇得信任，便妄自尊大，这边在她面前装得很善解人意，转头就阳奉阴违借她的名声狐假虎威，欺凌宫人，中饱私囊。

她很生气，找父皇告了一状。

父皇却说："下人而已，你想怎么处置就怎么处置。"

宁宁就把她的钱都罚光，另打了五十大板，赶出宫去。自此，宫人在她面前都会倍加小心，唯恐惹恼了她。

宁宁对这些人也无所依恋，就像父皇说的一样，只是下人而已，不可能把下人当成娘亲，那是在侮辱她的娘亲。

但她这一刻竟然好想去亲近复哥儿的娘亲。

女人温柔地对复哥儿说："还不谢谢姐姐？"

复哥儿从她膝上下来，规规矩矩地同宁宁行礼："谢谢姐姐。"

小孩子忘性大，宁宁拉住他的手，说："我带你去花园里玩吧。"

复哥儿回头眼巴巴地看着娘亲："我可以跟姐姐去玩吗？"

秦月点头。

复哥儿对宁宁灿烂地笑，宁宁拉着他就走。她是个风风火火的急性子，脚程快，疾走得像是要跑起来似的。复哥儿既开心，又有点儿跟不上，喘着气，连声说："姐姐，你慢一点儿，我腿短。"

宁宁嫌弃道："你好没用。"

但她还是慢下了脚步，慢悠悠地牵着他走。

秦月起身，站在亭子边上，望着两个孩子。看到姐弟如此融洽，她十分安慰。宁宁小小年纪，已公主架势十足，比较她在宫中见到过的公主们有过之而无不及。

假如宁宁知道她娘亲并未去世，知道自己就是她的娘亲，会愿意跟她走吗？

雪翠经过她身边，微微福身，与她行礼示意。

万千思绪只化为一个无语凝噎的眼神，她端正地作一宫礼。此处人多，她连一句话也不敢多说，便继续去伺候小公主了。

秦月静静地望着姐弟俩，情不自禁地莞尔。晚夏的微风吹拂而过，她的心也慢慢儿地安静下来。

她真想就这样把宁宁拐走，正好这一刻萧叡不知去了哪儿……但萧叡就算身不在此处，也有在宁宁身边布下重重暗卫，让人不能轻易带走。

也不知萧叡在哪儿。

萧叡这天又去了一趟秦家村，不好带着宁宁一起去。他又给怀袖的墓修了一遍，亲手拔除杂草，把鹅卵石摆放整齐。

然后在坟前，像梦中一般，给怀袖敬了一小瓮桃花酒。

萧叡絮絮叨叨地和怀袖说话，他在女儿面前也有点儿包袱，不好意思当着宁宁的面与怀袖说腻歪话，这天特意单独再过来一趟，叫护卫都站远些。

他搬了张椅子坐下，把怀袖的另一半坛子骨灰拿出来，置于怀中，轻声说："袖袖，我又梦见你了。

"我原想着，强行把你留下来，到时我们一起投胎，再续前缘。

"近来却觉得自己老毛病犯了，我这样强行要你留下投胎，你在地下知道了，要更恨我了，是不是？"

无人应他。

只有燥热的夏风和蝉鸣。

"我现在真的认错，你会不会没那么讨厌我一点儿呢？总比不做要好一些吧。"

萧叡提起锄头，亲自开墓。

他不打算假以旁人之手，把两坛骨灰合二为一，完完整整地将怀袖下葬。

尹府大门外。

一辆由两只高头大马拉着的青篷马车停在正门门外，尹通判亲自去迎来人。待里面的人下了车，二人一道进府。但眼尖的人能发现，尹通判悄悄落后了半步，举止之间都颇为尊敬。

萧叡这日离了宁宁半日，鲜少有离开女儿这么久的时候，一进门便问尹通判："宁宁在哪儿？"

尹通判道："小公主正在后院跟女眷玩耍，一切安好，没人冲撞小公主。"

"那朕先不过去了。"萧叡问，"在玩什么？"

尹通判说："正在比投壶。"

萧叡道："那朕添个彩头，前三皆有所奖。"

尹通判顿时有点儿额头冒汗，小孩子胡闹便罢了，偏偏里面夹着一个公主，还是本朝唯一的公主，其他孩子都不清楚。

安乐公主的受宠这几日他已亲眼见识过。

这万一别人赢了，惹恼了安乐公主不知会如何？

院子里。

一个口广腹大、瓶颈细长、内中装有半壶小豆的青瓷酒壶稳稳地放在平坦的地面上。因是一群孩子戏乐，所以只摆了七八尺的距离。

侍女在一旁手持托盘，托盘上装着十二枚无镞的木制箭矢，二尺长短。

宁宁在宫中常玩，是个中高手，对此兴趣乏然，转头问复哥儿："玩过投壶吗？"

复哥儿点了点头，又摇了摇头："我小时候在书上看到'投壶'，娘带我玩过一次，我觉得不甚有趣，便没有再玩了。我更喜欢看书。"

宁宁看复哥儿这么丁点儿大的小人儿一本正经地说什么小时候，当即被逗得笑出了声："你才多大呀？还小时候。"

复哥儿登时小脸红扑扑的，羞涩地望着姐姐。

宁宁教训他："我见过书呆子，不过还是头一回见你这么小的书呆子。以往我见过的你这个年纪的男孩子都跟野猴子似的。我看你呀，就该多动动，身子骨才能好起来。我的御……给我看病的大夫便时常如此叮嘱我。"

复哥儿点点头，文静地说："我晓得了。"

宁宁又问："那你要不要玩？你要玩我教你玩。"

复哥儿一副很想答应又不好意思答应的模样，一双水汪汪的大眼睛巴巴地瞅着姐姐，扑闪扑闪的。

宁宁见复哥儿一个男孩子扭捏的模样就觉得可爱，又想欺负他："干什么这样看我？想玩就说想玩啊。"

复哥儿犹豫地叹气："我好笨的，师父教我打拳也教了好久，他们都哄我说我聪明，其实我知道我应当算作小笨蛋了。我怕你教不会我，辜负了你的心意。”

复哥儿这个样子，反倒让宁宁心生保护欲，不由得笑了起来：“那有什么？”

这时，有侍女恭正地端着一个托盘过来，上面垫了一块绸布，放了一把小弓、一个玉蝉挂坠，另一个侍女抱着一匹宫绸，一看便价值不菲，且不是寻常能得的。道是前院尹通判的朋友即宁姐儿的父亲听闻他们在比试，给他们加个彩头。引起一片低低的惊呼。

宁宁自然习惯了，这些东西对她来说也不稀罕，相较之下，此时此刻在这里，不作为公主，只作为一个普通的小女孩儿跟同龄人玩耍的记忆对她来说才是最珍贵的。

宁宁说：“我不参加，你去玩。”

复哥儿慢吞吞道：“我绝对拿不到前三。”

宁宁摸摸复哥儿的头：“无妨。你是想要那些奖品吗？我送你就是，又不是什么好东西。知不知道投壶的规则？”

复哥儿垂下眼睫，微微皱眉，陷入沉思。

宁宁以为复哥儿不知道，正要为他解释，就听他不紧不慢地说：“每次投四矢，四矢投完算一局，司射为胜者立‘一马’，共三局，立三马者为胜。”

又问：“还有另外的规矩吗？我在书上曾看到，汉武帝时，有一投壶者，不但能投矢入壶，竹矢落入壶中后再弹回其手中，百投百返，无一落空，称技艺更高……”

宁宁见复哥儿小书呆的习惯又犯了，好笑地说：“你先能投进去再说吧，三轮十二支竹矢，你能投中一次，我便奖你……奖你……”

宁宁卡壳，一下子也不知道奖什么好。她的南珠项圈已经赠给复哥儿，于是在自己的兜里搜找起来，没找到什么贵重东西，只摸出一个小荷包，里面装着小糖豆。

宁宁大方道：“那送你这个吧。这种糖豆外面没得卖，比那些俗气的金银绸缎要稀罕多了。”

复哥儿猛地点头，“嗯”了一声。不过才相处小半日，他就十分崇拜姐姐了，姐姐给什么他都喜欢，姐姐就是随便在路边摘朵花儿给他，他都会很宝贝。

复哥儿是这群孩子中最小的，统共也就四尺多高，一支二尺的竹矢抓在手里就有他半人高了。

复哥儿一脸严肃，极认真地投矢，但是碍于手短，又实在不擅长，一投一个空，惹得大家哈哈大笑。

遭到嘲笑，他也不羞恼。投完了就站到一旁，眼睛一眨不眨地盯着别人看，还要若有所思地点点头，仿佛在观摩学习。

宁宁问："学到了吗？"

复哥儿自信地用力点头，等轮到他了，又上去投了个空。他郁闷地说："我觉得我应当能投中，但是我的手太短了，而且没力气。非策不利，事之不济，此乃天也。"

宁宁听得一愣一愣的，停顿了一下，然后笑得更灿烂了："你怎么这般好玩？"

结果三轮投完，复哥儿一支竹矢都没投中。

复哥儿郑重道歉："辜负姐姐的期待。"

宁宁仍把糖豆塞到他的手里，笑得眉眼弯弯："无妨，你今天真叫我开心。我真想带你回皇……回我家。"

复哥儿纠结了一下，点头："我也想跟你去。"

宁宁心下一动。复哥儿虽然是个男孩子，可他还那么小，她贵为公主，就不能问父皇讨好一个男孩子玩伴吗？他如此可爱，郡主她们一定也会喜欢的。

雪翠俯身下去，对小公主说："皇上过来了。殿下，我带你去换身衣服吧。"

宁宁懒得换，拉着复哥儿说："我带你去见我父……父亲吧。"

复哥儿这次没有犹豫，摇头，坚决道："我不去。"

宁宁蒙了。多少人想见她父皇一面，复哥儿有这个荣幸却不去？她说："你可知道我父亲是谁？错过这次机会，你一辈子都不一定能再有了。"

复哥儿说："姐姐，你去吧，我也得回去找我的娘亲了。"

宁宁不满地噘起嘴巴，霸道地说："我要你去，你就得跟我去。"

这时，复哥儿的娘亲过来，复哥儿像是磁石一样投入他娘亲怀中。

复哥儿的娘亲牵着他过来道别："宁姐儿，谢谢你今日关照复哥儿。你若想再来找复哥儿，可以给城西白府递帖子。"

宁宁不置可否，阴沉着脸。

秦月见宁宁这副模样，心尖一跳。宁宁虽长得像她，神情却与萧叡如出一辙。

她抬眸，瞥见夹道前方有男子走来，只一眼，就认出来那是萧叡。萧叡变了许多，昔年俊美无双、神采奕奕的少年郎已成渊渟岳峙的中年人。脸还是那张脸，没添什么皱纹，既不消瘦也没发福，只是不一样了，留了胡子，两鬓花白。哪怕她不出示真面目与他站在一起，旁人一定也会觉得他才是年长者。

萧叡远远地看见宁宁在和一个妇人说话，那个妇人看到他便低下头，大概是为了避讳男眷，抱着孩子，转身走了。

直觉就在萧叡耳边低语，促使他一直盯着那个妇人的背影。

宁宁跑过来，萧叡一把将女儿抱起来，这才有空分神看了一眼宁宁。他后知后觉地发现宁宁很不高兴，笑着问："怎么了？"

宁宁说："爹爹，你能不能送我一样东西。"

萧叡慷慨地问："要什么？"

宁宁指着妇人牵着的孩子，说："我要复哥儿。"

萧叡一听就知是个男孩子的名字，怔了一下。历朝历代得宠的公主常有包养男宠的，但宁宁还这么小呢，未免也太早了吧？不过想来她只是想要个玩伴，没什么大不了。

虽说男女有防，但他的小公主想要，他就给。只是个庶民，要来就要来了，可以净身以后做个小太监陪宁宁。

秦月才走出小院，就被护卫拦住了。

萧叡抱着宁宁缓步而来。

他方才已经问了一下服侍的人，知道了这个妇人是谁，原来是近来江南有名的海商白氏。虽只是个商人，却也是良民，倒不好因为宁宁的一时兴起强抢人家的儿子。听说人家还是个寡妇，孤身一人抚养孩子，母子俩相依为命。

那个小男孩儿像是怕他，往娘亲身后躲了躲。

妇人对他微微揖身，但见这个妇人外貌平常，衣着普通，乍一看完全不打眼。

怀袖低眉顺眼，完全没有直视萧叡。

萧叡语气温和地说道："谢谢白夫人今日照顾宁姐儿。宁姐儿方才与我讲，说与令郎相谈甚欢，得知令郎身患疾病……"

宁宁插嘴道："你若不放心，可以带着复哥儿来京城，我爹爹能安排万全。错过了这次，怕是没别的机会了。你为复哥儿考虑一下。"

秦月只望着宁宁，目光温柔如水，宁宁心头些许的暴躁瞬时被抚平。

她说："你才认识复哥儿，便这样为他着想，真是善良仁慈。复哥儿也与我夸赞你是个好姐姐，谢谢你的一片好心，但我已经约了一位大夫，复哥儿的身体不好，不宜远行。待他身子好些了，我便带他上京，好不好？"

宁宁听惯了人哄她，但她无端觉得这个女人的声音尤其悦耳，仿佛在哪儿听过。一时之间，她甚至觉得比起复哥儿，她更喜欢这个妇人，要是这个妇人能留在她身边就好了。

宁宁点头，勉强接受了。

秦月微微颔首："还有旁的事吗？"

萧叡道："夫人慢走。"

秦月终得脱身，牵着复哥儿离开。她的脚步不紧不慢，走着走着，停了下来。她总觉得有道视线在盯着自己，如芒在背。

是萧叡。

萧叡为什么看她？

秦月有几分不安，萧叡不可能看出来。她变了个样，方才说话也压着嗓子。再说了，他对她的"死"深信不疑。他可能只是因为她接近宁宁而心生戒备吧。他的本性她再清楚不过了，刚愎猜疑，对谁都抱着两分戒心。

秦月心下沉重，也不知这种情况下，她该如何偷到萧叡的心尖血。

此事似是无解，她逃离京城那么久，又怎能自投罗网？该如何在不暴露的情况下，带走宁宁，还得救下复哥儿呢？

复哥儿在尹府时因为出汗多，怕他着凉，半道儿换了一身衣服，但他自己闻着自己身上臭臭的，很不好意思，一回家就对娘亲说要洗澡。

洗得香喷喷了，再换上衣裳被抱出来，秦月给他擦头发。

复哥儿坐在凳子上，一双小脚丫不着地，高兴地晃着双脚，嘴里还哼着小调儿。

秦月问："怎么这么高兴啊？"

复哥儿说："姐姐真好，我还想去和姐姐玩。娘，我什么时候才能再去找姐姐玩啊？"

秦月的手一顿，这得看下次什么时候有机会了，听说萧叡那边最迟后日便会启程离开。

她含糊地说："以后吧。"

"娘，我有一件事不懂。"

"什么？"

“姐姐不是我的姐姐吗？我和姐姐应当是同一个爹爹。但是姐姐说她有爹爹啊，我的爹爹却死了，我们不是一个爹吗？”

“不是一个。”

复哥儿突然说：“那个抱着姐姐的那个男人……”

听到这儿，秦月心头一跳。只听复哥儿继续说：“那个老伯伯，看上去挺和蔼的。”

秦月：“呃……”

她愣了愣，带着笑意问：“你怎么叫人家‘老伯伯’？”

复哥儿理所当然地说：“他头发都白了，不是老伯伯吗？”

小孩子不会认人，分辨人老不老就是看头发是否花白。秦月既觉得好笑，又有点儿心酸。

坐在那个位置的人要操心全天下的事情，能老得不快吗？自古以来皇帝长命的就少，萧叡已在位十年，算坐得稳了。看他的头发白了那么多，想必是一心扑在政事上。就当皇帝而言，除了一直生不出儿子，其他的倒是很用功。

秦月已经给复哥儿擦干头发，抱他上床睡觉，柔声与他说：“下次你若再遇见那个老伯伯，记得要对他有礼貌一些，乖巧一些。”

翌日一早，复哥儿在吃一碗鱼片粥，拿着勺子吹凉。正要吃，便听见侍女来报说有人递帖子上门拜访，一问竟然正是宁宁。

复哥儿顾不上吃饭，快步走去前院迎接。见果真是姐姐，他笑得眼睛弯成月牙，亮声喊道：“姐姐！你真来了呀！”

宁宁笑嘻嘻地说：“还能是假的不成？”

宁宁心情大好。这天也奇怪了，她一直爱玩，但是父皇对她严加看管，向来不许她乱跑，就算在京城，也不是每个小伙伴家她都能随便去。她一想到后日就要回京城就想多找机会溜出去，随口说与父皇说起复哥儿邀请自己去玩，没想到父皇居然破天荒地答应了。

宁宁自己都觉得纳闷儿，父皇可从没允许她去男孩子家里玩。去年上巳节，父皇带她去近郊山上踏青，她遇见了好些同龄的男孩子，都是什么王爷、将军家的小孩子。父皇还特意叮嘱她少和那些浑小子玩，不过他的担心完全是多余的。

那天宁宁趁机偷溜，因为好姐妹被欺负了，过去给人撑腰，还把人给揍了一顿。

不过能出来玩她就快活。她说："还是先去谒见你娘亲吧，我上门做客，得先见过主人啊。"

复哥儿脸颊一红，这才发现自己失礼了："姐姐说得是。"

几人一起去见秦月。宁宁不可能给一个庶民女子跪拜，围着她福了福身便算行过礼了。然后和复哥儿手牵手地跑了。

这是秦月的地盘，而且有那么多仆从跟着，随两个孩子去玩吧，秦月并不慌张。她回了书房，不多时，雪翡进来。

秦月问："可查清了萧叡昨日去秦家村做了什么吗？"

雪翠道："他翻新了坟冢。"

翻新坟冢吗？似乎并不稀奇。秦月坐在椅子上，一只手放在扶手上，轻叩着，总觉得还有什么她不知道的事情。

那边，复哥儿正热情地领着宁宁在后院玩，可他平日里只爱看书，并不好动。想来想去，便带姐姐去看他们家护院的大黄狗，刚生了一窝小狗，好可爱。

复哥儿还嘱咐宁宁："小心一点儿，不要被咬了。它现在好凶，只有我能摸，我给你偷一只出来。"

这只大黄狗陪伴着复哥儿长大，一人一狗感情很好。果不其然，复哥儿成功地从狗窝里偷运了一只小狗崽出来。宁宁还是头一次见到刚出生没多久的小狗崽，肥嘟嘟、胖乎乎的。她把小狗抱在怀里，小狗睡着了，不吵不闹，乖巧得很。

正好复哥儿想不到要送宁宁什么好，便说："这只小狗你要不要？我送你吧。"

宁宁眼眸一亮，刚想说"要"，却想到什么，犹豫了一下，把小狗还给他，摇了摇头，说："算了，我不要了。它有娘亲，还是让它和它娘亲在一起吧。"

宁宁叹了口气，这时才想到，自己要把复哥儿从他娘亲身边带走是件多残忍的事情。小孩子没有了娘亲多可怜啊。像她一样。

这时，下人来报，说是宁宁的父亲过来接她了。

宁宁嘟了嘟嘴，低声抱怨道："怎来得这般快……我才刚开始玩。"

秦月亦心生奇怪，但既有客上门，作为主人，自当去迎一迎。眼下萧叡不宣张皇帝身份，她也不戳穿。

秦月四处做生意，在狄夷那边的商队回来曾与她说，狄人在买粮草，说是过冬，但是与往年比数量增加许多，疑有变故。商人重利，她却不想在这之中捞一笔，说到底她也曾是贫农之女，知晓百姓疾苦。就算厌恶萧叡，也盼着国泰民安。

萧叡与其他客人一般，被招待于侧厅。

茶是上等好茶，清甜的山泉水沏的碧螺春。萧叡打开茶盏杯盖，澄黄晶莹的茶水表面浮着一根竖起的茶叶，有种迷信的说法说这代表好运。他不禁想起，以前怀袖还在宫里时，也曾学过奉茶。她百无聊赖时，总会收集好水配好茶，不光是泉水、雨水，还会存花上露水、叶上雪水，储存的小坛子亦有讲究。

茶盏还热着，这家的女主人已迤逦而来。

秦月身着一件杏黄色平素绡圆领对襟纱衫，下配玫瑰紫暗纹刻丝缠枝葡萄斜裙。因是在家，没特地打扮，随意地绾了望仙髻，上面别了镶丝蜻蜓荆枝头花，打扮得颇为俏丽。这日或许是在自己宅院，要拿出主人的气场，白夫人不似在通判府上时低眉顺眼，而是昂首挺胸，纵然相貌寻常，也有几分昳丽秀致。

萧叡的视线不动声色地掠过秦月的手和脖颈，保养极好，似是养尊处优，再看眉目之间亦无忧愁之色。

他迟疑了片刻，记起自己眼下不是皇帝，只是个上门做客的北地商人，坐着跟主人讲话未免失礼，便起身寒暄。

秦月注意到萧叡这个细微的动作，心道：倒是不摆架子了。

她笑道："宁姐儿正和复哥儿在后院看小狗崽，她才刚到，您这就来接她回家了吗？"说到这儿，她顿了一下，委婉地问，"是我失礼。只知道您是宁姐儿的父亲，却未曾问您尊姓大名。"

萧叡想了想，道："鄙姓秦。"

秦月怔了怔，心尖似被刺了一下，说不出是什么滋味。

萧叡化用什么假姓不好，偏偏顶着她的本姓招摇撞骗？

秦月念道："秦东家。"

萧叡说："我老家人写信过来，说是家里出了状况，要我尽快回家，才收到的信，我想尽快启程。本来也打算这两日走，便想着不如过了晌午就动身，赶紧过来接宁姐儿。"

老家？朝廷吗？朝廷有事？还是萧叡的托词？

秦月皱了皱眉，打量了一下萧叡的脸色，无从分辨真假。

她颔首道："这样啊，那是该赶紧回去。相逢不如巧遇，秦先生不如在我这儿用了午膳再走怎样？"

秦月说这话时，总感觉自己像是话本子里那种黑心店的老板娘，要将萧叡诓进来再算计他。

她瞥了一眼萧叡的衣襟，真想直接摘了钗子，扎下去，便能取到心尖血了。

二人正说着话，宁宁一阵风似的地过来了。她走起路来和别的小姑娘不大一样，从不会考虑怎样走路更优雅文静，性子又急。自己还是个小萝卜头，腿那么短短一截儿，还总要嫌弃太监、宫女走得慢跟不上。

宁宁提了提裙子，大步地跨过门槛，甜甜地喊："爹爹。"

萧叡对她招手。

宁宁走过来，撒娇道："爹爹，我还没玩够呢，你让我玩到晚上再回去好不好？你说了让我来玩，要是失信，就成说话不算话的爹爹了。"

萧叡说："平日是可以的，但老家有事，爹爹得赶紧回去。你怎这般贪玩，难道把你留在这里，我自己回去吗？"

纵是知道萧叡说的是玩笑话，秦月还是忍不住意动。她把双手藏进袖子中，放在膝盖上，紧紧地握着。

宁宁也不是那等不知轻重缓急的刁难公主，皱了皱眉。虽然遗憾，也只能答应。她再天真，本能也在不停地告诉她不能离开父皇："不准把我一个人留下来。"

萧叡笑笑："所以这不是来接你了吗？"

宁宁往回看了一眼，不知道为什么复哥儿不肯跟她一起来，要躲在后院，一个男孩子性子怎么那么羞怯腼腆？

宁宁想了想，问："我们现在就走吗？"

萧叡点头，又说："稍等一两个时辰也不是不可，最晚晌午也得出发了，不然晚上得住在车上。"

宁宁很不高兴，没好气地说："那玩着也没什么意思，不玩了。人家热情地招待我，我就这样走了，实在不像话。你先让我同人家好好说了，我再走。"

宁宁想了想，便走到秦月的身前。

她这一刻不算是公主，要对长辈有礼貌。再说了，她也没来由地喜欢这个女人，便福了下身，仰起小脸，说："复哥儿的娘亲，我因为有事得离开，不能继续在你们家做客了。承蒙招待，多谢了。"

秦月从宁宁口中听到"娘亲"两个字，胸口猛地涌出一股酸涩。她看着这张和怀袖相像的脸，几乎快要按捺不住自己的爱意。她的宁宁就站在面前，却不知道她是娘亲。

宁宁说完，又跑去后院和复哥儿道别。也不知说了什么，好一会儿都没出来。

秦月起身说："我过去看看。"

宁宁正与复哥儿说着话，复哥儿一副很困扰的模样，摇了摇头："我……我听不懂。"

秦月在远处没听清他们说什么，宁宁见她来了，转头看她，眼神闪烁，眼珠子转了转，显然在打什么鬼主意。

宁宁走到秦月身边，突然拉了一下她的手，冷不丁对她说："我挺喜欢你的，你要不要来我家当嬷嬷？"

秦月："呃……"

宁宁很认真地向秦月推荐："我家很有钱，你和复哥儿跟我们同路去京城吧？我准你做我的嬷嬷，以后就在我身边负责照顾我，将来复哥儿想进太学府读书，或者想要当官，我都有法子。"

秦月哑然半晌，倒也不恼，只觉得好笑，忍不住轻笑出声。

宁宁觉得自己又因为是小孩子被人瞧不起了，脸颊一红，老气横秋道："你别觉得我在开玩笑，你跟我去京城，等去了你就知道我说的都是真的。"

秦月蹲下来，平视宁宁，敛起笑意，认真地答："我相信你。但我不能去做你的嬷嬷。"

宁宁疑惑了。她的直觉告诉她这个女人说的是实话，不是在敷衍她，可是结果并不能如她所愿。

宁宁被萧叡抱在怀里离开了。她趴在父皇的肩膀上往回看，看到复哥儿的娘亲送他们到门口。她上了马车，掀开帘子往后看，那个女人还站在巷子口，瞧见她探头探脑，对她微微一笑，挥了挥手。

又不跟我走，干吗像很喜欢我的样子？宁宁心想。

她越想越生气，嘀咕道："真是不识抬举。"

萧叡耳尖，听见了，眉头一皱，问："宁宁，你在说谁？"

宁宁说："我在说复哥儿的娘亲！"

父皇却没有顺从宁宁的话，难得一见地反驳道："不准这么说她。"

宁宁蒙了。可她平时就是这个态度啊，也早养成习惯。她感觉父皇真有点儿生气了，瞬间红了眼眶，问："为什么啊？"

萧叡把宁宁抱过来，让她坐在自己的膝上，神色缓和了一些。他张了张嘴，像是想说什么，却不知道该怎样说。过了好一会儿，才语焉不详地说：“宁宁，这世上不是每个人都甘于为了荣华富贵而为奴为婢的。”

宁宁似懂非懂，抱了抱父皇，说：“爹爹，你别难过。宁宁以后不说那么任性的话了。”

萧叡抱着心爱的女儿，回想着白夫人的身影，又想起他把怀袖的墓穴挖开，打开封坛，却发现里面装着的压根儿就不是人的骨灰。

若不是他想通，想要把怀袖好好下葬，是不是到死都会被蒙在鼓里？

什么白夫人？

萧叡一眼就认出来那是怀袖。

就算改头换面，就算声音不同，就算过了那么多年，萧叡还是立即就分辨出来那是怀袖。

这些年他在梦里梦了无数遍。

这个女人可真胆大，不怕欺君之罪，一而再、再而三地骗他。纵是如此，他也舍不得动气。

怀袖孤身一人离开，只这么几年，就成了声名远扬的女富商，着实厉害。

那个复哥儿也不知是从哪儿冒出来的，或是她收养的，或是她跟别的男人生的。萧叡不想深想，一想就难受。

可他能做什么呢？怀袖恨他至此，他不敢去揭露。

怀袖当他是陌路之人，他就是陌路人。他也大概猜出怀袖为什么找上门，因为宁宁，他这辈子所有的自尊都被怀袖挫败干净，再也不会自作多情地认为她是为自己而来的。

但他……他还是自私，舍不得把宁宁给怀袖。

他已经没了妻子，留个女儿陪他也不行吗？

萧叡问女儿：“宁宁，你不是很想要个娘吗？如果你娘要你跟她走，再也见不到爹爹，你会跟娘走吗？”

宁宁像是在看傻子：“你在说什么呢？爹爹。”

萧叡牙关紧闭，不再问了。

不日，父女俩回到京城。

小半月没上朝的陛下终于出现，又过了数日，狄夷的使臣也带着他们的贡品抵达京城。

萧叡回到京城，接见了北狄使臣。

萧叡这次在江南拖延得太久，回来得晚了，没几日便是中秋。往年此时，他多已为秋狝而至行宫，就在行宫过中秋。此次中秋盛宴，除却京中三品大员和皇亲国戚，便多了北狄使臣。北狄使臣还带了他们的美女，要添一场表演。

先奏《万福》与《万国来朝》，再演《天香庆节》，都是歌功颂德、粉饰太平的节目，年年这一套。奇怪的是，往年陛下中秋节都不会待得这样久，往年他都是第一个走。听闻陛下深念已故的皇后，会单独回去纪念亡妻。皇后去世之后的第一个中秋，陛下半夜悄悄不见了，第二天才从皇陵回来。

安乐公主坐在皇上身边，皇上惦记着爱女，时不时地看她一下，给她送点心水果过去。柔柔的光像是雾一般笼在她的脸上，虽稚嫩，却美得像是叶子上的一颗露珠。

北狄的使臣坐在下面的位子，也能看到小公主的模样。

他们悄悄用狄语压低声音议论——

“这就是齐国那位最受宠的小公主吗？生得可真美丽。”

“看起来也很受宠爱。”

“她应该配得上做我们王子的妻子。”

“齐人可真好，有这么好的土地金银，还有这么多漂亮的女人……”

后宫之中，四妃亦有列席。

这些年，萧叡未再往后宫添佳丽，也鲜少有人受责罚。曾有过一位美人，买通内侍，女扮男装擅离住所见了萧叡一面，想要自荐枕席，却当场被他因为不守宫规而贬为庶人，赶出宫去。自此之后，再无人敢自作主张。

这年的中秋节赏赐，却比往年要多一些。

众人不禁心思活络起来，谁都知道陛下是忘却不了皇后才性情大变，对后宫无比冷淡。这是不是说明，陛下总算是不再执念皇后，愿意接近后宫女子了？

大家正想着，优美动听的乐声传来，便见十几个身姿妙曼的舞女蹁跹而至，随歌起舞，舞阵如花儿一般或绽或合，极尽妍丽。不过众人歌舞赏得多了，此舞跳得也就中规中矩，不算出奇。最后舞女们摘下面纱，娉婷行礼。

这宫中的老人皆是脸色一变。

领舞的舞姬眉目极像已故的皇后，尤其是在妆后，低眉顺眼的温婉模样与年轻时的尚宫怀袖简直如出一辙。

本来在打瞌睡的宁宁感觉到身边的气氛变得好生诡异。她看着爹爹，爹爹脸色难看，再看雪翠，连雪翠都像在生气。她这才去注意到舞姬。

宁宁不记得娘长什么样了，但她见过画像，这个女人和她娘长得好像。但她一点儿也不觉得亲切，反而霎时间火冒三丈。而此时，舞姬已乖顺地退下了。

萧叡自不可能就因为一张脸对这个女人动心，但不知为何，他觉得这时机未免有些巧合。

长得和怀袖这般像的女人可不好找。

背后或许有人指使。

萧叡饮了一杯酒。心想：还是先留下看看再说。

隔日，宫中便多了一位原本出身贱籍的美人，还未赏赐名分，但起码被接进了宫。

虽还没被皇上召幸，后宫众女也不免在私底下嘀咕，没想到好不容易熬到皇上愿意亲近后宫，却被这个不知道从哪儿杀出来的女人截和。

安乐公主很快也知道了。

宁宁一面用着一碗甜羹，瞧不出有什么不高兴，甜甜地问雪翠："雪翠姐姐，我没见到那位罗才人，听说长得与我娘很像，是真的吗？"

雪翠道："奴婢不知，奴婢也未见过她。"

宁宁用完早膳，去御书房念书。

秀姐儿、慎姐儿也在，歇息的时候，宁宁就与她们讲罗才人的事："那些人定是故意按着我母后的相貌选了人来，想要蛊祸我父皇。"

秀姐儿性子腼腆一些，这寻常的权贵人家，但凡有点儿规矩的，也不会让一个舞姬进院子作妾，反倒是皇家，总是不守规矩。

其实私下大家也不是没议论过安乐公主的生母，那位最得皇上宠爱的女人，未入后宫时要她做六局尚宫，四品女官，一入后宫便是皇贵妃，甚至还以平民女子的身份封了皇后。

是大齐建国，出身最低的一位皇后了。

秀姐儿说："长辈的事情，我们不好妄加议论。"

安乐公主敢非议后宫妃嫔，她们却要避嫌。

宁宁冷哼一声，转念一想，换了个话题："你们知不知道那种家中来了个惹人厌的小妾的故事，给我讲讲。"

三人就凑成一堆，开始聊起了京中权贵的后院之事。宁宁好奇地听着，眼珠子滴溜溜地转啊转。

雪翠站在一旁侍奉宁宁，一看宁宁的神情，就知道小公主又在打鬼主意了。她自江南回来以后便一直有些心神不宁，总静不下心，大概是见了姑姑一面。

雪翠在这宫中日日殚精竭虑，眉心都要有皱纹了。当年她为了家里人留下，家里人却没什么出息，弟弟在举业上并无寸进。前年拿她从宫中寄回去的钱娶了媳妇，家里还写信问她能不能让她给家里人谋份差事。

真是做梦。

大概是年纪长了，雪翠有时觉得有些人虽然血脉相连，却算不得是亲人。早知如此，她当年就该跟姑姑一起走，也不至于一直困在宫中如履薄冰。但为小公主，她心甘情愿。

雪翠又望了小公主一眼，近来她总觉得除了脸蛋儿，小公主越来越不像姑姑了，反倒和皇上越发相似。

月末。

雪翠因为是有品阶的女官，有三月一次的探亲假。小公主知道她要回家，还给她装了一盒子点心，又给了赏赐。雪翠颇为风光，出宫时乘的都是小公主指派的马车。

雪翠才到家，撩开马车的帘子，便见到爹娘、弟弟、妹妹和弟媳都在门口等她，还有邻居过来看热闹。

雪翠回到家，全家人都像是供佛似的供她。

她这年十九，正是嫁娶的好年纪。

进了屋里，她娘叮嘱雪翠，说她得皇上、公主器重，一切向着主子，千万不可自毁前程早早出宫嫁人。

雪翠心下冷笑，当然是她留在宫里，才能给全家人更好的前程，都在指着她呢，她还这样年轻，就想哄她在宫里孤老一辈子了。他们根本不知道在宫里当奴婢是什么日子，还以为吃香喝辣呢。

傍晚，有个挑货郎沿街叫卖。

雪翠听见，过去称了一钱瓜子吃，拿了东西回屋，拆开纸包，纸上写着几行字。读完，她将纸扔进炭盆里烧了，翻一下炭火，便什么都找不到了。

这是姑姑给她写的信。

让雪翠想办法指引小公主知道当年的往事，知道皇上对她的娘亲都做了什么。让小公主看穿他父皇慈父的假面，再看看小公主会如何反应。

看宁宁知道以后，是要那个假仁假义的父皇，还是更为娘亲感到伤心。这并不难，雪翠想，小公主既聪明，又充满好奇心。

雪翠隐约感觉小公主已经开始怀疑皇上所说的话了，只需稍加指引，小公主就会自己去查。但之后会如何，她也拿不准。

雪翠只在老家歇了一天，隔日一早便启程回宫。下午抵达宫门，示令进宫。雪翠是宫中的得意人，又是个美人，她常跟在公主身边，公主深受圣宠，宫中上上下下哪儿都敢去，是以也有不少人认识她，小兵们对她十分恭敬。

雪翠身着黛绿色低等女官服，乌黑的发丝梳得一丝不乱，发髻上只有一支朴素的银发钗。只是站在那儿，瞧着就与别的宫女不一样，通身上下尽是威严气派。

进宫之后便得步行了，雪翠如今只有七品女官品阶，不似姑姑当年，四品女官出行都有软轿可坐。皇宫太大，且得慢行。她从宫门口一路回到安乐公主随陛下一道住的正和宫走了半个时辰。

彼时，小公主正在骑射场练弓。

宁宁玩得出了一身汗，身上也沾了一身尘，回来便要洗澡。正巧赶上雪翠回来，便由雪翠给她洗澡了。

宁宁的手臂搭在浴池边上，由着雪翠擦洗。她看着雪翠，突然问："雪翠姐姐，我听他们说，你打小就跟在我娘亲身边伺候，但你为什么没跟我说过呢？"

雪翠连动作都没停滞，柔声道："您母亲曾教导过奴婢：口如扃，言有恒；口如注，言无据。"

宁宁皱了皱眉，别人越不说，她就越好奇："我是公主，我命令你说。"

雪翠仍是摇头，她困扰而祈求地说："若说了，雪翠怕以后再也见不到您了。您若想打听您的母后，还是问皇上吧，奴婢不敢多嘴。"

雪翠这话半真半假，也不算错。

宁宁还是怜惜娘亲给自己留下的人，纵使不满，也没再追问下去，气鼓鼓地闭上嘴。即便她年少，也能隐约感觉出身边的奴才亦有不同，有的供她驱使是因为听命于陛下，此乃绝大多数，也有的是崇敬她的母亲，雪翠便是其中之一。后者待她更加忠心。

可这宫中上下，说到底，所有奴仆都是皇上的奴仆，不是她安乐公主的奴仆。

就像这一刻，她只是想知道母亲的事情，问遍了身边的宫人，竟然没一个人敢坦白告诉她，都是说些不痛不痒的。去问父皇更没意思，翻来覆去就是那一套。

宁宁洗过澡，雪翠给她擦干、熏香头发。她坐在高高的榻沿，晃着一双小脚，雪翠给她套上小袜子。

宁宁看了一眼自己脚上的袜子，道："我之前看秀姐儿和慎姐儿，她们都有娘亲给她们做肚兜和袜子，只有我没有。"

雪翠梳过头发，把梳子放进妆奁镜匣中。宁宁像是突然来了兴趣，说："先别关上，我要拿个玉佩戴。"

宁宁挑拣着盒子里的翡翠首饰，好奇地问道："雪翠，他们都说我娘亲很喜欢翡翠，她喜欢哪种啊？"

雪翠答："娘娘多戴水蓝冰种的，但她更爱戴镯子，尤其是贵妃镯。"

宁宁便拿了个相似的来戴。

娘亲连件首饰、衣裳都没给她留下，因为她们住的地方失火，都被烧毁了。

想到这儿，宁宁像是想到什么，忽然问："我小时候住过的宫殿，那座被烧毁了的宫殿叫什么来着？"

其实宁宁自己也记得，那座宫殿烧毁之后只是收拾干净了，一直没有重建，她还觉得奇怪。父皇不大喜欢她过去玩，不过那里只剩残垣断壁，也没什么好玩的。

雪翠答："蘅芜殿。"

宁宁不明白。娘亲是皇后，为什么不住玉宁宫，而是什么蘅芜殿？

又为什么会失火？

批阅完这日公文的萧叡从御书房回来，过来看看他的小公主乖乖睡觉了没有。

雪翠静默地退下，留父女俩相处。

萧叡见宁宁坐在被窝儿里，披散着长发，像是在为什么发愁，委实乖巧可爱，忍不住心软，坐在床边，问："快睡觉了，小孩子多睡觉才好长高。等你长到爹爹胸口处了，爹爹便送你一匹大马，你不是一直想要一匹大马吗？"

宁宁不稀罕什么大马，冷不丁地问萧叡："爹爹，为什么我娘是皇后，但她过世之前，住在蘅芜殿，而不是玉宁宫？"

萧叡就是在朝堂上被谏官规谏君过，也没有哪次比这一刻更难堪。

童言无忌。

宁宁清澈而怀疑的目光似一记鞭笞，狠狠地抽在萧叡的心头。他既觉得不堪，又觉得欣慰，不愧是怀袖的女儿，这般聪明。他道："你娘去世前还是皇贵妃，皇后的称号是去世之后追封的。"

宁宁问："为什么我娘活着的时候不是皇后？"

萧叡藏掖地说："我还没来得及封你娘为皇后，我本来也是想封她为后的。"

说完，萧叡心底升起一股愧疚之感。

萧叡想起梦中的怀袖。明明他都已经想好了，为什么又要对女儿这样说？撒谎也不算撒谎吧，他想封怀袖为后是真，对宁宁说的话只是言不尽全。既然宁宁想知道，那他慢慢儿地告诉宁宁吧，他这一刻不想都说尽，光是想想怀袖，都觉得心口绞痛。

萧叡摸摸宁宁的头发，把这好奇的小家伙塞进被窝儿，给她拢了拢被头，说："以后爹爹再告诉你。"

以后，以后，每次都是以后！

宁宁心下烦躁，她是个急性子，恨不得第二天就能全部查清。但她不敢挥父皇，萧叡是父，也是皇，有时候跟父皇撒娇开玩笑也就算了，真的顶撞皇上却不行。

宁宁躺下后没睡着，装睡。

半夜，守夜的雪翠过来检查她的被褥有没有盖好。

宁宁翻了个身，抽了抽鼻子，装成像做梦哭了，轻轻地念了一声"娘亲"。

雪翠的手停顿住，幽幽地叹了口气，摸了摸她的额头，极轻地说："姑姑，宁宁连做梦都在想念您。"

姑姑？宁宁心里更疑惑了。她立刻睁开眼睛，抓住雪翠，逼问道："什么姑姑？我娘是你的姑姑吗？你怎么叫我娘'姑姑'？"

雪翠被抓个正着，登时闭嘴不说话了。

宁宁着急得不得了，赤着脚，连衣服都不披一件，就从被窝儿里蹦出来。她下了床，站在拔步床的踏脚，目光锐利地追问她："你快说！"

见雪翠更不肯说，宁宁转念一想，眼眶一红，泫然欲泣地问："求求你了，雪翠姐姐，这宫中全是父皇的奴仆，只有你是娘亲的故人，真正怜惜我，我只是想知道我娘是怎样的人，连这都不行吗？"

雪翠对宁宁做了个噤声的手势，像是逼不得已，无可奈何地说：“请您别让皇上知道。”

宁宁点点头。

雪翠才悄声跟宁宁简短地说：“娘娘以前是女官，她打小入宫当宫女，是四品尚宫。后来做了皇贵妃，待她死后才被追封为皇后。”

宁宁第一次知道娘亲以前居然是女官。

雪翠说：“我告诉了你，说不定过一阵子就不能再伺候您了。”

宁宁握住她的手：“我会护你！”

雪翠微微一笑，轻轻地摇头。宁宁只恨自己还是个小孩子。

隔日，宁宁见到父皇，心里不免有些心虚，她装成什么都没发生。

萧叡却细心地发现这天宁宁的眼角有点儿红，担心地问道：“你的眼睛怎么了？”

宁宁坦然地说：“我昨晚梦见娘亲，想娘亲想哭了。”

萧叡略后悔，大清早的，又自己往心窝捅刀。

宁宁用完早膳，毫无铺垫地对他说：“父皇，我想要件东西。”

萧叡问：“什么？”

他的小公主抬起眼睫，目光像极了年少时的自己，闪烁着野心的微光。她稚嫩而直接地说：“我想给雪翠讨个更好些的官职，我现在大了，她只在我身边做杂务太委屈了，不如让她去尚宫局。”

她要让雪翠去做女官，不是因为父皇才听从她的命令，而是当她的心腹，为她办事。

父皇不告诉她，没关系，她会用自己的人把娘亲的事情全部从头到尾地查个清楚。

数日后。

一份纸面泛黄的档历放在宁宁面前，这是雪翠去尚宫局当差以后给她送过来的。母后的晋升之路极其简短：泰安六年，有孕，入宫，封皇贵妃，七个月后生产，生下她之后，只过了半年，便急疫去世。去世之后才册封皇后。

是何病因，也没写清。

宁宁翻看后宫妃子的档历册子，遣词用句大同小异，亡故的人死因一个两个都是急疫，看上去就无法让人信服。

除此，还有母后曾经做宫女时的晋升经历。八岁入宫，自最低等的洒扫宫女做起，经过几次提拔，十二岁考上宫学生时已是皇后身边的三等宫女，十八岁当上副尚宫，二十岁父皇登基，擢升为四品尚宫。

这份履历连雪翠都是第一次看，她本来想偷偷调查，但没几日就被萧叡发现了。萧叡早把关于怀袖的宫女档例文书收起来了，当年他再让怀袖有了身孕回宫时，为了防止被有心人利用，早就从大库里抽出来，单独存放。

这一刻女儿想看。

萧叡想了好久，让人又放回去，给宁宁看。

生在宫中的孩子多早慧，他小时候便是如此。

宁宁问过他那么多回，他不详说，宁宁当然就只能自己去查。

萧叡原觉得宁宁还太小，先瞒着，以后等她再大一些，晓事了再亲口告诉她。可眼下宁宁都知道绕开他自己安排人去查，显然是下定决心，倒是他小看了小孩子。

萧叡自己正是八九岁的时候得知了自己的杀母之仇，暗自决意要报仇雪恨。他装成不知道，不作声地瞧女儿跟扮家家似的收仆、指使、调查。

一日，宁宁跟父皇要假出宫去玩。秀姐儿生辰办席，她作为手帕交，自然要去捧场。

宁宁穿了一件玫瑰紫交襟上襦，下配金盏黄的缃绮裙。她一快走，裙袂上的紫燕黄莺就似要乘风飞起，栩栩如生。她去镇国公府是去惯的了，她出宫以后能去的地方就那么几个，逮着机会就出去玩。

公主的车驾自然要从大门进。前脚秀姐儿的哥哥刚从国子监请了假下学回来，后脚她到了，两个人便遇见了。

宁宁后面跟着一串年轻貌美的侍女，大大方方地跟他见了个礼："毅哥哥好。"

宁宁给秀姐儿一个面子，自觉待镇国公府的人都很亲近。

裴毅是京中颇有名气的少年才俊，镇国公府的小世子，这年才不到十二岁，就在国子监读书，上次小考作的文章还拿了甲等。他规规矩矩地回礼："见过公主。"

裴毅正在变声，一开口就是刮耳朵的公鸭嗓，难听不说，说起话来像被人掐着脖子。

宁宁忍不住笑了笑，把人家小世子臊得满脸通红。

她先去见了镇国公老爷子，再去后院找秀姐儿。

皇上崇简厌奢，秀姐儿生辰没有大办，只请了最亲近的手帕交，加上家里的兄弟姊妹，在自己的院子摆一桌罢了。

秀姐儿的娘亲、镇国公府的大少奶奶过来坐了一盏茶的工夫，宁宁不耐烦应付，单纯是人家在恭维她。见她一副想要和闺密说私己话的样子，说得差不多便以要打理庶务为由离开，放两个小姑娘单独在一起。

关上门，二人在绣榻上坐下来。

秀姐儿压低声音说："宁宁，你让我打听的事情，我已经打听过了。"

说到这儿，她面露踟蹰之色。

宁宁心底隐隐有些不祥的预感，攥紧双拳，问："怎样？"

秀姐儿说道："我听闻，当年你出生时，太皇太后生病，催皇上立后，但当时皇上并不想立你的母亲为后，而是看中了兰首辅家的嫡长女，要立她为后。"

江南。

临安。

余氏商行的大当家大半夜带着一身酒气，黑着脸回家，一回家就把自己的长子叫进书房闭门密谈。

大当家进门便说："差事黄了。"

长子的脸色也不好看："先前不是都谈妥了吗？"

大当家摇了摇头，道："我今日特地找了尹通判吃酒，打听了一二，我备的礼人家连收都不肯收。"

走动打点多方，砸了那么多钱下去，就为了这枚皇商牌子。

这下钱算是全砸水里了，连个响声都听不着。

长子问："那是被谁截和了？"

大当家答："听说是那个新冒出来的白氏商行。"

朝廷钦点了白氏商行为皇商，江南商行上下不多时便传遍了。

先前只听说这家新冒出来的商行跟海上阎王似有不清不楚的关系，没想到这回竟不声不响地越过了一众老名号，把皇商牌子摘到手。当家人只是个女子，却让人摸不清底细。这是黑白两道都有路子，别家就算被她抢了，心中怨怼，也不敢找她麻烦。

这边秦月自己都在纳闷儿。

她压根儿没有打点朝廷的人，那日不过是去凑个数，没觉得能轮到自己头上，结果官府的人找上门来问，说觉得他们物美价廉，非要跟他们合作。

白送上门的钱，不要白不要。她接下了。

虽这钱秦月打算收下，可这事儿从头到尾透着蹊跷。

以防万一，秦月还是多布置了一番，若有什么意外，她随时能出海离开。

京城那边的掌柜也传来一些消息，说皇上在中秋宴上新收了一个美人，据说长相肖似已故的皇后。只收了人，分位却低。

京中尽人皆知。

秦月听了只冷笑，不知道的是不是还要夸他一句深情？倘若她这一刻还在宫中，说不定萧叡也会收这么个美人。

指望什么都不能指望萧叡的良心和情意。果然她该把宁宁带走。

萧叡到这天也没有别的孩子，必有他的打算，他把宁宁推得那么高，说是宠爱，谁知道是不是让宁宁做出头鸟，为他将来高贵的嫡子铺路。

秦月而今只记挂这一双儿女，让她怎么都放不下。

也不知皇宫那里，宁宁已经知道多少了。假如宁宁长在她身边，她一定不会让宁宁知道自己的生父是那等薄情寡义、背信弃义之人。

宁宁在镇国公府上吃过酒，太阳还未落山，便与秀姐儿道别，坐车回宫。

她一晚上没睡好，脑海里反复想着秀姐儿说的话，也不知自己是梦是醒。她梦见父皇温柔慈爱地陪她玩，过了一会儿，却牵了一个陌生的女人来，说这是皇后，要她叫这个女人“母后”。

宁宁半夜被惊醒过来，一睁开眼，屋里已照着融融烛火。萧叡就坐在她的床头，给她擦汗。

萧叡最心疼女儿，看她发噩梦，还不敢直接叫醒她，唯恐她心神有损。只命人点上安魂香，又叫御医过来待命，等着她做完这个噩梦自己醒来。

一等宁宁醒过来，萧叡就板起脸，没好气地说：“你今日去镇国公府都玩了什么？一回来就发噩梦。再这样，朕可不能再随便放你出去玩了。”

宁宁又惊又怕，还万分委屈万分气愤。她红着眼睛望向父皇，奶声奶气地说：“你怎么这样？！”

萧叡才意识到自己是不是太严厉了，语气缓和了一些，说：“爹爹这是担心你，你是被什么吓着了？”

宁宁咬了咬牙。她琢磨了好几日了，见父皇对自己宠溺，便忍不住要得寸进尺：“不是被吓着了。父皇，我听人说，你本来不打算立我娘亲为后，我才生下来没多久，你就要娶别的女人当皇后。他们都说母后死前无伤无病，她怎么突然就没了？”

萧叡：“呃……”

宁宁直直地望着萧叡，失望透顶地问：“娘亲……娘亲是不是自尽而死的？”

萧叡看着宁宁的小脸，恍惚了一下，想起幼时的怀袖，母女俩相像，又不尽相同。

怀袖刚进宫那会儿比宁宁大两岁，却没宁宁这么高、这么健壮，瘦得像颗豆芽菜，拿着大大的竹扫帚在庭院里扫地时总让人觉得一阵风就能把她吹走。可是她的动作很利索，一点儿也看不出来她小小的身体有那么多力气。

而宁宁娇生惯养，白白嫩嫩，一张圆嘟嘟、粉扑扑的小脸蛋儿，只是她们的眼神都生得像，那般倔强。

寂静无声的屋子里，唯有七宝灯漏的滴水声。萧叡的呼吸声浸入了默然夜色之中，他答：“是。”

宁宁的眼眶一下子红了。她再早慧，也还只是个小孩子。

她以为自己是这个世界上最幸福的小姑娘，生来就是最尊贵的小公主，虽说娘亲去世得早，可在爹爹的口中这是个美好的遗憾。她以为爹娘是相爱的，但娘亲居然死于自尽。

宁宁鼻子一酸，抽噎起来。

她披头散发地裹着被子，鬓发都因为做噩梦出虚汗而湿了，脸上哭得都是眼泪，像是个小乞丐，好生可怜。她觉得自己被抛弃了。

萧叡既心疼，又无奈。换成他小时候，早早就知道自己不是父皇唯一的孩子，更不是最受宠的那个。哪像宁宁？只有被宠爱的小孩子才能用哭泣让大人心疼。

宁宁带着哭腔继续问萧叡：“娘为什么要自尽呢？”

她像是畏惧听到答案，偏又要问到结尾，大有打破砂锅问到底的架势。

萧叡摸了摸她的头，事已至此，他再说谎是对宁宁的不尊重：“因为你娘对爹爹很失望，失望极了。”

宁宁尖锐地问：“因为你要娶别的女人当皇后吗？”话刚说出口，她的眼泪就涌了出来，哭得像是个小泪人儿。

萧叡点了点头，又接着摇了摇头：“此是其中一件。但从很久以前你娘就对爹爹失望透顶了。”

萧叡以为早就麻木的心迟钝地开始疼。

宁宁扑在枕头上呜呜地哭了起来，萧叡哄了她大半宿，她才因为哭累，睡着了。

翌日，宁宁顶着红肿的眼睛去上课，把太傅都吓了一跳。向来对小公主横眉冷对的太傅见她情绪低落，将课业放在一边，先开解她。

虽然他平日里对这个顽劣的女学生总是吹胡子瞪眼，但是相处久了，宁宁就像是他的小孙女一样。他询问宁宁发生了什么事。

宁宁一开口就掉眼泪："孩子对一个母亲来说很重要，对不对？若一个女子，连她的孩子都不要，也要去死，一定是很伤心很伤心了。"

太傅长长地叹了口气："殿下，你是公主，你的母亲是皇后，你们不是世间寻常的母亲和孩子。"

宁宁咬了咬牙，倔强地说："是的，我只是我娘亲的女儿，我是宁宁，'宁宁'是我娘为我取的名字。"

蘅芜殿被一场火烧没了。

娘亲什么都没留给她，只有这个名字——宁宁。

宁宁想要娘亲。贵为公主又如何，别的孩子都有娘亲，只有她没有。将来宫里，父皇和别的女人生了孩子，那些孩子就会有自己的娘亲，而她的父皇却要分给那些讨厌的人了。

宁宁觉得自己是个生性恶劣的小孩儿，太傅教了她那么多手足和睦的篇章，她一篇也学不进去。她心生嫉妒。

在初冬时，安乐公主搬出正和宫的侧殿，搬进她母后曾经住过的蘅芜殿。修葺之后，一片崭新。

迁宫事出突然，先前大臣们都不知晓。安乐公主还小，其实应当安排一个女性长辈照料她，却也没有，她一个人孤零零地住那么大一个宫殿。虽说奴仆成群，不缺人照顾，却依然显得古怪。

除开这父女俩，没人知道是怎么一回事。她仍是皇上的掌上明珠，皇上给她配了最好的宫女和侍卫，几乎每日都想着法子赏赐，让所有人都知道安乐公主并未失宠。

但这个冬天，依然显得格外冷。

自萧叡登基十余年来，这是最冷的一个冬天。

大雪一连下了一个月，雪深五尺，池水皆冰，即使是京城富饶之地，亦冻死不少人，每日都有许多尸体被抬出去掩埋。几省都深受雪灾危害，送上来的折子都很难看，这倒罢了，有一县瞒报灾情，还与商贩勾结高价倒卖盐粮，他的探子差点儿死在那里没能回来。

萧叡好不容易应付完，终于熬到开春。民间又不知从哪儿冒出来一帮邪教徒，四处宣扬是他灭德立违、倒行逆施方才招至上天降下天灾；还说他得位不正，身无真龙，当年是篡权夺位，所以才会登基十余年，却连一个儿子都没有，老天爷要他断子绝孙。

屡抓屡禁，却止不住传言。

大臣们也拿此事来逼他多宠幸后宫，绵延子嗣。

萧叡听了那么多年，早就不痛不痒，只左耳进右耳出。

这个过于寒冷的冬天也让复哥儿的病情恶化，他在床上过了大半个冬天。

水路一开，秦月就带着复哥儿上京。安顿好一切后，她写了封信，照着宁宁说的把信送到了国公府。

最近天冷，宁宁让她的闺密都住在宫中，国公府的大小姐一周才回一次家。她收到信，发现是给宁宁的，准备过两日再带进宫。

如此，一番曲折，宁宁数日后才知道复哥儿进京求医。她立即去找父皇，说想出宫去见她在江南交的那个小伙伴。

萧叡一听便知是怀袖。

他心里已经愿意让宁宁去见，还要故意说："你想给他治病，把太医遣去就是了，何必亲自去呢？你是公主，若有不测怎么办？"

宁宁最近越来越喜欢和萧叡顶嘴，低着头，绞着帕子，没好气地说："我就是想去。我想见见他。"又说，"我还想见见他的娘亲，我一见她就觉得亲近。"

萧叡道："只能去半日，见了就回来。不能乱走，让侍女紧跟在你身边。"

宁宁脆声应下。

隔日，宁宁乘一顶不起眼的青篷马车悄悄地出宫。萧叡换了一身暗卫的衣服，跟一众暗卫一道，悄悄地随在女儿身后。

宁宁不知道要去见的是自己的娘亲。

萧叡却知道自己想见的就是怀袖。

宁宁这天出宫去见复哥儿，因是微服私访，她特意将自己箱底最朴素的裙子拿出来穿，为显平易近人，一件首饰都没戴，只让侍女用红缎子给她扎发髻，也很是可爱。

这日她要出宫，雪翠特意回来，陪她一道去。复哥儿回信的地址是在京城一处私人房舍，附近多是条件稍好一些的平头百姓，或是不入流的小官。两旁有许多商铺，街道闹哄哄的。

不过宁宁的车混在其中，倒也不起眼。

萧叡却想，在这种龙蛇混杂的地段确好藏身，人多就乱，钳制他的手脚，这是量好了进退尺度。也可能只是他疑心病犯了。

马车在一户人家门前停下，侍女掀开帘子，宁宁走出来，站定，侍卫稳稳地把她抱下来。

宁宁带着一众人，浩浩荡荡地进门去了。

京城寸土寸金，就是有钱，也不一定能买得到大房子。秦月落脚的这个院子并不怎么大，比她别的居所要小很多。原本她也不打算在京城长住，并不挑剔。

宁宁进门以后本来还期待着复哥儿过来迎接，却没见到，只见到复哥儿的娘亲在前厅等自己。

宁宁见到她，疑惑地问："复哥儿呢？"

秦月说："复哥儿生病了，天气冷，大夫让他别下地，正在屋里等你呢。"

萧叡远远地看了一眼，知道那是怀袖，连走近些去看都不敢。她那么聪明，肯定会发现。假如被她发现，以后怕是连见都见不到了。

萧叡看着宁宁跟着怀袖进了一间屋子，心脏不由自主地一紧，尤其是在关上门的瞬间，仿佛宁宁这一进去，就会像是变戏法似的被变没了。

屋里光线昏暗，一踏进去就是扑面而来的一股药味。宁宁捂了捂鼻子，皱眉。

与简陋的外面不同，屋里布置得很好，烧着地热，地上暖和，还铺着厚厚的波斯毛毯，又暖和又柔软。这是上好的羊毛织成的毛毯，皇宫也有，但一般权贵家中也难以买到，没想到在这里像不要钱似的铺在地上。

可这也只吸引了宁宁片刻的注意力。

宁宁终于见到复哥儿，顿时惊讶地睁大眼睛。

小半年过去，小男孩儿看着完全没长高，还更瘦了。在这温暖的室内他穿得并不厚，然而即便如此，单薄的衣裳套在他小小的身体上，也似是要将他压垮一般。

一张小脸下巴尖尖的，脸色苍白，嘴唇也发紫。

不用旁人多说，都能看出他病得厉害。

复哥儿看上去像是一只生病的小猫咪，让人满心怜意。宁宁焦心地小跑过去，问："你怎么病成这样了？"

复哥儿还一副十分愧疚的模样，似在愧疚自己生病害大家为他担忧，也拖累了娘亲。他摇摇头，说：“我也不知道，我自小就生病。”

宁宁想了想，说：“你还是回床上躺着吧。”

她摸摸复哥儿的额头，像是在摸一只可爱的小狗崽，好生仗义地说：“莫怕，姐姐给你找大夫。”

复哥儿躺下来，如布娃娃，任由宁宁摆布，小声地说：“娘亲给我找过大夫了。”

宁宁说：“那不一样。”她依然很自信，对皇族的权力充满自信。她是公主，可以得到自己想要的绝大多数东西。实在不行，那她就去求父皇。

复哥儿又摇摇头：“姐姐，谢谢你。”

宁宁内心柔软，觉得复哥儿真是这世上最乖巧可爱的小男孩儿，连他低垂的睫毛看上去都格外乖，好似她真的有了个弟弟。

宁宁第一次见复哥儿就觉得很亲近，忍不住端详他的脸庞。看着看着，后知后觉地发现他们长得有些相像。

上一次见面的时候她怎么没发觉？准确来说……复哥儿是长得像父皇。

复哥儿握着宁宁的手，鼓足了勇气，奶声奶气地说：“姐姐，我好想你。”

他非常轻地说：“我只悄悄和你说，你别告诉娘亲。我觉得自己快要死了，就想再多见见你和娘亲。”

他的眼中满是依恋。宁宁从未被人如此需要过，瞬时间觉得心满意足，暗自发誓定要把复哥儿救活。

她鼓励复哥儿：“说什么丧气话？你一定会活下来的。”

复哥儿低低地“嗯”了一声，有气无力地点点头。

这时，宁宁才注意到，复哥儿的娘亲不见了。

方才一进屋，她光注意去看复哥儿，却没发现领自己进屋的女人不见了。

“宁宁。”

纱帐珠帘之后，有一个温柔如水的女声在轻声唤她。

宁宁回过头，看到一个女人走过来。她穿着和复哥儿娘亲一样的衣裳，相貌却完全不同。

白皙的手挽起珠帘，细碎的珠光照在她的脸庞上，随着晃动而微微摇曳。她生一张艳美昳丽的脸庞，正望着与自己肖似的小女孩儿。

宁宁怔在原地。这个女人和她的娘亲太像了。

秦月走向她，蹲下来，膝盖点地，半坐在地上，平视她：“宁宁。”

宁宁心底却生起一股怒意。她从惊慌无措中回过神来，恼怒而委屈地瞪着她：“你是谁？”

秦月试图压下自己的泪意，可怎么也忍不住：“我是复哥儿的娘亲，也是你的娘亲。”

宁宁斩钉截铁地说：“你不是！”

她气得手脚都在发抖，折身就要走。

秦月拉着宁宁的小手，哽咽地说：“你先听娘说好不好？你刚生下是五斤一两，一生下来就会对我笑。七个月大的时候就会喊‘娘’了，‘宁宁’这个名字就是我给你挑的。你的左脚脚心上有颗红痣，头上有两个旋儿……”

秦月抚摸着宁宁的脸颊，落泪不止。宁宁的眼眶也红了。她盯着秦月，一言不发，只是也不挣扎着要离开了。

复哥儿在一旁小鸟儿一样叫了一声，真诚地说：“姐姐。”

秦月轻声唱起以前总哄她睡觉唱的那首小调。

宁宁越听越觉得心中酸涩，在这熟悉的歌声中，不争气地落下泪来。

她好生气好委屈，不知道为什么，可她就是觉得这个女人没骗她。或许是血脉相连的直觉，在告诉她这真的是她的娘亲。

宁宁吧嗒吧嗒地掉眼泪，抽抽噎噎地问：“你不是死了吗？你怎么又活了呢？”

秦月终于能以母亲的身份拥抱自己的孩子，她又心酸又愧疚，道：“对不起，宁宁，你自然应该生气。娘也不想把你一个人放在皇宫里，现在我回来接你了。宁宁，你要不要跟娘走？”

【第十二章】· 旧恨新仇

此言一出，宁宁似是想要回答，话到嘴边却卡住了。她面露犹豫，说不出话来。

秦月假死离开时，宁宁还没有一岁大。她亏欠宁宁良多，委实心如刀绞。

她消失这么多年，突然死而复生，开口便要带人走，宁宁不能立即愿意跟她这个不称职的娘亲离开也是合情合理的。

秦月怕夜长梦多，恨不得立时偷走女儿远走高飞。

她已从雪翠传回来的信中知晓，宁宁在知道旧事之后心有芥蒂，不再与萧叡如以往一般亲近。即便在宫外，公主迁居之事亦是议论纷纷。

秦月觉得宁宁或许愿意跟自己走，这才大胆现身，表明来意。

宁宁低下头，抽噎着。她思忖了好一会儿，方才抬起头："娘，你不能回宫吗？

"我还是不明白，爹爹年年带我去祭拜你，你不是死了吗？怎么又突然活了？

"你既然活过来了，不能回宫当皇后吗？"

秦月如遭雷击，静默下来，嘴唇嗫嚅，半晌无声。

宁宁一双眼睛泪盈盈的，映着秦月的身影，像是在可怜地祈求着她。

再一晃眼，又觉得宁宁的目光和神情与萧叡如此相似。宁宁心里或许没有想那么多，她只是趋利避害地提出了一个最有利于自己的选择。

宁宁不是一味听从大人叮嘱的小孩子。

她很想要娘亲，但娘亲回宫当皇后，她能有一个母后不是更好吗？

秦月蹲得腿有些发麻，离宫之后就没有再对谁跪过了。她匀息平气，道："娘已经死过一次，不能回宫再做皇后。你既知晓娘为何会'死'，为何又要叫我回宫？"

宁宁感觉到秦月的退却之意，上前抓住她的袖子，天真又残忍地说："因为有别的女人要抢你的皇后之位。娘，你别怕，我会帮你。除了你，别的女人休想当皇后。"

秦月有一种胸口堵塞的窒息之感，摇了摇头："娘不想回宫。"

她的手轻轻地搭在宁宁的双肩上，说："娘的事情你暂且不要告诉你父皇，知道吗？不然你怕是这辈子都再也见不到我了。"

这似乎说中了宁宁的心思，她毕竟年纪小，一下子就看破了。秦月如此一说，她才点了点头。坐在床上的复哥儿轻声咳嗽起来，将母女俩的注意力吸引去。

秦月赶紧起身去照顾复哥儿了，坐在床边，半抱着他，给他轻抚背部。

过了好一会儿，复哥儿才缓过气。

宁宁不知何时也走到床边。她看着复哥儿，心情却和刚见到复哥儿时大不相同了。她是娘的女儿，娘却还有别的孩子，那复哥儿是哪儿来的呢？

宁宁临走前，秦月对宁宁说：“你若想来见娘，就借口要来找复哥儿，来这里见我。只是别跟你父皇提起我的事情，也别让他见到复哥儿。”

宁宁聪敏地点头：“我知道了。”

秦月从袖中拿出一块帕子给她：“宫中什么东西都有定制，大概只有这个能带进去。”

她无比怜爱地抚着宁宁的脸颊，亲了一下女儿的额头，眼眶一红：“宁宁，娘好想你。这几年，娘每日每夜都在想你。”

宁宁便张开手臂，踮起脚拥抱她一下，乖巧地说：“我也想你。”

萧叡不敢太接近，只敢远远地窥视，也没让暗卫太过靠近去偷听母女的对话。

他做足了心理准备，就是怀袖要偷走宁宁，他也睁一只眼闭一只眼地放过了。

他等了好久，才见到门打开。宁宁与雪翠走出来，宁宁不住地回头看。

也不知屋里人做了什么，宁宁才跨出门槛，又提起裙子跑了回去，萧叡还依稀听见她唤了一声“娘”。

萧叡的心都要碎了。

他觉得自己真是个罪大恶极的坏人，非要怀袖为他生孩子，又害得她们母女分离。

他这一刻什么都不强求了，也不敢惊扰怀袖，等等看她要做什么吧。

这个复哥儿是不是怀袖的孩子也未可知，生病大概也是假的，应该是让宁宁出宫的借口。

兴许是姐姐在的时候复哥儿太喜悦，说了好多话，还下地走了好一会儿。姐姐离开后没多久，复哥儿就觉得累，又躺下迷迷糊糊地睡着了。只是睡不安稳，他听见娘亲在和雪翡姐姐压低声音说话。

“姑姑，你怎么不跟小公主说？若是让小公主去办是最简单的，她就在皇帝的身边，也不会让皇帝起疑。”

“我来得太晚了……”

“怎么就晚了？”

“宁宁在萧叡身边长大，也不知他是怎么教的，不是说护得很好吗？她还那么小就会察言观色了。”秦月长长地叹了口气，“不，也不能全怪他。我也失职，没有娘亲的孩子，总要比别的孩子多长一颗心才行。我早知道皇宫不是什么好地方……”

“姑姑……”

“我不能让她去做这事情，不能让她觉得我认她就是为了利用她。”

雪翡姐姐沉默下来，问：“那我们接下去该如何是好，复哥儿的病怕是拖不得了。”

秦月说：“我自有法子。”

复哥儿紧闭着眼睛。

过了一会儿，秦月回来，坐在床头，摸了摸他的额头。

两个孩子都是她的心头肉，她哪个都舍不下。她年轻时不想为哪个男人生孩子，不想被绑住手脚，这一刻却发现也不尽然。她想要孩子，不想要孩子他爹。

萧叡怎样都无所谓。

凭什么女人生孩子就必是为了男人呢？明明是她十月怀胎、受尽苦痛，辛辛苦苦才生下来的，明明是她的孩子。一个孩子从女人的肚子里出来，是哪个男人的不好确认，却必是这个女人的。

秦月这辈子虽生于卑微，可想做什么都做到了。她没什么不敢的，可雪翠还是劝她让宁宁去取萧叡的心尖血。诚然，这是最简单的，但她实在狠不下心去利用自己的孩子。

该如何盘活死局？

就只能她亲自再往这个死局之中蹚一次浑水。

幸得萧叡是个薄情寡义之人，收了那个肖似元后的舞姬之后，京中权贵蠢蠢欲动，不少人也在找和她相像的美人，打算在调教之后送与萧叡博取宠信。

秦月打算亲自去。

取萧叡的心尖血要哄他脱衣服，她不爱做这事情，却极擅长。

不就是哄个皇帝吗？

宁宁坐在马车上，把娘亲给的小帕子拿在手上玩。虽然只是一块小小的帕子，可她第一次有了娘亲给她做的东西，比什么珍奇异宝都让她稀罕。

宁宁翻来覆去地看，发现帕子的角落绣着一个秀气的“宁”字，仿佛在哪儿见过。

她琢磨了一路，一回宫就指挥宫女把箱笼里这年皇叔公送的裙子拿回来，将它们乱七八糟地摊在桌上看。

她在裙子的角落也找到了一个“宁”字，她拿出帕子一对，两个“宁”字一模一样，显然出自同一人之手。

宁宁像是解出了一个极难的谜语，嘴角扬起一个得意的笑容。这下她心里畅快多了，娘没有抛下她。原来她最喜欢的裙子就是娘做的。

萧叡装成不知道宁宁和她的娘亲相认了，她越开心，他就越心酸。

宁宁是他一手带大的，可是怀袖一回来，宁宁就不要他了。能怪谁呢？只能怪他做下那么多错事。

晚上，萧叡照例在御书房歇下。

宁宁半夜跑过来，说：“我也要在御书房睡。”

萧叡都由着宁宁，一看到她就想起怀袖。怀袖这一刻就在京中，离他那么近的地方，他却不能去认。

宁宁装成睡着，又装成醒了。与他说做了个梦，梦见娘亲下凡，来找她了。

她自以为很聪明地说：“爹爹，我觉得娘不要你，是因为你要娶别的女人当皇后，惹她伤心。如果娘真回来了，你别再惹她伤心，让她坐稳这个后位……”

萧叡都听傻了，低低地笑了起来。就算没明说，宁宁也听出来这是在嘲笑她。她的脸红红的，不满道：“爹爹，你笑什么啊？”

萧叡摸摸她的头：“谢谢宁宁。”

宁宁疑惑地仰望着萧叡。

父皇坐在背光处，英俊的脸庞笼在暗色里。他将一个空瓷瓶递给宁宁，说：“扔在地上。”

宁宁不明所以，照他说的做了，瓷瓶脆声摔成几瓣。她说：“我摔了。”

萧叡道：“若这瓷瓶能恢复如初，你娘亲就会愿意回到我的身边。

“她的心怕是碎得比这瓶子更惨烈。我惹你娘伤心，不仅仅是那一两件事情。爹爹今天就都告诉你吧。”

“我与你娘是青梅竹马，我认识她的时候，她就比你大两岁。

“你娘从小就机灵又聪明，最开始只是我母后手下的一个小宫女。我发现她偷偷念书，便开始偷偷地教她……”

这个故事在萧叡心里被反刍过许多遍，每次回忆起来还是会觉得心尖发烫。他和怀袖相识于黑暗、相爱于黑暗，但唯有这段藏在暗中的情愫，是他人生中唯一的一点儿光。

宁宁还是不大理解爹娘之间的感情纠葛，她还太小了，不懂男女之事。左右是爹爹辜负了娘亲，对娘亲做了薄情寡义的事情。

这种故事宁宁听过秀姐儿和慎姐儿讲过一些，不过她对后院妻妾之事一向不感兴趣。父皇的后宫妃子虽也有几位，可平日里又没人敢来招惹她。

但宁宁也不太明白，娘为什么就是不肯回皇宫做皇后。

萧叡讲完，哄女儿睡觉："好了，快些睡吧。"

他也跟着睡了，又梦见那年他与怀袖伪装成平民夫妻成亲的往事。

怀袖死前对他说："贱妾卑微，一无所有，唯剩此心，却实在不想奉献给您。您坐拥江山四海，应当不缺这颗心。"

真真心如刀割。

宁宁惦记着给复哥儿治病这件事情，问萧叡要了御医送过去给复哥儿看病。萧叡也记着此事，虽然他觉得那个生病的男孩子大概只是个借口，不过他还是特意派了一个擅长儿科的大夫过去。

因为小公主，太医院中特意设有几位儿科圣手，被萧叡点名的这位柳太医便是其中一位。他具体也不知是何事，皇上和公主让他去给人看病，他没多问。上了车，直接被送到一处隐秘的民宅。

原来是给一个五岁大的小孩子看病。既是医者之事，自不能怠慢。

他一路上没说话，没多看，但总不可能不看病人。不看还好，这一看，他顿时脸色微变。

这孩子，长得着实像皇上。

柳太医顿觉眼前一黑，似乎自己随时可能被灭口。但在御前行走，皇上又能挑中他过来，当然是因为他性格比较沉稳，且口风紧。

难道是皇上的外室？

皇上一直无子，若是有了，怎么不接回宫去？柳太医心里这样想着，面上依旧淡然自若地继续诊脉看病。

然则一通望闻问切下来，柳太医脸色越发难看。他还没见过这么刁钻的案例，乍一看这个小男孩儿的脸色就觉得棘手，可仔细诊断之后，似乎比他想象的还要更棘手。

柳太医问："小公子可是曾中过毒？"

秦月道："是我在怀着他的时候，曾中过毒。我找别的大夫看过，说他的病是娘胎里带出的毒素。"

柳太医又问："可知中的是哪种毒？"

秦月知道复哥儿的病该如何治，但神医也并非完全有把握。若能有别的法子，用不着萧叡的心头血就更好了。

她服用的假死药仅此一粒，找不出第二颗，也不知成分如何，而且当时稍有不慎，极可能弄假成真。她能活下来，还能把复哥儿生下来都是一个奇迹。

她只能摇了摇头。

柳太医沉吟："这就难办了……"

他琢磨了半晌，开了一服方子。

秦月拿复哥儿平日吃的那服方子给他看。

柳太医颔首道："还是照你原来的方子吃吧。你请的大夫是位高人，他的方子比我的高明。"

柳太医心里也生起一丝奇怪的感觉。既然都已经找了一位名医，又来找他做甚？他堂堂御医，居然比不过一个民间大夫吗？

他在太医院当值，又只有一个小公主要照顾。小公主身体康健，平日里没什么病人，就算偶尔给京中的高官权贵家的孩子看病，也没什么大毛病。

这次遇上这么个例子，他的医者仁心让他怎么也放不下，决心要好好研究一番。

柳太医道："下回可否能让我与平素给小公子看病的大夫交流一下？"

秦月点点头。

柳太医愁眉苦脸地回太医院去了。他一路上都在想这个病人，打算一回去就翻看医书。想得太入迷，差点儿被台阶绊倒。可他才回来，椅子都还没有坐热，就被皇上召见。

柳太医赶紧过去。他的心情有些凝重，不知前头等着的是灭口还是赏赐。他实在看不出皇上是喜是怒。

萧叡不大关心那个小孩儿，比较关心怀袖，但还是问了问怀袖拿来做借口的小孩子。

柳太医答："那位小公子病入膏肓，恐怕时日无多。纵是不计代价地用药，大抵至多也只能再活一年。"

萧叡没想到那个小男孩儿是真的生病，且病得如此重。他怔忡之后，回过神来，却想，不如好人做到底。他道：“你全力救治，需要什么药材尽管取用，朕都准。”

柳太医却在心底颔首，看来他的猜测不错。那个孩子说不定就是皇上的私生子，否则哪能让皇上这般关心。

京城小院。

秦月坐在梳妆台前，将长发拨到一边，打量着镜中的自己。卸了易容，素面朝天。她生得美艳，二十多岁是这副模样，三十多岁还是这副模样。她用手指触摸自己眼角下面原本有两颗小痣的地方，被她去了，而今只剩下两个浅粉色的印记，不大明显。

秦月拿起香粉，敷在其中，薄薄一层就盖住了。她对镜画眼描眉，将自己装扮得不像自己。镜中之人似是怀袖，又不是怀袖。

她心下有几分不安，可只剩这条路了。

她和以前不一样，不打算牺牲别人，就只能自己铤而走险。这一次假如她要逃，总比上次要简单。

实在不行，只保住复哥儿也可以。她赚下那么多银钱，够他一世无忧。

别人都是要扮得像她，她却得扮成不像自己，反而叫她头疼。

秦月化完妆，起身，将挂在木桁上的一件女道袍取下，穿好，再戴上女冠。她站在落地镜前照了照，扶正女冠。倒是很有女道士的模样。

她心底突然升起一股意气，心脏在跳动，像突然活过来了。倒也有趣，她要去捉弄皇帝。

秦月想了想，以前她曾经还求过出家，没想到过了这么多年，这回真的阴错阳差，要做“道姑”去了。

毓秀宫。

梅常在身边的小宫女慧心去御膳房催了两次，使了两钱银子打点，食盒才姗姗来迟，可菜都冷了。气得她进了屋以后就抱怨：“那群狗眼看人低的，去岁我们小主刚进宫时不知有多殷勤，这才多久……”

毓秀宫是低等嫔妃的住处，全是常在、才人之流。每人一个小屋，配个宫女，饭食都一般，看尚食局那边做什么就吃什么，有时送来的时候都冷了。

梅常在是教司坊的舞伎出身，系罪臣之女，同个院子的其他小妃子多是早年入宫，在宫中扎根多年，各有各的靠山，视她为异类，见天儿地想挑她刺儿。

梅常在连忙让慧心噤声，大家挤着住，就是夜里说句梦话，稍响一点儿，指不定都会被人听见。她如今只是个小小常在，哪敢惹是生非。

她没想到自己这冷板凳会坐这么久。

明明入宫那么顺利。

皇上只看了一眼她的脸，就封她做了妃子。要知道，这个皇宫，已经五六年没进过新人。所以她刚住进来的时候，虽只封了个常在，却没有太监宫女敢怠慢她，给她腾的屋子是毓秀宫里较好的，坐北朝南，开窗还能看到院子里的花儿。她从楹窗望出去，瞧见院中的玉兰花，开得正好，一股带着料峭寒意的春风拂过，送来甜冷馨香。

梅常在没什么胃口，胡乱地吃了两口，便放下筷子。尚食局给她送的菜多油重盐，她不敢多吃，要保持纤瘦苗条的身材。

日光洒落进来。

她就着光，对着铜镜，拿起炭笔，在左眼眼角下试着点了两颗痣，看上去更加温婉柔顺，楚楚可怜。教她的人给她看过皇后的画像，皇后有两颗差不多的泪痣。她端详着镜中人，心想，有没有更像皇后呢？

她看了一会儿，用帕子沾水，轻轻地擦了。

一来她其实并不知那两颗痣究竟长在哪个位置，二来这未免效仿得过于明显拙劣。

她幽幽地叹了口气，气声还未落地，就听见小院外面传来一些响动。

梅常在打发慧心去看。过一会儿，慧心回来说是又住进来一位新的美人。

自梅常在进宫，皇上像是重新对女色开始感兴趣，宫中陆陆续续地进了三位新人。

都有同一个特点，长得像皇后。

翌日，梅常在过去新来的妹妹那里坐了一盏茶的时间。她们打量了一下彼此，梅常在觉得还是自己更像皇后一些。

她回去以后，关上门，悄悄问慧心："我们几个里面，你觉得谁最像皇后？你不是打小儿进宫，曾经见过皇后吗？"

慧心道："还是您最像。不过皇后身量较高，得有五尺多吧。"

她将后面的几句话咽了回去，神情尤其不像，几位美人都不像。

皇后无论是在做尚宫时还是皇贵妃都神采飞扬，像是发着光似的，叫人看一眼就想要依靠她。不似梅常在，菟丝花般弱质纤纤，惹人怜惜。

不过各人的境遇不同，若能得皇上的宠爱，哪个女人都能像皇后在世时那样嚣张明媚吧？梅常在听了她的话，却没有安心，手指绞着帕子，坐立不安。连皇上的身边都去不成，又何谈办事？

她拿起绣框，绣了一会儿帕子，轻声问道："皇上对皇后娘娘真是一往情深。"

慧心称是："可不是吗？"她想的是，皇上这么多年不亲近后宫，一心抚养小公主。小公主幼时曾有人要危害于她，皇上谁都信不过。

这一刻小公主长大了，皇上才重新把子嗣之事捡起来，开始往后宫走动。

一个男人，能为一个女人痴心守身这么多年，而后找女人都要找白月光的影子，在她看来已是情圣。

梅常在想的却不是这个。

她刚封为常在时，皇上曾经召幸过她一个晚上。

册子上记了侍寝。

其实萧叡只是叫她过去说了说话。

皇上生得那般英俊，就是年过三十亦不减风姿。与她说话也很温柔，叫她平身，还许她坐着答话。

皇上带着笑意望向她，问她这年几岁。她嘴唇颤抖，怯生生地答了一句："十六。"

这是她唯一有优越感的地方，她比这宫中所有的老妃子都要鲜嫩，男人不是都是喜欢年轻的吗？

皇上笑了一声，见她低着头，用一柄玉尺挑起她的下巴，打量她的脸。直把她看得脸红，才说："你这张脸，确是像她。"

然后萧叡让宫女带她下去沐浴。

她净了身子，一丝不挂地躺在被子里，忐忑不安地等着皇上临幸，强撑了一晚没睡却没等到皇上过来。天亮时，就被宫女服侍着穿上衣服，又全须全尾地送回去了。

直到这天，都没再见过皇上第二回。

只是往后这毓秀宫中一个又一个地送进来长得像皇后的女人。

皇上什么时候再召幸她呢？

梅常在日日都在盼，不仅是她，宫中大多数女人都在盼。那些个有分位的妃子还好，左右地位家世摆在那儿，不至于缺衣少食，惨的是他们这些小妃子。

也不知是不是她的祈求被菩萨听见，梅常在正在刺绣，突然来了正和宫的太监，说是皇上翻了她的牌子，要她去侍寝。

梅常在大喜过望。她每天在等着，时刻不敢怠慢，这日也一早就起来沐浴梳头打扮，从头发丝到指甲尖都妥妥当当，直接便可跟内侍去了。

梅常在坐上一顶软轿。她能感觉到，虽然毓秀宫的其他人没出门，却都在从门缝和窗缝看她、羡慕她。她胸口顿生一股愉悦之感，疯狂地膨胀起来。

她想，这次一定要趁皇上在时，先勾引了皇上，有了第一次，才有第二、三、四、五次不是？

但这次她过去，连见都没直接见到皇上。

皇上呢？

她半步不敢动，也没人让她坐下。她不敢坐，站了半个时辰，腿都麻了。

这时，她才听见一阵急促的脚步声，不像是成年男人。

一个小女孩儿闯进来，看着不过七八岁的身量。一张白里透红的鹅蛋脸，裙摆上绣有传花蝴蝶，如要飞出来一般。

偌大的皇宫之中，这个年纪，敢四处乱走的小姑娘就只有一个。

安乐公主。

皇上的掌上明珠。

宁宁打量着这个女人，嗤笑一声，傲慢道："哼，一点儿也不像我娘，长得这么矮，瘦巴巴的一根竹竿。"

梅常在满脸涨红，连忙行礼："公主万福……"

她站得太久，腿有些发麻，蹲下去的时候小腿肚一个抽筋，差点儿跌跤，更让宁宁不屑："连礼仪都不会吗？"

这时，皇上终于来了。

萧叡见到梅常在，有几分惊讶，然后看了一眼宁宁，就大概知道是怎么回事了。他只能默默把这个锅背下来，不然宁宁指不定要被谏官参一本。他知道宁宁这样做不对，换作他小时候，哪敢做这么胆大包天的事情，宁宁真是被他宠坏了。

可即便如此，萧叡还是舍不得骂这个女儿，打算关上门来说她两句就算。

宁宁一见爹爹来了，立即拉住他，说："爹爹，我要做风筝，你陪我做风筝。"

萧叡无奈而温柔地答应下来，对张磐说了句话，然后牵着宁宁走了。

梅常在眼睁睁地看着皇上离开，空欢喜一场，只能按捺住焦躁失落的心情，等着被送回毓秀宫。却没想到有宫女过来伺候她，由她点菜，摆了一桌好菜好饭，又要她沐浴香汤，换上里衣，将她送到了一个冷清偏僻的小寝宫。

梅常在便又想，难道皇上要应付了小公主再来找她？

于是她又打起精神，等着皇上过来。

萧叡带着宁宁到御书房，去换了一身衣裳。

宁宁踩着椅子，在一张大桌子上做风筝。

萧叡酝酿了一下情绪，想要摆出点儿严父的架子，教育这个小丫头。

宁宁握着毛笔，抬起头，脸上还有一抹朱砂，眼眸晶亮，笑嘻嘻地对父皇说："父皇，父皇，你来看，我画得好不好？我想做三个风筝，一个送给复哥儿，一个送给复哥儿的娘，一个我自己玩。"

一说到复哥儿的娘，萧叡瞬间泄气。

对，翌日宁宁又要去给她的"好朋友"复哥儿探病，而他要去行立春祭祀。这是多好的机会。

萧叡觉得自己这几乎明摆着向怀袖露出自己的破绽，好让她顺利地带宁宁走。

宁宁不客气地说："爹，你帮我一起做好不好？"

萧叡心想：这说不定是他最后送怀袖的一份礼物，必得亲手做。

他问："你怎么早几天不说？现在才做。"

宁宁理直气壮："我今天才想到！"

他这个女儿就是这样，骄纵任性，想一出是一出，他也拿她没办法。

宁宁说是要做风筝，结果这小东西，还不到亥时就睡着了，萧叡让人把她抱下去睡觉。他本来打算早睡，次日还要起早启程出宫，但为了做这三个风筝，他一整晚没睡，把匠人叫过来，一边指点，一边学做。眼睛都熬出了红血丝，可算做好了。

一个燕子风筝，一个青蛙风筝，一个老鹰风筝。

萧叡一做完，直接换洗，几百上千个人在等着他启驾去祭坛。

临行前，他去看了一眼还在睡觉的宁宁。他想摸摸她的额发，又怕自己再多留恋一下，就舍不得放她走了。最后还是一狠心，转身离开。

萧叡一夜未眠，在马车上小憩了一会儿。

他迷迷糊糊之中做了个噩梦，梦见他回到宫中，旁人禀告他，说小公主找不到了。他问了属下，得知宁宁已被怀袖安全地带走，便吩咐说小公主生病死了，隐瞒了所有人，妥当地给宁宁办一场假葬礼。他知宁宁不是真死，可还是难受极了。

萧叡幽幽地转醒。

他给自己做心理准备，等这次回去，他应当连相依为命的亲生女儿都没有了。

正午时分，行春祭之礼。

萧叡换上礼裳，站在高处，近身之处，是三品以上的朝廷高官，另有几位道职官员。

几位道姑低眉顺眼地将祭祀仪具捧上。

其中一位生得尤其美，大约二十几许的年纪，哪怕只着一身青衫道袍，也依然难掩姝色，眉目冷艳清正，仿佛仙气凛然，有种别样的风情。不过最重要的是，她长得像皇后。

大家都发现皇上直愣愣地看这个道姑，似是失神，过了一会儿，才回过神。

萧叡按部就班地行完祭祀，祈祷风调雨顺。去岁雪灾，除却赈灾，还得大摆祭祀，才可安抚百姓。

萧叡觉得脑袋发蒙。

这不是袖袖吗？袖袖怎么在这儿呢？她要做什么？

萧叡做完整个祭祀，再四下环顾，已经不见了那个女道姑的身影。

旁人无有异色，仿佛只有他一个人注意到了。

萧叡只匆匆瞥了一眼，便无暇顾及。他踟蹰在晦暗的夜色之中，甚至在想这是否只是他的幻觉，还是他认错了？

萧叡将支持斋醮科仪的道长召来，让他把这天送祭器的道姑叫来，皆有赏赐。于是又见到了那个长得极像怀袖的道姑。

怀袖站在人后，低着头，一言不发。

萧叡恍惚了一下，想起沉默寡言的尚宫怀袖，也总是这般，静静地站在那儿，把所有事情都办得妥妥当当，恭顺温柔。像寂静夜色中悄然绽开的一朵白昙花，幽静自在。

这就是怀袖。

不需再多看一眼，萧叡敢确定，这就是怀袖。他想多看她几眼，又不敢看。

袅袅白烟，暗香漂浮，铜铃叮当。

她站在暗处，看不到什么影子，像是一缕亡魂。她似是注意到了萧叡的视线，抬眸回望了他一眼。她像是完全不认识他，眼中有一丝迷惑，飞快地收回了目光。

萧叡亦觉得自己似在梦中，旁人的话就像是隔着另一个世界，传不进他的耳中。他只在意着怀袖，怕一开口，她就消散不见了。

萧叡没把人单独叫上来说话。他只细细地多看了几眼，区分不同。她的眉毛细了一些，鼻梁更高一些，脸颊瘦了一些，眼角下的两颗痣也不见了。

大概在其他认得怀袖的人看来，会觉得这只是个很相像的人。

她与其他几人一起谢恩，萧叡听见她说："贫道妙清，谢主隆恩。"

秦月低下头，秀眉轻蹙。

萧叡以为是他的注意使她不自在，她却是在心底发愁。

真见了萧叡，她才发现……不知道该怎么勾引他。

秦月仔细想了想，他们相好时，都是萧叡上赶着要亲近她……她有哪次主动勾引过他吗？

没有。

她以前是怎么做的呢？

她都已经出现在萧叡面前了，他呢，没反应吗？他不是收集了很多替身吗？她自认这次易容之后还是很像"皇后"的。他都看了她好几次了，为什么什么都不做？

秦月不由得有点儿烦躁。萧叡不是就爱这口？美人，庶人，还得是不寻常的打扮。不合他的口味吗，还是在拿乔？

秦月只想赶紧骗萧叡脱衣服，取了心头血，拿去救复哥儿。复哥儿的病不能再拖下去了。

结果从头到尾，萧叡也没再多和她说一句话。

秦月随着众人退下，在殿外被张磐拦住。

妙清，妙清。

一直到回宫之后，萧叡仍然在琢磨这个名字。他不明白，怀袖扮成这样是要做什么？她不是回来要女儿的吗？而他自曝破绽，已经默许她能带走女儿了。

难道是他做得还不够隐晦？反而惹了怀袖的疑心？

那宁宁呢？

萧叡回宫的时候，宁宁也已经回来了。她正趴在桌上，一边哼着小曲儿一边画画。见到萧叡回来，她转过头，没等旁边的宫女抱她，自个儿跳下来，乳燕投林般地奔过来。

萧叡顺手把女儿抱起来，放回椅子上，问："在画什么呢？"

他看了看纸上。宁宁画了一个小男孩儿和一个小女孩儿在一起放风筝。她没认真学过画画，人像画得头大身小，颇为滑稽。

萧叡问："这是什么？"

宁宁说："这是我和复哥儿一起放风筝。"

"你们今天一起去放风筝了吗？"

"没有。复哥儿生病了。他都不能下床，怎么能放风筝呢？爹爹，你真笨。"

宁宁一边说，一边接着画，在旁边画了两个大人模样的人，也是一男一女。

萧叡不作声，看着她画好，问她："这两个又是谁？"

宁宁指着对应的角色说："这个是爹爹，这个是……复哥儿的娘亲。我希望等到复哥儿病好了，能大家一起去放风筝。"

萧叡低头看宁宁，宁宁仰着头天真无邪地回望他。他一时也看不出来这孩子是否意有所指。

萧叡装成没听见，若无其事地问："今天你见到复哥儿的娘亲了吗？"

宁宁点头："见到了啊，她还送了个小络子。"

她把系在腰上的络子摘下来，展示给萧叡看。上面坠着一块羊脂白玉，络子打双如意结，以红绿金三色缠编而成。

"真漂亮。我好喜欢。"宁宁说。

萧叡竟然心生几分嫉妒。怀袖就从不给他打络子，被他逼着做，也是敷衍了事。

不，这一刻要计较的不是这件事情。

宁宁见到了复哥儿的娘亲，那那个叫妙音的道姑呢？不是怀袖吗？只是长得很像的一个女人？能长得那么像？难道怀袖有个双胞胎姐妹不成？

萧叡将跟着宁宁的暗卫叫来问话。雪翠是怀袖的心腹，他不审讯便敢断言，这些年怀袖能知道宁宁的动向，宫中必有眼线，只不知雪翠是如何往宫外递消息的。她能忠于旧主如此多年，此份忠义可赞可叹。他睁一只眼闭一只眼，姑且放过，暂不发作。

暗卫因萧叡的吩咐并未太过接近探听，也没见到白夫人，只听见公主在屋内与女人讲话。屋里人究竟是谁，暗卫也没看到。

萧叡让所有人都退下。

他独自坐在紫檀靠背的鹿角椅上，闭目沉吟，烛火幽幽地映在眼皮上。去岁年底雪灾，狄人又有异动，民间还有不法之徒在煽动灾民。

眼下他没空儿女情长。

怀袖要什么？他猜不透，他连自己相依为命的女儿都愿意拱手相让了，她还想怎样？

他正想着，张磐禀告：“奴才有事要禀。”

萧叡不以为意，道：“讲。”

张磐颇为欣喜地走到他身边，相当善解人意地说：“陛下，今日在玄清观所见那位妙清娘子，奴才已为您打听了。她是个聪慧女子，因父母亡故才遁入空门，并非自己情愿，仍有一颗尘心，她亦仰慕皇上龙资……”

萧叡：“……”

他想了想，又想了想。

他想，怀袖莫不是失忆了，还是被邪祟附身？

去岁大雪死了不少人，京里还好些，京外贫农有的被压塌了茅屋，又或是饿死、冻死。死的人多了，就得要和尚、道士念经颂法。

在此百里之外的深山中有个小道观，确有一位名叫“妙清”的女道。她是个孤儿，自幼被收养，长大之后顺理成章地做了道姑。但是与她的师父一直居于深山之中，鲜少有人见过她。他们的道观香火并不旺盛，这次雪灾之中，她的师父去世。屋舍亦因承载不住沉重的积雪而塌陷了，使她流离失所，寻求道友的庇护。

然后她遇见了白家商队的翡公子，翡公子给她一笔钱，买了她的身份。

一个月之后——

道姑妙清投奔了玄清观，因在课业上颇有造诣，且容貌端正、气韵不凡，还带了一大笔香火钱，不多时就被提拔，甚至还能在祭祀这样的场合在皇上面前露把脸。

秦月也曾研究道法，为了扮演这个道姑，下过一番功夫。

萧叡回宫之后，秦月按兵不动，依然留在玄清观中，做一些琐碎的活儿。她给观里捐的“遗产”可观，道长待她很和蔼，不用干什么杂活、累活。

这等跟凡尘俗世走得亲密的道观又怎会是真正的清净之地，观主怀揣着一颗炽热的贪名逐利之心。

她这两日四处走动，为人念经，做斋醮超度。

听说在最冷的时候，京中曾一日抬出过三四百具尸体，不知有多少人没熬过这个冬天。她长这么大，也是第一次遇见雪下得这么大的冬天。

京城是大齐的心脏尚且如此惨状，更何况别处。她在上京的路上，还听到有人传播谣言，说当今圣上倒行逆施、得位不正，才会导致大灾降临。

倒也没骂错。

秦月心知肚明，萧叡得位确实不正，他亲爹那是刀被架在脖子上了才写了传位遗诏。但他登基之后这十数年来，前些年不是风调雨顺吗？老天爷要发作，何必等这一刻？

秦月学过天文气象，并不信这玩意儿，可是百姓相信。

她做完早课，便离开。

玄清观的小路两旁已长出新嫩的野草。

秦月却不由自主地想，大雪只是第一遭，雪化之后才是对皇帝的考验，要防止瘟疫跟野草一起破土而出。

百姓说因为死了太多人，乱葬岗埋不下，皇上下令让各地官府的人把部分死者火葬。殓了骨灰下葬，好歹还给人在罐子上写个名字，有亲属就由亲属领回去，没有就由官府埋了，找位道长一起超度。

一路上过来，秦月还发现，这离京城越近的地方粮价也越稳定。即使在最难熬的时候，京城的米、盐、柴薪也几乎没有涨价，市面上一直有货。虽然会紧俏一些，却也没断过。

想来钦天监的人有在认真干活儿，萧叡亦对此场大雪早有准备。

好不容易见到了萧叡，却没说上话。秦月还以为没戏了，后面才被张磐找去了。她本意正是如此，没有虚与委蛇，干脆地跟着走了。

但不知为何，她的心底又浮起一丝久违的兴奋。

她已经很久没有这种感觉了，这些年也不能说过得很安逸平淡。大海上有惊涛骇浪，异国亦有惊险奇遇。但是相较而言，都比不过跟九五之尊周旋，就如她曾经谋划要杀掉一国之后那般。

萧叡姗姗来迟，换了一身靛蓝色团龙纹的袍子，进了门，只冷冷淡淡地对她说：“妙清真人，请。”

秦月有些摸不着头脑，只以为萧叡又在装模作样。她照着他的指使，在榻上一侧坐下，矮榻上摆着一张棋盘桌。

萧叡在棋盘的另一侧也落座。

然后二人就下起了棋。

三局下来，秦月两胜一败。

原可三胜，但这未免也太不像话了。萧叡下得乱七八糟，似在梦游，看着倒是一脸认真。

三局结束后，萧叡收起棋子，道："道长棋艺高超，朕自愧不如。既是你赢了，朕可答应你的请求。道长想要什么，尽管跟朕提。但朕能为，必定应诺。"

萧叡既不想揭穿她，又想满足她，还是主动开口问了。

怀袖想要什么呢？而今他已是个大权在握的帝王，除了天下，他什么都能给。

忽从云上降下一阵风，吹开没闭紧的窗棂，将垂落的丝绸帐子吹飞，似一道碧色的闪电，掠过他们身边。

"我先去关窗。"秦月起身，将窗户关好。

只留猎猎的风声在门外徘徊。

萧叡一言不发，悄然望去。光落在她的鼻梁上，侧脸清冷漂亮，一绺碎发被风拂得贴在她光洁的脸颊上，让他心痒难耐，好想帮她拨一下这绺头发。他恍然意识到，这是阔别多年，他们第一次单独相会。

既无旖旎暧昧，也没剑拔弩张。

他们都不年轻了。他老得更多。

不像当年，他一见怀袖就心尖发烫，喜欢得难以自持。这一刻只觉得如春日里被晒热的一潭溪水，温温凉凉。他只想着，怀袖看上去还那么年轻惬意，必是这些年过得很好。

真好。

不必留在他身边，备受磋磨。

秦月走了一圈儿回来，喘口气，仍未想通萧叡怎么突然说这么让人摸不着头脑的话。

"陛下何出此言？我不记得陛下曾与我有过这样的约定。其中可有什么误会？"

萧叡道："是朕心中如此打算。"

他抬起眼睫，看了怀袖一眼，旋即错开视线，道："道长长得像朕的一位故人，可见道长与朕有缘。朕亏欠她良多，道长如有所求，朕能办到，都可以为你去办。”

秦月：“呃……”

她僵硬地站在萧叡面前，垂下眼睫，在袖中紧握双拳。

一口气冲到胸口，又被她硬生生地按了回去。

这股无端出离的愤怒直让秦月脑子发热。她一直以为自己离开那么多年逍遥自在，早就不介意萧叡的事情，即便听到他要娶妻纳妾，也觉得与己无关，反而还希望他去做。如此一来，她就能趁机把女儿要回来。

但一见到萧叡这副仿佛深情的模样，她就来气。

这一刻来跟她装什么？

怀袖已经死了。

所以他找了几个与怀袖相像的女子来宠幸，以填充自己内心的后悔和愧疚吗？这是何等虚伪荒唐。

给得起就给是吧？

“那我要你的心头血，来治我的孩儿。”

这句话到了嘴边，秦月却无法说出口。

萧叡无非是要给她金银财宝，她晓得。从前这样，这一刻还是。他以为金钱和权力就是每个人都梦寐以求的东西。像他这样自私的人，会愿意损伤自己的身体吗？

她不相信萧叡。

萧叡一定会起疑，他说的是给能给的，她想要的却不是他能给的。

如果萧叡知道她还没死会怎样？

萧叡那样傲慢自大，却被他瞧不起的一个小女子玩弄戏耍。他绝对会暴跳如雷，加倍报复她。

念及此，秦月倒不觉得害怕，只觉得麻烦。萧叡可以杀了他，但估计不会杀她，多半会把她囚禁起来，折磨泄恨。

秦月冷静了一些。

萧叡狡诈自私，决不可这样轻易地暴露自己的目的。

见秦月一直不说，萧叡暗想，倒是他唐突了。只是眼下诸事繁多，焦头烂额，他着实无暇顾及儿女私情，若怀袖愿和他直说就好了。

秦月思忖良久，又福身，道：“我自幼长在道观，从前未见过人世繁华，是以心静如井。前些阵子下了山，才发觉自己如坐井观天，仍有一颗尘心，不想把大好青春浪费在苦修之中，还望陛下怜惜一二。”

萧叡皱了皱眉，陷入了迷雾般的茫然之中。

虽然萧叡已经从张磐那边听了一遍，可他先前以为是张磐添油加醋，再从怀袖口中亲口听见，实在让他难以置信。声音有些不同，比怀袖以前要更温婉甜蜜。非要说的话，还有点儿矫揉造作。他惯不爱女子这样跟他说话，一听就不对劲。

再说了，萧叡就没从怀袖那儿听过“望君怜惜”之类的话。怀袖是这世上第一等心硬胆大的女子，说不出这种柔弱的话。他心中有了一个猜测，兴许怀袖在上京的路上意外失忆，被老道姑所救，之后来到这里？但他明明见到她和女儿相认啊。

萧叡讪讪道：“你这是何意？”

气氛僵硬极了，干巴巴的。

秦月有种媚眼抛给盲人看的心情。她这辈子没对哪个男人说过这么羞耻的话，自认为了解萧叡，结果完全不起效。难道这些年来他的爱好变了？

非要她说得这么清楚吗？

秦月只得深吸一口气，说道：“民女想伺候皇上。”

萧叡心脏一紧，心情太复杂了。纵使知道这是谎言，也还是有一丝窃喜，可他很明确地知道怀袖在撒谎。立即想：干什么？怀袖难道是特意回来报复他的，想要杀他不成？

不，不可能。怀袖不是那种人。没道理啊。

不管怎么想都没道理。

怀袖那么厌恶他，应当出宫以后就有多远逃多远，再也不要见到他了。

萧叡想来想去，应该还是因为宁宁吧。

电光火石之间，他在脑海中思索清前因后果，试探着问：“你是想进宫吗？”

说完，萧叡望着怀袖，等她的回应。

秦月利落地敛袖提裙作揖：“谢皇上。”

萧叡内心十分震惊。怀袖居然主动想要进宫吗？连个名分都不要？他还是觉得有点儿不对劲。他不免有几分挫败，过了这么多年了，他还是一点儿长进都没有，完全猜不透怀袖想要什么。

这如若是怀袖真心实意想要进宫就好了，那萧叡这一刻敢毫不犹豫地给她封后。可这明摆着怀袖不是因为对他心存爱慕才想入宫，他哪敢做什么？

不过，既是怀袖要的，他就给。

萧叡颔首道："那你等两日。"

此番萧叡说话算话，秦月在私宅等了两日，即被送进了宫。

怀袖这次入宫没有引起一丝波澜，作为低等嫔妃，被安排住在了储秀宫。

储秀宫的西小院又住进了一个新人。

大家都不知道她是从哪儿来的。

两日前内务局的人毫无预兆地过来，就要把西小院资历最老的余贵人搬走，将这个小院最好的屋子让出来，腾地方给将要来到的美人居住。

后宫数年来很久没这么大的变动了，起码说明，这个美人在皇上心中的起点就比贵人品阶要高。

不光是西小院、储秀宫，整个后宫的女人都在翘首以待，想要看看是怎样的角色。

本来还以为会有搬箱笼的，结果没有，新来的女人连个包袱都没，只穿着一件藕荷色的布衣，两手空空地进门来了。她身上连件首饰都没有，一头乌黑的秀发在晨光中似是上好的玄色缎子，面容皎洁明亮，举手投足之间神采奕奕。年纪瞧着有些大了，却有种与旁人不同的韵味。

稍一分辨，就能瞧出来了，这又是个像皇后的。

这西小院住着四个女人，全是像皇后的美人。

崔贵妃得了宫女禀告时，正在跟她宫里的小妃子一道打叶子牌。

她失宠多年，算是看清了。皇上对秦氏死心塌地，不会让别的女人染指皇后之位。既然晋升无望，何必再耗费心思。所幸稳固自己的地位，早早歇了邀宠的心。她每次看到何妃年纪轻轻就吃斋念佛，把自己活得像在寒窑里过日子似的，就觉得浑身发寒。她可不喜欢那样。

崔贵妃觉得自己必是这宫中最想得开的，她的贵妃位置在那儿，谁也不敢怠慢她。就当是还未出阁时，每日自娱自乐地打发时间。不过有热闹瞧，也想去听一耳朵。

她好奇地问："又是个像皇后的啊？哪儿像啊？鼻子？眼睛？较西小院其他那几个女人谁最像？"

宫女芍药道："长得不是很像，但是我觉得气韵最像。只说脸，还是先前那位梅常在最像。"

崔贵妃摸到一张牌，乐了："和了。"

小姐妹们恭维道："贵妃好手气。"

崔贵妃这才有空分心评价储秀宫的事情，饶有兴趣地问："皇上给她封了什么分位？"

芍药答："还没封。"

崔贵妃带着笑意问身边一道看热闹的后宫姐妹："你们觉得皇上最喜欢哪个？形似更好还是神似更好？"

她们嘻嘻哈哈地议论起来——

"我觉得梅常在更年轻，男人都喜欢年轻的。"

"也说不定，我们皇上不是就喜欢年纪大点儿的吗？"

"这有什么最喜欢不最喜欢的，皇上是皇上，他都要了不就是了，又不用选。"

秦月心情微妙，面对这些个年轻稚嫩又肖似自己的小姑娘，有些像在照镜子，谁见了不怵？她孑然一身地住进来，一应衣食住行都是宫中定制，没人敢怠慢她。不需她去求，雪翠早帮她打点妥当。

秦月在陌生的床上才刚坐下，外面就有人敲门。

一个娇滴滴的声音随之响起："这位姐姐，我是隔壁屋子的梅常在。见你初来，可否拜访你一下？"

秦月对这个名字有印象。是中秋那日被人送给萧叡的舞伎，他收进来的第一个美人，听闻是几个新人里最得宠的。

她让宫女开门。小美人莲步轻移，娇怯柔弱。

秦月虽无华服珠宝，却容光慑人。

梅常在不敢久久地正视她，飞快地看了一眼就收回目光，只在心底嘀咕：但看相貌，她没我长得像皇后。

那边，萧叡想了很久，不知该如何安置怀袖。

萧叡的第一反应自然是不愿把怀袖和其他莺莺燕燕放在一起，并非怕怀袖被欺负，她会被欺负才怪了。只是她不一样，他并不想以这种方式将人接回来。她要么不回宫，要么直接回玉宁宫。

这算什么事儿？

可萧叡不想让怀袖发现自己已经知晓了她的真实身份，怕打草惊蛇。思来想去，还不如就按兵不动，照着规矩，让她先住进储秀宫。

正好他收了好几个长得像怀袖的女人在那里，怀袖就是混在里面也不会显得独特稀奇。

只是有些委屈了怀袖。

这让萧叡心下不安。

他暂且放下此事，回过神来，看着长桌两旁坐着的内阁大臣，有些不好意思地轻咳一声："方才说到哪儿了？"

兰阁老道："说从江南调储粮去灾区。"

说到这个，萧叡不由得皱眉，原本打算从平原调粮，平原是储粮重地。可未承想，圣旨还没送到，中州最大的粮仓却突然失火，千万石粮食毁于一旦。

朝中蛀虫杀之不绝，萧叡年年查，还是有那等铤而走险之辈。

偏这一刻是紧要关头，萧叡只得捏着鼻子先按下来，抚慰百姓之后再查。

此次雪灾还在其次。

据钦天监所报，待到夏秋交接之际，会有一场久雨，恐有洪涝之祸，再观其后，次年冬天又将迎来和这年差不多的大雪，形势颇为严峻。

就像去岁，即便萧叡提前做好准备，还是死伤无数，一睁眼就看到递上来的折子里某某地又死了多少人，愁得每日只睡两个多时辰。好不容易熬到雪停转暖，诸多朝廷皇室的巡幸庆典一概取消，改做省钱一些的祭祀。

在这种天灾之前，人所能做的有所极限。萧叡倒是不信天道，但是百姓信。

去年秋天过来的狄人使者还没回去，又从塞外那边寄来王庭的信，大致意思是：谢谢招待了我们的使者，既然你这么友好，那我们也会继续表达我们的敬意。今年开春，我们的大王子将带着牛羊和公主前往大齐王都再去拜访您，以缔结两国的友谊。

萧叡已让人回信，准许他们带一个两百人以下的队伍过关，进京朝见。

谈到一半，一串银铃声传来，众人目不斜视，早就习惯了，必是萧叡宠为掌上明珠的小公主过来玩了。就算是此等机密之处，她也进出自如，皇上竟然也不说她。

小公主进门以后也不吵闹，只走到皇上身边，萧叡十分自然熟练地把她抱起来放在腿上。

小公主哼着小曲儿，一双黑葡萄似的大眼睛扑闪扑闪的，看着这满桌的糟老头子。过了一会儿，又去看桌上摊开的奏章。待到散会，她才对萧叡说："复哥儿也跟我说，他上京的路上见到了许多灾民好生可怜……"

兰阁老听了半耳朵，心想：复哥儿？复哥儿是谁？小公主身边何时有这么一个小伙伴？

回头去看，皇上已抱着小公主走远了。

夜里，萧叡回御书房办公，准备这晚也在这儿凑合着睡一夜。

张磐来问："皇上今晚可要翻牌子？"

萧叡正打算拒绝，就听他说："妙清真人已经进宫了。"

他怔了怔："这么快？"

他以为还得再过两日，也可能怀袖根本不想进宫。怎么不第一时间告诉他？

张磐问："可要把人叫过来伺候？"

萧叡沉默不语，眉间紧锁，拾起一捧书卷，沉声道："今日不了，明日再说吧。朕自有安排。"

萧叡处理完公务，过了子时才睡。

被褥提前暖过，但萧叡躺进去还是觉得冷。他信不过别人睡在自己身侧除了怀袖。怀袖厌他、气他，总与他吵架，可只有抱着她，才能睡个好觉。

怀袖这一刻就在宫中的小屋子里睡觉，也不知她睡得好不好。

秦月刚来就受了一通挑衅，其他几位当宠的新人一位接一位地来拜访她，纷纷在她面前显摆自己更年轻、更受宠。见她衣着寒酸，似乎也没什么靠山，便觉得不足为惧。

翌日一早，天还未亮，正和宫的宫女和内侍就过来了，一顶软轿把她架走了。

以往皇上召人侍寝都是晚上，哪有大早上的，引得众人纳闷儿。

秦月却想，总不能是萧叡的禽兽旧行复发，又想要白日宣淫吧？

宫中各条路，秦月再熟悉不过。她心中有一张皇宫的地图，不光是大道，连所有小道她都一清二楚。走到一半，她就认出来，这是去蘅芜殿的路。

宫女在前方引路，还没走到门口，秦月就听见宁宁响亮清脆的声音："我有娘，我不要别的女人照顾我。你要送我什么人？"

秦月立在门口，等待召唤。

过一会儿，才有人来叫她进去。

宁宁正在和爹爹生气，见到有个陌生人进来，也没仔细看，就瞪过去。她没规没矩地站在桌子上，小手指着秦月，头也没回，恼火地说："我不要！

你把她赶走！

“什么犄角旮旯冒出来的女人，就敢代替我娘了？

“你找了那么多像我娘的女人，都是你以为像，我一点儿也不觉得像。我娘只有一个，别人我都不要！”

秦月既觉得感动，又觉得焦急，进退维谷，脸上的微笑渐渐地冷下来。她也很恼火，略微屈膝作福身的姿势，悄悄地瞥了萧叡一眼。

她心下一紧，却想，萧叡这是何意？他……在故意试探她吗？她的亲女儿就在面前，这样近的距离，偏生她不得相认，还要被嫌弃。

萧叡如芒在背。

他一下子也理不清，本来谋算得甚好。既然怀袖想进宫来亲自带走宁宁，那他就安排她住回蘅芜殿。

母女团聚，皆大欢喜。

可萧叡这才跟宁宁提起，就把孩子气得跳脚，怀袖瞧着也不太高兴。

他心急如焚，又不能直接说：你这个傻孩子，你睁开眼仔细看看，那就是你的亲娘！你在嫌弃什么呢？

宁宁再多说一句，怀袖就要多气他一分。屋里这一大一小两个女人的目光都像是针似的扎在他心上。

萧叡板起脸：“没大没小！淑女怎么能跳到桌子上去？下来。”

宁宁气死了，不理他，还要讲条件：“你把那个女人赶走，我就下来。”

秦月：“呃……”

父女俩对峙着，无人敢上前去劝，唯恐殃及池鱼。

秦月深吸一口气，起身，缓步走过去。

宁宁方才注意到怀袖，转过头，奶凶奶凶地瞪了她一眼：“你干什么？”

当秦月走近，宁宁嗅到这个女人身上有股熟悉的味道，顿时迷惑，好像娘亲，再看她的脸，又不大一样。

秦月对宁宁伸出手，温柔地问：“宁宁，我抱你下来好不好？”

简直不要命了。跪在地上的宫女们想。

奓毛的小公主却像是被顺了毛，停顿了一下，竟然真的将信将疑地扑到了这个女人的怀里。宁宁凝望着她，疑惑地轻声说：“你好香啊……”

秦月对她笑了一下，把站在一旁的萧叡看得心都要化了。

萧叡说：“今后就命你在这宫中照顾小公主，你可愿意？”

秦月道：“我愿意。”

萧叡释然地想：果然，怀袖是进宫来要女儿的。

那他就一路给她便利，让她把女儿带走吧，这下总该合她心意了吧。

数日之后，宫中人人都知道有位新进的妃嫔得了小公主的喜欢。

这几日隔着墙都能听见小公主的笑声顺着风飞出来，在这沉闷的宫闱之中显得无比明亮。

宁宁认出这是她的娘亲，她本能地感觉娘好像太柔弱了，难怪当年被人挤对到不得不自杀逃走。娘亲这么可怜，弟弟也那么可怜，她作为长女，必须得立起来，保护他们。

宁宁每日都要午睡，秦月把她哄睡着了，雪翠站在一旁等着要和她说话。

秦月想走开一会儿，可宁宁就是睡着了，也一直抓着她的手，让她不得脱身，她只好在这儿和雪翠说话。

雪翠已经屏退了其他宫女，确认四下无人偷听，才担忧地问："您接下去打算怎么办呢？"

秦月道："走一步算一步，先想办法，让我给皇上侍寝。"

她说得极为冷静。

雪翠颔首："我已跟张公公打点过了。但皇上……"她欲言又止。

秦月问："皇上怎么了？之前储秀宫的几个美人都来跟我说过了，说被他宠幸了好几回，她们都行，我应当也行。总不能真的只是找我进来照顾宁宁的吧？"

雪翠说："可我听记床事帐子的女官说，皇上压根儿没有宠幸她们。都是让人在那儿躺一晚上，然后就记是宠幸过了。"

秦月："呃……"

她不相信。萧叡这些年难道没睡过别的女人？以前跟她相好的时候都没妨碍他去宠幸别的女人，她"死"了开始守身如玉了？怎么可能？

还是她当年一死，把他给吓坏了，此后不行了？

这都比萧叡清心寡欲了更合理。若真是如此，那她可算大仇得报。

反正她又不是真想与萧叡怎么，只要找着机会可以接近他就行了。

耐心一点儿，再耐心一点儿。

秦月对自己说。

可这一刻真不是她能耐心下来的时候，复哥儿还等着萧叡的血救命呢！

暮色合围之时，萧叡又踏进了蘅芜殿。

他心想，既然怀袖要带宁宁走，那他这两日就想个借口离开，留下空的皇宫给她，她总会有法子带女儿走吧？

他也不是没有一点儿疑惑，为什么上次那么好的机会，怀袖不带宁宁走，却要铤而走险地回到他的身边。

这说不通。

难道他身上还有什么能被怀袖图谋的东西吗？

萧叡与女儿用晚膳时，怀袖站在一旁，侍候他们吃饭。

他浑身不自在，一点儿也不想让怀袖这样像个奴婢一样伺候他。她这么低眉顺眼的样子，一看就是有阴谋。

宁宁这天很乖，吃了一大碗饭，吃完擦擦嘴巴，还要跟他撒娇："爹爹，你今天留在蘅芜殿睡好不好？"

萧叡哪有心思哄女儿，一眼没敢去看，但整颗心都注意着怀袖，惴惴不安。

都这么多年了，他的喜怒哀乐还是那么轻易地被这个女人牵着走。

夜深人静，也该睡了。

宁宁大了以后，他们父女俩就不在一个屋子睡了。

萧叡洗漱更衣，准备歇下。

他心神不宁地等着宫女过来换衣服，只听"咯吱"一声响，一抬头，就看到怀袖走进来。

萧叡猛地涨红脸："怎么是你？"

怀袖静静地说道："公主让奴婢来伺候您。"

萧叡总觉得怀袖在阴阳怪气地讥讽自己，下意识地想拒绝，话到了嘴边却卡住，红着脸，沉默地让怀袖给自己换睡衣。

那股熟悉的馨香拂面而来，萧叡张开手臂，方便穿衣。他想：只要手臂合围，就能把人拥进怀中吧？

这时，怀袖的手搭上了萧叡的裤腰带。

萧叡觉得很惭愧，也不是毛头小伙子了，早就过了年少轻狂的时候，怎么还是一遇见她，就把持不住自己呢？

怀袖也怔了一怔。

她在萧叡怀中仰起脸庞，蛊惑似的轻声问："奴婢来伺候皇上吧？"

萧叡真有那么一瞬间心旌摇曳，想要从了她算了。

怀袖衣衫整齐，倒是他被剥了个精光，竟然让他觉得有几分臊得慌。

不可能，怀袖怎么可能会想和他一起睡？

萧叡内心挣扎一番，到底理智盖过了冲动。他随手拿起衣架上的里衣披上，皱眉道："不必了。"

怀袖心底一股邪火往上冒。

这男人是怎么回事？以前不想脱他的衣服，他自个儿脱得飞快。这一刻需要他脱了，倒成贞洁烈"夫"了？

萧叡把其他宫人叫进来，临时准备香汤，洗了个澡。

他好不容易平息下来，回到屋里，怀袖还在那儿等他。

她仍是那句话："公主让我来伺候您。"

萧叡想了想，说："那……那你在这守夜吧。"

他没睡着。他哪儿睡得着，一颗心怦怦跳个不停，但他怕怀袖紧张，装成自己睡了，一动不敢动，尽量让呼吸绵长均匀。

一直到夜半三更，他听见轻巧的脚步声接近。

萧叡没睁开眼睛，嗅见怀袖身上的香气，于是继续装睡不动。

一双纤柔的手抚上他的胸口，解开他的衣带。

萧叡心脏猛跳。

怀袖真的是来和他亲热的吗？萧叡脑袋里冒出这个荒谬的桃色念头，很快又平息了。

因为有一个尖锐之物抵在他的心口上，随时要扎下去。

原来是要来刺杀他的吗？萧叡想了想，还是没动。

他感觉到怀袖抬起手，半晌没落下来。

然后听见她冷冷的声音："别装了。萧叡，你是什么时候发现我的？"

【第十三章】·齐心一致

秦月要是再没发现，就真的是傻子了。

她心情凝重。

屋内没有点灯。月光被窗户和纱帐滤了几遍，光线晦暗不明。萧叡睁开双眸，深吸一口气，胸膛鼓起，念道："袖袖。"

秦月冷冰冰地答："怀袖已经死了，我不是怀袖，我是秦月。"

萧叡想着，笑了起来。他竟然一点儿都不觉得生气，反而心生喜悦。活着就好，活着就好。看她活生生地坐在这儿，如以前一样与他顶嘴骂人，就让他觉得满心喜悦。

秦月又问一遍："你到底是什么时候发现的？一开始在道观就发现了吗？我应该易容得很好，身份也做得很完美，就算你派人去查也无懈可击。"

萧叡摇了摇头，说："你是改头换面，别人大概不会认出来，可我能。只要你站在我面前，我就知道你是怀……秦月。当年你还做小宫女的时候，与别人穿一样的宫女裙，一大群人站成一团，就算不抬头或是从背影看过去，我也能瞧出来哪个是你。我说不清楚，反正我就是能认出来。"

萧叡坐起身来，没把衣带重新系上，领口敞开着，露出健壮的胸膛和腰腹。他对站在床前的怀袖说："在临安时，我就认出来了。"

秦月手中的银簪顶端掠过一点儿光。萧叡的目光被吸引过去。

她问："你既然知道，为什么还装成不知道，引我入瓮吗？你都醒了，就不怕我真的一簪子扎下去弄死你吗？"

萧叡道："你不想让我认出你，我就不认。左右你也不会杀我。"

秦月气闷："你怎么敢确定我不会杀你？陛下，您可是这世上最尊贵的人，就不惜命吗？"

"不会。"萧叡确信地说道，"你虽厌我至极，但绝不会杀我。"他这笃定的语气着实叫人来气。

萧叡见她一直站着，起身说："坐下来说话，站着多累。"

秦月一动不动。

萧叡掀开被子起身，连鞋子都没穿好，亲自搬了张椅子过来，说："坐吧。"见秦月还是不坐，他又心酸地补了半句，"我不抓你。莫怕。"

秦月坐下来："我不是怕你。"

怀袖到底有多么不相信他？萧叡难受地想。

萧叡衣衫不整，披散头发，虽年过三十，鬓间有了几绺白发，但也有几分俊美。秦月瞥了他一眼，他只觉得她的目光扫过的赤裸胸膛似被烫了一下。他这才意识到自己的衣服被解了还没穿好，不好意思地掩掩胸口，随手拿了一件袍子披在外面。

萧叡尽量放弱自己的气势，觉得自己像在接近一头被他害得遍体鳞伤的小兽，唯恐还不够温柔，会将她吓跑。他明明是想要帮助她，她却完全不肯信任。他不觉得这样不对，毕竟他曾经一次又一次地让她彻底死心，她不信他是理所当然的。

既然都已经暴露了，两个人之间也没什么好虚伪叙旧的，他要是再说些漂亮话，怀袖会觉得他狡诈吧？于是他思忖片刻，道："我原本以为你是进宫来亲自接宁宁走的，但好像并不是……"

话没说完，秦月打断他："我是打算带孩子走，留在你身边那么久，她都要被你教坏了。"

萧叡讪讪地笑了两声，说："没事，你想带她走我不会拦着，你已经想好了吗？玉牒上我会让人记上宁宁生病夭折。

"之前你让那个孩子故意接近宁宁，借口让宁宁出宫去看她，与她相认，我还以为你要在宫外把她哄走，没想到你居然还入宫来了。

"我只想不通，你回来是要做什么？还有什么东西落在宫里吗？

"雪翠她们要是愿意跟你走，我也是会放的。"

秦月总有一种一拳打在棉花上的感觉，白日里还好好的，眼下她面前这个萧叡似是面团做的，好端端一个皇帝，连一丁点儿脾气都没有。不仅与她这样低声下气地说话，还对她千依百顺、予取予求。

秦月问："你就不问问我为什么要拿簪子扎你吗？"

萧叡道："你不想说便不说。"

不过，萧叡还是有点儿忍不住，问："所以你几次三番想要侍寝，就是想扎我吗？"

秦月点头。

萧叡重新解开衣衫，裸露出上半身，道："还要扎吗？你想扎就扎。你做事都有你的理由，不会无的放矢。"

秦月一时间还不敢上前，观望了片刻，才慢慢儿地上前。

指尖轻触上萧叡的胸口。大夫说实在不行可以取指尖血，十指连心，但最好还是用心尖血。

她靠近，嗅到萧叡身上的淡淡龙涎香气味，总觉得随时会被抱入怀中而神经质地警惕着。这支银簪上吊着一朵莲花，按一下莲心，即会从顶端探出一根细如牛毛的银针。

她的手紧紧贴在萧叡的心口，仔细地寻找着流动血液的命脉。

萧叡大气都不敢出。他闭上眼，觉得怀袖像是依偎在他怀中一般，正想着就感觉到一阵细小尖锐的疼痛，立时就结束了。

只是轻微地取点儿血，不至于取他的性命。他的胸前仅留下一个细细的伤口，取血针拔出来以后，仍有小血珠涌出来。

秦月随手用身上带着的帕子叠了叠，按在上面，揩拭鲜血，道："你自己按着。"

萧叡顾不上胸前的疼痛，问："这就完了吗？"

秦月没好气地说："怎么，还要我多扎你几下？"

萧叡闭上嘴。

他在心底思考怀袖拿自己的血要做什么，皇帝多得存好自己的血液、毛发，以免被人拿去行巫蛊之事，可这应当不是她的目的。

萧叡说："要是不够，也可以多扎两下。还有什么要我帮忙的，你尽可以说。"

秦月不说话。

萧叡接着说："你现在是已经打算要走了吗？直接带宁宁走？她先前还问过我，她是乐意跟你走的，不过一时半会儿可能会不习惯……我就这一个女儿，你走后，我亲手抚养她长大，连伺候她的奶妈都不如我照顾得多……我这不是邀功，你别误会，我是想，若是可以……算了，还是直接带走吧，趁她现在年纪还小。"

萧叡只想多和怀袖说几句话，她不回答、不在意也没什么关系，往后估计见不着面。

他想起一件事情："你带上京的那个复哥儿不是生了重病？我问过太医，太医说他的病不好治。不方便带上他赶路吧？"

萧叡不过随口一提，并不多在意一个小孩子的生死，好有句话聊而已。

秦月冷不丁地开口："复哥儿今年五岁。我大抵知道你以为如何。但他不是我从旁处找来冒充的小孩儿，是正儿八经从我肚子里生出来的。你觉得他为什么叫'复哥儿'？"

萧叡整个人都僵住了，不敢相信。怀袖愿意给他生一个宁宁，他已经很庆幸了，居然还有一个？

秦月心平气和、慢条斯理道："我那时不知自己怀孕，服下了假死药，那药毒性太大，害他生下来就带了许多病，磕磕绊绊地活到这么大。我带他走遍了各地，哪里的大夫都看过了，也治不好。去年，我在南戎走买卖的时候遇见一位神医。他与我说，孩子还有得治，但是需要他生父的心尖血做药引子。”

她说：“一次不够。”

萧叡回想到方才被扎心的疼痛，不由得疼起来，苦笑。他就说，怀袖怎么会乐意主动亲近他，原来是为了孩子迫不得已。

萧叡开玩笑道：“你倒是和以前一样，为了自己的亲人什么都敢做，就是皇帝都敢刺下去。我说你怎么瞒得那么紧，你是怕我知道了会把孩子抢走。”

秦月觉得萧叡不会跟她抢孩子，但还是要表明自己的态度：“复哥儿体弱多病，心思敏感，不适合做皇储。再说了，你就是把他接回宫，他的出身说不清，还不如你当初的出身，这样的孩子你也不会让他当皇储吧？”

萧叡摸摸鼻子，讪讪道：“你这嘴巴，还是那么牙尖嘴利。我看你待别人都温柔，对宁宁也温柔，一到我这儿就连半句好话都没。”

秦月没好气地说道：“陛下您这话说得，我这越不温柔小意，不越能衬托您宽容大量吗？您想听什么好话，我都会说，只要你每天取血救我的孩子。”

说得好似孩子是她一个人生下来的一样，他不是孩子的生父吗？萧叡心想。

可怀袖生这个小儿子的时候他一无所知，如此一想，孩子确是她一个人生的。他还记得怀袖生女儿的时候那情形多可怕，委实让人心有余悸，没想到她自个儿跑外头去，不声不响地又生了一个。

要说不高兴是不可能的。

可萧叡才知道自己原来有个儿子，这个儿子似乎已经快要死掉了。

萧叡问：“你既然已经取了我的血，是不是要快些拿去制药才行？”

秦月本来想说自己会安排，又想到萧叡先前的话，说：“等天亮了可以带着宁宁一起回去给复哥儿探病吗？”

萧叡精神一振，怀袖总算有需要他办事的需求了，虽是这样，却也只是让他开个通行证而已。

“可以，自然可以。”他连连答应。

秦月颔首：“那好。谢过陛下。”

她说完，起身便走。

萧叡脑子一热，脱口而出："去了还回吗？"

秦月脚步一停。萧叡感觉大事不妙，连忙又说："哦，自是不回来的，你领着宁宁就住在外面也无妨。你要用血了，就让人和我说一声，我叫人给你送去。你就不必见着我心烦了。"

秦月心烦地说："话都被你说完了，我还能说什么？"

萧叡见怀袖又要走，一时间脑子傻了，呆头呆脑地问："大晚上的，你去哪儿？不是天亮了再走吗？"

秦月很是无情地说："陛下应该也不想看到我在这儿假惺惺地装样子吧？既然都已经取到你的血了，我也不必再留在这假装伺候你。我去宁宁那边去了。"

萧叡眼睁睁地看着她离开。他在屋里踱步，在床边坐下，半分睡意都没有了。

天才蒙蒙亮，他就让人去问问人醒了没。

萧叡亲自送母女俩上马车。

宁宁熟悉地搂着父皇的脖子，靠在他的脖子上打瞌睡。迷迷糊糊之间隐约觉得爹娘之间的氛围变得不一样了，但又说不清楚。

萧叡很不舍地把女儿交到秦月的怀中，万语千言堵在胸口，却说不出一个字。最后，他只沉声道："保重。"

秦月心情复杂，微微颔首。

宁宁打了个哈欠，揉揉眼睛："爹爹，你不一起去吗？"

萧叡摸摸她的头，说："要乖乖听你娘亲的话。"

他站在大门的这一边，目送马车通过黑黢黢的甬道，驶出皇宫。

萧叡也不知站了多久，直到太阳升起，晨光落满大地，才折身返回。他挥了挥手，没乘龙辇，自己走了回去。

复哥儿正睡得昏昏沉沉，感觉到有人扶着他坐起来，一碗气味难闻的药汤放在床头。

他知道又要喝药了。他不怕吃那么苦的药，只高兴娘亲回来了，欣喜地说："娘，你是什么时候回来的？"不知道是不是睡得太久，他的嗓子都哑了，发不出多大的声音。

有个小女孩儿的声音响起："复哥儿，你的嗓子怎么了？"

复哥儿望过去，笑得眼睛都眯了起来：“姐姐。”

秦月给他喂药，开始是一勺一勺地喝。他自己嫌慢，说：“娘，吹吹凉，我一口气喝下去。”他捧着快比他的小脸还大的汤碗，将苦药一饮而尽，喝完了就和娘亲谈条件，“娘，我这么乖，可以多和姐姐玩一会儿吗？”

复哥儿知道姐姐是公主，从皇宫过来看他都是有时限的，前几次就是，没待多久就得走了。他得抓紧时间多相处，就算他很困也要强撑着不去睡觉。

秦月笑了笑，说：“姐姐留在这里，你不用着急。”

宁宁自己也高兴得差点儿蹦起来：“我今天可以在这里睡吗？”

秦月点点头：“你父皇已经答应了。”

宁宁像被放出笼子的小鸟似的快活，拉着复哥儿的小手：“我今天可以在这儿一直陪你。”

秦月到底没把话说全，忧虑萦绕在她的心间。只是出宫玩两天宁宁很快活，可是不能回去当公主了，她真的能接受吗？不管是她还是萧叡，谁都没有跟孩子说清。

真是稀里糊涂。她和萧叡都是小小年纪就没爹养、没娘教的野孩子，生下两个孩子，各人养一个，乱七八糟。再说，萧叡真的愿意把孩子都给她养吗？

萧叡年过三十，膝下无出，唯一的孩子也送给了她。那他怎么办？抓紧找别的女人生一个？

“皇上？皇上？”

萧叡被唤回神。他一晚上没睡，眼底隐约可看见红血丝，不用多说就可瞧出他的疲态。

兰阁老叹了口气，关切地问：“皇上，您莫非又通宵批奏章了？万望您保重身体。臣知您着急，但您要是累垮了才得不偿失。”

每天全国送上来的奏折那么多，真要一本一本地看过去，决计是看不过来的。萧叡就是在刚登基最勤勉的那会儿也做不到。

面对兰相忠心恳切的目光，萧叡只得庆幸自己脸皮够厚。他哪是处理公务，他是因为和前妻久别重逢，又送走了唯一的女儿，彻夜难眠罢了。

方才正在议论民间谣言。各地的官府已经抓过一些造谣的人，但还是止不住百姓的悠悠之口，他的无子名声这几年越传越凶。不孝有三，无后为大，他没有继承人一直是件大事。管天管地管不了老百姓谈别人生孩子的事情，在大多数人看来，生孩子是件很容易的事情。许多人家的孩子是跟下猪崽子似的一大窝，怎么皇上后宫三千，却膝下空虚呢？

就因为萧叡没有儿子，造谣之人把灾祸都归结到这之上。老百姓很淳朴，说一个人遭报应会骂这个人生不出儿子，断子绝孙。

萧叡觉得背后必有人推波助澜，只是而今忙于赈灾，人手不够，没空去管。

臣下说道："皇上，此事并不麻烦，只要您有儿子就成了……"

萧叡心想：我是有儿子的，只是仿佛快要死掉了。唉。我一眼都还没见过。

回想起送怀袖离开时，他差点儿就问能不能带他一起过去，他也想见见那个"复哥儿"，但到最后也没问出口。

不过即便知道自己有了个薄命的儿子，在萧叡心里，这个儿子的分量还是比不上宁宁。他可真是个偏心眼儿的父亲。

萧叡叹了口气，不耐烦地说："朕就是现在找人生也来不及，不如看看宗室里面有没有适龄的男孩儿可以过继给朕。"

兰阁老先前隐约知道萧叡想要立安乐公主为皇太女的事情，并不赞同，曾经委婉地劝过向皇上几句，可是看皇上心意已决，他没办法，只好帮忙查古书。真到了那一步，他就只能"助纣为虐"，支持公主的正统，维护国家安稳。突然听皇上说要过继孩子，把他吓了一跳。

兰阁老环顾四下，总觉得浑身不自在，原来是因为这天小公主不在。

下朝前，兰相特意问了一句："皇上，小公主怎么没来？"

萧叡眼也不眨地撒谎说："宁宁生病了。"

到底是他看着长大的小姑娘，说不定他跟小公主相处的时间都比自己的亲孙女要更久。

兰阁老关切道："还得赶紧让御医给公主看病。尤其是在这节骨眼儿上，小公主生病也容易被人拿来做文章。"

萧叡道："朕知道了。"

怀袖那边送了几次口信过来，萧叡照她说的，送了三次血过去。这几日他天天让御膳房给他做补血的菜，也觉得有些虚了。小公主生病的消息前阵子告示出去之后，这几日已经转为病重。连同那个住进蘅芜殿的女人一起像是投入湖中的石子，沉没无声。

他这几日埋头处理公务，心里才好受许多。

这日，萧叡突然收到怀袖的信。他想：怎么这次送来得这么快，血还没补上呢。

他拆开来看，发现和他想的不同，只有一句：“宁宁要见你，下朝后速来。”

萧叡将这封信叠了叠，放入自己的袖口中。

他回了正和宫，让人给他拿一身可以出宫的便服过来。刚换上衣裳，就有内侍匆匆过来。

张磐脸色一变，对他说：“皇上，后宫出事了。”

萧叡不以为意：“说。”

能出什么事？

张磐道：“何妃娘娘有喜了。”

萧叡闻言一怔，脸黑如锅底。他八百年没碰过那些女人，是谁的种他不知道，必不是他的。但他也没空管这个，女儿更重要。

萧叡便撇下后宫之事，先出宫去见女儿了。

他的马车还没驶到门口就听见了宁宁的哭声，哭得撕心裂肺。

他的心都要被哭碎了，着急得不得了。

萧叡记得怀袖刚“过世”那时，他一个人带孩子。宁宁那么小，才学会喊“娘”。她坐在小小的摇篮床里哭，小手抓着栅栏，想站起来还站不起来，只能在原地爬来爬去，哭得脸都涨红了。

起初他手忙脚乱，也不知道该怎么哄孩子。哄了半天，女儿还是哭累了才睡着的，睡着了还打哭嗝。假如怀袖留下的是个儿子，他一定不会这般溺爱，谁让这是个女儿。女儿嘛，就是得娇养。

宁宁渐渐长大以后，早就不再是以哭闹来诉求的小娃娃。她许久没有哭成这样了。

萧叡真进了屋，一眼就看到不再易容的怀袖，立时被吸引去注意力，怔了一怔，呆站在门槛边上。

秦月正手忙脚乱地哄孩子，哄了小半日，怎么都不见效。宁宁哭了停，停了哭，哭累睡着还以为好了，结果一醒过来就继续哭。一边哭一边扯着嗓子喊“爹”，哭得活像是被人贩子拐了似的，隔壁的邻居都过来敲门了。

她实在没办法了，只能赶紧写信把孩子她爹找过来。

这跟她预想的完全不一样。

连起初那点儿亲昵都没了。

秦月焦头烂额，宁宁也失望透顶。她一直朝思暮想，惦记自己也能和别的小孩子一样有个娘亲。在父皇的口中，她有一个世界上最好的娘亲，她的娘亲温柔聪慧。是以一开始见到娘亲，她雀跃欣喜，而且娘亲对她也很好，依着她、由着她，还会教她做一些女儿家才能玩的游戏。不像父皇那样，对她管教约束，烦不胜烦。

但是外面的宅子里再好玩，玩上三天，她又玩厌了，还不能出去玩。那不就是从一个大皇宫换成一个小宅子吗？

复哥儿生病，一天到晚没多少时间醒着。她晓得不能打搅病人，就黏在娘亲身边。

于是，秦月纳闷儿自己看账本时，宁宁为什么非要坐在她的怀里。

宁宁也纳闷儿，难道娘亲不是这么陪小孩子的吗？

母女俩面面相觑。

秦月天生不那么爱与人亲近，复哥儿文静乖巧，再黏她，也至多要一张小板凳坐在一旁自己玩自己的，根本不用她操心。

她心里格外别扭，问："你爹爹经常这样做吗？"

宁宁理所当然地点头："是呀，爹爹批奏章都会抱着我。"

那她能怎么办？只好照做了。

可她不是一个围着孩子转的后宅妇人，她也有自己的生意要做。她跟手下谈事情，宁宁也若无其事地跟进去。

宁宁还是理所当然地说："可是爹爹上朝议事我都是可以随便进去的。"

秦月哑口无言。

相处了几日，宁宁觉得自己的幻想破灭了。

娘亲是很美丽温柔，可是不如爹爹宠她，甚至还不如慎姐儿、秀姐儿的娘亲。在爹爹口中，娘亲简直是个完美的仙女，哪里都好。她不知道她爹是在思念和爱意之中将娘亲美化再美化。她还是个小孩子，以为父皇说的都是真的，深信不疑，于是期待被拔高又拔高。

娘亲要做生意，就如同父皇要处理公务，她能理解。

可是余下的时间，还得与弟弟分。

复哥儿生病了，宁宁觉得弟弟可怜，心想让着弟弟一些，还学着给复哥儿喂药，给他唱歌。只是有些无聊，她玩够了，想回宫了，她从没有离开父皇这么久。

这时宁宁才从娘亲口中得知噩耗，说以后都跟着娘亲，不回宫去了。

真如晴天霹雳。

宁宁一想到再也见不到爹爹了，顿时哇哇大哭，闹着要找爹爹。

娘亲来哄不行，弟弟来劝也不行。宁宁隐约感觉到了，假如她不哭不争取，就真的再也见不到爹了。

在那一瞬间，刚认回来的娘亲也不香了，她就想要父皇。

她想回宫去当公主，更想要对她千依百顺的父皇，而不是这个略带疏离的母亲。

宁宁这一哭，完全让秦月傻眼了。可她真的做不到像萧叡那样溺爱女儿，她心里又急又气。可到底哪里错了？

萧叡宠女儿有错吗？没有错。宁宁喜欢宠爱她的父亲有错吗？也没有错。错的似乎只有她这个当初抛下孩子的狠心母亲。

秦月也不知该怎么哄女儿，无措地说道："宁宁，别哭了，再哭嗓子要哑了。"

宁宁哭得更响了。

秦月瞥见萧叡来了。她正半跪在地毯上哄孩子，抬起头望了他一眼，他也在看着她。

她回过神，对他说："还愣着干什么？没看见宁宁哭得这么凶吗？"

宁宁哭得很忘我，见到父皇来了，才反应过来，迫不及待地从娘亲的怀里挣开，扑到父皇的怀中。

秦月怔忡了一下，拥抱女儿的手感和温度还留在她的胸口，袖子还有泪痕，可宁宁连犹豫都没有，直接选了萧叡。

一股无法言喻的挫败感自她心底腾起。

先前亲密的假象在这时彻底被打碎了。

萧叡熟练地抱起小公主，手法显然是个抱惯孩子的人，一点儿也不慌张。他抚摸着宁宁的背，哄起她来："怎么了？怎么哭得跟小花猫一样？都不漂亮了。莫哭了，爹爹这不是来了吗？"

宁宁止了号啕大哭，抽噎地说："他们说你不要我了。"她的小手紧紧地抓着萧叡的衣襟，像是打死都不要放开。

太可怜了，怎么会有这么可怜的小姑娘？

萧叡是真心疼，可再心疼，他已经和怀袖说好了，总不能出尔反尔。他说："爹爹不是不要了。只是你娘亲和我不会住在一块儿，爹爹觉得你跟娘亲在一起会更好……"

他的话音还未落地，宁宁又开始抽噎起来："我不要，我要回宫。"

萧叡只得又哄她，可这回怎么哄也不行。

他这边哄着女儿，那边又分心去看秦月。

秦月盯着他们，说不上是懊悔还是不甘，眼眶都红了。

宁宁哭着问了一个她不知道怎么回答的问题："娘，你为什么就不能回宫去呢？以前是爹爹不给你当皇后，他现在都愿意了，你为什么不回去？"

秦月听完指尖都在发抖，险些落下泪。

回去，怎么回去？

她真信不过萧叡，要是想当皇后，早就当上了。

可她无法跟宁宁解释。

萧叡见秦月这样，赶紧捂住女儿的嘴："宁宁乖，你别气你娘亲了。你娘亲有她的苦衷。"

他在劝架。可他越这样做，秦月就越来气。

这时，萧叡看到一个小男孩儿从屏风后面摇摇晃晃地走过来，又是一愣。这小家伙真的跟他长得很像，又不大像，一脸病容，苍白柔弱。

他自己穿着衣服，鞋子也左右套反了，头发乱糟糟的，仰着小脸，说："姐姐，你别哭了。"

秦月这才发现小儿子跑了出来："你跑出来做什么？"

她赶紧把人裹着抱起来，复哥儿挨在她怀里，说："姐姐一直哭。"

秦月深吸一口气，对萧叡说："你先带宁宁回宫吧。"

萧叡蒙了："你不要宁宁了吗？"

"我怎么会不要？"秦月几乎急火攻心，委屈又生气，感觉快哭了，深吸一口气，"她是我的女儿，我的心肝，可她现在只亲你，我有什么办法？是我太急了，还是慢慢儿来吧。"

宁宁还在那儿说："回宫，回宫。"

秦月不想再听，抱着复哥儿绕过屏风，消失在萧叡的视线中。

宁宁哭了那么久，真的哭累了。她紧紧地扒着爹爹，哭睡过去也不撒手。

秦月过了良久，才出来，看到萧叡还坐在大厅，气就不打一处来："你怎么还没走？"

"我……"

秦月站在他面前，突然撑不住，哭了起来。

她哭得是真伤心。

萧叡真想去给她擦眼泪，可又抱着女儿，傻愣愣地围着她转了一圈儿："你哭什么啊？我……我会让宁宁答应的。你别哭了，你再稍微等等。"

"你如今倒像是个好人了。"秦月含泪瞪他，"反而衬得我成了坏人。"

她都做了什么，让宁宁知道萧叡辜负她，可是对孩子来说，萧叡只是父亲。她这一刻终于知道了，萧叡是个合格的父亲，才会让孩子这样喜欢。而萧叡一直在孩子面前说她的好话，她从宁宁口中就没听说萧叡说过她半句坏话。如此一对比，就显得她尖酸可憎。

"都是我的错。"萧叡愧疚地哑声说道，本来还抱着一丝侥幸，觉得怀袖会不会因为宁宁说的话而回心转意，他已然悔过自新。可见她敌视的目光，他心里那份期待慢慢儿地凉了，"当初要不是我辜负你，你也不至于宁死脱身。"

萧叡带着女儿回宫去了。他在路上想：当年要是怀袖没以死诀别会怎样？那他估计已经娶了别的女人做皇后，怀袖已有了他的长女，腹中还怀着他的儿子，应该没多久就会发现。

她心软一些，他估计会继续得意，自以为掌控局面。说不定还会让其他妃子生孩子。

他应该还是会宠爱怀袖的孩子，可是既有了儿子，而且怀袖没死，他决计不会像如今这般溺爱女儿。

萧叡回到宫中，先把宁宁抱去蘅芜殿。宁宁非要他陪，他只能把公文搬过来处理。

这孩子像是怕被抛弃的小狗，还不要睡大床，要睡在他旁边。他走到哪儿跟到哪儿，一张小脸委屈不已，又气鼓鼓的。

是以，萧叡隔日才有空去探望被禁足的何妃。

但一整日下来，他什么脾气都没有了。

后宫之中女人这么多，有权利宠爱她们的男人却只有皇帝一个。

他幼时就见过不少宫闱秘史，这天底下规矩最多的是皇家，最不守规矩的也是皇家，私通这种事情司空见惯。他父皇那会儿收的妃子多，有好几个女人是因为私通被处死的。有的是真私通，有的是假的。但他以前也干过，人伦繁衍原是一件幸事，可倘若来得不是时候就不一定了。

何妃被禁足，没得他命令，暂时没挨惩罚，但从昨日开始就没人给她送过一口饭。

萧叡好久没见她。他这两年偶尔会去贵妃、淑妃那边喝口茶。那两个最听话，不烦他，不邀宠，相安无事。何妃说修佛养性，连中秋宴都没参加。结果整日爱娇爱美的几个还好好的，她这个吃斋念佛的却不知何时跟男人好上了，还暗结珠胎。

萧叡见到她有些惊讶。何妃瘦得跟纸片似的，说实在的，腰仍很纤细，瞧不出肚子里怀上了。见她一脸憔悴，他先让人送了一桌饭菜过来。

热腾腾、香喷喷的菜摆满了一桌。

何妃如看着毒药，视死如归地下筷。

二人谁都没开口。

用完这顿饭，她才开口："臣妾的奸夫是梁御医。"

萧叡想了一下这是谁，何妃补充道："就是平日负责给臣妾把平安脉的御医。"

萧叡还是记不起脸，不知道自己见过没，给后妃请平安脉的御医平日里见不到他。

何妃起身，对萧叡跪下来："臣妾不守妇道，辜负了皇上。他监守自盗，不敬皇上，都该赐死。"

萧叡却想，她大概本来就心存死志，不然也不必故意让人发现身孕，悄悄处理了便是。他不想杀人，换成十年前他或许会震怒，如今却沉静许多。或许是因为何家一家子对他尽忠职守，或许是因为想到怀袖，这宫中要是讲人情一些，当年怀袖怀着他们的孩子就不必忍痛打掉了吧。

何妃跪了好一会儿，萧叡才对旁人说道："去把梁御医叫过来，还有太医正。"

不到两刻钟，太医正就领着梁御医到了。太医正自责管理无方，梁御医抵死不认。一个孩子的生母是何人极好判断，总不会从别人的肚子里出来，但生父是谁却不好判断，起码得等他生下来才能知晓。

何妃冷笑，直起上身，倔强地说道："皇上不如把臣妾的肚子剖了，将孩子取出来，与他滴血验亲，绝错不了。"

萧叡呼吸一窒。有时他还是小看了女人，女人若是狠起来也够可怕。

他淡淡地说："倒也不必。在这宫中，朕要杖毙谁，也用不着证据确凿，朕想杀就杀。"

梁御医伏在地上瑟瑟发抖。

萧叡想：怎么是这么个玩意儿给我戴了绿帽呢？

他想了想，说：“拖下去，杖三百，逐出太医院。”毕竟与他的面子有关，也不好太宣张。梁御医连声称饶命，萧叡又说，“真吵，先赐一碗哑药。”

何妃还跪在地上。她的脸色越发苍白，身形摇晃，等待着萧叡赐死。

她只麻木地说：“不敢耽误皇上的宝贵时间，臣妾自知罪无可赦，请皇上赐死。”

死，死，死。

一死了之吗？

——你们倒好，死掉了，就什么麻烦都没有了。

萧叡轻描淡写地看了她一眼，应下：“好。”

何妃深深地伏地：“谢皇上恩典。”

说罢，萧叡便走了。

可萧叡走后，既无人送来毒酒，也没有三尺白绫。她枯坐一晚，又累又困。到寅时，天还一片漆黑。有陌生的内侍过来，用一块黑布蒙上她的眼睛，将她带走了。

她起初以为要将她投井，结果被人领到一辆马车上，渐渐听到市井人声。又想，难不成是要将她送入花街把她羞辱至死？

她好像是被带进了一户人家里，进了一间屋子，烧着地热，暖烘烘的。

何妃嗅到水仙花的香气。而后听见一个女人的声音：“萧叡，你带她过来做什么？”

再是皇上的声音：“她怀了身孕，不是我的。在宫中没有活路，把她送回家去，她的父母也决计不会容得下她，前后都是死路……”

女人问：“那关我什么事？”

皇上说：“我要是杀了她，你一定会觉得我残忍暴虐。我想了想，觉得下不了手。”

女人答：“我可不管。”

说完，随着远去的脚步声，她的声音也渐渐轻了，皇上似乎也跟着走了。

萧叡一言不发地跟在秦月身后，走远了。进了另一个屋子，他才踟蹰地说：“我一见到她，就想到你十八岁时怀着我的孩子……”

秦月道：“我早说了，怀袖死了，不必提那些事情。我最厌恶你这样装模作样，一看就恶心。”她说得堪称恶毒。

萧叡却面不改色，闭上嘴。

他苦笑着说：“朕的皇后去世时，何妃曾为皇后仗义执言，朕才想对她网开一面。她肚中孩儿的父亲负心薄情，她一心寻死……”

秦月奇怪：“你为何觉得我会管她，我是那种好人吗？再说当年我和她也不对付。她不是礼佛吗？你不如找个师太开导她。杀生，且是杀自己的亲生骨肉，按照佛法得下地狱吧？”

萧叡说：“那我让人找一家尼姑庵，改日安置她。”

秦月讥讽萧叡：“你以为尼姑庵是什么好地方？无钱无靠山的女人住进去，要一辈子吃苦，你以为她是我这种当奴婢的苦出身吗？她这种养尊处优的贵女，怕是撑不过半个月，到时生不如死。”

萧叡心想：怀袖还是老样子，刀子嘴豆腐心，其实再良善不过了。

二人话赶话，吵得厉害。

萧叡不耻下问：“那你觉得该如何处置？”

秦月方才有空嘲笑：“你别把事情推给我，我不帮你干活儿。谁让你收了那么多女人，宠幸不过来，活该被人戴绿帽。”

萧叡觉得自己挺贱的，被她笑话，反而高兴终于让她笑了。他说：“我几年没进后宫……”

秦月说：“你有娇滴滴的新人，自然腻了旧的女人。”

“你是说那几个长得像你的女人？”萧叡道，“我也没碰过，个个都是处子。她们出现得太巧，朕怀疑是别有用心的探子，才留在那儿的。”

萧叡越说，秦月就越来气：“你这是什么意思？装什么坚贞不渝？是在说我不知好歹吗？我不信浪子回头，只有狗改不了吃屎。”

萧叡：“呃……”

正吵着，看守何妃的侍卫前来禀告，说何妃又晕过去了。

秦月气得要死，但还是叫了大夫过去给何妃看病。

萧叡借口要上朝，先回宫去了。

亥时。天已亮了。

何妃转醒过来，见一个陌生女人坐在自己床头。

秦月特意易容，不想以真面目示人。见她醒了，没好气地说：“吃药。”

何妃也不问，端起药碗一饮而尽。

秦月冷不丁地说：“何必为了个男人寻死觅活，你既有胆子给皇帝戴绿帽，怎么没胆子在外生活？”

何妃觉得耳鼓仿佛被刺了一下，原本死灰般的心思渐渐活了一些。过了良久才哑声说："我厌恶那男人，不想为他生孩子，又觉得自己愚蠢，竟然会一而再、再而三地喜欢上不值得托付的男人。"

秦月问："为什么女人生孩子就必须是为了哪个男人生呢？"

何妃心神一震，张了张嘴，一时间答不上话。

萧叡下午又来了一趟。

秦月不想见他，问："宁宁呢？"

萧叡想了想，实言以告："我本来想撒谎说些好听的话哄你，但你大概会更生气。宁宁怕我又把她丢在这儿不要她，我怎么骗都不肯来。"

她的宝贝女儿差点儿哭了。可他这样说完，他心爱的小姑娘又差点儿被他弄哭。

萧叡一颗心碎了又碎，快碎不过来了。

他只得硬着头皮说："宁宁很乖。在复哥儿治好病之前还有好几个月，我多劝劝她，让她跟你相处，她就知道你的好了，你不要着急……"

秦月别过头。她事事好强，但凡下定决心要做什么，就没有做不到的。唯独在儿女之事上，不尽如人意。在此事上，她就是费尽心机也无济于事。

复哥儿的病是她无意中害的，她虽没言明，其实内心不是没有自责。

只是在旁人面前，她是大当家，所有人都要靠她支应，她得是最坚强的那个，也不能怪到哪个人身上。

但是萧叡不同，萧叡她可以骂。她既恨这个男人也厌恶这个男人，可从某种意义上，他们又是共犯。有几件事情上，只有他们彼此可以毫无伪装地相互指责。她咬着牙，想要做出一番事业保护自己，还得照顾复哥儿。就算复哥儿乖，他的病却像是一把刀一直悬在她头上，不知什么时候会落下来。

她的压力就不大吗？

复哥儿不是没有病重过，她夜里都不敢睡深。过了一会儿就要给孩子探探鼻息，怕他睡着睡着就被阎王老爷带走了。

秦月又生气又委屈，压着泪意，吐出来的每个字都像刀锋一样锐利："别和我说复哥儿，就算有你的血做药引子，大夫也说他不一定能救得回来！只能尽人事，听天意。

"若是复哥儿死了，宁宁也不要我，那我该如何是好？

"我本来不想生孩子，都是你哄骗我生的。

"你们萧家先害死我的至亲，又让我有了骨肉亲人，如今再次让我一个个地失去吗？”

皇家之人自古以来就少有团圆美满。父子相残，兄弟阋墙，鲜少有人善终。

原本只有萧叡自己一个人身陷诅咒，是他非要把怀袖拉进来，还自以为是分享荣华富贵，要怀袖对他感恩戴德。

“那也是我的孩子。”萧叡的声音响在这空荡的屋里，仿佛飘在半空，不落地，“我也心疼。我自幼无母，亦无父亲看重，兄弟猜忌。就只曾经拥有过你和我们的孩子。等以后宁宁跟你走了，我就什么都没有了。我会说服宁宁答应的。”

秦月匀过气来，到底也只落了一滴泪，就回过神来，不愿再在萧叡面前被看笑话，冷酷地说道：“别跟我装可怜。你是皇帝，你拥有后宫佳丽三千，你想要孩子便可以有，你并不缺。”

萧叡：“那是皇帝有的，不是我。”

秦月：“您就是皇帝，何必把两个身份分得那么清？您既有了天下大家，就别得陇望蜀还想要小家了。陛下。”

萧叡见她厌恶又不耐烦，不再多舌。他想了想，错开话题，问：“我能去看看复哥儿吗？”

他补充道：“我不会告诉他我是谁。你放心。我就看一眼。”

秦月没有立刻答应，过了片刻，才没好气地说：“他知道你是他的父亲，那孩子很聪明。”

萧叡问：“意思是我可以去看他了吗？”

秦月说：“但我先前骗过他，我骗他说他爹死了，还说他爹是个大英雄。他说不定活不久了，我们要吵也别在他面前吵，你待他好些。”

萧叡只在心底想：我哪里敢挑架啊？不一直都是你骂我，我乖乖挨骂吗？唉。

复哥儿还在睡觉。

秦月领萧叡进了屋，便转身走了。

萧叡站在床边，看着孩子的睡脸，不忍心叫醒他，自己搬来凳子，在床边坐下。就算不能跟他说话，在这儿看看也挺好。

萧叡忽然想，冥冥之中果然有报应循环。他小时候父皇不爱管他，总想着以后若是他有了儿子，一定要亲手抚养，结果复哥儿也是个没父亲的孩子。

复哥儿隐约感觉到有人在看自己，迷迷糊糊地醒来，睁开眼睛瞧见一个相貌陌生的男人坐在自己的床头。

他慢慢儿地认出这个人是谁，一双墨黑的眸子安安静静地瞅着萧叡，父子俩无声地对望彼此。

萧叡说：“你娘答应我可以来陪陪你。”

复哥儿犹豫了一下，问：“你是我的爹爹吗？”

萧叡点了下头。

复哥儿垂下眼睫，又抬起，用全新的目光注视萧叡，像是想通了什么一直很困惑他的事情：“我娘不爱提起你。有一次我问她，她跟我说我爹打仗死了，还跟我说爹爹是个大英雄。”

萧叡好生心酸，原来怀袖还会说他的好话。他伸出手，摸了摸复哥儿的头。这孩子一直生病，头发丝发黄细软。

“爹爹会想办法给你治病的。”他说。

复哥儿一眨不眨地看着他，坐起身来。

萧叡问：“怎么了，想喝水吗？”

复哥儿看了一眼透过屏风透出来的娘亲的身影，摇了摇头。而后转向他，对他招了招手：“你可不可以过来一下？”

萧叡走过去。复哥儿又拉他的袖子，他低下头。

复哥儿在萧叡耳边小声地说：“要是我死了，你想办法哄哄我娘好不好？她有时候怕我死掉，夜里会偷偷地哭。她以为我不知道。”

我也想啊。可你娘早就不喜欢我了，我和她说话，只会惹她生气难过。萧叡心道。

他正打算先答应下来。哄孩子嘛。

这时，复哥儿犹豫道：“我觉得我见过你。”

萧叡笑了下：“我们在临安见过。”

复哥儿还是摇头：“不是……是在更早之前，在梦里。我做过一个梦，梦里见到你躺在床上，肚子上有好长一道伤口，快要死掉了，后来好像又被救活了。”

萧叡怔忡，渐渐敛起笑意。

难怪。

难怪怀袖给他取名叫“复哥儿”。

萧叡压低声音问他："这话你跟你娘说过吗？"

"没有。"复哥儿答，"我娘都和我说你死掉了。她骗我就是为了让我相信，我不拆穿她，她才高兴啊。"

复哥儿说得理所当然，倒显得萧叡像是个傻子。

萧叡心情复杂，连个小孩子都比他会哄怀袖开心。

他说："你安心治病，你能好好地活下来，你娘最高兴。别整日想着死掉以后。"

这么小的一个小毛孩子奶声奶气又无比郑重地说："等我死了就来不及了，这叫未雨绸缪。"

直叫萧叡又好气又好笑。

复哥儿又开始觉得困了，说："我想睡觉了。"

萧叡给他掖被角："睡吧，我也该回去了。"

复哥儿打了个哈欠："你以后还来吗？上次姐姐哭得那么厉害，她还会再来吗？我好想她。"

萧叡承诺道："我回去以后告诉你姐姐。你好好养病，努力好起来。"

他话是这样说，可这几日宁宁根本不想听他提这件事情。

萧叡这天回去，跟宁宁转述复哥儿的问候。她倒是有些动容，但还是没有松口答应，反而劝他把复哥儿接进宫来养病。说得有理有据，说宫里那么多太医可以看顾他，还有奴仆。

萧叡头疼欲裂，明白自己真的把女儿养得太黏自己了。

可萧叡只有这么一个女儿，不宠她宠谁呢？

小时候还挺好骗，越长大越不好骗。

萧叡哄她说："你娘亲生你多不容易，怀胎十月，吃了许多苦，流了好多血，冒着生命危险才把你生下来。她那般思念你，都是因为爹爹，才没能把你养在身边。你也心疼心疼你娘亲。"

宁宁却说："可爹爹照顾我也很不容易啊，像秀姐儿她们的父亲，都不亲手抚养她们。"

萧叡心头一暖，觉得倒也没白疼女儿。

宁宁又说："爹爹，你再说下去我要生气了。你为什么非要把我给娘亲？我又不是个物件，还能给来给去？我想跟谁就跟谁，我就是想留在宫里。"

萧叡只能暂且放下此事。

何妃悄无声息地消失了。

隐约知情的几个妃子都被下了禁口令，无人敢透露半分，生怕自己被殃及，一道被皇上处置了，安分守己地待在自己的小院，不敢出去串门，还要在心里骂何妃自己死就罢了，却还要拉垫背的。

还有那个进了蘅芜殿的新人，也不知去向。

没人再听过她的消息。

本来还羡慕她是不是得到了皇上的宠幸，回头想想，怕是凶多吉少。众人不禁感慨，皇上这几年的性情真是越发古怪。明明瞧上去还是那么温文尔雅，也不知是怎么了。

转眼到了清明。

又要办这年的清明祭陵。

大齐以孝道治国，尤其萧叡这等出身不好、得位不正的皇帝。他尤其重视对祖宗、神灵的祭拜，四时八节都要祭祀。清明是一年首祭，他每次都要亲自前往。这两年国情不好，更不能怠慢，还要百官陪祭，遣备武将行礼。也如往年一样，带着宝贝女儿一起去。

宁宁不大想去，别扭地说："既然娘亲没死，你要我去磕什么头？她还活得好好的。"

萧叡讪讪道："爹以前也不知道你娘还没死……"不然他也不至于好几回自个儿骑马过去哭陵，"可你还得去拜其他祖宗。你是公主，这是公主的责任。"

祭陵辛苦，萧叡也觉得累，还有官员装病逃避，别说宁宁一个小孩子，可他还是想带女儿去。怀袖那边的事情还没定下来，他不能表现出一分对女儿的冷淡。这皇宫的风向全看皇帝的喜好厌恶，一旦他们觉得宁宁失宠了，他一个不留神，说不定就会有发生意外。他不敢去赌这一丝一毫的风险。

宁宁勉强答应了。她近来郁郁寡欢，一脸不情愿。萧叡不禁感慨，他小时候多想被父皇带去祖陵行祭，只有得宠的皇子才能去。他少时只被带去过三次，还是站在后面凑数、服侍。

宁宁嘴上说不乐意，真到了祖陵，还是跟着父皇，祭拜得有模有样。

萧叡见宁宁嘴里仿佛还念念有词在祈祷什么。

一整天忙下来，可把她累坏了，回宫以后倒头睡了一日。

他们才从祖陵回来，京城就开始下起一场久违的大雨，伴随春雷阵阵。

宁宁怕打雷，萧叡自然要来陪她睡觉。

她便告诉萧叡："爹爹，我在祭拜祖父时许了愿，希望他能保佑复哥儿，驱散病疫，让复哥儿健康起来。"

萧叡笑笑，夸宁宁乖巧。听着外面轰隆隆的雷声，他总有不祥的预感。

两日后。

守陵的官员禀告说皇陵有一间屋舍和一块先帝立的石碑被雷劈毁，此为凶兆。萧叡原想瞒下，偷偷修缮。

消息却在民间不胫而走，且还以讹传讹，成了先皇的墓碑被毁。

便是在这云谲波诡、暗流涌动的微妙时节，北狄的大王子乌术来到了大齐的心脏——京城。

当他们穿着鲜艳的礼服，从头到脚都装饰着金灿灿、亮闪闪的黄金和宝石，骑着高大矫健的宝马从朱雀大道上经过时，街边和楼市上都挤满了看热闹的人，想要看看这异国风情。

乌术来到驿站，大齐的皇帝虽然没有亲自迎接他们，但派遣了官员在离城百里处等候，一路上细心招待。

相较其他北狄族人来说，他们的大王子显得有些瘦弱，眉目甚至可以说清秀，像是不见阳光。近乎夸张的黄金饰品挂在锦袍上，让人担心会不会把他压垮。一歇脚，他就把身上所有装饰都卸了下来，只留了一把弯月般的小腰刀。

反而他随行的弟弟看上去比他还要健康高大，甚至连他十五岁的妹妹都比他更身手敏捷。

入夜，用过晚膳，使人在门外把守，他们才敢在门内商议秘事。听闻在任的这位皇帝性情猜忌孤僻，有自己的一支密探，诸多暗事需得小心。

在京城留了半年的使臣与乌术讲了近来关于皇陵的传言，皇帝能制定法规，却不能把所有人的嘴都封上。加之近年大齐多灾多难、民生艰难，且皇帝子嗣艰难，神明的惩罚一说就显得更加有理有据。

乌术心想：他的那位兄长动作倒是快。

在皇陵中发生的事情，原本不应该这么快被传出去，皇帝就算仔细搜查，也不会找到泄露的人，因为本来就没有。

石碑在碎裂的时候就预备好了匹配的谣言。

不过这位大王子在王庭之中也没有太多的拥趸，除了长子，他并不受看重。他天生体弱，能活到这一刻都是仰仗天神的庇佑，所以他在智慧上下功夫，收买了一位当初大齐政变逃到域外的汉人文士做幕僚，正是这位幕僚让他和十年前逃出京城的大齐王室的败者四皇子搭上线。

他半是供养半是圈禁那个汉人那么多年，从其身上学习大齐的文字和知识。他的父皇身体越发糟糕，王庭的人开始蠢蠢欲动，他也决定开始行动。

“您想求娶他们的公主？我们已经打听过了，大齐的皇帝膝下只有一个公主，十分得宠。”

下属又说：“不过，公主才不到七岁。”

四王子阿岩惊讶地说：“他们的皇帝不是已经三十几岁了吗？女儿竟然这么小吗？”

他们远在草原，对大齐京城的事情并不算了解。在他看来，一个三十几岁的男人，女儿就算到了能生孩子的年纪也不奇怪。毕竟像他不过二十四岁，已有四个孩子，最大的那个已经十岁了。

说实话，他并不明白为什么大齐的皇帝只有一个孩子。他明明拥有那么多美丽的妻子，不应该拥有很多孩子才对吗？就像他的父亲一样。但凡是个男人都会认为必定是他的生育能力有所问题，或是被诅咒了。

大王子乌术却早就知道了。他了然地点点头：“只要是个得宠的公主就行了。”

四王子阿岩按捺不住地瞥了一眼兄长，心里只觉得不服气。除了比自己早生几年，这个大哥有哪里比他强？仗着是长子就压他一头，明明摔跤不行，骑马不行，射箭也不行。

因此父王还在考虑要传位给哪个儿子，兄长的王储地位并不稳固，他才会铤而走险想要来求娶大齐的公主。假如真的被他娶到了，那就是无上的光荣，大齐的皇帝也会支持他坐上王位。

众人谈完话，乌术又跟他那个汉人幕僚单独回屋子里鬼鬼祟祟地不知说了什么。

第二日一早，天还没亮，他们就被人叫起来穿衣打扮，要去汉人的皇宫，觐见他们的皇帝陛下。

大齐的官员告诉他们不可以带武器进皇宫，乌术甚至没有穿北狄的礼服，而是早就换了一身汉人的丝绸衣袍。除开深棕色的头发和灰蓝色的眼睛，他苍白和纤弱的外貌和身形，很是有几分汉人书生的味道。

阿岩不免有几分鄙夷这个兄长，为了能讨要到齐国皇帝的公主，大哥真的不要脸。他一向不务正业，跟一群汉人混在一起，如今倒好，连汉人的衣袍都穿上了。这模样像极了那个为了在北狄王庭讨生活的齐国皇子，败家之犬才会如此向人摇尾乞怜。

可他这样有什么用？一点儿都没有男子汉的阳刚之气，哪会有女人喜欢这种病秧子？

乌术似是注意到了他的不满，特意叮嘱他："阿岩，汉人有一句话叫'入乡随俗'，既然我们来到了他们的地盘，就要暂且遵守他们的礼仪，切勿怠慢。"

阿岩皱了皱眉，颇为不耐烦地说："我知道了。"

乌术说："你要是有什么不会的，学我就可以。"

阿岩一点儿都不想学这个懦弱无能的大哥。

是以，在皇宫大殿拜见大齐皇帝时，大王子乌术按照齐人的规矩挑不出错地行了礼，而四王子阿岩却是照着他们民族的礼节，笔直地站着，略微僵硬地弯了弯腰，仿佛得了腰疼的病才折不下腰一般。

萧叡像是没看到，高居龙椅之上，说了句："平身。"

乌术终于见到了这个皇帝。

他很早就听说过萧叡的名字，他们年龄相仿，地位却相差许多。第一次听说还是因为他的叔叔就死在萧叡的手上。

当年萧叡还只是个不得宠的皇子，却是众齐国皇子之中唯一被北狄知晓的年轻男子，大家都知道边城来了一个刺儿头。从此那一片的汉人城镇就从任他们劫掠的膏腴之地变成难啃的骨头，也不是不能打，只是得不偿失。

等萧叡登基之后，他成了一个麻烦的君王。边疆曾有过几次摩擦，北狄输多赢少，特别是名将之后闵将军被调派到边城以后。

萧叡花了一整日，用歌舞、美酒和美女接待他们。

四王子阿岩在欢歌盛舞之下，不知灌了多少瓮美酒，醉醺醺地看齐人的美女，但他还记得想要迎娶公主的目的，才没有冲上去抱走舞伎。

萧叡却问："四王子可是喜欢美人？喜欢便送你了。"

人家都这样开口提了，他再拒绝岂不是很不给面子，他便大大方方地接受了。

起码这日的会面，宾主尽欢，礼尚往来。

他们携美归来，因为喝了太多酒，走不动路，没有骑马，改乘车。

阿岩醺醺然、得意地用北狄语说："齐国的皇帝没什么大不了的，看上去软弱而古板，果然是个阳痿不举的男人。哦，不，这样的男人还能算男人吗？”

乌术也喝了很多酒，却没醉成他这样，用母语呵斥他：“阿弟，注意祸从口出。而且，不要小看这位皇帝，你可记得他曾经的战绩……”

阿岩挥挥手，不以为然，振振有词地说：“那都是十多年前的事情了，再好的马儿被关在圈里每日只喂饭吃也会养废了。阿兄，你的胆子比兔子还小吗？今天还对他跪拜，有必要吗？你让我学你，我觉得你该学学我，你看我是怎么做的，他不是也什么都没说？要是在王庭，有人敢这么对父王不恭，早就被父王一刀砍了吧。”

乌术抿嘴不语。

阿岩趁着酒劲，打着酒嗝，装疯卖傻地问：“大哥，你不是要求娶他们的公主吗？怎么不提？只把妹妹送去了？”

乌术道：“这件事情不着急。他们的公主非常得宠，而且年纪也很小。如果轻易提出，皇帝恐怕不会同意。”

四王子在车上睡了一觉，睡醒酒醒许多，拉着刚收的美人快活去了。乌术也意思意思地宠幸了一下美人，美人香汗淋漓地靠在他的怀里睡了。他抚摸着女人细腻的脊背，把玩着她的手指，上面似乎有练习乐器留下的老茧。

乌术想：这位皇帝是无意的呢，还是意识到他们送进宫的舞伎目的不纯呢？否则，未免也太巧合了。

应当只是意外。在汉人之间，互相送个歌伎舞伎只是稀松平常的事情罢了。

不知道他的小妹在大齐的后宫又能否得宠？

多半是不能。

小弟说萧叡软弱古板，但他的看法不同，他反而觉得萧叡傲慢狡猾。

一个男人要放纵他的欲望是简单的事情，克制才困难。

就他所知的信息来看，这位皇帝唯一的缺点就是执着于一个女人。他有个极为荒谬的猜测，萧叡并非不行，而是傲慢到只想要自己所爱的女人为自己生儿子。可惜只是曾经，这个女人已经死了。他们想再造一个，却效果不佳。

即便如此，因为这个女人，萧叡也有了一个巨大的弱点，使他们有了可乘之机。

乌术甚至有几分遗憾，萧叡在治国方面可圈可点，为何会为了一个女人而执迷不悟？

而萧叡这时正在蘅芜殿哄女儿：“刚进了一批马儿？要不要去看？明日爹爹抱你一起骑大马好不好？”

宁宁高兴极了：“要去！要去！”

萧叡见气氛正好，趁热打铁地问：“爹爹还想把大马给复哥儿看看。我们去探望复哥儿，好不好？”

宁宁顿时面露不快，仿佛不是要去见娘亲和弟弟，而是爹爹要把她送给人贩子。她犹豫不决，一时间决定不下好还是不好。

萧叡心下叹了口气。

宁宁说：“我们没办法把马带去给复哥儿看。那几匹马太明显了，要是带去谁都知道你是皇帝了。”

萧叡更头疼，把小孩儿教得太聪明有时候真不是好事。

翌日，萧叡正要去看看刚住进宫的雪莲公主，却收到怀袖送来的信。萧叡以为是心尖血不够用了，没想到一展开看，是他问能不能让复哥儿住进宫来，请他陪伴。

萧叡当即改变行程，直接出宫。

反正这日没有早朝，北狄的公主刚到京城，想必水土不服，让她多休息一下更好。

秦月正在吃早膳，用了一碗鱼片粥。她在海上生活时日日吃鱼吃到腻烦，而许久没吃，又开始想念。见萧叡来了，他也不起身，问他：“要用一碗吗？”

萧叡已经在宫里吃了早点垫过肚子，但还是眼都不眨地答：“好。”

二人相对坐着用餐，气氛冷淡。

秦月一言不发。她的用餐礼仪仍是在宫中时的习惯，这么多年早就改不了了。用筷、用勺都不会发出一丝声响，食用时也不会吧唧嘴，吞咽很安静。萧叡亦是如此。

秦月这些年混在江湖，江湖人哪儿来的这么多讲究，吃起饭来丁零当啷。她不会加以指责，可总有些不舒服。

食不言。

二人静悄悄地吃完一顿饭。

秦月抬头就见萧叡在隐忍等待的神情，仍然没提信件的事情，只道：“皇陵那事是怎么回事？外面都传开了。你治下如此宽松了？”

被雷劈其实不是大事，秦月不至于大惊小怪。以往她还做尚宫时，皇宫的宫殿、石柱，甚至宫人偶尔在雷雨季节也会被雷劈中，每年都要花一笔修缮费用，连正殿都被劈过。据皇宫掌故册子记载，历朝历代都不是稀罕事。假如这就算是皇帝不贤的昭示，那每个皇帝早该退位了。

萧叡道："是有心之人在外故意散播，我正在查。"

朝廷和江湖就是反义词，秦月倒是想到他们商行曾有些见闻。看他沉稳的样子，只语带讥讽道："你自个儿心中有数就好。远些的地方因天高皇帝远，你控制不住也就罢了，皇宫是你的地界也如此'固若金汤'，你这皇位坐得很稳啊。"

萧叡脸皮厚得很，不疼不痒地说："你又不是不知道，我再如何也不能让每颗人心都向着我，你不是一例？总会有些不死心的觊觎，等他冒头了，我再打下去。"

秦月冷哼一声。萧叡倒是很有长进，这皇帝当得油了许多，不如年轻时那么战战兢兢、一本正经。

萧叡见秦月一直不提，要不是信就在他的袖子里，他都要以为只是自己的一场幻觉。他坐正，稍微侧身，面朝着秦月，主动问："你说让复哥儿住进宫去是什么意思？"

秦月说："字面的意思。"

这个决定着实让秦月不快。她几乎是以闭着眼睛、捏着鼻子的态度在说："他的病要是治不好，那就只剩下几个月的命。他自己没说，可你那日见了他以后，他心情很好，大夫说有益于他的病情。我再自私也不好在这上面自私。你是他爹，你本来也该照顾他。"

萧叡回过神，忙不迭道："是，是。我是要照顾他。"

下面的话卡在喉咙里，像是粗糙沙砾，他艰涩地问："那你呢？复哥儿进了宫……"

秦月垂着眼睫，每一丝影子都像在说她不情愿："妙清在宫中名录上还没记过世吧？每日赶来赶去太麻烦了。"

萧叡却没立即答应，思忖片刻，仔细地说："你要是怕，可以把你的人手带到宫里去……"

话没说话，秦月恼怒地瞪他："你在嘲讽我吗？"

萧叡顿时紧绷起来。他身居高位多年，不怒自威，但并非想吓人，嘴里吐出来的是服软的话："我就是……就是真想做个好人……不想吓着你。"

秦月更恼火："你真不用装模作样。萧叡，我是不会被你吓着的，说得好像我很怕你似的。我管你做不做好人。"

真是左也不是，右也不是。怀袖还是跟个火药桶一样，一点就炸。

不敢惹，真不敢惹。萧叡不怕，心里还挺喜欢，总觉得仿佛回到了年轻时候。

萧叡又想了想，说："你到了宫里，也好跟宁宁相处。相处久了，她就知道你的好了。"

秦月不置可否，毫不掩饰自己心情烦躁。若是雪翡、米哥儿在此，必定会很吃惊——姑姑居然会这样任性、坏脾气。

萧叡其实不介意继续待下去，他不怕被骂，可女人总是发脾气对身体不好，只得问："你打算哪日搬过去？我找人接你。"

秦月说："就今日吧。也没甚好拖的。"

萧叡一口答应，说到做到，偷偷摸摸把秦月和复哥儿藏在龙辇里带回宫。下马车换轿子的时候，还亲自抱着复哥儿，把孩子藏在他的斗篷里。

复哥儿那么小小的一个，让萧叡感觉都没宫里的大橘猫肥硕。

这个时辰点，宁宁不在蘅芜殿，正在御书房那边上早课。萧叡着人收拾了间屋子出来，在公主身边伺候的人就是全宫上下嘴巴最严实的。众人见皇上冷不丁地带回来一个小男孩儿，没人问话，只麻利地收拾。

还有那个特别讨小公主喜欢的女人也回来了，先前她们一起不见了，皇上让大家照常行事，装作还在伺候公主。大家心里都没底，生怕哪日就被赐死了，好不容易小公主回来，日子才算过安稳了。没想到这个神秘的女人也跟着回来了。

她到底是谁？

若说是被皇上宠爱，可也没见皇上临幸她。若说不是，皇上待她明显跟别人不一样。

最可怕的是，乍一看，她好像比出宫以前长得更像皇后了。

除了没有眼下的小痣。

众人正收拾着，突然听见女人说："皇上，收拾院子这种小事不必您亲自指挥。您日理万机，还是去忙国事为好。"

秦月的语气冷淡，措辞尊敬，却不知怎么回事，让宫女内侍都觉得胆战心惊。

萧叡想起自己本来是打算去见北狄公主，便讪讪地说："你说得是。"

复哥儿搬来皇宫里，他好生新奇，精神困倦，却睡不着。母子俩聊起来。

“睡得惯吗？床铺够不够软？要不要再给你垫一层被褥？”

“娘，我们是搬来和爹、姐姐一起住了吗？”

“是啊，高不高兴？”她又不是不能演。

“高兴。”

秦月心情复杂，世事多难尽如人意。她这个娘亲就是当得再好，也不能完全代替爹。她越是恼火，就越被萧叡衬得尖酸刻薄、面目可憎，然后更加使她恼火。她心里好不服气，纵使她不服气也无济于事，只能把事情往最糟糕的情况考虑。老天爷对她就是这样，最坏便是复哥儿没救回来，宁宁也不要她。倘若如此，她接下去该怎么做？

梅常在这日也一早起来，精心地梳洗打扮。

同住小院的人见了便讥讽她：“累不累啊？又没人看，随时随地这般妖娆，真不愧是教司坊出来的。”

梅常在答道：“姐姐见笑了。只是说不准陛下要召唤小的，就像上次一样。妹妹胆子小，怕若是邋里邋遢到时耽误了，可就不好了。”

把人气得跳脚：“统共不过被皇上喊去两三次，就张狂成这样！”

好巧不巧，还真有内侍过来召唤。

梅常在不免有几分得意，不过她也没高兴一会儿，皇上把院子里新来的几个肖似先皇后的梅、兰、竹、菊都喊上了。

四个小妃子都被带到一处宫殿，见到一穿异族衣裙的女子，褐发蓝眸。众人立时猜到这位就是刚入宫的北狄公主，皇上已册封她为“雪妃”。

萧叡也在，温和醇厚、好声好气地同她们说：“你们与雪妃年纪相近，她远嫁至此，有许多不适应。代朕向她尽地主之谊。”

说完，又转头对雪妃说话，开口竟然是北狄语：“她们是朕的妃子，我让她们来陪伴你，做你的玩伴。”

雪妃含羞带怯地对他点头，说的亦是狄语：“谢谢您。”

听得几个小妃子面面相觑，唯有梅常在最从容自若。

萧叡说完，各叮嘱两句，又给予赏赐，布置完便离开了。

龙辇行至半路，他把张磐叫来问话，担忧不已地问：“小公主下学了吗？回去以后是何反应？有无吵架？”

张磐道：“没有。皇上。”

萧叡心烦意乱：“唉，问你也是白问。”

他鼓起勇气到了蘅芜宫。里面一片静悄悄，听不见宁宁的声音，也没有怀袖的声音。

宁宁也没照往常一样来迎接他。

萧叡问宫女："公主呢？"

宫女答："在书房写作业。"

萧叡又问："另两位让你们伺候的呢？"

一直在屋里没出来。

手心手背都是肉，这可怎么办？

萧叡先去见了秦月，说："宁宁不是回来了吗？你不去看看吗？"

秦月很心烦："你催什么催？"

萧叡明白了，是他不细心。唉，怀袖向来不是上赶着的性子，她不会哄人。

御花园。

宁宁一个人坐在藤编秋千上，百无聊赖地晃来晃去。宫女伺候在一旁，她也不要人推，只独自发呆。

前阵子连日下雨，这日却是个难得的晴天。她想起去年这时候，父皇都会带她去放风筝、踏青。原本她还以为这年可以全家人一块儿去，还让父皇做风筝来着。

那时她把风筝带去多开心，可是娘亲没陪她去玩。开始是搪塞她过两日，两日又两日，后来她就不稀罕了，不知那两个父皇亲手做的风筝是不是留在那座府邸里。

早上父皇应该在上朝，她倒是可以去看，但她这天没兴趣去看那群糟老头子吵架。以往觉得有趣，可当她发现自己的爹娘也吵架时，她一点儿也不觉得有趣。

娘亲并不温柔，他们也不相爱。

她早晨出门，娘亲站在院子对面的门槛后面，望着她。所以她停了一下，以为娘亲上来要和她说话，却一句话都没有。

是以她带着一群仆从，孤零零地出门去了。

皇宫是她的地界，因她爱玩此处的秋千，父皇直接让人做了一个小孩子坐着更合适的藤条秋千，专给她玩。娘亲那里也有许多小孩子用的东西，但都是给弟弟做的，倒是也有衣裙、首饰，只是不如弟弟的多。

傻子都能看出来，非要比较，大概对娘亲来说，弟弟更重要吧。如果她真如父皇所说，跟着娘亲过活，至多只能分到娘亲一半的关爱，不，大概分不到那么多。

秋千发出“咯吱咯吱”的声响。

宁宁低着头发呆，看着自己鞋尖上的海棠花。

“公主圣驾在此，尔等勿要惊扰。”

不远处有喧哗声。

宁宁抬起头，看到花廊门边似有几个女人。她在宫里四处闲逛时，偶尔会碰上父皇的妃子，对她来说，她觉得和宫女都没什么区别，都上赶着要伺候她、讨好她。曾有一次，她让那个大姐姐陪自己玩翻花绳，没一会儿父皇就过来把她抱走了，还跟她说以后不能跟后宫的妃嫔走。

父皇曾经严厉地叮嘱过她，说后宫的妃嫔都居心不良，保不准有谁想害死她，不可以轻信于人。

不过这次宁宁看到了两个会引起她注意的人，一个是那个长得像娘亲的女人，一个是蓝眼睛的女人，于是她抬了抬下巴，说：“让她们过来。我要同他们说话。”

雪妃与梅常在行至她面前。

宁宁一猜就知这个异族女子是谁，却见此女阔步走路，姿态与汉人不同，甚是有意思。但她仍坐在秋千上，问话：“你就是那位北狄的公主吧？”

雪妃不怕宁宁，她虽然潦草地学过宫廷礼仪，但是做起来笨手笨脚，一双大眼睛眨巴眨巴，好奇地盯着宁宁。

梅常在赶紧在下面拉了拉她的袖子，在心中嘀咕：果然是蛮人，一点儿礼仪都不懂，怎么能这样无礼地直视公主？尤其这位公主刁蛮任性，别看她年纪小，年纪小才最残忍，不管做什么都可以用年幼无知搪塞过去。

宁宁不以为忤，哈哈大笑。她从秋千上跳下来，问：“你要不要玩秋千？”

雪妃也不过十五岁的年纪，相貌稚嫩，一身孩子气。在宁宁看来，更像一个爽快明朗的大姐姐。果真，她一口答应下来。

梅常在着急极了，顾不得别的，小声地提醒道：“公主，这于理不合……”

雪妃跟个傻子似的，转头就用一口蹩脚的汉话大大咧咧地问：“我不能和你玩吗？不能就不玩了。”

宁宁说：“我说能就能。”

雪妃问：“这里你说了算吗？”

宁宁点头，笃定道：“是，这里我说了算。”

雪妃便不再扭捏，坐上了秋千。宁宁甚至在她身后帮忙推秋千，让宫女们心惊胆战，更让人心惊胆战的是她推得还颇为用力，秋千要飞起来了似的。那位北狄公主也毫不害怕，居然还挺高兴。

两个国家的公主你一句我一句地说起话来。

宁宁的玩伴实在太少了，作为一个小孩子，她自己没有意识，可也本能地想和大孩子玩。她想要快点儿长大，让自己说的话能更有分量，而不是只仰仗着父皇，任人摆布。

二人一起玩了一轮，宁宁还带她玩跳绳、踢毽和蹴鞠。

宁宁一边笑，一边想，父皇怎么这次不来拦她了？是不是一下朝就去看娘亲和弟弟了？昨天晚上，父皇跟她说，弟弟病得重，最近打算多陪陪弟弟。她明白，可心底就是有点儿别扭。

她们玩歇了，坐在亭子里休息。

宁宁又看了一眼梅常在。她的脸真的乍一看很像娘亲，再仔细看，就觉得相去甚远。大抵是有个赝品在这儿，一对比，她心里突然觉得娘亲也不是全然不好，起码和这些小家子气的女人比起来气势强多了。

合该娘亲当皇后。

可为什么娘亲不想当皇后呢？

梅常在还主动小心地要给他们沏茶倒水，宁宁一口没喝。

梅常在问：“臣妾学过茶艺，公主可以品一品。”

一直很活泼可亲的宁宁冷不丁地说：“我让你倒了吗？”她从不用别人经手的东西，这是父皇教导过她无数次的。

梅常在脸色一白，连声谢罪。

宁宁冷哼一声，转头，却见雪妃在看自己，便问：“你这样看我做什么？”

雪妃说：“你生得真漂亮，皮肤像雪一样，嘴唇却红红的。”

宁宁心想，这蛮族之人虽然毫无文采，不过也显得真诚不假。她打小儿被人夸相貌，不以为然，反说：“你名字叫‘雪’，皮肤可一点儿都不白。”

雪妃自己都笑了：“哈哈，是。我大哥就白白的，比好多姑娘家都白。”她自顾自滔滔不绝地说起她的大哥，她知道大哥想要联姻，想要将之推荐给大齐的小公主，“只说脸蛋儿的话，他是我们部落里的美男子，他有一双海子般的眼睛，头发浓密，脾气也很温柔，对女儿家很好。我的几个哥哥里，他待我最好，会给我摘花儿、买项链……”

宁宁还带着点儿奶气，哪能对男人、对嫁人感兴趣，但她先前见过那几个北狄男人，长得都丑。雪妃自夸大哥是美男子，她才感兴趣，有点儿想去看一看。

这时，蘅芜宫那边来了人，催她回去用午膳。

宁宁“哦”了一声，问：“是谁派人来问的？”

宫女福身答道：“皇上下朝回来，见不着您，派人来找了。”

宁宁拍拍裙子回去了。

梅常在拉着雪妃行礼恭送她离开。

宁宁回头看看梅常在，道：“你别成日刻意照着我娘来打扮，东施效颦，一点儿都不像。”

小公主这是落她的面子呢，旁人早就羞得满脸通红了，梅常在却很沉得住气，头俯得更低：“奴婢知道了。”

她本来打算借着这张脸，想办法去公主身边伺候，就像之前进过小院的那个女人一样。而今看来，这个打算大概不成了。她心底却觉得有些奇怪，既然公主这么厌恶和她娘亲长得像的人，为什么那个女人能在公主身边伺候？她们不都是皇后的模仿者吗？

公主一走，御花园的这一隅之地瞬时变得空旷许多，她们身边可没那么多伺候的宫女。

雪妃真心实意地感慨：“你们大齐的公主可真威风、真尊贵。”

梅常在摇了摇头，道：“安乐公主不一样，先帝的子女之中也没有哪个像她这么受宠的。”

雪妃打量着她，目光毫不收敛。

梅常在鲜少被人这般盯着看，有点儿不自在，问：“我的脸上可有什么不妥？”

雪妃说：“你长得很像公主的母亲吗？我有些分不清你们汉人，总觉得你们长得差不多。我还以为你们中原女人都长一个模样，连你们的公主都像。”

梅常在无语，怪不得雪妃脸盲，皇上不知为何扔到雪妃身边的几个全是照着皇后挑的，当然长得像。

雪妃自言自语地嘀咕道：“之前我见过的一个中原女商人，也跟你们长得差不多……”

宁宁已经回了蘅芜殿。她见着父皇，草草地行了一礼：“我出了一身汗，先去洗澡换衣服再说。”

萧叡道：“一大早你去哪儿疯玩了？”

宁宁答：“我在御花园遇见了那个北狄的公主，和她一起玩。”

萧叡还没问公主这日的行程，闻言愣了一愣，然后连忙转头看怀袖在不在近处，压低声音和她说：“别和你娘亲说这件事情，后宫的那些女人，一个也不许提。”

宁宁却不乖乖地答应，心底升起逆反之意：“娘的醋劲也太大了吧。您又没有宠幸那些女人，只是听都不能听到吗？”

萧叡脸色一变，说：“是谁教你说这样的话的？”

宁宁说：“没人教我。”

萧叡看宁宁臭着小脸，跟怀袖很是相像，又开始觉得头疼：“这种话你在爹爹面前说就罢了，切忌不能让你娘听见……唉，你想让爹爹跟别的女人给你生弟弟妹妹吗？”

宁宁有些懂了，别扭地说：“不想。”

萧叡摸摸宁宁的头发，惆怅道：“那不就是了？你娘心里爱我时，也不想把我分给别的女人。”

宁宁思忖片刻，有个地方想不通：“可是她们已经在后宫了啊。”

“是啊。”萧叡吐字像在叹气，“所以你娘不想回来，也不可能回来。”

宁宁摇头：“我不明白。”

她气呼呼地“哼”了一声，拂袖气冲冲地跑走了。

秦月听见响动，挑开窗扉往外窥探。见宁宁跑出去，心知萧叡又在劝她了。

她这几日在宫中，也不用看账目、处理生意，只全心全意地照顾儿子，一下子闲下来，便有空去思考一些事情。

上次出宫之事吓坏了宁宁，宁宁根本不亲近她。

不过崩溃过一回，秦月已经恢复了冷静，不再那么伤心沮丧。她想，她强迫宁宁跟自己离开，与当年萧叡强迫她留在宫中，是不是并没有多大区别？

只有萧叡硬着头皮，想要帮助母女修复关系，让一家人在一张桌子吃饭，这自然是关起门来的。

宁宁看了看饭桌：“这不是平时的菜色。”想了下，说，“都是江南菜。”

萧叡道："是爹爹吩咐的，你娘亲和弟弟吃得惯些。这几道你不是很喜欢吗？"

宁宁没来由地有些生气，一摔筷子："我不想吃了。"

秦月皱了皱眉，毫不犹豫地开口："我什么都吃得惯，明日不必如此。"

被她抱在怀中的复哥儿战战兢兢，宁宁见他像是被吓着的小兔子似的，又可怜又可爱，重新把筷子捡起来，一粒米一粒米地捡着吃起饭。

复哥儿说："娘，我自己坐着吃饭就好了。"

椅子上垫了厚厚的柔软垫子，舒适温暖。他捧着小碗吃饭，用筷用勺却比他的姐姐还要端正规矩。

萧叡看看儿子，再看看宁宁，突然深刻地认识到，自己好像是有点儿过于溺爱女儿了。宁宁的规矩并没有找女官仔细严格地教过，他受不了那等灭绝人性一般的教法，公主是主子，怎么能事事听从奴才的？宁宁做什么都学他，他一直觉得看着挺好的。

他这时才发现，宁宁用餐具和吃饭的姿势还不如复哥儿斯文，颇为豪放。宁宁本来赌气不要吃饭，可见复哥儿吃得香，便跟着一起吃饭。

复哥儿趁着大人没瞧见，还冲她笑一下。

宁宁也跟着笑起来。

最后她用了两碗白米饭，复哥儿用了一碗。

用过午膳。

宫女收拾碗碟。

秦月问："宁宁，等你午睡好了，能不能过来找我？我有话要对你说。"

宁宁还是心生戒备："你要说什么？"

秦月说："到时单独和你说。"

一座宫殿，左右两屋。

萧叡带宁宁，秦月带复哥儿，各自午睡去了。

宁宁睡不着，在榻上翻来滚去。萧叡放下书卷，轻叱一声："睡觉了，小猴子。"

她索性一骨碌地爬起来："爹爹，你说娘亲是不是又要拐我？"

"爹爹……不知道……"萧叡左右为难地说，他舍不得女儿，又深爱怀袖，"你别那么怕你娘。她很爱很爱你。"

宁宁嘟囔了一声，到底没再说什么叛逆话。

要不是爱这个女儿，打从一开始，怀袖就不会把孩子生下来。她怀上孩子，其实不管孩子是不是跟自己生的，是她肚子出来的，她就喜欢。

宁宁午睡睡得晚，等醒过来，也比平日里晚。

她睡姿糟糕，头发睡成鸡窝一样。萧叡把她抱到窗前，给她梳头发。

秦月隔着院子瞧见他熟练地给女儿梳头、编发，喃喃道：“故意给我看吗？”

她如今可谓杯弓蛇影，觉得萧叡做什么都有深意和阴谋，片刻也不敢放松。

宁宁来到这边屋里后，秦月给雪翠递了个眼色，她带进宫的仆从在门外看守，以防偷听。

如此郑重其事，宁宁不由得不安。

娘亲没有先前那样故作温柔，仿佛仙女似的要感化她，变得有点儿冰冷，给人的感觉不好接近。不，娘亲更像是神坛上的女神像了，有种慑人的魄力，明明身上也没有华服珠宝。

宁宁坐下来。

秦月敛袖，开门见山地说：“我先前想带你出宫，是觉得这宫中危险，不愿你身陷其中。你是我儿，我只愿你能健康喜乐，却惹了你恼怒难过，是娘的不是。

“娘确实与你爹爹所说的不同，我并不温柔顺从。

“娘也不强求你跟我离开。全看你的决定。”

宁宁心想：那还用想吗？当然是留在宫里做公主。

宁宁像个雪团子，看起来懵懵懂懂的，可秦月并不小瞧她，毕竟自己在这么大的时候已经敢要入宫去救姐姐了。

秦月认真地说道：“你若要随我出宫，我教你造船行海、矿藏买卖，带你行走天下，去看天涯海角、森罗万物。

“你要想留在宫中也无妨，那我教你女子该如何敛财造势、招兵买马，让你以后做个说一不二、无人轻视的长公主。”

【第十四章】· 云谲波诡

宁宁大致能分辨大人是不是在哄骗自己，又是不是在说大话，她觉得娘亲没有在骗她。她并非没听过别人高谈阔论，平日里她在前朝大殿、在议事大厅时常会听到男人说类似的话。可她还是头一回听见女人家说这种话，顿觉新奇，又不觉得有什么不可以的，也没人与她说过不可以。

秦月将语气放得轻柔一些："你还小，是不是听不懂？"

宁宁怔怔地摇了摇头，又点点头。她对这个不够温柔的娘亲不再是依赖撒娇之情，但起码不再讨厌。她不知怎么就紧张了起来，心怦怦直跳，说："父皇也会教我的。"

秦月无奈而怜爱地望着自己可爱的女儿："他教你，和我教你不同。既知我没死，他心头重负释然，年岁又长，且你渐渐长大，有了自保能力，已过了最容易夭折的年纪，将来未必不会和别的女人生孩子。到时你该如何自处？

"我不想再挑拨你和你父皇之间的父女之情，他的确对你宠爱有加……你在他掌心长大，自然视他为整片天，对他信任不疑。

"女人和男人的法子不一样，就算你是公主也是这个道理。"

宁宁心中只隐约地觉得娘亲说得不错，直到这一刻还有人时常进言因为她是公主，父皇带她做这做那不合规矩……她不明白那些人为什么那么聒噪烦人。

母女俩在此事上达成一致。

秦月说："你明日不是还要去上课？将你教了什么、做什么作业拿来，我先看一看。"

说到这个，宁宁小脸一红，像是才记起来："明早太傅要检查的功课我还没有写完，我等下就写。"

萧叡老实地没有窥听，但他非常好奇怀袖说了什么。不到小半个时辰，居然把宁宁哄好了，回来收拾了书本，说要去娘亲那里写作业、念书。

没一会儿，萧叡就瞧见母女俩在花影日下，他第一次瞧见宁宁那般沉静地在写字。

秦月没立即指点宁宁，而是让她自个儿先写写看。

她大致对宁宁的脾气也有了个了解，不过再看她写字，就更懂了。

宁宁一开始写得极好，比同龄孩子的字端正多了，也比复哥儿的好。她的笔迹和萧叡的如出一辙，萧叡定是直接拿自己写的给孩子临摹。但写到后面，她见没有大人监管，渐渐松懈偷懒，写得歪来倒去，丑陋至极，显然性格浮躁。

秦月在旁边翻了翻宁宁平日里学的书，与她想的不同，不是什么《女则》《闺训》，竟然是正儿八经的学问，越看越觉得不对劲，怎么说呢……不像是女儿家学的，倒像是正儿八经的皇子学的。

秦月放下书，给宁宁批阅作业，无情地抽出她藏在底下的练字纸张：“我若是先生，看到你这孬字，定要打你的手板心。”

宁宁还挺理直气壮：“太傅会训我，但不打我手板心，爹爹都不打我。”

秦月目瞪口呆，啧啧道：“真是慈父多败儿。”

宁宁装傻地笑笑。

秦月说：“重写。”

宁宁哼唧哼唧，也不耍赖，铺好纸，重新写字。

秦月感觉到注视着自己的视线，顿感不适，抬眸望见萧叡。

萧叡也把书桌挪到相对的窗下办公，抬头就能看到彼此。

秦月当没看见他，低下头。

萧叡看了一眼相处融洽的妻女，这几日盘桓在胸口的郁结消散许多，甚至有那么一瞬间，他贪心地想，乍一眼看上去，倒像是妻贤子孝、美满幸福。能有这么一刻也是好的。

萧叡议事也没特意关门。

心腹前来回复差使，他负责监视北狄人，不过并没什么可疑动作。萧叡却在心里想这两位大王子。大王子乌术是长子，可惜体弱多病，这在北狄族中是致命的缺点，支持他的部族也只有一部。那个小的更不足为惧，就是个草包，年纪太小，生得太晚，族中势力早就在他出生以前被能干的哥哥们给瓜分完了。

两位应该都不是可汗心中属意的王庭新主人。

尤其是那个乌术，身为长子，却软弱无能，听说下面的几个弟弟都想要弄死他。但他一日没死，一日是大儿子，草原的规矩，就该由他当可汗，几乎成了悬在他头上的一柄利剑。他的父王每衰老一天，便裹挟着他也一起向死亡更接近一步。

萧叡没见过这样的北狄汉子，特没出息，又是穿汉服、说汉话，听闻还读过“四书五经”，说起话来一口流利的官腔，不看他的相貌，几乎让人认不出来他是北狄人。那日庭上接见，他也毕恭毕敬，礼仪周到，跟他那个自负愚蠢的弟弟相比，委实太过谦卑，说是摇尾乞怜也不足为过。

“他都找过谁，都记下来。与他相处得好的人又与谁接触，也得仔细盯着。”他究竟是包含狼子野心，还是真心想要逃离王庭，寻求一个庇护？萧叡一时之间也拿不准，打算静观其变。

北狄王子阿岩有些焦急，大齐的皇帝是接待了他们，但是他们还没有见过那位小公主。

他的大哥也不知在做什么，每日不紧不慢地四处闲逛，真像个汉人一样，还四处结交汉人书生，在外面天天请客吃饭，过得好生悠闲，非常张扬。

阿岩觉得自己就是和那些汉人相处不来，而且他的汉人官话说得也不好，那些文弱的汉人应该只是被圈养的羊羔而已，一点儿没有男子汉气概，但是就这样一群人，是怎么在千百年以来将他们拦在关外的？

正如这日，乌术应汉族友人的邀约，夜泛香舟，听乐赏舞。

靡靡之音灌耳，玉盘珍馐满桌，这座花舫点满了灯，亮如白昼一般。

乌术饮一杯酒，心道：奢侈。

他的族人在苦寒之地风吹日晒，哪怕一盏油灯都是很珍贵的。汉人却能这样铺张浪费，因为他们不会舍不得，他们有数之不尽的资源。

大概再多养上几百上千万的人也绰绰有余吧。

行酒令行至他这里，乌术腼腆一笑，故作憨直蠢笨道：“作诗对我来说太难了，汉人文学博大精深，我实在不会。”

他很擅长放低身段，让人小瞧。若不是因为这样，他早就被他的二弟弟给杀了，明明他们是一母同胞的兄弟。

上次大齐和北狄大动干戈已经是十多年前的事情了。

再往前，北狄人打到中原，已经是四五十年前的事情，记得的人估计都死得差不多了，徒留诗中慷慨激昂的陈词。

大齐人以为他们北狄已经被打怕了，再见他行事，更想，连北狄的大王子都仰慕他们的文学，要被教化，这是何等的光荣。大齐是大国，自然要心胸开广，接受外民朝见。

是以，他这几日来结交书生并不算困难。

开始有人以为乌术听不懂汉话，当着他的面笑眯眯地骂蛮夷。在大齐，即便是权贵也不能轻易结交官员，他身份敏感，当然更不能，而官员家中仍在书院、国子监读书的少年郎却不是不行。

乌术只是把自己的身份亮出来，就有人主动来接触他。

他打算先尽职尽责地扮演这个仰慕者的身份。

绯红晶莹的葡萄酒液在玉杯中摇晃。

他随着歌声打起节拍，哼起歌曲，只听一遍就学得八九不离十了。

友人惊异：“你这歌唱得真好。”

乌术说：“这是我们的天赋，我觉得我会弹你们的琴了。”

友人笑道：“那叫琵琶。”

说罢，还真玩笑似的把歌伎的琵琶取过来。乌术怪模怪样地抱着琵琶拨动，真的弹出了一串像模像样的乐声。

他坐在光雾之中，皮白似雪，棕发似是点缀着细碎金光，灰蓝眼眸像是宝石一样，仰头长歌之时，颇有几分潇洒风流。明明已过而立之年，却还有几分少年气质，或许是因为他病弱才给人这样的错觉。

他吃饱喝足，回到驿站。他的弟弟闻声来找他，嘲笑他一顿。

乌术道：“明日我也带你去吧。”

阿岩说是不愿，但他大哥强行带他去，他只好也去了，倒没带他去见那些酸儒，只带他吃喝玩乐。没两日，这位年少的王子就乐不思蜀，把公主给忘了。

乌术并不奇怪。

他年幼时，在马棚里救了那位先生，第一次接触到汉人的文章时，也有很长一段时间沉迷其中，他逐渐理解这些人真正的强大之处。他的祖先并不是没有通过战争获得过那片肥沃的土地，可是他们很快又消亡了，没有人守住。

他们的强大甚至不在于他们的皇帝如何。多少异族皇帝曾经来到这片土地上，没多久，他们就又被赶出去了。

必须舍弃自己，才能够将根真正地扎在这里。

半月之后，大齐的皇帝再次召见他们。他特地穿上了汉人的衣服，甚至，连他弟弟也被哄着穿上了汉人的服装，因为有个姑娘夸他这样穿英俊倜傥。

秦月在宫中闲着无事。

二人渐渐能够像普通朋友一般谈天，萧叡问她这些年都在做什么，她跟他挑着讲讲自己在五湖四海的见闻和冒险。

“你可以写一本游记。”

“你怎么知道我没有在写？”

“你倒似是有三头六臂，一边做生意，一边养孩子，一边养了一支海匪，还有空写游记。”

“好不容易出了宫，我什么都想去做。”

秦月没说，日子久了，偶尔她也会累，想要一个可以驻足歇脚的故地。但大齐是萧叡的地盘，她在外面四海为家，只有自己的故土不好回去，就算回去，也得改头换面、偷偷摸摸，怪叫人难受。

萧叡不免忧心地梦见怀袖跟各种各样的异国美男子欢笑亲热，怎么能不焦灼，偏生还不能泄露半分。

怀袖就是想和别的男人好，萧叡也不会指责，毕竟天底下哪个男人都比他要好。

只要怀袖想，她就能把日子过好。

萧叡观望了好几日，确认怀袖和宁宁是真和好了，日渐更像一对母女。恍惚之间，他回忆起以前怀袖做尚宫时教导那群小丫头。他那会儿就想，哪日她当了母亲，一定也能好好教自己的孩子。

不过萧叡不知这对母女之间是有了什么小秘密，心里憋得慌，忍了好几日，还是没忍住，私下找怀袖问：“你和宁宁说了什么？能不能告诉我？她这两日变得和你这般要好，如今你总放心了吧？”

秦月道：“你不是下午又要接待那几个北狄人？还有空跟我闲聊？”

萧叡很没有脾气道：“宁宁若要走，我便得提前做好准备不是。复哥儿的身子太医也说康复得很不错。你不想说便不说了吧。朕……我不问了便是。”

萧叡不问，秦月反而告诉他了：“因为我和宁宁说我不带她出宫了，她可不就高兴了吗？”

她的语气带上几分嫉妒，酸溜溜地说：“你把女儿养得跟你真亲近，一心向着你，她一点儿也不想跟我走。”

萧叡没想到是这样，傻眼了：“你不带宁宁走了吗？”

秦月疑惑：“怎么，你不想要女儿了？她就只是你弥补自己虚伪的悔过之心的玩意儿吗？现在知道我没死，所以不需要她了？”

萧叡赶紧道：“不是，不是。”

他叹气。跟女人吵架太可怕了，正理歪理她都很有一套。

萧叡长吁道：“你若是把女儿留给我，我自然开心，不至于剩我一个人在宫里孤苦伶仃……”

秦月盯住萧叡，有件事情她忍了好几日了：“我看了宁宁的功课，你专程给她请大儒做太傅，教她那些东西做什么？”

朕原想让宁宁做皇太女。

萧叡心想。

萧叡道：“安乐公主是朕唯一的女儿，朕偏爱于她，想把天底下最好的都给她。”

秦月长眉轻蹙：“你这人，总是想一出是一出。若将来有何变故，她又将如何自处？你不可能一辈子做她的父皇护着她，她迟早会长大。”

萧叡却问：“那不然呢？只教她贤良淑德、三从四德？然后为她挑一个男人把她嫁过去，从宫殿搬到院子里，叫她一辈子仰赖一个男人过活吗？你看看我，我不是个好男人，我也不信这天底下有好男人。她是朕的孩子，皇子龙孙本就与寻常孩子不同，公主议政又不是什么稀罕事。”

一番话说得倒是很坦荡，直把秦月给逗笑了：“你做什么都很有理由。”

萧叡见她笑，心下也有几分松快，不知怎么回事，自然而然地说了下去：“朕的皇后死时，朕才想明白，朕本来就是九五之尊，本就无须计较一些小事。因朕的生母出身卑微，朕先前自卑自低，才越在意做表面功夫，想装点自己，想要个尊贵的妻子。可朕就是真娶了，也改不了玉牒上的生录，不过一叶障目罢了……”

萧叡话未说完，秦月忽然淡淡地打断了他：“陛下，您老毛病又犯了。”

秦月敛容整袖，与他公事公办道：“谢陛下解惑，民女不多打搅了，以免误了国家大事。”不等他发话，她便折身离开。

萧叡偷偷地凝视一眼秦月的背影，心底苦涩。

他想到先前怀袖原还打算为了孩子勾引他一番来着，他不珍惜，这一刻连手都摸不到了。不过倘若再来一次，他还是会拒绝。也不知怀袖怎么会改变主意，愿意让女儿留下了。

再仔细想想却也不奇怪，她本来就不是那等不讲道理只顾自己心意的女子。若是宁宁一直做这个公主，怀袖必不会不管她，他们以后大抵还有机会偶尔说说话，也是挺好的。

相较女儿宁宁，对于复哥儿，萧叡一开始是为自己其实有个儿子而感到高兴的。

萧叡最近时常抽空去陪陪复哥儿，可是他实在不了解这个孩子，复哥儿的早慧与宁宁不同。他是个冷淡安静的男孩子，不吵不闹，不多爱笑，也没见过他哭。

因为病重，复哥儿近来只在屋中，萧叡也不好像其他父亲带儿子一样领着复哥儿去打猎、蹴鞠，反而这些是他常带着宁宁去玩。

父子俩在一起时难免冷场。久而久之，他也没起初那股子喜欢劲儿，还是觉得自己亲手养大的小公主更好。

近来天气转暖，不用烧地热，复哥儿的身体也好了些，能下床走走，他就亲手教孩子写两个字。其他孩子成日被关在屋里，换作宁宁，早就闹着要出去玩了，复哥儿却一句抱怨都没有，每日乖乖地待在屋里。

这日，复哥儿应付完父亲，与姐姐一道写字。

宁宁坐不住，但有复哥儿在旁边，她觉得自己得摆出姐姐的架势，让复哥儿知晓她的厉害才行。

过一会儿，宁宁说要跟复哥儿讲悄悄话，把侍奉的宫女轰到门边。

宁宁琢磨了好多日，这才找着机会跟复哥儿说："爹爹待你好不好？"

复哥儿迷茫了一下，点点头道："挺好的。"

宁宁说："我如今觉得娘亲待我也不错。但我听他们说，等你的病治好了，娘亲就要带你走了……"

复哥儿呆头呆脑地"哦"了一声，不明白是什么意思。

宁宁被这个傻弟弟给气到了："你哦什么？等你走了，你就又没有爹爹了啊！"

其实复哥儿觉得不妨碍，可能他一直跟着娘亲东奔西走。他曾在异国交到过朋友，喜欢自然是喜欢的，离别时也会落泪。他年纪还小，不太明白，只是纵然以后见不着面，也无甚大事，他便礼貌地说："我会想你们的。"

复哥儿看姐姐还是不满，又说："到时我给你们写信。"

他惆怅地想，倘若自己真能活下来。

宁宁美目圆睁，瞪着他："真是个傻子。我的意思是，既然爹爹和娘亲都这么好，不如我们来撮合他们复合——你觉得如何？反正现下宫里也没有皇后，我瞧父皇的意思，很乐意让娘亲做皇后。只看娘亲同不同意了。"

复哥儿踟蹰了一下，却道："其实我觉得娘亲不大高兴，她总在生气，以往我鲜少见娘亲生气……"

宁宁说："这样不明不白地住在偏殿当然不高兴，若是我们帮娘亲住进玉宁宫，她一定会欢欣。"

复哥儿懵懵懂懂，不置可否。

宁宁哄他说："你说，我们明明有爹又有娘，为什么非要分开呢？这讲不通。"

复哥儿站娘亲的队伍，心中不太同意姐姐的说法："可是，爹爹害娘亲伤心了。"

宁宁曾经仔细地调查过，觉得这点她有充分的发言权，顿时更有底气了，振振有词道："想必你不知道当年究竟发生了什么吧？算了，算了，你那么小……就算犯了天大的错，也可以给一个将功赎罪的机会吧？"

复哥儿还是摇了摇头，说："我们只是小孩子，还是别管大人的事情吧。"

宁宁恨铁不成钢地盯着他，叹一口气，鄙夷道："真是个小书呆子，大人让你乖你就真这么乖了，无趣。"

复哥儿怔了怔，眼眶红了，泫然欲泣。他居然这样就被骂哭了，直把刁蛮的小公主殿下吓愣了。她想到上次被她揍哭的延安王家的小世子，不以为然，这年头的男孩子怎么都这么爱哭？

复哥儿嘴巴一撇，眼看着要喊"娘"，宁宁赶紧捂住他的嘴巴："别哭了，别哭了，我把我的糖豆分你吃，不许把我和你说的跟爹娘说，知道吗？我们都是小孩子，我们才是一伙的。"

复哥儿又摇头，说："不是一伙的，这宫里都是你们的人。娘亲只有我，我要是不向着她，谁向着她？"

不过他也只是委屈了一下。宁宁是他的姐姐，他惯做不出背后告状的事情，又保证道："我不告状。"

宁宁不明所以地问："你就不想既有爹爹也有娘亲啊？我就想要。你想不想呢？"

复哥儿："可是……"

宁宁凶巴巴地问："我只问你想不想？"

复哥儿犹豫着，还是点了点头："想。"

宁宁拉着他的手："那不就成了？你听姐姐的就是。"

复哥儿总觉得有哪里不对，可他说不上来，想了想，说："我也不知还能活多久……"

宁宁生气地说："你这小乌鸦嘴，怎么总是咒自己死？你要保护娘亲你就自己活下来，这我可不帮你，你自个儿想活下来，阎王老爷才不敢收你，知道吗？"她看看这个孱弱瘦小的弟弟，头上那么几根细软黄毛，真的怪可怜，挨过去伸手抱了抱他。

复哥儿回抱住姐姐。

秦月遥遥地看到，心底不免柔软了几分。本来她见复哥儿要哭，很着急，没一会儿两个孩子又这样相亲相爱，到底是姐弟。

她生的孩子，都是好孩子。

她正想着，宁宁发现她过来了，便拿着自己写的作业让她看。

秦月给她看过作业，见她小脸红扑扑，眼眸晶亮地望着自己，欲言又止，觉得好生可爱，问："有什么事吗？"

宁宁说："娘，秀姐儿邀我去她家和一群小姐妹一起玩蹴鞠，你可以带我一道去吗？"

秦月怔忡了下，为难地说："娘亲不好露面。"

宁宁懂事却也略带失望道："我知道，您装扮装扮，我不会告诉他们，只说您是照顾我的人，好不好？秀姐儿、慎姐儿她们的娘亲就常带着她们走动，我都没有。您只要在边上看我蹴鞠，给我擦擦汗，我就很快活了。"

"娘亲。娘亲。"宁宁奶声奶气的，唤得太可爱了。

秦月对孩子最心软，难得宁宁亲近她，她哪里能把持得住，昏头答应下来以后，才想起来问："你父皇知道吗？"

宁宁这才狡黠一笑，美滋滋道："他不知道，但您说好，他不会说不好。父皇什么都顺着您。"

秦月又好气又好笑。

到了后日。

秦月装扮了一番，描眉画眼，穿上宫女的衣服，陪宁宁出门去了。

顾府。

大太太正笑盈盈地给长女秀姐儿整理衣裳，后面跟着一串年龄相仿的小姑娘。顾家家大业大，他家大老爷足有四个兄弟，兄弟们又娶媳妇儿、生孩子。因顶头老太爷身子骨还硬朗，众兄弟并未分家，混住在一起，家中不算小子，也有十多个姑娘。

秀姐儿两年前被选去做公主的伴读，与公主私交甚笃，公主时不时地前来造访，她觉得多半有他们家孩子多的缘故。

她并不讨厌小公主，小公主骄矜却不蛮横，甚是爱撒娇，满口俏皮话，是个天真烂漫又聪慧可爱的小孩子。

大太太招待的次数多了，对宴请公主颇有心得，也不如一开始那样战战兢兢。

只是蹴鞠不像是吟诗、赏花，难免磕磕碰碰，这就让人有些担心。于是，她叮嘱孩子们要礼让公主，决不能让公主受伤，谁都知道小公主是皇上的宝贝疙瘩。若非此事由公主私下交代秀姐儿，她都不欲操办什么蹴鞠赛。这些年，京中的女孩子们越发不像话，一个比一个不娴静。秀姐儿也是，尤其是在御书房跟着公主念书以后，比男孩子还要调皮。

屋里挤满小孩子，她觉得自己都快喘不过气，把孩子们都哄走了。

大太太这才缓过一口气来，捻佛珠道一声“阿弥陀佛”，祈祷这日一切顺利，希望小公主乘兴而来、乘兴而归。

时辰还早。

大太太饮一杯胎菊茶，与身边的掌事闲聊道：“公主许久没出面，前些日子听说病得都快死了，突然好了，竟然要来玩球，也不知是怎么回事。”

掌事嬷嬷说：“小公主安好，对我们秀姐儿最好。”

大太太点头赞同。皇宫之中的事情，她们也不好过多揣测。那日宫中突然通知他们说公主病了，把秀姐儿送回来。她们问了以后，连秀姐儿也不知道发生何事，说昨日还见公主身体健康。一会儿活，一会儿死，倒叫她不由得想起小公主的亲娘，那位亡故后被追封为皇后的女人。那女人活着的时候还是皇贵妃，也是毫无预兆地死了。

大太太曾经见过那位几面，可是个难得的美人，无怪乎把皇上迷得至今难忘，还爱屋及乌，对她留下的唯一女儿宠爱有加。

这时，有下人前来禀告，说是小公主的銮驾快要到了。

大太太连忙起身，去前厅迎接。

她走得稍微慢了两步，小公主已经下了马车。

她的幼子正在那儿跟小公主说话，二人有说有笑。大太太愣了一愣，却顾不上问，先上前同小公主打招呼，然后才注意到小公主身旁跟着的宫女，更是失态。

这个女子身着青碧和藕色相间的宫服，眼角眉梢含笑地注视着小公主。她不似一般侍女那样低眉顺眼，反而脊背笔挺，耳朵上戴一双琉璃耳坠，晶莹的光漾在她光洁秀美的脸颊。

像，太像了。

简直就是当年她见过的那位“皇贵妃”。

大太太心下一惊，又想起先前京中的一些传闻，道是皇上寻了数位面容与皇后相似的女子，其中有一位还进了蘅芜宫。只不知是伺候皇上还是伺候小公主，也有可能是两者一起伺候。

但待女子转过头，五官似乎又没那么像。她记不清了，她的记忆里那位做女官时太沉默，让人瞧不清脸。后来做皇贵妃时又太张狂，但凡出行，必是玉裹金妆、美得耀目。而眼前这位跟在小公主身旁的女人却像是一丛文竹，秀致清雅。

大太太掩住脸上的诧异之色，将公主及身旁服侍之人引进院子，不落礼数地招待。

她一时间也拿不稳这女人是谁，有几分圣眷，不知该如何对待，但她瞧着起码公主黏这女人黏得很，一路上都要拉着手，纵是亲母女也就这么亲密了。

秦月安步当车，宁宁一直紧握她的手，在宫里都没这么亲密。宁宁像是在显摆什么宝贝，手心都汗涔涔了也不肯放。

宁宁为了蹴鞠，没穿花裙子，穿的一身窄袖的劲装，像男孩子穿的衣服。

秦月并非没注意到顾家的大太太按捺住惊惶地打量自己，觉得有几分好笑，却全然不怕。那边还跟着个顾家的小儿子，一直想跟宁宁说话，宁宁爱搭不理。

秦月记得这个孩子，当年他出生时，萧叡送了一份贺礼，还是由她准备的。她记得这个男孩子叫“蕴和”，转眼也长得如此高大。

等在后院见到小姐妹，宁宁一头扎入女儿堆中。

大太太瞪了一眼身旁才十一岁的小儿子：“国子监放假，你才回来就惦记着玩吗？还不赶紧回院子念书。”这日女儿家们玩蹴鞠，她特意把家里的男孩子都支应开。虽说公主年纪还小，但小心一些总没有错，没想到这小子居然从学校跑回来。

顾蕴和又遥望了宁宁一眼，依依不舍地走了。

大太太的脸都要烧起来了，抬头见秦月在看自己，讪讪地道歉：“是我管教无方，打搅小公主了。您……唉，倒是我失礼了，以前没在公主身边见过您，敢问如何称呼？”

秦月坦然地撒谎道：“在下妙清，伺候公主的一介庶民罢了，大太太不必多礼。”

大太太更迷惑了，这名字听着不像是奴婢，像是出家人的法号。

这事从头到尾都透着一股邪门。

小公主看上去非常健康，连因为生过病的消瘦都没有，脸颊饱满，跟个蜜桃儿似的白里透红，踢起鞠球来脚下带风，左看右看不知病在哪儿了。

在场的大人不敢问，小孩子却童言无忌。

便有人去问小公主："那个陪你来的女子是谁？公主身边何时多了这个婢女？"但凡是个没瞎的，都能瞧出她们长得像。

宁宁大大方方地答道："她不是婢女。"

秦月正在同这家的女眷们寒暄，没听见那群女孩子的对话，是以没能阻止她。

秀姐儿问："那她是谁？"

宁宁眼珠子一转，心里想到娘亲的叮嘱，不能直接暴露，不然娘亲绝对会很生气，但她特意与小姐妹串通了这场出门，她心里早有盘算——若能拉拢到复哥儿与她一起捣鬼最好；若是不能，她就一个人干。

宁宁肃色道："她是我中意之人，我父皇也中意她。你们切不可怠慢。"

她这边偷偷把娘亲推到京城女子社交圈子中，状若无事地继续去玩，时不时地要娘亲给她擦汗。吃点心也不肯自己吃，非要人喂，又黏人又贴心，甜得不行。

秦月就没这样被女儿亲近过，既觉得不习惯，有些受宠若惊，又觉得安慰。心想：果然日久见人心，相处久了，宁宁知道她的好了。

宁宁踢了一日的鞠球，在顾府简单地擦洗，换了身衣服，重新梳了个头，自觉计划圆满，便美滋滋地准备回宫去了。

宁宁与顾府的人道别，上了马车。她盘算着，这会儿顾大太太一定在问秀姐儿，她没让秀姐儿她们把她的话瞒着。以顾大太太广泛的交际圈来看，不多日，娘亲的事情一定会传遍京城。不管怎样，她要先把人亮出来再说。

娘亲教她她是高兴，可娘亲若是能直接留在她身边，她更高兴。为什么小孩子就得听大人的？她偏要试试能不能把娘亲留下来。

路过酒楼时，宁宁闻见一阵香味，又去拉娘亲的袖子，撒娇道："娘亲，你带我在外面吃饭好不好？反正来得及回宫。我好想在这家酒楼吃饭，他们都说很好吃。"

秦月正要拒绝。

宁宁可怜巴巴地瞅着她，说："爹从不准我在外面吃饭，我一直被关在宫里，我好可怜。"

秦月气笑了："你还可怜？那天底下没有不可怜的小姑娘了。"

宁宁半真半假地说：“我就是可怜啊，我是公主又怎么样，明明我有娘亲，在别的小孩子面前却不能叫你娘亲。爹爹也当我是个物件，说送给你就送给你。”

秦月瞬间败下阵来。

宁宁心里颇为得意。她发现了，该哭就哭，该闹就闹，听话的小孩儿会被大人摆布，像她不听话，才总能如意。

因是临时决定，秦月打算买楼上单独的包厢位置，没承想已经满了。掌柜特意来道歉，宁宁指使道：“问问有没有人要让出来。”

自小到大，没有她让别人的道理。

这时，楼上传来了一些动静。一个棕发蓝眸的男子逐级而下，见到她们，惊诧了一下。随即莞尔，恭敬温顺地行了个礼：“参见公主殿下。”

满座皆惊。

还能是哪个公主？当朝就一位这个年岁的公主。掌柜脸色一变，若这是公主，别说是一个房间，把他们整个酒楼清场都没关系。

秦月终于无比后悔自己一时心软答应出门。她皱起眉，突然注意到一道视线在看自己。她回望过去，瞧见那位狄人男子正在打量自己。她觉得有几分眼熟，想了想，终于记起自己去北狄做生意时见过这么个人。

大齐的商人去北狄做生意多是自南往北，凭朝廷颁发的行商令，通过边城，才能贩卖少数商品给北狄，管理严苛。

秦月那次过去却绕了一大圈儿，无意中闯进去，还迷了路，结果不小心遇上一支北狄人。本以为要打起来了，对方的首领却下了马，问他们是从哪儿来的商人。

之后那人问他们走哪条商道，可否交易，热情地招待了他们。她卖了一些货品换到粮食、盐巴和清水，在其帮助下，找到了方向。这名首领相较别的北狄人更瘦弱，是以给她留下的印象比较深。她见过的北狄人也没几个，略微一想，便回忆起来了。

宁宁很有公主架势：“你倒是很有眼色……待我看看，你是北狄人吧？我仿佛听说过。嗯，你是北狄的大王子？我见过你的妹妹。”

秦月真是服了这个小家伙了，天不怕地不怕，不知是跟谁学的。

她一个小孩子，不怕生就算了，还敢盯着人看，像在看什么珍奇异兽似的：“真是蓝眼睛的！我还想摸摸你的头发。”

秦月忍不下去了：“宁宁，先前我们是怎么说好的？我们该回宫去了。”

她觉得很不舒服，觉得对方应该没能认出自己，毕竟她有做简单的易容。这人也只是瞥了她一眼，就一直目光热切地盯着她的女儿。

秦月什么腌臜事没见过？她知道世上有些成年男子不爱丰腴成熟的女人，偏爱还未长成的小女孩儿，想想就令人作呕。

说完，秦月不顾别的，直接把宁宁抱了起来。这小姑娘被喂养得好，沉甸甸，她一下子差点儿没抱起来。宁宁没有再赖皮，乖乖听娘亲的，被抱回马车上，回宫去了。

乌术没有失礼地追上前去。

秦月回头看了他一眼，他还有模有样地作揖。

乌术看着跟随在秦月身边的雪翡，心中有了一些想法。

宁宁见娘亲不高兴，小心翼翼地说："娘，是我错了，您别生气……"

秦月问："你哪儿错了？"

宁宁支支吾吾地说："我……我就该乖乖地待在宫里，哪儿都不去。你们是为了我好，怕我遇上危险。"

小小年纪就这么会阴阳怪气！一定是跟萧叡学的！

秦月皱眉道："是这样吗？"

宁宁："不是吗？"

秦月看宁宁一脸茫然，叹气说："你怎么敢乱和陌生男子搭话？像今日在酒楼遇见的那个人，特意和小女孩儿接近，看上去就别有用心的，你以后不准理，知不知道？"

宁宁乖巧地点头："知道了。"她心下其实不以为然，她是当朝最受宠的公主，讨好她的人无论男女，多了去了。

小孩子忘性大，不一会儿，她就被别的东西吸引去注意力。她瞧见路边有人卖花儿，买了一篮子，说要带回去送给爹爹。

秦月不禁酸溜溜地想，这对父女关系可真好，出一趟门都要惦记着买花儿送她爹。

萧叡果真很为几枝野花感动，更感动的是看到他们母女俩其乐融融。他想多和妻女待一会儿，就拖着宁宁问这天都玩了什么、见了什么，说了一大堆废话。

秦月多多少少感觉出他的意思，也没说告辞就折身离开了。

萧叡才问："你去哪儿？"

秦月道："在外奔波了一日，一身风尘，去换身衣裳。"

萧叡不敢留秦月，怅然若失地看看她的背影，连看也不敢光明正大地看，怕看多了，更惹她厌恶。

宁宁看看娘亲离去的背影，再看看爹爹，拉了拉他的袖子，说："爹爹，你是不是还喜欢娘亲啊？"

她觉得自己这问的就是废话。

萧叡低头对女儿说："这是大人之间的事情，你不懂。"

这话她就不爱听了，嘀咕道："你才不懂呢。"

萧叡板起脸："你在说什么？"

宁宁立即摆出笑脸："父皇，我下回还想让娘亲带我出门玩，行不行？"

萧叡为难，摇了摇头说："这次是你娘求我，说是破例的唯一一次，我才答应。她身份隐秘，不可能在皇宫久留，不能经常抛头露面。你长大了，已经做姐姐了，不能再像以前那样任性，你也要为你娘亲考虑。"

宁宁相当不理解、非常不客气地揭他老底说："你就不想娘亲留下来吗？你明明还很喜欢娘亲，不然你晚上干吗一边做梦喊娘亲的名字一边哭，还抱着骨灰坛说话……"

萧叡快尴尬死了，最尴尬的是怀袖这时候突然回来了。

秦月乍一听见，禁不住脸颊微热，接着又疑神疑鬼，怀疑是萧叡教宁宁说的。她不相信，也不想去信。

她觉得多一事不如少一事，就想安安稳稳地等复哥儿的病好了，出宫离开，偶尔回来一趟看看女儿。

她站在门槛之外，夕阳从她背后照过来，长长的影子斜在地上，一言不发地看着萧叡。

萧叡迟缓地站起来，也看着她。

二人之间的距离不算远，大约只有十尺远，像是几步就能走完。可他一看秦月的眼眸，又觉得像是永远走不到彼岸了。

秦月深吸一口气，胸膛起伏，说："我有东西落下了。"

萧叡低头一看，地上掉了一块帕子。没等秦月走过来，他赶紧先捡起来递过去。她连拿帕子都注意不碰到他的手，淡淡地道了声"谢谢"。

说罢又要走。

宁宁唤："爹爹。"

萧叡忽地脑子一热，脱口而出："方才宁宁说的都是真的。"

秦月停下脚步，回过头，神情复杂地看着萧叡。

宁宁这时候突然机灵了，一溜烟跑出了屋子，还命人关上门，不许人接近。

萧叡道："我没别的意思……只是这么一说，我晓得如今我做什么你都不信我。我只是把我这辈子最后的一点儿良心都留给你，单单在你和孩子这里，想做一个纯粹的好人罢了。"

秦月扪心自问，萧叡说得很是情真意切，怎么看怎么像真的，她只是一直憋着一团躁郁的怒火："你堂堂一个皇帝，何必在我面前伏低做小？"

萧叡这样，便显得她像是铁石心肠、不识抬举。

萧叡亦是困扰："那你要我怎样？我都照办。"说完，便见到她更气了。

萧叡自知说错话，反使得他似在嘲讽人。他忙认错："那我该怎样？在你面前，我连'朕'也不自称。你那时假死逃之夭夭，我不知道，以为你真死了，差点儿跟你一道去了。我都不明白自己怎么就这样喜欢你，你变了样子，变了声音，我自己也吃惊我居然一眼就认出来了。"

他自嘲似的低笑了两声，继续说："你骂我也好，恨我也罢，我都受着。是我自作孽，我的报应。袖袖，我不强求你留下，不强求你爱我，但你不能总是怀疑我的爱是假的。我这辈子就这么丁点儿大的一颗心，你嫌弃是黑的，可我全给了你。"

秦月在袖子里将手紧握成拳，烦躁到心快炸开。这一刻萧叡倒是给了她所有的自由，出入宫廷的令牌也给了她，明摆着随她进出，放她自由，她反觉得自己又快被无声无息地困住。

这番话她挑不出刺来，最后只说："别叫我袖袖。我是秦月。'怀袖'是你以前给我取的名字，不是我的名字，小猫小狗才会被人取名字。"

萧叡道："那时我很愚蠢，是瞧不起你，我自以为高贵，不可能爱上一个奴婢。可我为你取那名字的时候，是真的满心欢喜。袖袖是我心爱的小姑娘。"

秦月再也听不下去："怀袖死了！"

"我知道。"萧叡说，"为奴为婢的怀袖死了，如今活着的只是秦月。只是秦月可以属于别人……我不说了，徒惹你生气。"

二人又开始冷战。

秦月心烦意乱，连复哥儿都发现了。他问娘亲为什么生气，秦月没好气地说："你好好吃药就是了……"

下午，宁宁从御书房下学回来，与娘亲、弟弟转述太傅这天讲的故事。

她说得手舞足蹈，有声有色。

正这时，萧叡突然回来，极难得看到他黑着脸：“宁宁，你给我过来。”

宁宁心底有点儿知道自己可能闯祸露馅了，连忙往娘亲身边躲：“娘！”

秦月护她：“怎么了？”

萧叡指着她说：“你自己问她前日去玩蹴鞠的时候都干了什么好事！”

秦月更不解：“是我陪她一起去的，她什么都没做啊。”

萧叡气得肝疼，又不敢在妻儿面前太凶，道：“我原本就不同意你带她一起去，她竟然在外面乱说。”

宁宁狡辩：“我没有乱说，我说你喜欢娘，这又没有错。”

秦月明白了，这小丫头小骗子把她和萧叡的绯闻广而告之了。

她一时间进退维谷。她就说，总觉得有哪里不对劲……

可她虽说是宁宁的娘亲，孩子却不在她身边长大，她哪里能理直气壮地教训孩子？怕打了骂了，宁宁讨厌她。

秦月把人从身后挖出来：“你都说了什么？”

宁宁撇着嘴，过了一会儿，才说：“没说什么，就说我喜欢你，我父皇也喜欢你。”

萧叡怒火不减：“你出宫前是怎么答应爹的？”

宁宁不怕父皇发火，梗着脖子说：“我又没让他们知道那是我亲娘！”

“你还狡辩！”萧叡拍桌。

宁宁还敢和他吵架：“你气什么？我帮你把娘亲哄回来，爹爹不应该谢谢我吗？你还骂我？真是不识好人心。”

闻言，秦月又怀疑地望向萧叡。

萧叡真的快被气死了，最生气的是怕秦月怀疑是他指使孩子做的。他就不明白了，他只是想做个好人，怎么那么难呢？三天两头出岔子。

“我又没让你多嘴。最近大家都惯着你，你要什么就得什么，倒让你养大了胆子，连大人的事情你也敢管！”

宁宁一副不服气的样子，低着头，拒不合作：“我是你们的女儿，我想让你们在一起，理所当然。就准你们把我送来送去，不准我有自己的主意喽？”

最郁闷的是秦月。她只是一时心软，哪能想到宁宁小小年纪就敢设计大人。可有前车之鉴在，她不敢太凶，只是问：“你是故意的吗？你这都是在哪儿学的？”

宁宁被爹娘一起拷问责骂，其实心里慌张极了，偏还要佯装成天不怕地不怕的样子，口不择言地说："你不是也设计我，故意让我知道以前的事情，叫我讨厌爹爹吗？爹说你勇敢聪慧，想做什么都敢做。我想，你以前是个庶民你都有那个胆子，我是公主，自然也敢。"

秦月瞬时被哽住，无法反驳。

宁宁一口气把爹妈都给撑了，痛快倒是痛快，结局就是除了上课，禁足一个月，伴读也不准进宫陪她，每日还要罚抄一千个字。

她也硬气，规规矩矩地给父皇磕头谢恩。

萧叡真是气到要笑了，失言道："这倔驴模样，跟她娘简直是一个模子里刻出来的。"

某个小倔驴的娘亲道："我倒觉得和某个人一样，脸上甜，背地里做坏事，还爱出尔反尔，装可怜哄骗旁人。"

萧叡无比难堪："又不是我让她这么做的，我怎么知道她会这么做……"

他真是跳进黄河也洗不清。

秦月挥挥手："罢了罢了，左右本来他们就怀疑妙清是你的内宠，过阵子她'病逝'就行了。要么等我走了，你随意从储秀宫的那几个女人选一个顶上。"

萧叡更尴尬了："那些女人我一个没有宠幸过。"

秦月嗤笑一声："以前我在宫里的时候，你都没少往后宫跑。我这几年不在，你还能清心寡欲不成？那你干脆出家好了。"

"没，真没。"萧叡停顿了一下，迟缓而平静道，"册子上是记了一些。你刚过世那会儿，我有次去后宫，结果蘅芜宫起火，我怕我一个错眼，我们的女儿就被人给害了。后来又担心哪个女人得了我的宠以后张扬，要害她，所以不再亲近她们。倒也不是特意为你守那么多年，我和皇叔说好，是想守个两年，不知怎么回事，就这么多年过去了。"

萧叡一见那些女人，就想到一个个都是他把怀袖逼死的罪证，连见也不想再见到。

秦月还是不信。

萧叡无可奈何地说："你是不是不信？你若不信去找雪翠或者苗尚宫问问，等皇叔回来了，你再找皇叔问问。我难得做几回好人，你总不信我。"

秦月道："谁让你一而再、再而三地骗人。"

总而言之，皇上有了个新的宠妃，而且这个宠妃还得到了小公主的认可，这一消息，不多时就传扬开。自然也免不了还要议论这个宠妃的外貌像极了已故的皇后，再之后，又听说这位以前是个道姑，被皇上强行还俗带回宫。

圣上这些年真可让百姓们吃惊了数回，要么不近女色，要么就那么刺激，以前是非要和女官偷情，而今竟然和出家人偷情。

荒唐啊荒唐！

但萧叡是皇上，想要什么女人，就算不合礼数，别人也拿他没办法。只是难免在民间被人编派他其实背地里是不是很靡乱，竟然不爱那些正儿八经娶回宫的妃子，专爱捻七搞八，一时间名声更难听了。

萧叡能怎么办？他只能受着，还得淡化宝贝女儿在其中的作用，免得她被人非议。

秦月头疼死了。她要照顾一个复哥儿已经心力交瘁，偏偏女儿更不省心，调皮捣蛋就罢了，竟然还想要撮合爹娘。

秦月与她促膝长谈一回，她不认为自己是小孩儿就必须听从大人的话，与她据理力争。谁也说服不了谁，一时间陷入僵局。萧叡说了她好几回，她也不认错。

宁宁说："我既有爹娘，为何要做一个丧母之女？"

她是公主，没人敢评价她，可是她曾经在外面见过有个亲娘早逝的姑娘，只因为丧母便被说没有教养。

复哥儿也忧心忡忡，家里的两个女人都好凶。他拖着病躯，哄了这个，又要去哄那个。

萧叡为了躲避，亲自来给儿子喂药。

复哥儿喝完药，说："你们出现之后，我又是见娘亲哭，又是见娘亲生气，现在还成日吵架。唉。"

萧叡问："我也发愁，可惜你娘最讨厌我。你快快健康起来，你娘就高兴了。"

复哥儿忧愁地说："我真希望我明日就痊愈。"

宁宁被禁足在此，无处可去，一身精力无处发泄。娘亲不理她，父皇也不惯她，她就去找复哥儿叨唠，能说个没完没了，把弟弟说睡着。秀姐儿进过一趟宫，给她送了几本话本子，让她随便看看打发时间。

起初宁宁格外不服气，几日之后，她倒也学乖了，在爹娘面前认错，说再也不敢了。可禁足并未提前解放，关满了一个月。

萧叡心想：这下这小丫头应该受足教训，不敢再妄自尊大了吧。

这边早朝议会完了，兰阁老关心了两句："皇上，先前要找宗室子弟过继一事是否放缓一下？您年轻力壮，正是盛年，不必觉得自己一定生不出孩子了，万一以后又有了亲子，那这个过继来的养子该如何是好？我觉得不如等到您四十再议。"

绝对是因为听说他有了新欢，才有此一言。

萧叡一下子又无法辩解。

这时，他们都听到了一阵熟悉的铃铛声。

是宁宁脚环上的铃铛，这孩子四处乱跑，每次出门都会被戴上铃铛，好方便让人找到她在哪儿。

真是说曹操，曹操就到。

萧叡才在心里头惦记这个让人头疼的小丫头，才刚到禁足期间，这就乱跑了，他必不能给这个小东西好脸色。

宁宁从萧叡背后走来，萧叡却见兰阁老先是和蔼可亲地微笑起来，唤了一句"小公主"，接着却像是见到了什么可怕的东西似的脸色大变。

萧叡心生疑惑，回头一看，发现宁宁不是一个人来的。她牵着复哥儿，得意又倔强地仰头看着父皇，一副"你能拿我怎样"的神情。

萧叡过于宠溺女儿的恶果在此刻体现得淋漓尽致。

宁宁是个顺毛驴，越不让她做，她偏越要做。她就要撮合爹娘，总之，先做了再说。被禁足一个月，她实在太闲了，闲着没事就琢磨阴谋诡计。

某日陪着复哥儿，见复哥儿身体渐好，大夫还说复哥儿要多走动走动，她就带着复哥儿在院子里玩投壶、踢毽子，或者打一打养生拳，松快筋骨，锻炼身体。

这个想法出现得很自然。

宁宁突然想到，她完全可以把弟弟带出去，让人见到。

那爹爹必须承认还有个孩子，就得跟着承认孩子的母亲。如此一来，她就有娘亲了。反正假如娘亲回宫，弟弟也得跟着回宫，迟早要见人。

只是她知晓爹娘绝对不会同意她的自作主张，所以她一直憋着气，准备自己筹谋干一件大事。

娘亲每日用过午饭后要小睡一会儿，她趁机将雪翠支开，再去把复哥儿叫上，说带他去玩。

其余的她都熟悉，带着弟弟说在院子里玩，趁着没人注意，一路走小路钻墙洞溜到了正和宫。她去正和宫去惯了，御前侍卫虽奇怪怎么宫里还冒出了个没见过的小男孩儿，不知是哪家的小公子，但还是让她就这样牵着傻乎乎的弟弟大摇大摆地进了议事厅。

复哥儿瞧见这么多不认识的老头子，还是穿官服，气氛看上去相当不妙，怎么看也不像是玩乐的地方，而且都在看他。他是个脸皮薄的男孩子，赶紧往姐姐身后躲了躲。

复哥儿小声地说："姐姐，我们走错地方了吧？"

宁宁说："没走错。"

萧叡气得头顶都要冒火了，他见宁宁还要说话，厉声呵斥："住嘴！"

宁宁从没被父皇这样凶过，两个孩子都被吓了一跳。宁宁眼眶一红，泪珠在眼睛里打转，还要不服气地瞪着大人。

复哥儿也被这吼声吓得心怦怦跳，脸色苍白，差点儿喘不过气。

萧叡黑着脸："来人，把孩子都带回去。宁宁再禁足一个月，连院子也不准去，待在寝殿里，不准出去半步！"

说完，便有太监过去要抱她。

宁宁跳脚说："你罚我总要有依据！凭什么禁足？我只是带弟弟出来见人，有什么错？"

真是上辈子的孽债。

萧叡再气却也不能在大臣们面前过多指责女儿，还得维护她的名声，闭眼道："快点儿抱走。你再多说一句，朕多罚你一个月。"

两个孩子都被抱走了。

但几位内阁大臣都见着了那个小男孩儿，长得像皇上，而且还被公主称为"弟弟"，傻子都能猜到这个孩子的身份。只是不知孩子的生母是谁，才会被皇上一直藏着。莫非是皇上怕孩子夭折，才未曾宣之于众？

脑子动得快的，立即想到这些日子京城传得沸沸扬扬的那位后宫女子。兰阁老想的是，可能皇上数年以前，在皇后刚过世时，心中哀恸。那会儿皇上经常往道观跑，蓦然遇见一位与皇后肖似的女子，或是意乱情迷之后一夜夫妻，没料到竟然珠胎暗结，诞下这个孩子。

那么皇上去年突然开始找和皇后相像的女人也得到了解释，想必就是在找这个女子。

真是山重水复疑无路，柳暗花明又一村。

亏得他们几个老东西整日担心皇上的继承人，原来皇上早就有所安排！

害得大家白担心一场。

这座用以内阁议事的枢密阁只是正和宫里的一个侧屋，不算大。此刻时间仿佛静止，气氛也如凝固，没有一个人先开口说话，足足静默了快有一刻钟。

萧叡想装成无事发生。他觉得不提，这些老家伙识相一点儿就该知道跟他一起装傻。

几位阁老互相使眼色。

最后还是兰阁老站出来："皇上，刚才公主带来的那个小孩子是谁？"

萧叡心里一烦，眼也不眨地撒谎说："是朕故友之子。"

这个说法就很微妙暧昧了。

有了兰阁老带头，大家纷纷上前，没有太严肃，如过来人般地劝说——

"皇上不必觉得羞赧，这种事情常有……若您有嫡长子倒是麻烦，现今后宫无子，这个孩子却可以想办法接进来。

"正是，宗室之子就算能挑到一个聪慧的，也不如您的亲生孩子。

"若您担心孩子生母的身份问题，我们也可以帮忙想想办法，一定能让她名正言顺地住进后宫，不过再绕一圈儿罢了。"

萧叡被他们念得头都要大了，这却不是最麻烦的，最麻烦的还是等下回去见了怀袖，怀袖又要和他发火。

且不说复哥儿的身子能不能康复，假如他把怀袖带大的这个小儿子留下，那么怀袖生了两个孩子，全被他拐走了，她一个不剩，还不得是不共戴天之仇？

真是一群添乱的。

萧叡心浮气躁，不动如山，只能厚着脸皮，说："朕不懂你们在说什么。那又不是朕的儿子。"

兰阁老道："那小儿长得与皇上有起码六分相像。"

萧叡答："朕不觉得像。一点儿都不像。"

这群老头子都快被萧叡气得心梗了，不生孩子就算了，这些年也不见他自己着急。这一刻好不容易冒出来一个疑似皇子的男孩子，他还死活不肯承认。

皇上为什么不承认呢？假如有了皇子，能省去多少麻烦啊！

萧叡咬紧牙，只说："反正那不是朕的儿子，你们可莫要乱说，平白无故坏我名声。"

几句话差点儿将人气吐血。

萧叡这边应付完了，叫人给他倒了一壶茶喝。他实在不想回蘅芜宫，于是在御书房这边批奏章批到快天黑，还用了顿饭，才鼓起勇气回去了。

一进院子，秦月正站在紫藤花树下等他。

萧叡老老实实往她面前一站，乖乖等着挨骂。秦月只冷冷地看他，半晌没说半个字。

他被看得好不自在，对自己的脸没什么自信。管理国家大事耗费心血甚多，又有好几年以为自己死老婆戚戚哀哀，老得快，不俊俏了。

他想，该把头发染黑才是。

“宁宁呢？”

“哭累睡着了，跟我告状你骂她。”

“那是有缘由的……”

“我知道，所以我也骂了她一顿。”

萧叡又有点儿心疼了。

秦月问他：“有没有旱烟？”

萧叡愣了愣，使人去拿了烟杆和烟丝过来。秦月拿了就走，萧叡跟在她身后。她走了一圈儿，却找不到没人的地方。

秦月不知不觉走到了以前住的尚宫小院，这里跟鬼屋似的空无一人，东西全在，屋子也很干净，一看就是有人一直在洒扫。

萧叡看她不大熟练地抽烟。问：“你何时抽烟了？”

秦月在柔和晦暗的光雾中，目光穿过灰白的烟雾，一点儿也不贤淑，却有种野蔷薇攀高而锐利的美感。她实在太郁闷了，无处发泄。这两个孩子一个比一个让人操心，全是她和萧叡一道造出来的罪过。她抽完一撮烟丝，仍生闷气，说：“孩子肯定是因为像你才那么顽劣。”

萧叡无语，只得认下来：“是，是。都是我的错。”

秦月眼眸之中似有怒火熊熊：“你还不服气？真不是你在算计我吗？”

萧叡也想抽烟了：“真不是我。我都违心骗他们说复哥儿不是我的孩子了！我不和你抢孩子！我真的是想做个好人。”

萧叡不怪怀袖不信自己。换作他，被骗过那么多回，也会长点儿记性。

秦月不和萧叡说话，他便安静地站在一旁等着她消气，甚至走神地想了一下，觉得这场景像当年他总让她在一边罚站。

那时的他心思卑鄙，想磨磨怀袖的性子，让她心甘情愿地为奴为婢。

他站得脚有点儿麻，问：“回去吗？”

秦月趴在桌上，一言不发。他继续等，没一会儿，她声音发闷地说：“不想回去。这个年纪的小娃娃真是讨人厌。”

萧叡微愕，怀袖这是背地里在跟他说孩子的坏话呢？

秦月没好气地说：“都是因为你，你在宁宁面前把我夸得像是仙女一样。她还以为我多么温柔体贴，我哪有啊……就算是对复哥儿，我有时也会不耐烦。”

这话秦月憋在心底很久，一直无人可透露，而今一口气说出来，心头倒是畅快许多，索性一口气都发泻出来。

“小孩子是真烦人。

“宁宁完全被你教成个高高在上的公主，她在临安刚见到我时，张口就要我当她的嬷嬷，把她的弟弟当成玩意儿似的，那颐指气使的劲儿……

“我有时看她就会想到你那个母后，心里怵得慌。

“两个小东西都黏人黏得不行，我还得很有耐心，不能和他们发脾气，折磨得我头疼。”

萧叡不敢吱声，要不是他强求，哪来的两个小娃娃？

归根结底，他是罪魁祸首，他只是有些错愕：“我还以为你什么都能处置妥当……”

“我不能！”秦月郁闷道。

萧叡讪讪地问：“可你以前与那些小宫女不就相处得很好吗？”

秦月说：“她们入宫的时候都多大了？早就懂事了。哪里像宁宁和复哥儿，打小儿娇生惯养，被人宠着。就说你我，你像宁宁那么大的时候有那么任意妄为吗？还不是被你宠坏了！你再不收收她的性子，她能闯出更大的祸。她贵为公主，万一闯祸说不定事关国家。你身为皇上，不知防微杜渐，还如此继续下去。你究竟是宠她，还是害她？”

萧叡毫无还口之力，道理他都懂，他就是宠女儿宠惯了，以前是惦念她没有娘亲，总想着孩子还小，等她再长大点儿再教她规矩。

可面对秦月的冷眼，萧叡只得回答：“我知晓了。”

秦月恨恨道：“慈父多败女。”

萧叡哑口无言。

秦月郁闷，他就不郁闷吗？他问：“我能坐下来吗？”

秦月立即牙尖嘴利地回他：“谁还罚你了不成？”

于是萧叡边拉开椅子坐下，边说：“我自己罚自己。”

萧叡真想倒一壶酒喝，忍不住说：“我自小没爹养没娘教，我也不会养孩子。你不知道宁宁多难带，她可会哭了。你刚走那会儿，她整晚整晚哭着喊娘，我得不停地抱着她哄。

“那真是魔音灌耳，我一个皇帝，能号令天下所有人，却不能号令一个小娃娃不准哭。

“每天我都是看过她了再去睡觉，一睁开眼，就去看她。你说我为什么把她养得那么任意妄为？因为我知道后宫可怕，还有前朝，也有人希望她去死，我哪敢让她离开我半步？所以我连上朝都带着她。”

秦月打断萧叡：“你压根儿不用看得那么严，但凡你松懈一点儿，我早把宁宁偷出宫了，何至于到今天你我都进退两难的地步？”

萧叡又急又气：“我先前又不知道你没死。”

秦月看看萧叡，萧叡一副竭力装成无辜无害的模样，还被她戏耍得团团转。她突然有些想要发笑，一时间也没那么讨厌他了。

在孩子一事上，二人同为天涯沦落人，又像是共犯，一起犯错造孽，弄了两个小魔头出来自我折磨。

萧叡见秦月笑，怔忡了一下，也跟着笑了，颇有几分憨傻。

秦月一见，立即收起笑脸。

萧叡碰了一鼻子灰，挪动了一下，略带焦躁地哄道：“回去吧，袖袖。我们都不在蘅芜宫，只有两个孩子，我甚是忧心。”

秦月和他吵了一通架，心情畅快许多，可一想到孩子，还是想要静静。

萧叡又说：“那要么今日你歇在这儿，我找人过来给你铺床。我得回去看孩子了。”

秦月既嫌弃又讥讽道：“你把我一个人丢在危机四伏的皇宫也不见你忧心,只是离了孩子小半个时辰,你就怕成这样？你何时变得如此软弱了？”

萧叡毫不羞耻地答：“我只是在你面前软弱，世上能欺我之人，只你一个。我自知欠你良多，再弥补也无济于事。你性情刚烈，无论如何都不会原谅我。如今我只想好聚好散，对孩子，做个好父亲；对你，做个好人。你信或不信都无妨。”

秦月紧皱眉头，凝视着萧叡的目光，静默半晌，慢慢儿地松开眉头。她着实分辨不出真假，只心情复杂地轻声道：“早知今日，何必当初？我与你说过多少回好聚好散，你哪次应了我？现如今，你倒是来和我说好聚好散。”

萧叡起身：“我得回宫去看孩子了。”

他才走到门槛，身后传来声响，秦月脚步轻悄地跟在他身后，说：“没道理让你回去装好人，叫他们都喜欢你却讨厌我，都是我辛苦生下来的小娃娃。”

二人一道走回去。

没有人掌灯引路，这路他们都熟。秦月以为自己离开久了，应当都忘了，但她不管走哪儿，都知道自己在何处，深知去某个地方该走哪条路。

尤其是这几条道。

萧叡少年时和怀袖偷偷亲热，就爱走这条路。那时总觉得路太长，要走好久，光是想要能见到她，心脏就会发热。而眼下，却不知怎么回事，觉得路太短，希望这段无人打搅的路程能再长一些，好让他和怀袖多心平气和地待一会儿，一句话都不说也没关系，像是陪在他身边，他就心满意足了。

秦月走回到蘅芜宫后门门外，停下脚步，愁云惨雾笼罩着她。她已听到孩子的声音，就像是要面对什么妖魔鬼怪似的，深深地叹了口气：“孩子真可怕。”

萧叡附和：“真可怕。”

秦月瞪了他一眼。

她并不一直在宫中，就算有米哥儿和郦灵他们帮忙，她南边的生意摊子也不好一直撒手不管。

开头是不放心，闷久了，她也没先前那样一惊一乍、草木皆兵，试探着直接跟萧叡说要出宫去，孩子先托他看顾。出去一趟回来，发现没什么事情，于是越发胆大，时不时要把孩子托给萧叡管。

本来两个小魔头就是他的孩子，他有责任管。

转眼到了夏天，好天气却没持续太久。

去岁冬天下雪下得厉害，开春也开得晚。农人下田下得晚，还没等到收成，夏秋交接之际，有日下起雨，本应是好事，可是雨下个不停，眼见着要有洪涝之灾。水道变险，船队的生意也不好做。

各地险情的奏章纷至沓来，萧叡纵是有所准备，还是忙得焦头烂额。他不觉得这是小事，这是他继位以来发生过的最大的一次天灾，必得好好处理，指不定有人在等着钻空子。

不过也因着国事重大，几位上回见着复哥儿的老臣没空再旁敲侧击皇子之事，暂且被他又糊弄过去。

萧叡问过钦天监，说这雨再过十多天，该下完了。

而复哥儿在御医们的治疗下，也一日日地好了起来。

日子过得真快。萧叡心下感叹，抽空与秦月私下单独商量。

那是一个雨天。

雨打屋檐，噼啪作响。

窗户紧闭，屋子里又闷又湿。

秦月坐下后，等了又等，没等到萧叡开口，不耐烦地主动问："你叫我过来有什么事？"

萧叡慢吞吞地说："入冬以后又有大雪，复哥儿身体好了不少，我问过御医说是没有生命之虞。若是天气冷了，河道又结冰，你就难走了。不如等过几日，雨停了，你就带着孩子走吧。"

秦月学天文历法并不精深，只是皮毛，能看气象和谱历测算近几日的天气。她问："你知道雨快停了？"

萧叡点头："钦天监算好了。差不离。就算有，也不是这样的大雨了。不过也有事要请你帮忙。"

秦月公事公办地问："你先说来听听。"

萧叡道："我要去主持祭祀驱雨，这次便不带宁宁一起了，孩子们得由你照顾两日。"

秦月答应下来。

乌术在宅子里被困好久，他们北狄之人，本就是云游四方的牧儿，只住在一个小屋子里已经很让人烦闷。这下可好，连出门去玩都不行。

他无事可做，便在家读书。先前教他的先生字写得不大好，而且在王庭要买汉人的笔墨纸砚很麻烦。如今很方便，数月下来，愣是练出一手好字。可纵然他性情隐忍，也憋得心绪浮躁。

他打开窗户，雨落在桌案上，宣纸被洇出一个个小小的湿点，由疏至密，将纸上笔锋凌厉的"忍"字晕开，逐渐模糊。

听说皇帝前去举行祭祀，不知这雨何时会停？

先是雪灾，后是洪涝。

那位年轻的皇帝想必十分头疼吧？

天灾有了，人祸也准备齐全，他看着纸上墨水被雨打湿晕开后的痕迹，总觉得看上去像是京城的地形。他泼了一砚台墨上去，墨黑沿着水迹蔓延。他看着看着，不由微笑起来。

这是一个千载难逢的好机会，他不仅要当可汗，也要做这片膏腴之地的主人。

萧叡此行不光是祭祀驱雨，还下了一封罪己诏。

传至各地时，雨便停了，就仿佛是上天原谅了这位谦虚自责的皇帝。百姓们也觉得正是如此，倒叫先前传他德行不检的谣言消退许多。

但国事这头刚能喘口气，几位心腹大臣便又开始似有若无地催问关于“复哥儿”的事情了。

兰阁老甚至私下与萧叡打商量，道：“我想，皇上大概是怕孩子还小，有贼人要加害他，所以才将他先藏起来。这倒也无妨。皇子今年几岁？我觉得到了七八岁就可以放出来了，不然再开蒙就有些晚了。”

萧叡差点儿被他绕进去，舌头打结了一下，抵死不认：“没有皇子，什么皇子？朕不晓得。”

他只得继续装傻。

这一刻蘅芜殿看管极严，就是怕有这些人直接去把孩子挖出来。

复哥儿的身子骨好了很多，也该走了。

可萧叡心生眷恋，还想和怀袖再多待一会儿，就是一天、一个时辰、一刻钟，那也是好的。

萧叡卷帘而入，见怀袖坐在灯畔看书，恬静安然，心尖也软了，恨不得此时此刻可以变得漫长永久。

秦月收起账本，问：“又有什么事要跟我说？”

萧叡坐下来，酝酿了一下情绪，才问：“你可想好了哪日启程？”

秦月不说话。

萧叡的胆子便膨胀起来，道：“袖袖，要么这样，你想走就走，想回来，也随时能回来，只在这里，我不让别人晓得。你若是高兴，每年回来个把月看看我……”

秦月笑了：“你说什么傻话呢？皇上，一年半载还好说，我要是出入那么频繁，迟早得露馅，可是正中你下怀，是不是？”

后悔漫上心头，他这是又弄巧成拙。

萧叡直叹气："我不是想骗你。"

秦月想了想，说："初九是复哥儿的生辰，他还没有跟父亲过过生日过，等以后随我走了，更难相逢，这辈子怕是没几次机会。你陪他过一次生辰，然后我就带他走了。"

萧叡怅然若失，明明他早就有所决意，可真到了这时候，他还是硬不下心。一个"好"字卡在喉咙口，吐不出来，咽不下去。

秦月问："你又想反悔不成？"

萧叡这才涩然道："没有，我答应了，我答应你便是。"

他们都没发现，睡在床上的复哥儿翻了个身，握紧了小小的拳头。

翌日。

萧叡想着要为复哥儿过生辰，着实难办。这孩子的身份不可告人，只能在这宫中他们一家人偷偷庆祝，可如此一来又未免太过寒酸。

他先通知宁宁，让宁宁可以给弟弟准备一份礼物。

她很豪爽，直接去问复哥儿想要什么。

两个孩子凑在一起说话，大人们也没怎么注意。

复哥儿只摇头："没什么很想要的。"

宁宁见他愁眉不展，问："可是哪里又疼了？你别忍着啊，姐姐给你把御医叫来。要吃糖不？"

复哥儿看着她手心里的糖豆，眨巴下眼睛，吸吸鼻子说："姐姐，等我过完生日，娘亲就要带我走了。"

宁宁闻言，愣了一下，手心的糖豆掉到地上。

她拉住复哥儿的手腕，好生恼火，才要说话出声，又想起有宫女在看，只得压低声音，问："娘亲要带你离开？"

复哥儿可怜巴巴地点点头。

宁宁心烦意乱，用袖子给他擦脸："哭什么呀？小鼻涕虫。"

复哥儿语气软软地说："我不是小鼻涕虫。"

宁宁跺了跺脚，仍不消气。气死她了，爹娘这回学精了，还特意瞒着她。要不是复哥儿胆子小，她肯定会一直被瞒在鼓里。

宁宁严肃地问："你想不想离开？"

复哥儿犹豫不决地说："我不知道。"

宁宁撺掇他说：“你也是男子汉了。姐姐我是女儿身，都敢自己拿主意。更何况你是个男孩子呢？你该学着自己拿主意了，你究竟是想留下，还是想跟娘亲走？”

复哥儿不哭了，愁眉苦脸地望着姐姐：“姐姐，你想干什么？”

宁宁问：“我就问你想不想留下来。想就点点头。”

复哥儿到底还是点了头，嚅嗫着：“想是想的，可是……”

宁宁说：“那我们便是一伙的了。”

复哥儿心下有点儿害怕，但他过了有爹有娘有姐姐的日子，再叫他过以前那种跟着娘亲四海为家的生活，他心下不免有点儿排斥。

宁宁帮他把眼泪擦了，捏捏他的小脸蛋儿，说：“莫怕，有姐姐在。不许哭了，不然娘亲一准要发现你把这件事情告诉我了。知道吗？装成没有告诉我。”

复哥儿又点点头，奶声奶气地答应下来。

离复哥儿的生日只剩六日。

宁宁说得信誓旦旦，但她只是一个小孩子，绞尽脑汁也不想不出什么好办法。

她先是想把复哥儿偷出去，离宫出走，带复哥儿躲到小姐妹的家里。可是怎么把复哥儿偷出来呢？自打上次她把复哥儿领去给兰阁老他们看见，蘅芜宫就被严加看管，复哥儿身边随时都有人盯着，根本带不走。而且父皇也不准她随便跑去见那些个老头子了，还在半禁足呢。

然后宁宁灵光一闪，既然她没办法把复哥儿带出去，那她把兰阁老他们或是别人“带进来”还不行吗？

宁宁这几日乖得不行。

秦月也不是没觉得有点儿古怪，但孩子乖总是好事。

到了复哥儿生辰前一日，宁宁照例去御书房上课。

她同慎姐儿说：“你的功课写好了没？”

慎姐儿茫然地说：“自是写好了。”

宁宁道：“你的书给我看看。”

慎姐儿把几张纸递过去。宁宁随意地翻了翻，又还给她：“你好好看，我有没有给漏了。”

她再翻自己的书本，发现夹了一张纸，上面写着：送至兰相府上，请他亲启。

慎姐儿抬起头，望了宁宁一眼。

宁宁对她颔首示意。她了然地合上书本，对宁宁眨眨眼睛。

下午出宫回家的路上，慎姐儿没直接回家，而是拐道去了兰府，亲自将这张纸送到兰阁老的手上。

宁宁干完坏事，若无其事地回了蘅芜宫。

她甚至想，实在把她逼急了，她就带着复哥儿一哭二闹三上吊，只是未免没有风度。若非迫不得已，她不想采取此种方案。

入夜。

萧叡想到后日怀袖真要走了，坐卧难安，辗转反侧，索性起来，在院子里走来走去，走到秦月的房门口，来回徘徊。偌大的皇宫都是他的，这个房间他却不敢直接进去。

没一会儿，屋里响起秦月的声音："你大半夜不睡，在外面晃来晃去做什么？吓人吗？"

萧叡停住脚步。

门打开，二人在月色之下，彼此相望一眼。秦月还算和气道："近来天气转寒，你也不怕着了风寒。"

萧叡却问："你怎么大半夜也不睡？"

秦月静默了片刻，像是叹气一样说："我有些担心复哥儿的病情反复。"

生死之事，萧叡不好保证。他这一刻算是明白了，不能履行的承诺就不应该头脑一热地答应。他只说："若是还需要我，再来找我便是了。不过取几滴血而已。"

秦月问："你大半夜找我想做什么？"

萧叡紧抿嘴唇："不……不做什么……就是不知不觉走到这里了。"

秦月冷淡地瞥了他一眼。萧叡浑身紧绷，等着她的话，想再多和她说一句话。

她问："喝酒吗？"

萧叡回过神，忙不迭地说："好。"

等人走到自己面前，萧叡才闻到她身上的酒味。

于是，他们偷偷摸摸地躲着孩子在一起喝酒。

秦月酒力不甚好，两颊坨红，看得他忍不住浮起遐思。秦月发现自己有醉意，就不再喝了，说："喝酒误事啊，要不是当初我多喝了你几杯酒，何至于此？"

萧叡憋了憋，到底还是坦白道：“那一次，你就是没喝酒，下次我还会找别的机会哄你的，从头到尾原本就是我安排的。我早就反悔，想把你骗回去了。”

秦月瞪他，没好气地说：“果然是这样。我就说呢，怎么会那么巧。”

萧叡也不敢再给秦月斟酒，自己喝了一杯，却说：“这次可什么都没有，我不敢再骗你了。”

秦月“呵呵”一声。

萧叡自嘲似的低低笑了两声：“我只希望你能少恨我一点儿，别带到下辈子去，到时我再去找你，你不至于太嫌弃我。”

“我哪敢嫌弃您？”秦月道，“我还记得你以前说我只是个无名无姓的贱籍，过了这么多年，也没有错。就算是这一次，我离开了皇宫，也没办法光明正大地回我的家乡，祭拜我的父母跟姐姐。”

萧叡哑口无言：“呃……”

秦月只觉得自己被一股迷茫裹挟着，她可以走了，萧叡也放她走。她却不知道该往哪里去了，甚至觉得有点儿无聊。

她倒了一杯酒，道：“罢了。能离开就不错了。”

她略带几分醉意，笑起来：“我是不是挺厉害的？三进三出皇宫。皇上，我跟你说，其实你就算想关我，我也不是当年的我了，我有法子逃出去。也不用你装好心大度，信不信？”

萧叡见她眸中光芒闪烁，不由得有几分痴了，他觉得这大抵就是他栽在这个女人身上的原因：“信，我当然信。”

秦月趴在桌上。

萧叡还以为秦月是喝醉睡过去了，观察了一会儿，伸手去搭她的肩膀，想要把人抱到床上去，才碰到，又心惊一下，想着要不要叫个宫女过来扶她。

还没下决定，秦月冷不丁地说：“你做什么？”

萧叡被这个醉醺醺的女人吓得缩回手：“不做什么，你不用这么杯弓蛇影。那天你勾引我，我都没做任何事。”

说到这件事情，秦月就觉得郁闷。她抬起头，一只手托腮，纳闷儿地盯住萧叡：“我又不是自己想勾引你。”

萧叡摸摸鼻子说：“我知道了，你别说了。我知道你一点儿也不想和我亲近，你厌恶我。”

他这样坦白自嘲，秦月反而觉得无趣。反正都要走了，她心底涌起一股冲动，也坦白道：“以前是想的，你还是七郎的时候，我是喜欢你的。

“我父母姐妹都死了，你与我一起长大，就像我的半个亲人，我才想着要帮你。

“你那时待我那般好，长得又俊美，哪个姑娘家被献殷勤能不动心？我以前也只是个愚蠢的小姑娘。”

萧叡麻木的心口上像是伤口被猝不及防地撕裂，秦月用最恶毒的语言骂他都不如承认爱过他更让他难受。

秦月又说：“我就是走到天涯海角，名义上我的名字是和你葬在一处，还要被写在史书上，让所有人都知道。”

萧叡匀了几口气，压下胸闷疼痛的感觉，说：“你都要远走高飞了，只留给我一个名分，还不行吗？”

秦月看了看萧叡，见他脸色苍白不似在装病的模样，酒意被惊散，问：“你怎么了？生病吗？我给你叫太医？”

萧叡捂住胸口，轻轻地摇了摇头：“不必，我……我缓一缓……”

秦月站起来，给萧叡拍了拍背。她只是不忍心看人死在自己面前，又劝说：“还是把太医叫来吧，总有人值班。你这是怎么回事？你什么时候有心绞痛的毛病了？”

话音还未落地，她脸色微变，隐隐猜到一些。

萧叡道：“自你‘死’后。”

他补充道：“不是骗你的。”

秦月撒开手，只说：“我又没说你骗人……”

萧叡缓过来，脸色好了点儿，起身，道：“后日你出发，朕不送你，反正出宫的路你比谁都熟。”

萧叡回了寝宫，服下一碗醒酒汤，又用了一颗安眠丸，这才恍惚地睡去。

但萧叡没睡好，天蒙蒙亮就醒了。他每日这个点都会醒，醒来才记起，他想给复哥儿庆祝生辰，前些日子早就找好了借口将这日的朝议推迟，想了想，干脆起来看看公文。

萧叡批了一个时辰，渐渐困了。

他也不好稀里糊涂地乱批，便想去小睡片刻。还没躺下，张磐来报，说是兰阁老等在宫门外，有急事要找他。

有什么急事？

萧叡只得抹把脸，去接见兰相。

兰阁老神色端肃，萧叡心里一个咯噔，脑海里翻过许多奏折，一下子却也想不起究竟是哪桩国家大事让他老人家脸色这般难看。

兰阁老一见他，却不说话，直接讲玉笏放在面前的桌上，又摘帽，再摘印。

萧叡蒙了："兰相这是何意？"

兰阁老道："皇上倚重老臣，是老臣之幸。当年皇上要娶我的孙女为后，老臣也答应了。后来要追封那秦氏为后，老臣亲手给您丰润文章。自认忠心不二，只因臣以为皇上是一明主，皇上信任老臣。

"秦氏未死，又有皇子，我不明白皇上为何不顾皇室血脉延续，国家因您无子而不安，亦要隐瞒此事？"

【第十五章】·凤凰还巢

兰阁老挺直脊背，直视萧叡："皇上是因为当年兰姓之人差点儿做了皇后，所以怕我心有芥蒂，才无法在此一事上信任于我吗？"

萧叡被逼问得一时间答不上来。兰阁老是当年他登基之后第一个支持他的肱骨大臣，虽是他上位正名之后才效忠于他，但这些年可以说是鞠躬尽瘁，与其说是报效他，不如说是报效皇帝。

说他正直，确是正直，说他狡猾，也是狡猾。

萧叡叹了口气，扶他坐下，问："您是从何知道的？"

兰阁老道："公主所言，绝不会有假。"他从袖口中拿出安乐公主亲手所写之纸，展示给萧叡看。

萧叡竟然有种果然如此的感觉，他揉了揉隐隐作痛的额角。他就说呢，宁宁这几天怎么那么安静，还以为是他们瞒得好，结果这小东西早就知道了，还吸取教训，不声不响地干出大事。

兰阁老问："蘅芜宫现今所住之人可是皇后本人？"

萧叡无法再瞒他，面对他逼人的目光，只得承认："是。可皇陵里也躺着一个皇后。"

兰阁老道："您既立了一个秦氏为皇后，再立一个也不是不行，大不了说是她的同胞妹妹便是了。"

萧叡真对他刮目相看，他总以为兰阁老是个迂腐老人，但他有时候又比其他几位更灵活，先前他有立皇太女之意，也是兰阁老第一个屈从。不过问题不在他们，只在秦月本人身上。萧叡苦笑，秦月不想做他的皇后，他能有什么法子？

他实在左右为难。

兰阁老逼他，他却不能去逼秦月。

萧叡思忖了片刻，道是："朕自认继位以后勤勤恳恳，从无懈怠。只在此一事上，请您睁一只眼闭一只眼。别无商量的余地。"

萧叡亲手捧了他的官帽递给他。

兰阁老拱手，摇头道："老臣不能厚颜无耻地再自己戴回去。"

无论萧叡怎么劝说，兰阁老都不松口，萧叡只能送走兰阁老。

他坐了一会儿，黑着脸，让人摆驾往蘅芜宫去。干什么？教训女儿去！

还没到宫门口，却听见一阵喧哗。

他见到了宁宁，却不能直接走过去骂她，因为她身边竟然还围了好几位宫妃。

萧叡下了御辇，走至此处，黑着脸问："这是在做什么？"

为首的崔贵妃不敢触霉头，愣愣地问："不是您让我们过来的吗？公主与我们说，您要召见我们。"

但到了蘅芜宫宫门口，却被拦住。

她们便知道不妙了，见到皇上，还不得赶紧撇清自己。

萧叡脸色黑得不能更黑。他怒目圆睁，忍了又忍，沉声道："胡闹！"

他骂的是宁宁，但宫妃们可不清楚，还以为是斥责她们，顿时呼啦啦地跪了一片。还好蘅芜宫的宫人听命于他，不然宁宁直接带人进去见到她娘亲，后果不堪设想。却只有这个小家伙没跪下，直挺挺地站着，仰头盯着自己的父皇，眼眶通红。

萧叡又觉得宁宁这样子与她娘亲真像，让他又喜欢又生气。

秦月正在一扇门外，听见了动静，也由别人的转述里知道了，但她偏偏不能光明正大地走出这扇门，去劝说这对父女。

萧叡把女儿像是提小鸡崽似的拎起来，阔步离开，进了门，又关上。

众宫妃们跪了好一会儿，隐约能听见门内的声音和动静，只能装成是聋的哑的。渐渐平息之后，才有人过来，让她们各自回宫，并且告诫不准把此事泄露出去。

宫人们心下不免想，假传圣意是大罪，皇上连这也要替女儿瞒下来，可真的是太宠爱她了。

可还没走远就听见了公主的哭声。

得，这也得装成没听见。

宁宁平生第一次被父皇打屁股，她哭得堪称撕心裂肺，比上次得知父皇不会来接她离开哭得更惨烈。她的如意算盘尽数落空，还被打了，只剩下撒泼打滚一条路，大声嚷嚷："打死我吧，打死我算了，反正你们也不要我。"

萧叡指着宁宁，才打了一下，复哥儿就扑过来要护着姐姐，他没敢接着打。

这小兔崽子就开始胡言乱语。

宁宁抱住弟弟这个护身符，边哭边说："我不管，我要弟弟留下来。"

萧叡板起脸道："反正你都要闹都要哭，不想和弟弟分开是吧？那我还是把你送走，让你跟你娘走好了。"

秦月站在一旁，盯着这对抱在一起的姐弟，亦是气得肝疼却无可奈何。

“复哥儿！”她喊。

复哥儿像是被姐姐传染了叛逆一样，竟然不听她的话，低着头，说：“我也想和姐姐在一块儿。”

萧叡又好气又好笑。他在兄弟姐妹的尔虞我诈之中长大，真是第一次见竟然有这么要好的姐弟，不像是皇家的种，大概是因为两个孩子都是胡乱养大的。

原本说好要给孩子过生辰，结果这下倒好，一对姐弟手拉手，闹得厉害。

好不容易把两个小家伙分开。

宁宁还要去跳井，被拦了下来，关在屋子里，撂狠话说娘和弟弟一走，她就要绝食。

萧叡真是无颜面对秦月。

一通胡闹，闹到夜色都黑了才稍作消停。

他焦头烂额地去找秦月，没什么底气地保证道：“你且等等，我再哄哄她，总是有法子的。不然你先走了，她不一定真的绝食。”

秦月也快气死了：“我怎么走？我还以为说通她了，结果还是这样。我就知道，一时半会儿哪能真把她的性子掰回来。我要是真走了，她还不得恨死我了？凭什么啊？我辛苦生的孩子却要恨我。”

萧叡实在没办法，见秦月如此咬牙切齿，只能紧攥拳头，愣头愣脑地说：“你要实在气不过，打我两下出去好了，别气着自己……”

秦月猛然转头，眼眶都红了，瞪了他好一会儿，真抬起手，作势要打他。

萧叡一动不动，完全不躲。

秦月心底憋着一股气，真的当场就生起一股弑君的冲动，狠狠地扇了他一巴掌。

萧叡没因为她的动作晃动半下，反而是她自己弄得手板心生疼。

这好像还是她第一次打萧叡，以往都只是动动嘴皮子。

太生气了，太生气了。

她不管自己手疼，一边打一边骂他：“你让我打你是吧？

“还好聚好散，根本没办法好聚好散，现在弄得这么难看，你说该怎么办好？宁宁那个性子就是你惯出来的。

“要不是你，我怎么会扔下她那么多年，让她变成那个性子？

“要不是你，复哥儿也不会生病！”

秦月打累了，歇下来，坐在那大口大口地喘气，努力地把眼泪忍回去：

“要不是你，我根本不会生两个小孩子。我知道我其实也不是什么好人，我自己都这个样子，我怎么教孩子？”

萧叡倒也不是完全不疼，毕竟被怀袖捶了那么多拳，扇了好几巴掌，他的脸都有点儿麻了。他堂堂一个皇帝怎么可以这样呢？他叹了口气，雪上加霜地说：“宁宁还写信给兰阁老了，今早他来找了我一趟。我不肯认，他连官帽都给我摘了。”

秦月说不出话来。他们眼下就是走入了一个死局，就像是一团乱缠的线，解不开。假如要剪掉，又太危险。

怎么办，怎么办？

她站起身来，在屋子里如困兽般踱步。萧叡默不作声地跟在她身后，更惹得她烦不胜烦。

萧叡突然问：“都这样了，我是不是在你心里已经是无可救药的无赖了？我还能做个好人吗？”

“是。”秦月停住脚步，深吸一口气，“没办法了。本来到了我们这种地步，还想跟彼此做好人，就是很可笑的话。”

秦月眸中似燃着一团烈火：“皇上，我现在真想杀了你，一了百了。”

萧叡凝视着她，一步步地走近。他越是接近，秦月的目光就越是灼热。

她抬起手，被萧叡握住，往后压下，按在桌上。

按捺了数年的爱意如一泼热油浇在未燃尽的火烬之上，陡然蹿起熊熊烈焰。

他吻上秦月的嘴唇。

秦月如搁浅的鱼般挣扎起来，他加重力气，把她牢牢地按住。

她心绪混乱，既恨萧叡，也恨自己，更恨命运。她觉得自己就像是深深陷在泥潭之中，越是想要挣开，就越是逃脱不开。

秦月咬了萧叡一下。

萧叡也没放开她，血腥的味道弥漫在彼此的唇齿间。

她一直睁着眼睛，等他分开，气喘吁吁地说：“我就知道你会反悔，你每次都这样。”

萧叡低头看着她：“秦月，事已至此，我们都没有回头之路，我想做个好人，你也不信，两个孩子也不依。我们这辈子是不可能好聚好散了。我真不知道该如何是好，回来做皇后吧，我求求你了。回来做我的皇后。”

秦月的嘴唇上还沾着血，像是抹了胭脂。

萧叡道：“你做我的皇后，我连兵权也给你，我要是再敢负你，你想捅我一刀你就捅，行不行？”

秦月冷笑：“我要是真捅了你，岂不是成了祸乱朝纲的千古罪人？你想得美。你明知道我不会这么做。”

萧叡深吸一口气，问：“那你与我说，到底要怎样，你才愿意答应做这个皇后？你要什么我都依你。”

秦月回想起那个梦。萧叡这样自私的人能胡言乱语到这个地步，确是真的爱她。可能所有人都觉得她不识抬举，但她仍然不想松口，不然她这十几年的折磨算什么？

男人，在没有钱、没有权的时候第一位爱的都是钱和权。当他有了，无聊寂寞了，才想要一份感情，越是得不到就越想要。

秦月说：“你能让时间倒流，回到当年，我的孩子没死，你没有一而再、再而三地侮辱我、辜负我，我就能做这个皇后。”

她极端恶毒地说：“萧叡，我真的一看到你就恶心。我一直记得你第一次去宠幸别的女人那天，我想象着你趴在其他女人身上的模样，之后你再碰我，我就想吐。

“我不知道我的七郎是什么时候死的。

“可能是在你登基的时候他就已经死了。

“我要做皇后也只做他的皇后。”

萧叡真的觉得自己要疯了。他放开手。

秦月坐起身来，两个人都衣衫凌乱，看着彼此。

萧叡回过头，从桌上拿来一把剪刀，作势要递给她。

秦月问：“你要做什么！”

萧叡说：“你只是打我一顿，应当还不够出气，我是负了你，是我不好。我也无法让时间回到过去，那干脆你把这口气出了。”

萧叡没有明说，秦月没接话。她盯着那把剪刀，剪刀的尖端泛着锐利的寒光。她冒出一个极其荒唐的想法，她压根儿不敢信。她压下那个荒谬的想法，瞪着他说：“你什么意思，萧叡？”

萧叡平静地答：“你亲手把我阉了吧。反正我们也有孩子了，我不用和别的女人生孩子了，把我阉了，我是不是就算变干净了？你应该就不会再恶心我了吧？如此，你回来做我的皇后，好不好？”

一阵狂风突然撞进窗棂，偌大空寂的宫殿里，青色的纱帐被吹得翻飞。

秦月并未想要留下，所以从未布置过住处，她就像是逗留此处的一缕亡灵。而此时此刻，萧叡想要把她拉回人间。

无人敢接近他们。

她气到极点，反而平静得诡异："你疯了吗？萧叡！"

她不敢相信萧叡能说出这样的话。他这人精明算计、猜忌多疑，却不是个疯子，说不出这种疯话。

萧叡的嘴唇被她咬破了，沾着一抹血，凝固之后呈暗红色，脸色却无比苍白。在这黯然糟糕的光线之中，甚至像恹恹病容。只观外貌，比起怀袖，他更似亡魂。他道："是，我是疯了。你死在我怀里的那一刻，我便疯了。"

秦月凝视着他。

萧叡看上去仍是平静的，吐出每一句话时看上去都慢条斯理，完全不像是个疯子，却越发显得癫狂。

奇怪的是，秦月并不觉得害怕。

明明萧叡那般高大，自上而下地看着她，她却没有被蔑视的感觉。

此时此刻的场景以前也曾有过无数次，在这大作的冷峭狂风中飞掠过回忆，一气被翻出来，涌入她的脑海之中。

她二十岁时，萧叡高居王座之上，命她不得离宫，赐她尚宫衣冠。

她二十一岁时，一面做尚宫，一面服侍萧叡。萧叡给了她一碗又一碗的避子汤，觉得她身份低贱，不配为他生子。

她二十五岁时，萧叡改变主意，说什么赐她荣幸，可诞下公主，便可得妃位。

她二十六岁时，萧叡逼她做皇贵妃，又要她生个儿子，允她继后之位。

萧叡何曾考虑过她愿不愿意，纵使是不愿意，也尽由得他个人安排。

她的意愿何足道也。

彼时秦月不过蚍蜉之微，生杀荣辱皆在萧叡掌心，谈什么选不选择，不过都是萧叡"想"或"不想"。

但这次不一样了。

她想走，就算萧叡拦她，她也有法子可以走。她不敢再信萧叡，这几年他的凄惨鳏孤，她心里其实明了，这个男人或许已变了。

不说高低贵贱，她在知道萧叡甚至想过要立她的女儿作皇太女时，其实就觉得这个男人是不是有些疯了。

而眼前，萧叡真的疯给她看了。

秦月接过剪刀，尖头对向他，抬起手，眼睛一眨不眨地盯住他：“你以为我不敢吗？”

萧叡不说话，朝她坚定地走过去，伸出手。

秦月一咬牙，心一横，闭上眼，鼓起劲，挥了一下剪刀。她感觉到自己刺中什么，睁开眼，萧叡的手臂上扎着剪刀，她没放手，萧叡也没停止，继续往前走，皇袍被割开，鲜血涌出，把他的袖子都染红浸湿。鲜血一滴一滴地落在地上，触目惊心。

萧叡硬是顶着刀尖向她走去，满袖是血地把她拥入怀中。

剪刀掉在地上，发出一声微不足道的轻响。

萧叡抱住她，慢慢儿地跪坐下去。

正如那年，他抱着满身是血的身披嫁衣的怀袖。

“不是我给你什么，你就得要什么。而是你要什么，我就给你什么。

“袖袖，求求你做我的皇后。

“我不逼你，你别怕，后位我会一直留给你，你想什么时候回来，就什么时候回来。”

张太医突然被宣召至蘅芜宫。他心下有些疑惑，太医局最得意的正是研究小儿疾病的大夫，而他专司跌打外伤，平日在宫中没什么差事。皇上仁厚，并不把好大夫都供在宫中，平日里他给达官权贵看病，每月还去皇家开办的慈安堂给老百姓坐诊两日，在此方面颇有心得。他一路上都在想是谁受伤了，等到了以后，一进门，便瞧见那满地的血，吓了一跳。再一看，骇得腿有些软，倒不是被血吓的，而是这受伤之人竟然就是皇上。

莫非宫中进了刺客，怎么不声不响，皇上突然受伤了？

萧叡正坐在一把梨花木椅子上，受伤的胳膊放在桌上，应当流了好一会儿血了，已经凝成暗红色，黏在了皮肤上。

张太医无从下手，低头恭敬道：“皇上，得把黏在伤口上的衣服剪开才行。”

但是剪开龙袍是大不敬，他哪敢下剪刀？

旁边一个女子上前，抄起剪刀，直接把萧叡的龙袍袖子剪了。“嗤”的一声响，很痛快，听得他心尖一抖。

张太医飞快地瞄了一眼。其实他刚才就注意到了，这个女子长得和怀袖姑姑或说是与皇后很像。

他将伤口清理好，缠上绷带，叮嘱皇上近期不要运动这只手臂，以免伤口裂开。

待他说完之后，萧叡才不紧不慢地说：“这件事情不准记在册上，你今天来这里，只是应个话的。”

张太医答话，匆匆地走了。

屋里又只剩下他和秦月。

萧叡看着那半截儿染血的龙袍袖子，没说话。

秦月道：“毁坏龙袍是宫规中的重罪，罪当杖毙。”

萧叡心想：你是这宫中最厌恶规矩的女人，倒是也背得最流利。

萧叡道：“拿个火盆过来。”

不多时，便有个小太监哆哆嗦嗦地抬了火盆过来，再倒入烧热的炭。

小太监怕得很，以往他还为自己能当上总管太监张磐的干儿子而感到庆幸，就算平时要给干爹上下跑腿，什么脏活累活都归他做，得到的赏赐还得都上交，他也都忍了，想着将来接班，出人头地。

这日皇上在这儿和女人吵架，他们都不敢去，干爹也不敢，就让他去。

而且皇上没让他退下，他不敢退下，站在一旁，深深地埋着头，如雕塑般一动不敢动。忽地感觉到眼前掠过一道影子，有什么东西被投入了火盆之中。

他下意识地看过去，看到竟然是皇上把沾了血的龙袍整件扔进火盆里。

皇上的龙袍一件可值万金，是用上等的蚕丝，又经特殊的浸润鞣制工艺而做成，听说有些防火防水的功效。果真，就算是沾上了炭，也没有立即烧起来。被灼到的丝线静静地烧着，却没有冒出过大的火焰。

小太监看衣服烧起来着急，烧得慢也着急，心里一片死灰，觉得自己离死期不远了。

那个女子突然开口说话：“你还在这看着做什么？没你伺候的地方了，退下吧。”

小太监犹如逃出生天，连忙抬起僵硬发麻的双腿，忙不迭地跑了。

他一出门，就见到了干爹张磐。

张磐问：“你怎么出来了？皇上让你出来的？”

小太监摇头：“那个女子让我出来的。”

张磐打量着他：“你倒是好命，自己去领一碗哑汤喝了吧。喝得快，说不定还能保住命。”

小太监脸色一白，差点儿晕过去，赶紧从地上爬起来，忍着泪走了。

张磐倒是真把他当干儿子，可惜，他的命自己做不得数，也不能帮旁人做主。反而，他觉得这小子运气算好了，只要有怀袖在，皇上的脾气都会好许多。可能怀袖姑姑自个儿都没发现，只要关系她，皇上便不会轻易弄死人，最起码不会当她的面。倘若她开口，那便更好说了。

当初都是做奴才的，他总觉得这个女人不安分，只是不知为什么偏生入了皇上的眼，连“死”了都能把皇上给迷住，女儿也能沾她的光，备受宠爱。

他见到怀袖那一刻时，就知道一切要尘埃落定了。

怀袖不在的时候，这宫中都没有女人能和她争。她回来了，还争什么？

萧叡看龙袍烧得慢，泼了一壶酒上去。

火苗瞬间炸开不少。

秦月道：“一件龙袍要多少钱你知道吗？这件送去尚服局补一补，也能再穿。”

这烧都烧得差不多了，秦月不过在说废话。萧叡心里当然明白，只是难以解释血迹来源，不如一把火烧了。而这烧龙袍的火，她也爱看，很有种大逆不道的感觉。

仿佛有什么被挣破开。

萧叡像是猜出了秦月的心思，说：“你不是爱看烧龙袍吗？下回我再烧给你看。”

秦月道：“我何时说喜欢了？我只是不拦着你，你的钱，你的衣裳，你想败家，我管你做什么？”

秦月转身离开：“我去看看复哥儿。”

萧叡不说话，只看着她的背影。

秦月没答应他留下，复哥儿不亲近他，宁宁在闹叛逆。

他们这个家，如一盘散沙，该怎样才能拼好？萧叡盯着火盆，眸中映着细碎的光。

梅常在是后来才知道昨日安乐公主好像又闹出了什么事情，还连累一众宫妃一起被罚。

雪妃也听宫女说了，可她是个傻的，只觉得稀奇，又问要罚什么，全然不觉得和自己有关，还遗憾地说：“啊，那小公主被罚了，这下她又有一阵子不能来找我玩了。”

梅常在眼前一黑，都什么时候了，这傻子还惦记着玩，看来是指望不上了。夜里，她昏昏沉沉地睡了，忽地梦起少年事，其实她不是从小就在教司坊的。

小时候，她是家里最受宠的小女儿。在萧叡登基那年，他的父亲、哥哥因支持逆王而倒台，全家被抄，十四岁以上的男丁都被斩首，十四岁以下被流放，女眷全部充进教司坊。教司坊里太苦了，二姐连冬天都没熬过，有日她早上起来，便发现二姐咬舌自尽了。

她也不知自己是怎么活下来的，胡乱活到这一刻，但听姐姐们说，这里的女人多活不过三十岁，她倒不怕死得早，只是茫然，她这辈子是为什么而活呢？想来想去，只剩下一把仇恨，她恨站错队的父亲和兄长，恨抛下她的姐姐，也恨下令抄她家满门的皇上。

直到三年前，有个人来教司坊找她。

二人相认。

对方竟然是她被流放的四哥，也是她唯一还在世的兄长。四哥告诉她，王爷并没有放弃他们，还救了他，收他入麾下，正在招兵买马，试图东山再起。

四哥说："贼王上位不正，当以诛之。"

再之后，她的日子渐渐好过起来。直到去年，她得了信，让她入宫，探听消息。进宫后，她才知道自己长得好像跟已故的皇后很像，可即便如此，她还是没得到什么接近皇上的机会。

她怎么派不上用场呢？

这样下去会被当作弃子的。

说来也奇怪，她们这么好几个年轻貌美、且长得跟皇后更相似的美人皇上不要，偏偏要那个老女人。

实在太古怪了。

其实她一直觉得有哪里不对劲，皇上待那个女人就是不同寻常。忽然之间，似有什么从脑海中掠过，她想起一些事情，都是小公主来找雪妃玩的时候发生的。

她记得有一回，小公主离开时，雪妃问她要不要留下吃饭，做羊肉串吃，亲手做。小公主没吃，竟说："我要回去和我娘吃饭。"

说罢，又改口："我说错了，我要回去和我父皇吃饭。"

小公主每次来玩，还要显摆自己的裙子，明明针脚不甚精细，远远不如司服局宫女的手艺。

雪妃不懂中原技艺，看什么都新奇漂亮，很捧她场，傻呵呵地问："是谁给你做的？你父皇吗？他待你真好，我父亲都不送我裙子，幸好我大兄会送我。"

小公主便笑嘻嘻地说："不告诉你。"

如果只是个服侍得好的宫女做的衣裳，有什么不好说的呢？

该不会……蘅芜宫里这一刻住进去的那个女人，就是小公主的亲娘吧？

梅常在心尖一跳。她坐起身来，坐得太急，脑袋都觉得有些眩晕。

这个猜测也太荒谬了。

萧叡只与怀袖求了，他求是他的事，怀袖答不答应，是她的事。

他们之前约好的，是这日之后，怀袖可以带着复哥儿离开。若是错过了这次，拖到河上结了冰，山路也不好走，她就得等到来年开春才能走了。

萧叡下了命令，让人不要拦着秦月，她想走尽可以走。

出宫的令牌全给她备好了。

先前萧叡一想到这件事，就愁得整晚睡不着觉，得靠安眠汤才能睡着。

昨晚却能自然地睡着了，虽然手臂上的伤口有些疼，但反而是难得的一个好觉。不管怀袖是走还是留，起码他的态度摆出来了。

他会等在这里。

怀袖若留下做皇后，那他守护她一辈子；若她要走，他就守护这天下一辈子，让她得以太平度日。

萧叡去上早朝，没问蘅芜宫的动静。

这天早朝亦有些不同，兰相不在，大家大概知道昨天兰相找了皇上一趟，进宫时还戴着官帽，出来时却已经摘了，也不知发生了什么。而今兰相闭门谢客，皇上这边绝口不提。

早朝结束，萧叡径直去了御书房，批折子。

下午。

萧叡突地眼皮一跳。

大抵一盏茶的工夫过后，张磐上前道："秦姑娘带着小公子自东侧门乘马车走了。"

萧叡怔怔半晌，回过神，才发现自己的手腕无力地垂下，朱笔在奏折上画了好大一块红污，不及他昨日的血那么鲜艳。他手臂上的伤口在痛，但都及不上他这一刻心口要被撕裂开般的痛楚。

萧叡心生绝望。

他都做到这种地步，怀袖还是要弃他而去吗？也是，她是这世上最清醒也最残忍的女子。

萧叡放下笔，仰起头，合上双目，长长地叹了口气。

他说："退下。"

萧叡的声音在这空荡荡的屋里，似有回音。

坐马车太无聊。

复哥儿想要姐姐，可是拗不过娘亲，抽抽噎噎地哭了一晚上，这眼下累得睡着了。

秦月把他抱在怀里，胳膊一沉，恍惚意识到，这大半年来，复哥儿长大许多。他刚进宫那会儿病恹恹、瘦巴巴的，抱在怀里还没有一只肥猫胖狗重。这一刻病好了，人养胖了一圈儿，脸颊看上去也有些肉了。

秦月看着他睡得红扑扑的小脸蛋儿，想起萧叡为这孩子取血时的情景。

因着十指连心，太医说从指间取心尖血也可以，直接从心口取太疼了。萧叡却每次扎左胸口，从不偷工减料，细长的银针刺进去，还没愈合，又要刺下一次。

马车停了下来。

驭马的米哥儿道："干娘，到了。"

米哥儿为她揭开布帘，又放好踏脚。她抱着复哥儿下车，仰视着这座宅子正门的牌匾：兰府。

正是兰相的府邸。

兰府的看门人老杨头见这群奇怪的人接近，踟蹰了一下，才上前把人拦住。

这个女人身姿窈窕，露出的手看上去皮肤白皙细腻，不像是做苦活的人，但是偏偏只穿一身毫无绣花的青色布衣。说这衣服普通，她披着的大氅又镶了难得一见的白狐皮子，还缀着琉璃种的玉坠。她戴着帽子，帽檐低垂，让他看不清长相。他眯着眼睛看，也只瞧见个下巴。

这倒也罢了，她身边跟着的"侍女"和"男仆"都器宇不凡。不，观其相貌，看上去不像是做奴仆的，应该说是哪家的少爷、小姐，可她下车的时候，又扶她下车。

所以老杨头才犹豫了一下，而不是立即呵斥将人赶走。万一是哪位他不认识的贵人呢？

可这京城上上下下，曾经来府上拜访过的，他就没有不认识的。

这个女子究竟是谁？

待秦月走到跟前，还没等他发问，她先开口了："我找你家大老爷有事，烦请通禀一声。"

老杨头拱手问："您可有帖子？"

秦月摇了摇头。

老杨头又问："那您是哪位府上的夫人？"

秦月自怀中掏了一个装了银锞子的小布袋子递给他，思忖了片刻，道："你就说——临安的秦氏有事找他。兰老便会懂了。"

内院。

老夫人正在哄他："你说说你，一大把年纪了，还闹脾气。"

老爷气鼓鼓地说："你别管，你有空不如给我煲个老鸭汤喝。"

老夫人道："你凶我还想我给你煲汤，你这老东西想得美。"

大丫头绿烟把老杨头拦下来，问："有什么事？"

老杨头扬起个温和的笑脸："外头有人找老爷。"

绿烟问："老爷不是吩咐了不见人吗？你殷勤个什么劲儿，是人家给你塞了多少银子？"

"小的哪敢啊？我们兰府的名声可比银子贵重多了。"老杨头一五一十地说了。

绿烟听闻是个抱着小孩儿的独身女人，还以为是后院那点儿腌臜事，皱眉道："又是哪个打秋风的远房亲戚不成？临安？"

绿烟思来想去，实在记不起他们家在临安有哪个走动勤快的亲戚，但兰家家大业大，是什么亲朋故友也说不定。她也不敢做主把人赶走，可老爷正在发火，老夫人都哄不好，他们谁敢去摸老虎屁股啊？

她暗道自己倒霉，硬着头皮，前去跟老爷说了。

兰相乍一听，也没反应过来，才皱起眉要骂人，突然脑子一亮，从椅子上矫健地跳也似的站起身："有请，有请，快去把人请来。"

话音刚落地，他又改口："不，还是我亲自过去迎接。"

兰府众人皆大吃一惊，这是何人，竟然劳烦老爷亲自去迎接？

兰相急得连个外衣都没裹上，就三步并作两步地快步往外走去。

老夫人愕然，过了片刻，自衣架上拿起披风，跟在后面，要给他穿上：“你慢点儿，路滑，连衣服都没穿好，也不怕受风着凉，你这个老东西。”

兰相接过披风穿上，对她说：“你赶紧准备鲜果糕点。”

老夫人也不多嘴，只问：“给你送到前厅去？那是谁家的女眷？还是我来接待吧。”

兰相却摇头：“不行，我来接待。你把东西送到书房，然后让其他人都别过来。”

这对老夫妻便各司其职去了。老夫人心下也不是没有疑惑，这老家伙亲自去迎一个女人也就罢了，居然还要在书房接待，这架势倒像是他与官场上的同僚关上门议事。

兰府占地颇大。

兰相心急如焚，生怕人会跑了，急匆匆地赶到门口，一出门，却没见着人。他蒙了。

他还未张口问，门口停着的高蓬马车边的某位官员先殷勤地迎上来，还以为他是来见自己的，过来便是一阵寒暄。

兰相只觉得一阵儿恼火，差点儿晕过去，敷衍完他，才看到让开路，等在路边墙角的女人。他耐着性子，把人打发走了，终于可以走到她跟前，道：“娘娘。”

秦月抬起头，微微摇头：“兰相过言了，我如今不是什么娘娘。”

兰相带路，把秦月接进府里，引她去了书房。

秦月进屋以后，方才摘下帽子，露出脸来：“多年不见了，兰老先生。”

兰相打量着秦月的脸，觉得与当年没甚区别，这女子着实驻颜有术。她能让皇上如此痴心，也不知道这是幸还是祸，一个不慎，便会危害家国。以前她还做尚宫时，他还觉得怀袖尚宫是一个宜室宜家的好女人，哪想到如今……

不过更引他注意的，是秦月怀里的小男孩儿。

没有错。

是上次公主带来的那个小男孩儿。

这时，复哥儿也已经醒了。他被这个老爷爷盯着，怪不自在的，抱紧了娘亲的脖子，不敢直视他。

娘亲却把他放了下来，对兰相说：“他身体不好，体弱多病，不好久站，也怕凉气从脚板进去，可以让他坐着吗？”

兰相忙不迭地说道：“可以，可以，当然可以。您也请坐。”

复哥儿坐在高高的椅子上，也不知发生何事。

兰相问：“我记得他叫复哥儿是吧？您带他过来是想要老臣怎样做？”

秦月后退一步，整袖，对他作势要拜。还没拜下去，兰相立即来拦她：“使不得！娘娘，使不得。”

秦月道：“我如今只是一介庶民，当不得您的尊称。我此次来，是来向您道歉。因为我的任性自私连累您，连累国家百姓。”

兰相深深对她一揖，道：“皇上对您情根深种，只要您开口，老臣便有办法，扶您回去皇后。小皇子的身份，我也会想办法，一定能让他名正言顺地回宫。”

秦月道：“我这边且不急，明日您的官帽玉笏会有人送回来，还请您回去扶助皇上。近来乃多事之秋，朝中万万少不了您老人家坐镇。”

二人一番商量，秦月动之以情晓之以理，又与他说了一些民间她手下探听到的情况，先把兰相哄得点了头。

兰相说：“皇上既有嫡子，当立储君。他不知为何，就是不肯答应。您是不是可以劝一劝他？”

秦月答：“这孩子身子真的不好，万一他夭折了，岂不是更加糟糕？”

这个说法兰相勉强就能接受了，毕竟人家都把孩子带到他面前，不藏着捂着了，还给了他大大的面子，对他致歉，他还有什么好拿乔的呢？

一番商榷耗时颇长，再看外面天色，太阳已然落山。

兰相道：“您可是要现在赶回宫去，或可以在这里住一晚再走？”

秦月笑了笑：“倒也不用，我有其他落脚处，我等明日再回宫去。”

秦月与他道别，兰相亲自送她到门口。

复哥儿趴在娘亲的肩膀上，也说：“老爷爷，再见。”

兰相眼巴巴地望着这个可爱的小男孩儿，比对待自己的孙子、孙女都要慈爱和蔼。

秦月去了先前的住处，搬进宫住以后，这里一直空着。何妃早几个月就被她送走了。

算算时日，何妃估计都快临盆了吧。她让人把何妃送去了临安，新的身份却是萧叡让人做的，立了女户，称肚子里怀的是亡夫的遗腹子，凭着她写的信，何妃可以在临安的女子私塾做女先生，以她的学问，完全不成问题。

想到何妃，秦月竟然有些羡慕。她爱错的那个坏男人太好对付了，不像自己，好死不死地被皇帝缠上，难以摆脱。

复哥儿大概是知道自己无能为力，也不哭闹了。只问她：“娘，我以后还能见到姐姐和爹爹吗？”

秦月觉得自己真是第一大恶人，这局面以前赖萧叡，如今却要赖她，都是她放不下。即便日后孩子们长大了，也会记起曾经有过这么一段充满争吵的日子。

秦月摸摸他的脑袋，说：“能的。先睡吧。”

等复哥儿睡着了，他看着复哥儿头顶的发旋发呆。

她和萧叡睡在一张床的时候，萧叡散开头发，也是两个发旋。他在别人那里都不会散发，只在她这里会放肆，不讲规矩。

那时秦月多讨厌萧叡待自己无礼，但扪心自问，也知道萧叡对她不一样，不论是好是坏。她摸摸复哥儿的发旋，道：“你爹这人啊，从小到大都不靠谱儿。当了皇上，做事还半途而废。”

既然视她为玩意儿，干脆便狠心到底好了，何必这样反复？要是萧叡够残忍，那她也可以更加果断地回头。

要是萧叡能少爱她几分就好了，那她也不至于如此痛苦。

早上。

天刚蒙蒙亮，宫门刚到可开的时辰。

一辆不起眼的青篷马车一路到了宫门口，被御林军拦下，车夫出示令牌，于是直接被放进去。

这日换班的小兵还是头一次见到这辆马车，等他进门，问上峰：“这是什么令牌？怎么连轿子一起放进去。”

上峰道：“那是皇上的令牌，以后见了，不必盘问，放进去就是了。”

清晨露重。

秦月从小路过来，回到蘅芜宫，才发现自己的裙袂都湿了，却没在这里见到萧叡。

雪翠拿了干净的衣裙来给她换。

秦月边换边问她：“皇上不在吗？”

雪翠道：“皇上昨晚没回来。”

秦月又问：“宁宁呢？”

雪翠答：“小公主还在睡觉。”

秦月想了想，自己笑了一下，说：“复哥儿也还没醒，把他放到宁宁屋里去睡。待她一醒过来，就会看到了。”

秦月换了一件月白色的交襟宽袖裙子，然后从蘅芜宫离开。

雪翠要跟上，她道：“不必跟我，我一个人去就行了。”

她既没戴女官冠，也没做妃嫔的发髻，孤身在内宫行走。路上遇上早起的宫人，见着她，还以为见着鬼，别说拦她，就没人敢上前。

秦月一路走到自己曾住过的尚宫小院。

张磐正在院子外面的门口守着，看样子怕是站了一夜。见到她，也惊得像是眼珠子要掉下来。

秦月进了院子。

院中的月桂树开得正好，馨香四溢。

她推门而入。

浓重的酒味扑鼻而来，桌上、地上全是空酒坛子。萧叡大概是醉极了，连坐都坐不住，歪倒在地上，靠着柜子呼呼大睡，怀里还抱着一个酒坛子。

秦月顿感头疼，围着他走了一圈儿。

过了一会儿，萧叡才隐约发现有人进屋，还以为是太监，眼睛都没睁开，醉醺醺、不耐烦地骂道：“不是让你们别来烦朕吗？”

秦月无语：“瞧你这样子，真像个昏君，太难看了，像什么话？”

萧叡睁开眼皮，瞧她，仍以为自己是在做梦。

秦月不说话。

萧叡不眨眼睛，眼泪涌出来。他止不住地哭起来，摇摇晃晃地爬起来，挂在她身上似的，把她抱住：“真好，在梦里可以见到你。”

秦月推开他。

萧叡本来就喝得烂醉，站不稳，被她推得又一屁股摔在地上。他哭得更厉害：“怎么在梦里也不给我抱啊？”

秦月把桌上还没喝完的一壶冷酒浇在他的头上：“大清早发什么酒疯，不上朝了吗？

“起来！

“我去见过了兰相，你洗把脸，写封信，把官帽给他送回去，他答应会回来了。”

时近深秋。

已经到了可以穿大氅的天气，这酒放了一晚上也冷了，浇在头上，让萧叡冻得一个激灵，终于醒了一些。

萧叡猛然意识到自己不是在做梦。

秦月便见这醉汉突然有了力气，如老虎似的扑过来，把她抱个满怀，控制不住力道，将她一道拉倒摔坐在地上。

他满脸都湿了，分不清是酒还是泪，沾在她才换的干净衣裙上，又弄脏了。

萧叡哽咽地问："你是答应回来做我的皇后吗？"

秦月便浇他第二盆冷水："不是。"

萧叡又傻了。

他们都坐在地上，萧叡傻傻地可怜地看着她，加上他衣衫不整，被浇了满头酒，看上去像只被抛弃的大黄狗。

秦月烦心地说："我还没想好。"

萧叡回过神，简直欣喜若狂。

他还以为她会像以前一样被直接拒绝，就跟昨日一样，她还刺了他一刀。他从这个女人嘴里听了太多"不要""不好""不行"，还是同一次听到"我还没想好"这种话。

这该怎么算？

他抓住最后一丝生机，绝处逢生了吗？

萧叡高兴得不知如何是好，又不敢得寸进尺，再说更多，万一招惹了怀袖的厌恶，让她决定还是要走，那他岂不是空欢喜一场？

很好了。已经很好了。

他把笼子全拆了，她竟然愿意回来了。

秦月看萧叡高兴得像个傻子，坐在地上形容狼狈却遏制不住地傻乐，既觉得可笑，又觉得心酸，说不清心尖是什么滋味。她这几年为了赚钱、为了逃亡而麻木地奔波劳碌，到这时，才终于再次品到一点儿活着的滋味，和一丝快意。

又有些不甘心。

秦月说不上是嘲讽萧叡，还是嘲讽自己，说："你真高兴是不是，觉得终于驯服我了？"

萧叡没从地上爬起来，握住她的手："哪能啊？唉，是你驯服我了。"

秦月：“呃……”

萧叡还打着酒嗝，他醉得厉害，只能慢慢儿地说：“你想怎样都行，我对你心服口服了……但这话别说出去，我就在这里说给你一个人听。你稍微给我留点儿面子。”

秦月好气又好笑地说：“我说出去干吗？我想不开吗？说出去我就成了那等妖妃，要被人人得而诛之了。你也荒唐，这种话你也说得出口。”

萧叡一时间哭得停不下来，眼泪湿了她的衣襟。

秦月说：“都多大年纪了，被宁宁他们看到，你父皇的威严还要不要？”

萧叡很不要脸地说：“你走的时候，我夜里照顾宁宁，我一看她长得那么像你，看一眼我就哭了，时常要哭一哭，不知哭过多少回了。男儿有泪不轻弹，可为自己的娘子哭有什么？”

“谁是你的娘子？你别蹬鼻子上脸，我只是觉得现在就走，扔下这一堆烂摊子不大好而已。”秦月说着站起来，撇开他。

萧叡也赶紧站起来，拉住她的手。

秦月又瞥他一眼：“你拉我干什么？”

萧叡心慌地说：“怕你跑了。”要不是手臂上的疼痛，他还是会觉得自己是在做梦。

秦月道：“你洗把脸，换身衣裳，去请兰相回来。”

萧叡“哦”了一声，在原地呆站了一会儿，才依依不舍地走了。没走几步，又折身回来，充满歉意地对她说：“你是因为这件事情才回来的吗？这事儿倒不用你担心，也不怪你，是我的错。你不用管，我也是会想办法把他老人家找回来的。”

秦月快烦死萧叡了，不耐烦地说：“知道了，你快点儿去吧，还上不上朝了？”

萧叡说：“我昨晚喝了太多酒，现在头疼，今日跟他们告个病假。”

说完，他望着秦月，仿佛在等她下一句话。

秦月迷惑片刻，道：“怎么了？你看着我干什么？那你去啊，关我什么事啊？我和你无缘无故，难道你还要我给你拿主意不成？”

“不是，不是。”萧叡带着几分喜悦地说，“我只是有什么都想和你说一说而已。就是想和你说话。”

有那么一瞬间，被萧叡的注视下，秦月竟然觉得他变年轻了几分，都开始长白头发的老男人了，还像个愣头青一样。就是他十几岁那会儿，也没这么傻里傻气。

秦月并非决定好要留下，但这一刻确实举棋不定了。

反正她如今可自由进出宫廷，想走随时可以走，并不急于一时。

这年秋狝。

萧叡照往年一样，点了几位三品以上的大员，随驾去围场。去之前还问秦月去不去，她当然不去。这几日萧叡不在，她正好可以清闲一阵子，也好好想一想下一步该如何。

萧叡已经启驾离宫，偌大的皇宫又只剩下一大院子的女人。

他倒是心大，她做尚宫、做皇贵妃那时便罢了，而今她只是个不相干人等，竟然也敢把整个皇宫留给她，也不怕被她搅得天翻地覆。

秦月正在和孩子们一块儿午睡，她烦得睡不着觉，蓦地想念起一个老朋友。如果可以，她真想去找顺王聊一聊。那老家伙四处潇洒，也不知在哪里快活。

先前怀袖还与萧叡说起来，顺王每个月会往京中寄一封信。他凡到哪里，都会有官员上报，一直晓得他在何处。瞧瞧，大家都在干活儿，只有他还在四处游玩。真不要脸。

而此时，顺王的处境其实不如他们所想那么顺利。

他正被关在一处南宅堡垒里，一间窗户都被封死的小屋子里，一日三餐只有一道素菜、一碗清粥和一个鸡蛋，要碗甜米酒都不给。

不过好赖没有折辱他，他这一刻全须全尾。

此事说来话长，该从一个多月前说起——

乱民之事从前年就开始冒头，去年似乎也有过一拨。这年雪灾洪涝之后，南方歉收，不少人过不下去，落草为寇。

顺王知这一带悍匪颇多，也带足了保卫，那些个一盘散沙的土匪遇上他手下的正规军队多是溃不成军，不足为惧，是以并未阻拦他探访名山奇水的脚步。

直到一个月前，他新结识一小友，跟他说某某地有什么美食，听得他口舌生津，二话不说就跟人去了。

半道儿被人往山里带，他还觉得无所谓，反正他身边有兵，等闲土匪都是以卵击石。

谁知遇见一帮人，那铠甲，那箭阵，那排兵布阵，怎么看都不是土匪。

顺王立即意识到自己这是晚年失节，竟然掉进了坑里。

两次王朝更迭，宫变政斗，他都安然无恙地躲过去了。熬到他哥哥死了，侄子也开始老了，却栽了跟头。

顺王喝完粥，吃了鸡蛋，还要把蛋壳剥得漂漂亮亮的，在上面画东西，倒是很能苦中作乐。画完便打坐背经去了。

顺王念到第五遍时，听见门锁被打开的声音。

有人来请他，他大大方方地跟着走了。

厅堂之上，坐着他那不知失踪了多久的四侄儿，这家伙也老了很多，看着还没他年轻。

四王瞎了一只眼，戴着眼罩。他见到皇叔，正如见到一把宝库的钥匙，眼睛一亮，扬眉吐气一般地说道："多年不见，您还是老样子啊，小皇叔。"

顺王自对他莞尔："好久不见，好久不见。先前听说你跑去了北边讨生活，没想到会在南边遇见。四侄儿看上去倒是身体安康。"

四王皮笑肉不笑："小皇叔您也是。看来我那个弟弟待您很孝顺。"

说完，顺王站了好半天，也没人给他端张椅子过来。

硬生生让他一个长辈站着跟晚辈说话。顺王哪能不知道这是个什么意思，不过是下马威，在杀他的锐气。不过眼下人为刀俎我为鱼肉，就差刀子架在他的脖子上，他不低头不行。

所幸他一直是个好脾气的叔叔。

顺王被晾在那儿罚站了小半个时辰，这个逆侄才道："七弟能坐到那个位置上，也有您一份大功劳。不过侄子我体谅您，您确实不好做人，父皇在位时怕您抢位置，逼您十几岁就出家，我七弟逼宫，又逼您矫诏，承认他为正统。

"害得朝中混乱十余年。

"不过他如今也遭报应，到这个年纪都没生出半个儿子，江山也多灾多难。"

顺王虽心下已有了个准备，真听到这番话，还是想要叹气。无趣，真是无趣，又是这套话。他这辈子听过许多次，压根儿不会叫他觉得害怕。

他活到五十多岁，在皇家已经算是高寿了，虽然他原本觉得自己说不定能活个一百岁。

这逆侄起身，道："叔叔，我带你去看样好东西。"

无非是要威胁他，顺王跟着他，走到大院子里，跟随他的护卫全部被剥了衣甲，绑住手脚，蒙上眼睛，一排一排地跪在地上。

独眼的男人用仅剩的那只眼睛阴鸷地看着他，笑了一笑："叔叔，我这起兵得有一个名头，就差您的一份告书了，我便能名正言顺地上京去了。"

顺王冷着脸，不说话。

四王抽出腰刀，挥手斩了下去。他们皇家的儿郎都是一身骑射好本领，他这把刀也是好刀，切人脖子如切豆腐。只一瞬间，来不及惨叫，一颗脑袋就咕噜地掉下来，滚到了顺王的脚边，血溅在他的道袍上。

四王当着顺王的面，把他的护卫一个一个地砍完了。

顺王一句话未说。

砍到后面，他闭上眼睛，在心里默念超度往生的经文。吓他干什么呢？他这辈子见过的杀人场面还少吗？他是不会松口的。

在山上隐居时不会，出来走动了更不会。

萧叡是个好皇帝，是也有不足，但他自北往南，一路所见皆是国泰民安。

围场。

萧叡换左臂试了试，右臂的伤已经结痂，可还是不好用力，所以换用左臂拉弦。即便如此，还是隐隐作痛。他想了想，让人拿来单臂机弩，安箭就好了，不用自己拉弓。

秋狝的这些事情做了十几年，他也厌了，加上这年胳膊受伤，怀袖不肯跟他来，也没带上宁宁，他就是猎得再好，也无人可显摆。不管他猎得如何，下面那些人都会夸他英明神武，然后一番歌功颂德，耳朵早听出茧子了。

是以这年一开始，按惯例，他猎了只圈养的白鹿，就算完事，也没人发现他受伤。不过这年与往年不同，他邀请了北狄的两位皇子一起参加狩猎。

是以，那些年轻气盛的齐国儿郎倒是比往年更有竞争之心，势要让北狄人看看他们也有骑射弓马厉害的小将，这岂不是在皇上面前露脸的一个大好机会？

萧叡草草地逛了一下，便放他们去狩猎，自个儿先回去等着了。

不多时，竟然瞧见北狄的大王子乌术也慢悠悠地回来了，还提了只大白兔。

萧叡闲来无事，与他说话："大王子晚上打算吃烤兔子吗？朕这里倒是有个御厨，极会烹饪兔肉。"

乌术腼腆地笑了笑，道："这不是抓来吃的。我射中她的脚之后，发现她是一只怀孕的兔子，在我们那里不杀怀孕的猎物。我把它带回来，打算养起来。"

萧叡赞道："大王子宅心仁厚，有好生之德。"

心里却想：乌术生在北狄倒是投错了胎，既不擅骑射，还爱读汉人的书，难怪不受他父王的宠爱，手下也没几个部族支持他。

但这大王子大抵还有一些北狄人的自尊心，画蛇添足似的辩解道："围场的猎物感觉都是提前养好的吧，见了人既不怕也不躲，呆头呆脑，猎来也无趣。"

萧叡愣了下，觉得好笑，但还是给他这几分面子："是了，没什么意思。不过围场里也有些野性难驯的狼虎，只是太危险了。大王子要是遇上了，还得多小心，不然朕不好向您父亲交代。"

乌术坦白地说道："我骑射没有我弟弟好，单我绝猎不到那等猎物。陛下，等我把这兔子养好以后，生下小兔子，能送进宫去给我妹妹玩吗？她一个人皇宫之中，想来很寂寞吧。"

萧叡应允下来，她倒不讨厌雪妃，那就是个被当成宠物养大的小公主，天真烂漫。那小姑娘连大字都不识一个，每天吃了睡、睡了吃，居然过得还挺快活。

大王子乌术与他告辞，称先去休息一会儿，等晚宴再过来。

萧叡看乌术抱着母兔子走了，也想着带两只温驯的小动物回去给孩子。

以往每年他都会带宁宁一起来打猎，那孩子更爱吃小动物，但复哥儿看上去斯斯文文，说不定会喜欢小兔、小猫之类的东西。

乌术回到自己的屋子，不多时，便有他的下属回来。

他将母兔子关进竹笼子里，问："阿岩呢？"

下属答道："小王子还在打猎，正在树林子里和汉人较劲。"

乌术嗤笑一声。他那弟弟惯是个经不起激的，脑子一热，就被人牵着鼻子走了。没个脑子，偏又好强，一个小儿子，什么都不占，竟然也敢肖想可汗的位置，也不看他那点儿脑子配不配。

乌术觉得时候也差不多了。

他们在大齐待了快一年，到了来年开春，他们就该启程返回故乡。时间越来越近。

乌术最近天天在暗示那个傻弟弟，自己已经做足准备要去向皇帝求娶公主，眼看着阿岩是越来越按捺不住。

也就阿岩这个弟弟最好哄骗，阿岩自诩是族中的美男子，生性风流，在王庭有好些姑娘做他的相好，又在京城的眠花卧柳之地被姑娘们哄，说他多么有男子气概，与小白脸汉人男子不同，让他真以为自己多不凡。

便是这次秋猕之前，他还让阿岩派去打听的人回去禀告，说的那些事儿倒也不是骗他的，确实有发生。不过是先帝时期，曾有一次狩猎，有位士族公子，狩猎得了头筹，先帝问他要什么，他说想要求娶一位公主，皇帝便当真把公主许配给他。

他读了半卷书，看看外面的天色，感觉天快黑了，便换了身衣裳，前往晚宴。

乌术坐了一会儿，骑士们陆陆续续地回来，却听外头一阵喧嚣。

萧叡也听到了，问："外面出了何事？"

不多时，小太监回来禀告："是北狄的小王子猎了一只黑熊，还亲手拖回来了呢。"

萧叡"哦"了一声，起身出去看，人都围在那里。

还真猎了一只大黑熊。

萧叡心想，和他哥哥不同，这个弟弟还是很像个北狄人的。他知道山里有熊，不过为着他的安全，他过来以前，管理围场的人会将太过凶猛的野兽赶到深山里去，等闲不会遇着。

不过男人都爱狩猎，萧叡见到如此难得的猎物，亦腾起佩服之心。

萧叡秉持着大公无私的精神，将此次狩猎比赛的魁首之名赠予北狄王子阿岩，毕竟人家过来做客，兼之也没有其他人的猎物能赢过，他没那么心胸狭隘。

这些猎物都被人拿下去，毛皮剥下来鞣制，血肉当场烹食，这天的晚宴便是大家的猎物。

阿岩得意地问兄长："哥哥你回来得真早，你可猎到了什么？"

乌术答："猎到一只兔子。"

阿岩还没来得及嘲笑，乌术又继续说："我打算把它送给公主，皇上也答应了。"

阿岩的脸色一下子变得很难看。

萧叡笑道："阿岩王子如此英勇，往年得了第一的，朕会送一匹好马。

但你生在北狄，不缺好马。你想要什么呢？”

却见阿岩起身，走到中间，向他端端正正地做了个北狄的半跪礼仪：“陛下，我想要求娶您的女儿为妻。”

萧叡当场回绝了这荒唐绝顶的求亲，借口也不难找，便说女儿年纪还小，远不到要出阁的岁数。他心下咬牙切齿，但为着几分面子，倒也没把话说得太难听，希望这蛮子能有自知之明，知难而退。

没想这人又说：“在我们草原上，这个年纪的女子也可以出嫁，所以才出此言。皇上要是介意，等到公主成年再成亲也不是不可以。”

萧叡心想，幸好他这些年修身养性，脾气好了许多，擅长隐忍，不然他真恨不得直接提剑把这不知好歹的东西劈成两半。

——朕的宝贝女儿是你能肖想的吗？当是你们那几匹牛羊就能换到的媳妇吗？这可是大齐最尊贵的公主，朕平时都舍不得说几句重话，你这就想从我身上把我女儿骗走，也不看你配不配！就算是你亲哥来求娶，朕也不会答应。

萧叡见此人委实厚颜，也不想给他留太多面子，直接否了，拂袖离席。

他做皇帝做久了，也没以前那般小心谨慎，左右一个不受宠的敌国小皇子，他以礼待之是善良宽容，他就是真的甩脸色，对方还能拿他怎样不成？

但此事因是在大庭广众之下发生，萧叡也没有特意叮嘱要隐瞒，不过几日的时间，消息便不胫而走，传遍了京中上下。

不少文人士子纷纷唾弃蛮人癞蛤蟆想吃天鹅肉，看他们皇上性子软，不计前嫌，热情好客，就敢蹬鼻子上脸，竟然还想要求娶他们的大公主，这可是皇后所生正统的嫡长公主。以前就算是有公主被送去和亲，至多也就是个皇家旁支的县主、郡主罢了。

而且皇上秋狝回来之后，还给他送去了好些个美人，也算安抚他。说是安抚，又像是在讥讽他只配得起妓子之流。不管怎么看，皇上做得都没错，唯一的缺点就是太好说话，训斥那蛮子训斥得还不够难听。

事儿闹得挺大，即使是在宫中，秦月也有所耳闻。

这边宁宁的禁足还没解开，她日日被关在小屋子里磨性子，秦月勒令宫女、侍卫都不准告诉宁宁这起荒唐事。是以全京上下，竟然只有小公主本人不知道。

萧叡生气，她更生气。

什么玩意儿？想肖想她的宝贝女儿。

萧叡一回来，立即去看女儿，看她一无所知的样子，觉得真是个小可怜。打生下来没多久就没了娘，父女俩相依为命磕磕绊绊地长这么大，又没做错什么，朝中和后宫有好多人想要她的命就罢了，居然连个不入流的蛮子都觉得她可以随便讨要到。

宁宁发现爹爹这次一个人去秋狝回来，突然变得好说话许多，又心疼她了，仿佛不生她的气了，便顺杆子撒娇道："那我可不可以不禁足了？"

萧叡摸摸她的脑袋，慈祥和蔼地说："问你娘去。爹做不得这个主。"

她小嘴又挂油瓶，爹是皇上尚且不敢和娘亲对着干，她一个公主，她肯定也不敢啊。只得苦哈哈地继续回去写她的大字了。

秦月闻言，冷下脸，待宁宁走开了，才压低声音没好气地和他说："又是我做坏人喽？"

萧叡伏低做小道："哪里是这意思？不过是说我们之间是你做主罢了。若是我拿主意，你不又得说我溺爱女儿了吗？"

秦月道："你养女儿便养女儿，说得好似为我养的一般，你不是说你疼爱女儿吗？"

倘若宁宁不是怀袖的孩子，哪会被萧叡宠到这个地步。萧叡一边这样想，一边转移话题："我还以为我在秋狝时拒绝提亲一事，能得你几句嘉奖呢。"他颇为委屈，惆怅极了。

秦月见萧叡装模作样觉得好笑，当时却也没把此事放在心上，说："这是你作为父亲该做的，有什么好夸的？你要是敢把我们女儿随便嫁了人，我才要打你。"

萧叡心尖一热，耳朵一红。

怀袖方才说"我们女儿"，虽说应当只是随口一说，但说者无意，听者有心，他只觉得自己这回绝回得好。怀袖嘴上没怎么夸他，心里一定赞同他。

"你是我的大宝贝，宁宁是我的小宝贝，怎么可能呢？"萧叡肉麻兮兮地说。

秦月听了觉得臊得慌，这家伙上了年纪以后越发厚颜。尤其是她上回没离宫，折返回来，萧叡便如嗅到蜜的蚂蚁似的，无孔不入地献殷勤。

这时，萧叡的脸色慢慢儿地沉下来。他坐下来，喝了一杯茶，表情渐渐严肃，说："袖袖，你知不知他一个无权无势的小王子为什么竟然也敢求娶公主？"

秦月怔了一怔，微微皱眉，在旁边的椅子坐下来：“出了什么事？”

萧叡一本正经道：“那歹人看我们宁宁孤苦伶仃，没有娘亲护着，才会狂言妄语。”

秦月忍了忍，才忍住欺君犯上的冲动，没有把茶直接泼到他的脸上去，只是白了他一眼。

萧叡嬉皮笑脸起来：“我开个玩笑，你要是生气，你打我好不好？”

秦月真拿这人没办法，真该让世人看看他们眼中温文儒雅的皇上私底下就是个癞皮狗。

她说：“我打你做什么？老要我打你，我又没虐待人的爱好。我这么担心，你还和我开玩笑？北狄那边没什么事吧？”

萧叡敛起不正经的笑容，自然而然地和她议论起边境的情形，慢条斯理地讲了好些机密要事给秦月听。萧叡看着斯文，可到底也算是武将出身，几支军队都握在手里，年年操练，不算怠慢。他做事谨慎，在秘密处也囤足了粮草，就算立时开战也不至于吃紧。

萧叡又突然说：“闵将军在边城，他是个好将领，朕原想这几年把他调回来。但眼看着老可汗身子骨不行了，等老可汗死后再观察一下情形，若无甚战事，就可让他回京了。”

秦月朝他冷笑两声。

萧叡便继续说：“袖袖，你不觉得我们现下这说话的样子，正像是帝后一般吗？”

秦月无辜道：“我可没问你那么多，我只问一句，你答了我一大堆。与我何干？你既有那么多家国大事要操心，可别在这里与我一介平民浪费口舌。”

说完，萧叡便被秦月变相地轰走了。

张磐跟在萧叡身边，悄悄地瞄了一眼。只见他满面笑容，不由得在心下叹口气。

皇上哪里都好，就这一点稀奇，每回和秦氏拌嘴，遭几句骂，都是笑着走的，竟然这般高兴。这件事情他一定要瞒好，可不能让人知道，不然有损皇上的威严。

萧叡只觉得最近他的日子又过得很有盼头了。

眼见怀袖又有那么一丁点儿要吃回头草的迹象，他这些年的鳏夫没白当，能把人哄回来，什么都值了。他觉得自己再加几把劲，用时间证明他是真的痛改前非，怀袖自会愿意回来做他的皇后。

如此一想，他便精力充沛，甚至感觉自己还能再批个一百本奏折。

萧叡和秦月都没把北狄那个不得宠的王子求娶一事多放在心上，虽说感觉有几分古怪，可也不是全然说不过去，只当那蛮子狂妄自大。一个跳梁小丑，不足为惧。

入冬那日。

萧叡昨晚歇在御书房，起来用膳，准备随便填填肚子就去上朝。

御膳房做了羊肉饺子的早膳，这一大清早，天才刚亮，萧叡用过饺子，觉得甚是鲜美，给蘅芜宫也送了点儿过去，让妻儿也尝尝。宁宁惯爱吃肉，复哥儿更爱吃素，怀袖都吃。

一碗羊肉饺子下肚，他又要了第二碗，却有人匆忙来禀。

听了来人所说的消息。

萧叡顿时吃不下了。

那个求娶宁宁的北狄王子昨晚突然死了，这天早上刚被发现。

萧叡恨不得亲手砍了他，但这人不能死在京城。他这时候终于回过味来了。

原来在这等着他啊！

萧叡下令之后，一边叫人起草一份吊唁文书，再让京兆尹立刻彻查凶案经过。

他便如常地去上朝了。

但萧叡还是晚了一步，正午下朝时，属下来报，说已不见乌术大王子的踪迹，且不知他去向如何。他当即沉下脸色，派人前去追踪，再把几位大臣召集起来，商议对策。

萧叡暂时把案子压下，原本阿岩王子求亲失败之后遭受嘲笑，就闭门不出多日，再有个两三天不出门，也不奇怪。只是即便他这样处置，也未必会如他所想。

福不双至，祸不单行。

北狄的大王子没找到，小王子的案子也未侦破，又来了一个坏消息，皇叔顺王下落不明，疑似被歹人所抓。

这边过了小半月，北狄的皇子横死异乡的案子就传了出去。萧叡并不慌张，只在心底暗自确定，果真是从头到尾被人设计了。即便没有秋狝，也有别的典礼，当蛮子向他求娶宁宁的时候，对方就预料到了这一刻。谁让他的弱点如此明显，谁都知道他最宠爱这个女儿。这一遭又一遭，他要是还不知道是故意的，就白做这么多年皇帝了。正是等着这样的坏时节，一口气对他发作。

这年的冬天显得格外短，萧叡感觉一晃眼便过去了。雪却不比往年小，又是一场罕见的雪灾。

待到雪化春开的时候，消息从外面传入京城。

谣言变了一个版本——

邻国的王子勇猛英俊，向他们皇上求娶公主。

皇上拒绝了他。被求亲的公主刁蛮任性，引以为辱，觉得只是退亲不能消除她的心头之恨，派人暗杀了这位王子。北狄为此要向他们国家开战，朝廷定要抽调各家各户的男丁去打仗了。

京城的百姓还好说，离京远了的地方，谁知道皇上的女儿这年几岁，甚至连皇上几岁也不知道。

百姓其实也并不在乎。

不说这谣言漏洞百出，可偏偏百姓们会相信，其余的他们无所谓，假如要带走他们家里的男人去打仗，他们就难以接受了。尤其是在接连而来的雪灾、洪涝之后，才死了那么多人，还没有恢复多少，又来要人，日子该怎么过下去？

如此一逼迫，加上又有乱党浑水摸鱼。

北狄还未如何，南边先起了一支叛军，打着他去世的皇兄的旗号，正儿八经地发了剿贼诏，说他得位不正，手段下作，并非真龙天子，才会遭受诸多天罚，让他要么乖乖地自己惭愧退位，不然作为正统的、更有资格继承皇位的哥哥就要挥军北上了。而且他并不是自己说着算的，他这边还有顺王做他的支持者，可以证明当年皇上极有可能是篡位，而非正统。

在那等天高皇帝远的地方，朝廷还真控制不住口舌。

不少过不下去日子的百姓还真的投靠了这支叛军，毕竟是正规军出身，打得相当有进有退，在重文轻武的南地胜利颇丰。

萧叡能怎么办？一边让阁老亲自起笔为他背书，一边点了将士和人马过去对付，粮草先给足。

南边天气暖，不像北边，就是冬天也能打仗。

立夏时，北狄那头又来了一封国书。

大致内容为：老可汗为小儿子客死异乡感到深切悲痛和愤怒，他的小儿子只是为了求娶一个女子，怎么就会遭到杀身之祸呢？他的儿子也是为了两国之间的和平，他虽然已经死了，但身为父亲，他多少还是尊重儿子的意愿。而他也不是只有那一个儿子，小儿子没娶到就算了，他想为他的二儿子求娶这位公主。你看，我们已经把我们的公主送过去了，你把你们的公主送过来，这不是礼尚往来吗？不如互相送一位公主，缔结两国的友好跟和平。

萧叡都气笑了，故意挑着这时候跟他说。他答应，得把自己最心爱的女儿送过去，把自己的软肋交予他们；不答应，瞧瞧字里行间，虽没直言，可明摆着是在威胁他呢。

怎么？

他是在位从没打过大仗，看上去就这么软弱好欺？

萧叡未回复，气得一路步行去了蘅芜宫。

这里倒还是一片安好，如世外桃源一般。

宁宁一听见父皇回来的声音，一只手提着个风筝，一只手拉着弟弟，冲到他面前，说：“爹爹，过几日我可以出去玩了吗？我的禁足总该结束了吧？最近是放风筝的好日子，我想和弟弟一起去。”

萧叡倒不是还要禁她的足，只怕她出了宫，有那等居心叵测的人把最近外面闹得厉害的事情告诉她，把她惹伤心。朝堂上可不是只有一派人，有人想战，有人劝和。南边正在打仗，还打得如火如荼，还要和老朋友北狄打架，又不是轻飘飘一句话就过去了。谁去打，粮草谁出，士兵从哪里调取，要打几年，要花多少钱……都是不小的问题。

几场大灾下来，正是国库空虚的时候，就算真要打，也该缓一缓再说。不然腹背受敌，只怕没有好果子吃。

于是，把小公主送去北狄和亲这个建议便被人顺理成章地提出来，在他们看来，皇上就算再宠爱女儿，那也只是个女儿，本来长大以后就要嫁人。她被奉养长大，这一刻正是她为国家而贡献自己的时候了。

在朝堂上提此建议的谏官直接被萧叡叫人给叉下去了，没来得及堵他的嘴，这人是个戆直的性格，仿佛爱国不屈似的叫叫嚷嚷。

萧叡憋了一肚子气。

但他看看女儿的小脸蛋儿，就觉得什么气都没有了。

近来秦月也不跟他拌嘴吵架了，倒不是多体谅他，只是女儿更重要。宁宁打算留在宫中做公主，那萧叡必须先立住。她亦有一丝信不过萧叡，担心萧叡撑不住，把宁宁送到北狄去受苦。

是以，秦月也做好了两手准备。但凡萧叡有丁点儿舍弃女儿的迹象，她就直接把宁宁掳走，万不能看着宁宁被推到火坑里。

二人近来确实越发像一对帝后，总坐在一起说公事。

秦月一见萧叡，就把人拉过来，让雪翠关上门，守在外门，与他说秘密话。她一开口就吓到了萧叡："之前没与你说，怕事办不成，但现在倒是无妨，我的人找到了顺王的下落。"

萧叡也不跟她掰扯，问："在哪儿？朕让人过去把皇叔救出来。"

秦月却说："远水怎么救近渴？再说了，朝廷的人太明显了。道长也对我有数次救命之恩，又在绿林之中颇有名声。我让郦家兄妹带头，寻了几位相熟的好汉，想办法把他救出来，定能成事。"

萧叡也不小气，道："好。若能成事，他们若是愿意，朕会赠予他们一份官职。"

秦月倒不是多想帮萧叡，只是为她自己留一口喘息的时机。

说实话，秦月曾有考虑过要不要留下，还没有想好，萧叡却在这最糟糕的时候倒了大霉。

萧叡对她道谢。

秦月摇摇头，心情复杂地说："不是为你，是为顺王。"

萧叡迟疑片刻，笑了下，低声问："当初帮你离开的是皇叔吧？"

尽管这是明摆着的，但秦月依然否认："不是。"

她的语气中多了点儿犹豫。说出这话时，她也有些难过，但她只是不想拖累顺王。

萧叡心尖被刺了一下——唉，怀袖还是不信他。

那大抵，也不怎么信他会保住女儿吧。

真是世事难料，半年多前，萧叡还觉得一切安好，怀袖说不定会回来做他的皇后了。到这一刻，他又放下了这个念头。

萧叡轻笑两声："以前是我自作孽，罪有应得，怪不得你不愿从我。如今我改过了，还是没让你信我，又遇上这些事情，就像老天爷在刻意刁难我们似的。他估计瞧我不顺眼，无论如何都不愿意让你我做夫妻。我原来说要你回来做皇后，你当我只是说梦话吧。袖袖。"

秦月一言不发。

她隐隐烦躁而恼火，直想骂萧叡，见天地变主意。前些日子还苦哈哈地求她做皇后，翻脸又让她当是梦话，在耍她玩呢？偏生她不能反驳，不然显得她好像很想做皇后一样。她愠怒地问："你这话是什么意思？"

"宫中确是是非之地，正是朕的宠爱害了宁宁，让她成了那么多人的眼中钉。"萧叡道，"到那等万不得已的时候，你带着宁宁离开吧。眼下，也只能这样做了。"

萧叡望了秦月一眼。

秦月觉得仿佛被他的目光给冰凝住。她意识到，萧叡是真心为她们好，为她、为孩子安排好退路。他放弃了自己的愿望，以他们为优先。

或许，萧叡也看出了她存留的不信任，和悄然萌生的离意。也是，怎么可能看不出来呢？他们太了解彼此了。秦月一时之间，竟然觉得无法接受，又觉得困惑。这不正是她想要的吗？她在迷茫什么？

秦月恍惚了下，也不知怎么回事，说："她可是更喜欢爹爹，怕是不愿意跟我走，又要与我哭闹……"

萧叡却说："还得叫你做几日坏人了，你便是让她觉得是我不要她了也没关系。但你好生与她说，她会听话的。之前她是觉得还能回来，才敢闹。那孩子多精，以往我宠她，她总要试探还能再要多少。到这种时候，不能再由着她任性了。"

秦月都不清楚自己在说什么，不想再这样说下去，好似她很想留下一样，便改说复哥儿："复哥儿的病也还未好全……"

萧叡道："这事儿我也问过御医，我最近多取一些血，他们有法子做成血珠子，存储待用，要是不够再写信找我，我着人送过去。"

秦月颔首，像是不需要萧叡一样地说："既如此，我也没什么可说的了。我本来就打算离开。"一时之间，她心口有种怪异的难以描述的情绪在鼓胀，说不上这番话是在对萧叡说，还是在对自己说。

萧叡握住秦月的手，说："这是下下策，还没决定呢。"

秦月难得没有骂他，握个手就握吧。她能感觉出来，他没有那种狎昵的意味。

他只是想找个同伴，等她离开，这个男人就又要变回孤家寡人了。

萧叡为什么那么喜欢她呢？假如他没那般爱她，那他可以做个更冷酷无情的君王，有许多儿女，何至于走到这个地步。而且到这步田地，她还是要离开，他什么都没落着。

其实也不是没别的法子，打仗无非是要钱，而她有钱，很有钱，但她要把自己的老底摊开给萧叡看吗？她为什么非要帮他呢？她曾经倾尽自己的所有扶助这个男人当上皇帝，结果却被百般折辱。

说实话，她很担忧。

没必要去尝试。以前她一无所有，孑然一身，所以什么都不怕。而今有多少人正仰仗她生活，她也不想再为萧叡奉献。

她知道萧叡能应付过来的，只是可能要付出不小的代价。

而且谁知道萧叡是不是有万分之一的可能是在说假话。都说君无戏言，可她认为皇帝口中的话才是天底下最不可相信的。她赌不起这万分之一的可能。

顺王被关了几个月，瘦了一大圈儿，胡子也没得清理，养出了一大把乱糟糟的长胡子。

他这几个月甚是犯愁，把自己愁出了几根白须白发，终于与他的年纪有几分相称了。前些日子，他从那逆侄口中得知，逆侄已经打着他的名义和萧叡打起来了，气得差点儿没晕过去。他知道此人无耻，却没想到把他抓了，明明他没有从贼，却还要伪造他的言语书信，平白无故让他背一口大锅。

顺王设想了一下，换成他大哥在世，多半会直接把他一道砍了吧，但萧叡不一定。也说不准，实在不行，他想办法逃出去，去找秦月，看能不能带上他，一起去个皇帝找不到的地方。

他帮了那个小丫头那么多，总该回报他一下吧？

顺王被困这么久，大致摸清了看守他的人如何排班。他虽不学无术，但好在还会开锁，解绳，只是他武功不够精湛，怕出了这屋，没几步路，就被逮回去了。

某日半夜，他睡得正香，突然被人叫起来，还是个他没见过的，他被吓了一跳。

再定睛一看，此人蒙着脸，仿佛有点儿眼熟。顺王左看右看，认出来了，惊喜地问：“米哥儿？”

来人眯起眼睛笑，拉下蒙面的口罩：“道长这都能认出我来啊。”

正是顺王许久没见的米哥儿。

顺王老泪都要淌下来了，心想，做好事果然会有好报。

若是朝廷派人过来，顺王都要心惊一下，没料想居然是秦月的人。他放心下来，二话不说，拉起米哥儿："走，走。赶紧走。"

一伙人偷了他直接走，往山里钻，一路甩开追兵，再到河边，已有夜船在等着了。

他们找的帮手都是本就住在这一带的好汉，比较熟悉地形，还是江湖人士更占优势，伤了几个人，到底把顺王给救出来了。

夜流湍急。

大家提心吊胆，到了凌晨，进了大河，见到赶来接应的船队，才终是松了一口气。

顺王还是头一次见到秦月搞的船队，再看那漆黑的炮管，心下愕然。幸好秦月没有谋反的意思，不然多少也能给萧叡吃点儿苦头。

顺王问："米哥儿，你们是打算带我去哪儿？既然是你干娘让你来找你，如今京城那边的情形怎样？"

少年不好意思地红了红脸，道："我都这么大了，别叫我小时候的名字了。干娘是受皇上所托才请人救您，自是要送您回京城。"

顺王竟然下意识有几分遗憾，不过也好，先把他的名声澄清再说，又疑惑，试探地问："他们如今和好了？"

顺王被关了太久，什么都不知道。

一个扎着粗辫子、皮肤微黑的小姑娘走进来，道："东家还是要回来的。"

顺王同她打招呼："这不是灵儿小姑娘吗？"

他坐下来："可否给我碗鱼片粥，再与我说说，我被关起来的这几个月，外面到底发生了哪些事……"

萧叡从不干涉秦月的人手，想干涉也无从下手，别看秦月是个女子，跟着她混的那些江湖人士也是死心塌地的。所以，秦月先收到了飞鸽传书的信件，与她说已经把顺王救出来了。她计算着时日，估算大抵十日左右，顺王就能到京城。

秦月直接把信使人送去御书房。

不一会儿，萧叡就脚步匆忙地赶了回来。

正是午后。

孩子们都在午睡，二人去书房谈话。

秦月为顺王说好话：“并非我出于私心，顺王定不可能投敌。他很欣赏你，好几次与我说你的好话，不是出于恭维。他老人家无兵无权，只有一颗善心，我希望你别为难他。”

萧叡心想，这话虽不是枕边风，但怀袖与他说的话，比那枕边风还要厉害多了，他当然得听。不过就算她不说，他也不至于要害皇叔，还得要皇叔帮他背一背大义的旗。

还没等萧叡回答，秦月补充说：“我知你也敬重顺王。”

萧叡全答应下来，又对她道谢：“我每回还是要靠你帮一把才行。”

秦月摇了摇头：“倒也不是，就是没有我，你也总是会有办法的。你看看，这几年你不够听他们话，这个皇帝不也做得不错吗？本就该强硬一些。”

萧叡抬眸，望向她：“我这辈子，怕是做不成我父皇那样的皇帝。”

二人此时既像是情人，又像是朋友，也像是决裂后重新相逢的亲人。

秦月难得地柔声道：“你做你自己便是了。”

萧叡问：“我可以去送你吗？”

秦月想了想，还是摇头：“还是不了。”

萧叡说了声“好”。

他想了想，又问：“今天晚上，我能和孩子们一起睡吗？就这一晚。”

秦月觉得萧叡也有几分可怜，便点了头：“好。”

宁宁打七岁以后就和父皇分床睡了，她如今都是自己独占一张床。有时候午睡会和弟弟一起睡，不过有次差点儿不小心把弟弟踢下床，秦月便还是让他们分开睡。

萧叡躺在外侧，宁宁躺在最里面，复哥儿则被夹在中间，他给两个孩子掖好被角。

宁宁问：“爹爹，你可不可以给我唱歌听啊？”

萧叡无有不从，低低地唱起童谣。宁宁小时候听他唱过千百遍，再熟悉不过了。两个孩子不知不觉地睡着了，眉眼间舒展，一副无忧无虑的模样。

在此时此刻，他只是一位父亲，而不是皇帝。

这或许也是最后一次了。

萧叡一晚上没睡好，熬到天亮，亲自给两个孩子穿衣服，又对女儿说：“爹爹给你梳头，好久没给你梳头了。”

宁宁近来得了一个梳头手艺极好的宫女，十分器重，倒不稀罕父皇给她梳头，父皇梳头只比娘亲略好一些。但她总觉得有哪里不对劲，还是答应了父皇。

宁宁隐隐约约有些不祥的预感，她看看复哥儿。复哥儿跟个小傻子似的，什么都不知道。

萧叡一边给她梳头，一边说："宁宁，有件事情爹爹一直瞒着你，没能告诉你……"

他从头到尾，把这数月来发生的事情一五一十地坦白给女儿。这一次，她反而安安静静地听着，一点儿也不吵闹，更不耍赖。他知道这孩子听得懂，还在襁褓里的时候，她就被抱着去听朝议了。

"爹爹不会把你送去，把你留下，你又会一直遭人非议。所以，爹爹想送你走，你跟着你娘亲走，乖一些，好不好？"

宁宁才刚听完，就开始掉眼泪，不是以前那样声嘶力竭地哭泣。她知道这次没有商量的余地，她都不明白，她什么都没做，怎么就非"死"不可了呢？

萧叡心疼她，说："过来。"

宁宁扑过去，依偎在萧叡的怀里。他拿帕子给女儿擦眼泪，却像怎么擦都擦不完似的。

她哭完了，抽噎地说："我会乖乖和娘亲走的。爹爹，你别为难了。"

宁宁这次很配合，换了平民的布衣。秦月怕她不喜欢，还亲手做了一条裙子。

萧叡把她们送到宫门口，亲自把女儿抱上马车，叮嘱她："以后你可就不是公主了，不能再那么任性。"

宁宁点头。

秦月站在马车边，凝望着他。

萧叡思来想去，只笑道："这也不知是多少回了。袖袖，保重。"

秦月一言难尽地说："我如今信你是真要做个好人了。"

萧叡满腹的伤心里终于有了那么一丝舒心，对她笑了笑。

秦月坐上马车，马车缓缓地行驶离开。

不知怎么回事，秦月总有些心神不宁。她撩开车帘，往后面看了一眼。萧叡还站在那里，看着他们，只剩下一个渺小的身影。

孩子们在小声地哭泣。

秦月狠了狠心……可实在狠不下心来。她回过头，对萧叡说："要不要再送我们一程？"

还未日出的宫门口太安静了。

她只轻轻一句话，萧叡直接翻身上马，追了上来。

秦月想，其实这样隐姓埋名地逃走还挺憋屈的。她做了小半辈子的影子，以后也要这样过下去吗？

萧叡按捺着惊喜，千言万语，只化作了一声呼唤：“袖袖。”这是在喊他心爱的姑娘。

秦月给了萧叡一个眼神，乍一看还挺凶的，实则是在心中想：萧叡要么再求一次她吧。

假如够诚恳，她倒也不是不能留下来与他一道想办法。

秦月隐约听到了人声，知道大概到闹市了。此处人多眼杂，最近京城盘查得严格。萧叡又是临时要跟随过来，估计没有戴面具。她想了想，又撩起帘子，道：“要不要进来坐，别被人瞧见了。陛下。”

萧叡问：“啊？我……朕不是只能送到这里吗？”

秦月没答萧叡，放下帘子。

不一会儿，萧叡钻进马车里。原本宁宁坐在秦月身边，见他进来，自己起身，腾让出位置。宁宁看爹爹进来，高兴了一下，但想到只是多陪至多小半个时辰，还是要分离，她就又觉得想哭了，泪眼汪汪地说：“要是能把爹爹一起带走就好了。”

萧叡道：“爹爹也想被你带走。”

秦月却只当作没有听见，默认了一切。

马车在城门口被拦下来盘查。还在排队，没轮着他们。

萧叡踟蹰道：“要么，我就送到这里吧。”

秦月说：“我赶你走了吗，这么迫不及待？”

萧叡便又坐了回去，他怎么会想走呢？他恨不得黏在这个座位上不下来了。

结果便是萧叡被装在马车里，一道出了京城城门。他想，那再拖个一时半刻，到了官道的岔路，他再下车。他真希望马车走得可以再慢一些。

但路终究有尽头，若不能一起走下去，便只剩分离。

萧叡道：“朕真的该回去了。”

他的自称用回了“朕”，而不是“我”。

秦月淡淡地应了一声：“你走吧。”

马车再次停下来，护卫将马牵给他。

萧叡牵着马绳，刚要上马，见秦月也下车，对他招招手："我还有话要与你说。"

他像只忠心的大黄狗似的，被她召过去，模样看着太愚蠢，她连气都气不起来。

萧叡问："还有什么忘了吗？"

秦月说不清自己胸口酸涩的情绪是如何，只看他全然没有要挽留自己的架势，有几分怀疑，既信他，也不信。她只是说："我真走了。"

萧叡道："我知道。"

秦月说："再不回来了。"

萧叡不说话，只眼眶慢慢儿地红了。

秦月口是心非地说："这次连女儿都没留给你，你以后连睹人思人都不行了，就别再喜欢我了。"

萧叡紧抿嘴唇，道："我不是喜欢你，喜欢，喜欢，自是又喜又欢，却看你我，我成日伤心欲绝，哪里像是喜而欢？我这分明是爱你。你不要就罢了，我也不强求你要了。你这人，都这时候了，还要故意刺我的心。快点儿走吧。"

秦月低下头，轻声说："萧叡，我不恨你了。"

萧叡轻轻地笑了："好。那来生，我想生在你家隔壁，我们再做青梅竹马，我会一开始就待你很好很好的。"

秦月抬眸，深吸一口气，也笑，鼻子酸酸的，道："好。"

萧叡骑上马，却在原地驻足了不知道多久，直到连扬起的灰尘也要落定为止。

多年以前，萧叡也曾经这样送别过怀袖一回，那次他食言而肥，害得他们彼此痛苦。那次是她以死相逼，他心软，不能看她死。这次却是他深思熟虑之后想好的，他知道这样已经是他能求得的最好结局。他既决心要做个好人，这次就做到底吧。

但萧叡还是有些不放心，眼皮直跳，总觉得有什么要发生。

萧叡抬起马鞭，指了一下秦月离开的方向，对身边的十数个护卫说："再去护她一程吧，送他们到港口再回来跟我禀告。"

他拉了拉缰绳，往回骑了一段路。

天色阴沉，乌云密布。

骑着骑着，萧叡突然感觉到一阵剧烈的心悸。他按了下胸口，觉得喘不过气来一般。他掉转马头，领着一众护卫，朝着他们离开的官道疾驰而去，风自他的耳畔擦过。

雨落了下来，因他骑马太快，雨点像砸在他的脸上似的。

他远远地看到怀袖和孩子们乘坐的马车翻倒在地，狠狠地抽了马屁股一鞭，更快地冲了过去，拔出剑。

只见一伙数百人的队伍正在围攻马车，他带着这一小支骑兵便如剑一般劈进人群之中。

一时间人仰马翻。

敌众我寡，一片混乱。

之后的事情，萧叡就记不太清了，最后的记忆是他看到有箭射过来，他要去护着怀袖和孩子，转了个身，全扎在他身上了。他顾不得那么多，让人赶紧带怀袖他们走。

意识陷入在一片混沌黑暗之中。

有点儿熟悉。

他仰躺在尸山血海之中，一动不动。

萧叡依稀记起来，以前也有过这么一回。那次是怀袖死在他怀里，他急火攻心，晕死过去，差点儿活不过来了。

父皇走向他，居高临下地鄙夷他："你好不容易当上皇帝，就打算这么窝囊地死了？"

萧叡道："你死得也没比我好到哪儿去吧？"

父皇问："你是要留下一堆烂摊子就打算死了吗？"

萧叡答："皇叔回来了，他也能主持大局。"

父皇看了萧叡半天，奇怪地问："你笑什么？"

萧叡不说，起码这次，他应该把怀袖救下来了吧。其实他先死也挺好的，他好怕怀袖不会在奈何桥等他，那他先死，他在奈何桥等着。等她来找他，他们再一块儿投胎。

父皇骂他："真是个没出息的，为了个女人弄成这样。"

父皇叹了口气，把他从尸海中拉扯出来："还是起来吧，还不到你该死的时候。"

他仍未醒来，他心烦。

但渐渐能听见有人在说话。

"皇上的烧退了吗？"

“启禀娘娘，不光是箭伤，箭伤还带毒……”

“治，继续治，他会醒过来的。”

这是谁在说话？宫中哪来的娘娘，居然能管到他头上？

“皇上今日好转了一些，但是皇上这几年积郁成疾，数病齐发，所以病情才反复，臣……”

“好，再治。”

萧叡听见一个极像怀袖的声音，在他耳边，不停地跟他说话——

“萧叡，你别想死了。你快点儿给我醒过来。

“我不信你就这样死了。

“你故意的是不是，这是苦肉计吗？你就想看我心软是不是？那也没必要把命搭上吧？你还记不记得自己是个皇帝，你怎么能干出这种不顾自己身体安危的事情？

“你敢不管不顾地去死了？国家安危怎么办？你想一想，你辛苦做了那么多年皇帝，就打算这样毁于一旦吗？

“你快醒醒吧，萧叡。

“你这样去死了，算是置我于何地呢？”

萧叡听见孩子们在哭，怀袖也在哭。

“别死啊。我只是想走，我又不是要你去死。

“我不恨你，我真不恨你了。

“我是爱过你的。

“醒过来吧，你这次要是能活下来，我就做你的皇后。我不走了。”

萧叡便觉得好似有一口气回到了身上，他的魂魄被怀袖牵着，一点儿一点儿地拉了回来，终是又落在他的身体里面。

他的嘴唇嚅嗫了一下，却发不出声音。他睁开眼睛，视野从一片刺目的白光中渐渐变清晰。他看到秦月站在他的床边，不过，此时倒没有在为他落泪。

一旁有人在说：“皇后娘娘，皇上终于醒了。”

只是他的幻觉吗？萧叡想。

秦月在众人的簇拥中走过来，握住了他的手。

萧叡嘶哑地问：“你何时做了皇后？”

秦月道：“是你昏迷时，我与兰相商量着先自封的。你不认吗？”

萧叡笑起来：“认。”

泰安二十年。

初夏。

玉宁宫中。

身着碧绿衣裙的宫女翩然来去，行止进退颇有规矩，或是洒扫，或是摆花，或是布宴。虽安静从容，却不拘谨沉默。

再看，这一个个的，全是如花似玉、韶华正盛的年轻小姑娘。都说皇后娘娘偏爱娇美妍丽的小姑娘，不喜宫女在皇宫中空耗青春，以前是过了二十五可能被放出宫，如今是过了二十便可申请出宫。

且不是简单地给一笔银子便放人，不管以后，皇后在宫外牵头办了许多朝廷的工坊、司局，若是愿意，可缴纳一点儿银子参加类宫中女官的考核，若是考过，即可得一份差事。

而今宫中出去的小宫女多算抢手，听闻还有贫户出身的女官出宫以后被小官聘去做正头娘子。

全亏了皇后。

这日是她的寿辰，全宫上下的小宫女都喜欢这位温柔和气又不失威严的皇后。皇后黜奢崇俭，平日里不爱折腾人，除了大节大典，从不铺张炫耀，即便自己的生辰也只是在玉宁宫中设一日家宴。

除却皇上与她所出的皇子皇女，从不邀请旁人参加。

正这时，院外传来太监特有的尖细声音："让一让，仔细着点儿啊，这可是娘娘的东西。"

本在院子里打扫的小宫女们闻言，登时挨边站着。只见两个膀大腰圆的太监抬着一樽架在紫檀木底座之上的玉山而来，此玉如冰寒缠绕一般，再观，其间绿带又似云蒸雾绕，实乃不可多得的珍宝。

皇后喜玉，每年生日皇上都会送她玉制宝物。京中贵妇雅士也因效仿皇后，舍金银而就珠玉，世间正以赠玉为风雅。

然而，玉山搬进殿中，皇后却没看一眼。

这位秦皇后虽是平民出身，却极得圣宠，还不是一般的宠爱，在这宫中待久的老宫女都说，不是没见过宠后宠妃，多是在后宫里赏赐钱财锦帛就罢了，却都不如圣上这样，竟然与她朝中权势。

当年反王谋逆，在京郊偷偷设伏，刺杀皇上，皇上身受重伤，险些丧命。

危急存亡之时，秦氏女离奇出现，拿出一份皇上册封她为皇后的诏书，直接一举封后。在皇上昏迷之时，便是她安抚朝廷群臣，兼以梳理后宫内务，将内外打理得妥当仔细。

当时不知道的还以为这是世家推上的傀儡皇后，她出身平民，既无亲族，那不就意味着她只能依附大臣，却不知她确是在代为主持朝政。

再等皇上醒后，亲手将她推至台面，至此开始，这位新皇后便一步一步，越发权势煊赫。

她没有外戚亲族，在朝中却也有不少她安排进去的下属官员，好几位出身江湖的武将都是由她举荐做官。

皇后成了另一座通天梯，也说不清是皇上还是皇后手中慢慢儿地捏住了不少泥腿子出身的纯臣。

皇后的圣宠倒不必以几两月例银子、几颗珍珠宝石来衡量，单看时不时有她举荐的人做官便可瞧出来了。

就是生辰这日只设家宴也不会让人觉得皇上轻视她。

任谁都知道皇上看重她，宫中仅有的皇子公主全在她膝下，由她抚养，每晚都歇在玉宁宫，称得上是独宠。

秦月正在看书。

这天虽是她的生日，她却没多放心上。不过是制件新裙、吃几道好菜，对她来说无甚稀奇。不想开大宴，也只是因为不耐烦应付人。萧叡睁一只眼闭一只眼，由着她敷衍躲懒。

不过秦月觉得自己这不是躲懒，她当上皇后以后，心知不清闲，却不能每日赏花逗鸟地淡过日子，当尚宫管皇宫是一回事，当皇后辅以管理天下是另一回事，一直在学新东西。

萧叡一回来，见秦月还是穿着平日里穿惯的黛蓝色袍子，仅以白玉簪绾发，正站着看书。她持一支竹刻羊毫毛笔，沾了朱砂，在书上圈点批注。

萧叡便问："不是做了新裙裳，怎么不穿？"

秦月头也未抬，道："过会儿再换。你别吵我。"

萧叡走过去，描一眼她在看的书，拿起另一支笔，在边上另写小注。

就像是独抱一块糕点，吃得正香，突然冒出个人来咬一口。

秦月看了他一眼："又不是小姑娘了，谁稀罕个新裙子。"

萧叡张开双臂，说："你看看我。"

秦月好奇地打量萧叡，没瞧出与往日有什么不同。但他生得好，年过四十了，身姿还未走形，只是腰身较青年时粗阔一些，仍是个值得称赞的美男子。

秦月瞧出来了，染黑了发，还换了一身与她新裙相衬的衣衫。

但她故意装作不知，冷着脸问："有什么不一样？"

萧叡佯作微愠："你再看看。"

秦月憋了憋，没憋住，轻笑出来："行了，行了，知道你特意打扮了，要我现在去给你剪一朵花儿簪在头上不？一把年纪还爱俏，害不害臊啊？"

萧叡道："不害臊，你去剪给我，我就敢戴。"

反让秦月老脸一红："真不要脸。"

说罢，秦月放下笔，去内室换衣梳发。

这好多年了，萧叡还是时而心慌一下，总怕她会不见，下意识地跟了两步。

秦月道："皇上要服侍臣妾更衣吗？"

萧叡方才停下脚步，折身回去，翻了翻秦月写了放在案上的书，一笔一画都极为认真。他微不可察地叹口气，心下有些愧疚。秦月做事向来认真，做尚宫时兢兢业业，做皇后以后亦是如此。

当年赶鸭子上架，萧叡知道，怀袖倒不是因为爱他所以做他的皇后，不过是因为他当时无意为她挡了两箭，且情形危急，出于深明大义，不得不做了这个皇后。

等他醒过来时，木已成舟。

萧叡本就期盼怀袖当他的皇后，立都立了，难道他还要再矫情，把人废了不成。好处他得了，总不能得了便宜还卖乖。

况且当初能把北狄人打走，又清缴反王，秦月功不可没，不光是她自己，还出人出钱。她入主东宫之后，先前的船队亦被收编，作了正规海军，而今都领着朝廷俸禄。

凡是先前在秦月手下的，入朝做官以后，萧叡多会更青睐一些，官路走得更顺。朝中甚至有人暗自酸道，做谁的门生都不如做皇后的门生。

怀袖其实不想做这个皇后，可因为做了，便会想要去做好。

"父皇。"宁宁清甜的呼唤声响起。

萧叡回过神，循声望去，见一双儿女进门。

两个孩子都长高了一大截儿，宁宁仍风风火火。她正在长身体的时候，有了少女的姿态，脸上略微婴儿肥，比别的女孩子要胖一点儿，却不见她自觉不好，每日还是很臭美。

复哥儿文静地跟在姐姐身后。他的病一直在治，虽无性命之虞，却也未见大好，多跑几步路就喘气，一直要仔细看着。

二人规矩地拜见过父皇。如今孩子都大了，不再童言无忌，也不像以前那样与他亲近。就算是宁宁，也不知从何时起许多年没喊他“爹爹”了。

正好秦月换好衣裙出来。

两个孩子又去给母后请安，懂事乖巧。

这也不是第一年给秦月过生辰，萧叡难以揣摩她是喜欢还是不喜欢，面子她都会给足。萧叡往年还曾与她去别院玩，也没见她太高兴。

平日里秦月若想出宫，萧叡也不拦着，只在皇宫等她回来。

一日便如此平淡地度过。

晚上，二人一道歇在玉宁宫的寝宫，睡在一张榻上。老夫老妻了，偶尔会亲近一下，但大多还是分两床被褥，各睡各的。

熄了灯，放下帐子，像是只剩下他们。

萧叡问：“袖袖，睡了吗？”

秦月道：“有什么事？”

他们时或在睡前聊些公私之事，也只有彼此可以说了。

萧叡说：“你若是觉得累，倒也不必那样较真。就像你生辰，你不想应付那些人，我就不办大宴。”

秦月不置可否地应了一声。

萧叡想了想，沉重道：“我大抵要比你早些过身，到时我会安排妥当，你便可出宫潇洒自由去，不用担着这些个事儿。”

秦月没回答萧叡。过了好一会儿，她才开口，在这片安静之中显得尤为突兀：“你现在安排什么后事？你是明日就要死了吗？是我自封的皇后，我要做与你何干？等你死了我再出宫我都什么岁数了？那你不如快些去死。你要是觉得耽误了我，不如立即废了我，放我出宫去。何必惺惺作态。”

床帐之内，又陷入一团寂静。

明明裹在被褥里，也无风，却仿佛变冷了一些。

皇帝陛下龙威扫地，幸得是在帐子里。秦月在外还是会给他留面子，倒是从没说过这种话。

他们似乎一直在吵架，一吵就是这么多年过去了。

萧叡悄悄地钻进她的被子里，从后面抱住她，说：“我怎么会舍得……我那时醒过来，还以为我是在做梦。”

“那您就当是在做梦吧。”秦月不咸不淡道，“一直做梦做到现在，您做皇上这么多年了，怎还能说出这样的话来？要是让人听到，定然要想，这大家到底是将天下托付给什么样的人了……”

他们也算是老夫老妻了，可以名正言顺地亲近。明明皇上和皇后睡觉是天经地义的事情，他身为皇上，却得看皇后的眼色，挑着她心情好的时候，在被子里偷偷摸摸地凑上去。她若是顺着，他才能偶尔得逞。

萧叡想表现得好一些，细致温柔地办事，但也没得过一句夸，也没被她骂。不过是在行使帝后的任务，大抵在她看来是如此，既接了这份活儿，该做的她都会做。

唯有在此时，萧叡会觉得他有那么一点儿更接近她了。若有侥幸，是否能讨她一点儿欢心。

秦月也不是不觉得困扰，萧叡特别不要脸，人家一个皇帝伏低做小，她总觉得再狠心，就是她的不是。近来也不知是不是她从的次数多了，他总是亲近她。

秦月想了想，说：“我这个年纪，不想再生孩子了。”

弄得萧叡脸红，道：“我又不是想让你生孩子，只是想亲近你。总不能……总不能让你一直独守空房。”

秦月守在这皇宫已是仁至义尽，难道还要人一直守活寡不成？女人也是人，不然当初何妃也不会跟太医好上。不管是出于他的私心，还是出于国家面子，他万万不可能给秦月送男宠取乐。是以还是得自己上，不想假以他人之手。

只是，他也不是二十岁出头的小年轻，生过一场重病以后身子骨不如以前，无论如何肯定不能和年轻力壮的男人比，总怕自己做得不好。

再看看秦月，依然美貌。她少时就生得艳丽，年岁长了，还是那副模样，像是时光偏爱于她，不多在她身上停留。

先前大典后，京中还有诗人以她的美貌写诗作词，恍如神女一般。

秦月靠着他的手臂思忖片刻，只淡淡道：“您照规矩做便是，祖训里写，您得尊敬皇后，也没说非得宠爱她。皇子皇女都出自臣妾膝下，您够抬举臣妾了。”

然后，便听见萧叡战战兢兢地问：“你是在讥讽我吗？”

秦月半晌无语。她恶声恶气，那是明摆着骂他，好声好气，他又怀疑是讥讽。这家伙的疑心病怕是这辈子都好不了了，也是，当皇帝的，在位置上坐久了，只会病得越来越重。书上的皇帝都是早年明君，晚节不保。

萧叡也不算是个资质好的，无功无过地坐在龙椅上这些年，称不上好，也称不上坏。

所有都要被这家伙觉得不是好意。

她气得道一声："滚。"

萧叡起身穿了里衣，披了袍子，真的下了床。

但并未离开寝宫。

他们吵架吵惯了。

隔壁间的床每日都有人铺好，焐热，他直接过去睡就是了。

玉宁宫的奴婢们都对此见怪不怪，早就习惯了。

这事烂在玉宁宫里，传不到外头。

先前头一回吵，他换个屋子睡。翌日起了，秦月还问他为什么不干脆回正和宫去。他借口道是怕旁人以为帝后不和，引起误会。

秦月便由着他。他是皇上，他想怎样就怎样。

萧叡离开，床上一下子变空旷。

秦月独占整张床，要了水，简单地擦洗一下，一边揩拭脖颈，一边想，这下反像是萧叡给她侍寝完了，就被她无情地赶走。

折腾了一番，再躺下，她一时之间无法入眠。

秦月又让人点了一柱安眠香。

她梦见几年前的事情，那个仓皇混乱的雨天。

那日她的马车驶出去之后，离萧叡远了，她的脑袋渐渐地冷下来，自觉愚蠢，要是方才萧叡留她，是不是又会藕断丝连。

都到这份儿上了。

她使的是自己的护卫，听见他们说后面有骑兵跟上来，一看就是萧叡的人。想了想，让他们换一条路，把人甩开，没走官道，走了另一条路。

没料到反中了埋伏。

也没料到，萧叡不仅派了人过来，还亲自赶过来了。

后来萧叡在昏迷时，几次危重，太医都说可能救不回来了。

秦月就想，到底是因为她不信萧叡，要是她没走那条路，是不是就不会如此？萧叡这人，何其荒唐，千金之子尚不做垂堂，他的安危身系家国天下，竟然就不管不顾地奔过来了。

待这憨人好转以后，她问过一次，为什么要来，萧叡却只说当时哪里会想怎么多。

可到底，萧叡是在一瞬间，不称职到将天下之重置于她之下。

面对为她而濒死的萧叡，无论出于情理还是道义，她都不可能一走了之。如此，便又折返京城。

萧叡重伤，京中人心惶惶。

北狄和叛军自然不可能放过这样绝佳的机会——趁你病，要你命。

她能怎么办？一走了之不是不行，可她是平民百姓出身，若是国破家亡，得有多少无辜之人家破人亡、流离失所。

那她这辈子还能安心睡着吗？

唉。

她仿照萧叡的笔迹伪造了圣旨，盖了龙玺凤印，而且全宫上下只她一个有孩子，说服兰相以后，其他人都不是问题。

国库空虚，那她可以掏钱，补上一大笔军资，给钱，还给人。

谁敢对她不服气？她已经不是当年无亲无故、无依无靠的一介宫女。

再等顺王回京，又得了权位最高的皇叔的支持。她这皇后之位，纵是萧叡真死了，也能坐住了。

她虽离京几年，可是朝中三品以上的大员，谁人不是在官场多年？自都被尚宫怀袖接待过，萧叡又年轻，手下官员更迭得并不算多。她跟在萧叡身边太多年了，就算离开了几年，一眼看去，大部分仍是熟面孔。

该哪位打仗，哪位压粮，哪位驻守边城，哪位对付叛军，她心中有数，先代为颁旨了再说。起码撑过了萧叡昏迷的那阵子，待萧叡醒了，就交还给他。

也不是所有人都对她服气。不服的都被她叫人叉出去下大牢，当时那情形，哪里容得那么多事儿，她自觉没有当堂砍人都算仁慈心善。

结果还是被冠上了“悍后”之名。

直到这一刻，名声依然不算多好。

萧叡是给她换了个身份再入宫，还硬生生给她改小了八岁，与外面说不是一个人，左右也没人敢深究。

皇帝说是，谁能说不是？

不知为何，萧叡总觉得她不高兴，以为她想走，一面怕她要走，一面又要捏着鼻子装大方，叽叽歪歪地说什么“你想走可以走”。

但只说皇后这份职当，这一刻做着，说不好，似乎也没哪里不好。她受天下人敬畏，是整座皇宫真正的女主人，连萧叡都不对她颐指气使。

当年追随她的江湖义士都不必再躲躲藏藏，升官发财，几个小姑娘也不必颠沛流离，过上踏实日子。对谁都好。

每日十二个时辰，她多半是快活的。

早先她当尚宫那会儿多艰难，也能过得快活，现在她想过好日子，自然也能过好。

就萧叡那家伙，没见他惧怕旁的，就只对她，总是疑神疑鬼，觉得她是不是在强颜欢笑。她一见萧叡那样子就来气，忍不住要和他拌嘴。

也不想想，她这都被册封第三回了，做过皇贵妃，做过元后，又做继后，这次还是她自己封的，而且两个孩子都上在玉牒，怎么走？

将就将就，凑合着过呗。

她这日子，又不是只有萧叡。

几日后。

秦月正在宫中，听说雪翡生了孩子。她很高兴，下了一份懿旨，赏赐钱物，心里还盘算着，等这个孩子长大了，只要不是太没出息，都给他一份官做。能当这个皇后也好，起码不会亏待身边的人。

她看着长大的小姑娘也做娘亲了，她等不及，乔装一番，直接从皇宫后门出去，打算去看看这个新出生的小娃娃。

秦月不是头一回这样出宫，萧叡知道，要是每次都以皇后的名头出宫去，太过兴师动众，未免麻烦，大多时候，她都是轻装简行、微服私访。她这边自说自话地定下了，再支使人去跟萧叡说一声。

等萧叡在御书房知道时，回玉宁宫看一眼，人已经出宫去了。

“也不叫上朕一起去。”萧叡嘀咕道。

雪翡是孤女，这小丫头小时候呆头呆脑，自己姓甚名谁都忘了。后来便跟着秦月姓秦，算是她的干亲。

作为皇后的亲信，求娶她的男人可不少。

她前两年嫁给一个商户出身的举子，以前走南闯北的时候，二人便结识，倒也有缘分。

秦月不是没想过身边两个丫头的亲事，原以为更有女子家模样的雪翠会先想要嫁人。没想到的是，混得跟假小子一般的雪翡突然跑来与她说有心上人了。

秦月当时还想，难怪呢，将男装换回衣裙，还知道要把皮肤养白、涂脂抹粉了。她亲自给雪翡发嫁，真如女儿一般，赠了十里红妆，无比风光。

再一转眼，连小娃娃都生了。

日子过得真快。

秦月就怕他们兴师动众，一下车就让他们不要拜见，简单地作礼就行。

雪翡的夫家秦月不是第一次来，先前她有孕时，秦月就来过，还给她送了经验丰富的稳婆和专研妇产的御医过来，更不说隔三岔五地差人拉几车药材吃食过来。

亲生母亲也不过如此。

秦月心里则想，她无父无母，就算她自个儿再好强，也还是有个依靠会过得更好。

要不是因为无依无靠，谁需要把自己变得那般坚强冷硬？

秦月领着雪翠进了卧房，虽洒扫熏香处理过了，仍有淡淡的血腥味。

雪翡身子骨好，刚生完孩子，也没休息，靠着床头坐起来，怀里抱着小宝宝。秦月坐在床边的椅子上，看看孩子，又抱了一下，夸孩子生得有福气。

秦月好久没见过刚出生的小宝宝了，把以前带孩子的烦闷给忘干净了。像这种小崽子，别人养，你只是偶尔抱抱他，跟他玩一玩，他顶可爱，若是要自己养就不可爱了。

一行人寒暄了片刻，便出了卧房，留下秦月几人叙旧。

雪翡抱着小宝宝，道："我当年不敢告诉姑姑，还以为您要生气呢。"

秦月觉得好笑，奇怪地问："我气什么？"

雪翡答："我小的时候，您不与我们说要提防男人吗？"

她一边说，一边抬眸看了雪翠一眼。雪翠当了尚宫，真如当年的怀袖姑姑一般，恭正严谨地侧立一旁，从头发丝儿到脚尖挑不出一丝错。

二人是好姐妹，她知道雪翠不乏爱慕者，不过与她不同，雪翠似乎铁了心要在女官一道上走到底了，不打算嫁人。

以往她们闲聊时，也不是没说过不嫁人的玩笑话。

结果倒是她先爽约，雪翠虽没对她生气，还说要当孩子的干娘，她却总觉得有点儿对不住姐妹。

秦月回忆了一下，那已经是太多年前的事情了。她道："我不记得了。"

她转头问雪翠："你记得吗？"

雪翠亦是摇头："不记得。"

这女人刚生孩子的时候就会格外敏感脆弱，秦月是过来人，于是柔声安抚道："你能过上好日子，姑姑为你高兴还来不及，怎么会责怪你呢？"

当今这世间女子，能如雪翡一般，就称得上是幸福美满了。

她想了想，轻笑地说："少学我这样，姑姑可从来不是个好模范，如此，可过得惬意自在许多。"

雪翠忍不住说："姑姑对你这样掏心掏肺，你可得知晓姑姑的好意才是啊。"

雪翡点头称"是"。

秦月在这坐了小半个时辰，本在屋外看门的小宫女走进来，雪翠过去问是什么事情。

秦月见那小宫女在雪翠耳边说了什么，雪翠紧紧地皱起眉，几不可察地叹了口气，双手也攥紧起来。秦月见她如此如临大敌，心里大致有数。

她听完之后，脚步匆匆地走过来："姑姑……"

没等她说话，秦月道："皇上来了？"

雪翠并不诧异，为难地颔首道："是，眼下正在外面附近的马车等您，还问您，他能不能也来看看。"

秦月说："去回复皇上，叫他别过来。我去见他。"

添什么乱？秦月想，她作为皇后，微服来访只是小事情。

雪翠闻言，应下，出门去亲自答复皇上了。

这边，秦月便和雪翡道别。雪翡方才记起一件事："娘娘，您若得空，不如给我家小毛毛赐名可好？"

秦月笑笑道："好，待我回去好好想想。"

她自大门出去，四下环顾，瞧见一辆眼熟的马车停在街对面的角落。她才刚走到跟前，萧叡就从马车上下来，把她扶上车，才又跟着进车篷里。

秦月问："你跟过来干什么？"

萧叡紧抿嘴唇："不干什么。"

马车平缓地行驶起来，热闹的人声隔着竹帘隐约传进来。秦月很想看看，碍于萧叡在旁边，不好做这么不规矩的事情。

萧叡悄悄握住她的手："难得我们一块儿出宫，要不要在街市上走走？"

街上人多，萧叡一直牵住她的手，手心汗涔涔的，像是胶水，把他们的手黏在一块儿。

萧叡见秦月似是开怀，温柔可亲地问小商贩们物价几何，真像个市井里普通的当家娘子，他也只是个普通的夫郎。商贩还赞她生得年轻貌美，又说萧叡一看就是个多金爱妻的好丈夫，郎才女貌，好生般配。皇帝陛下龙颜大悦，一个高兴，把人家整筐果子都买了。

萧叡走出几步，才品出点儿不对味："他是不是在说朕老？"

秦月憋笑憋得肩膀轻抖起来："不老，风华正茂着呢。"

他们带着些小东西回宫，乘龙辇一小段路，行至竹林，想要散散步，又下来步行。

橘红的斜阳染红了半边天，竹影婆娑，微风徐徐。

在宫外牵手倒是无妨，在宫里，却不好在大庭广众之下卿卿我我，秦月也不爱和他腻歪。

这天也不知怎么回事，竟然一直默许了。兴许是前几天吵过架，在无言地给彼此一个台阶下。

像这样的事情，也发生过好多回。

秦月问："我又不是第一回去看雪翡，你今天为什么特意跟去？"

萧叡这回不沉默，说："说不上为什么，只是有些心慌，就想去找你。我总觉得你像是天上的风筝，线却不在我手里，忽远忽近，时高时低，却永远不会落在我的怀里。

"你我之间，大抵永远不会像普通夫妻那样亲密无间。你以前曾与我说，你的孩子是你为自己生的。

"可你留在了宫里，那孩子就不仅是你我的孩子了。"

秦月没立时回答，只觉得萧叡的掌心烫得慌，热度无声无息地传过来。待她意识到时，胸口一团闷热，竹风拂面，方才带来一丝凉意。她说："我倒也没那么愤世嫉俗，你不必如此战战兢兢。

"我二十几岁时和十几岁时想的不一样，如今和当年也想的不一样。折腾那么多年，我也折腾不动了。

"她们能做个世俗中幸福的妻子、母亲，我或许略有不同，可我一介泥腿子出身的农女，能走到今天，已是老天造化。

"小时候我母亲常对我说，要心怀感恩。每日一家人团聚，吃得饱饭，晚上有一床被子，夏日有布衣，冬日有袄子，就已经是好日子了。

"她们是她们，我是我。

"我们这辈子是做不成世间的普通夫妻了，但就这样也是挺好的。"

至亲至疏，如友如敌。

却也没有旁人可以替代，独一无二。

一转眼，这条小径也要走到头了。

萧叡还记得很多年前，就是在这里，秦月做了离开自己的决定。

以往到了有人的地方，出于矜持和体面，秦月多会让他放开手，不然被人瞧见了要说没规矩，这天却没有。

反轮到萧叡有点儿脸红，好在宫女侍卫也没人敢仔细打量他们。他想，说不定也没瞧见他们是手牵手的。

用过晚膳，他给孩子们考校功课，看看近来都学得如何。

宁宁苦着脸下去了，姐弟俩一人一张桌案，各写各的作业。宁宁先写完了，站在一旁，指点弟弟。

萧叡道："让你弟弟自己想，别什么都告诉他。"

他蓦地想起当年的太子大哥，也曾经像这样站在自己身旁，对他和声细语地说话。

夜里，他在玉宁宫寝宫的床上醒过来，发现秦月不在，还以为起夜去了。过了一会儿，没等到她回来，便也起了身，问守夜的人："皇后呢？"

宫女答："皇后娘娘说出去走一圈儿散心，让我们别吵您起来。"

萧叡披上衣裳，出门去寻她。他沿着侍卫所说的路一路找过去，追逐着一盏幽幽的灯。

夜深静谧，万籁俱寂。

他踏过如霜的月光，星河如锦缎倒映在漾漾的河中。

萧叡终于走到了高楼之下。

萧叡拾级而上，看到秦月正站在阑干边上，仰头静默地望向明月。她穿着皇后的红衣，却没戴冠，只是简单地用红绳绾了发，风将她的衣袍吹得鼓起。她看上去那么纤细瘦小，似是随时会被风吹走。

"袖袖。"萧叡唤她。

秦月回过头时，风亦停了下来。

月光傍在她光洁的脸庞，她微微笑起来："七郎。"

风像是落入了他的怀中。

番外一

寅时。

“殿下，该起了。”复哥儿在睡梦中被雪翠姑姑唤醒。

他睁开惺忪的睡眼，床帐被挽起来用玉钩挂好，窗外还是黑黢黢的一片，屋里点了油灯，照得室内敞亮。熏笼里染着香，弥漫开淡淡的清甜香气，暖烘烘的，就是离开被窝儿也不冷。

但复哥儿被这团团暖气熏得依然睡意缠绵，闭着眼睛坐起身来。有两个宫女过来把他从被窝儿里抱出来，给他换好衣服，穿鞋，梳头，净脸。温热湿润的布巾在他脸上轻轻地揩了两下，驱散了不少睡意。

他这年十岁，前年被立为储君之后，就从玉宁宫搬出来，住进了自己的小院。

这天穿的是件石青色织东珠缂丝圆襟袍子，头戴朱缨金冠，系海龙纹腰带，又配上一块云龙碧玉来压下衫。因是冬天，拿了双皮靴来穿，毛在内侧，又柔软又暖和。玉坠的穗子是娘给他编的，皮靴也是娘给他做的，他甚是喜欢。虽说在外面他都改口叫“母后”了，但是四下无人或是在心底，他还是更爱叫“娘亲”。

都穿戴好了，热腾腾的早饭也端了上来。宫中的定式是十二件，但父皇提倡节俭，单子都是早几天拟好的，不过四五样菜，每样都不多。他食量小，捡着吃了其中大部分，大约有个七分饱了便停下。

吃完饭，时辰也差不多了。

雪翠姑姑上前，给他披上紫貂大氅。他走到门前，自有奴才帮他打开门，冬日的寒风扑面而来。他脚步略一迟滞，因这才发现外面竟然下起了雪。

雪片纷纷扬扬、悄无声息地落下来，地上已经积起了一层薄雪，檐下与树枝上都结了冰碴子。没等别人阻拦，复哥儿走到院子里，故意踩在雪上，发出“咯吱咯吱”的轻响。他回想起南方的雪，与北方的雪不同，没这样干冷坚硬，总是湿润绵软的。

已经好几年了，他还是时常想念以前在江南的日子。说不上是因为怀念四季如春的温柔气候，还是怀念那时的无忧无虑。

其实他一点儿都不喜欢如今的生活。

以前他还只是复哥儿而不是殿下的时候，每日可以睡到日上三竿，而且念书念的也不是这些让人脑壳疼的之乎者也。他想画画，想剪纸，想做点儿小手工艺品，娘都随他。这一刻每天天还没亮，他就必须起身去御书房跟老师上课，上一整天，一直到晚上才能歇息。

软轿已经抬过来了。

复哥儿坐上去，雪翠姐姐又把暖手焐递给他，另有人撑伞，是以一路过去除了脸颊吹到些风，通身都还算是暖和的，并不冷。

往日要是不下雪，复哥儿多是自己走路去御书房。到了冬天，地冷坚硬，尤其是下过雪，怕冻着脚，冷气入体导致生病。他本来身子骨就不好，更得紧着保养，避免一切生病的可能。以他的虚弱，说不定一场病就去了。

所以自从入了冬，他与皇姐两个人之间反而是他没生病，而皇姐受冻病了一场，那时可把父皇给急坏了。

如往常一样，复哥儿来得早，先生与皇姐都还没有来。

他摘了暖手焐，开始习读昨天的功课。

半个时辰后。

卯时将到，皇姐才打着哈欠姗姗来迟。

他们虽然只差了两岁，但皇姐已经比他足足高了一个头。十二岁的皇姐已经隐约有了窈窕的身姿，有了少女的模样。小孩子总是喜欢跟大孩子玩的，姐弟俩年岁长后虽不像小时候那样整日混在一起玩了，可感情依然不错，平日里彼此有什么好东西都会分对方一份。复哥儿真羡慕姐姐长得快，他还是个小孩子样子，也不知什么时候才长大。

宁宁问："来了多久了啊？"

复哥儿答："有小半个时辰了。"

宁宁不以为然地"嗯"了一声。她向来不怕先生检查功课，每天都在踩着点来，就是父皇也宠着皇姐，从不对她说重话。

然后先生到了，先行礼，再提问，最后背诵昨日习得的课文。

接着上课，每半个时辰休息一刻钟时间。第一节课是"四书五经"，主讲意和背诵；第二节课先生会给他们讲讲史书上的故事。先生口才好，讲得绘声绘色，很是有趣；第三节课练字。这时候差不多已经是巳时了，假如父皇已经下朝，暂时无事，就会顺路过来看看他们。

但这天父皇没来。

复哥儿心里偷偷觉得这样的日子甚苦，但他是个温驯的性子，是以从未抱怨，规规矩矩地照做。先生不发问，他绝不主动多做，亦不爱表现自己。

母后有时私下会说皇姐懒惰，叫她勤快一点儿。复哥儿倒觉得，自己这才是偷懒呢。

听闻父皇还是皇子的时候，有许多兄弟姐妹，每日早上在御书房上课的皇子可以坐满一屋子。而今后宫凋零，父皇也不碰其他妃嫔，使得这后宫中只有他们两个孩子。

巳时结束，上午的课也告一段落。

姐弟俩一道去玉宁宫给母后问安，并打算在玉宁宫吃饭。

这是复哥儿一整天下来最期盼的一小段时光，在母后那里有各种好吃好玩的，母后从不会板着脸，不像父皇那样找不出什么话与他说，总是问功课。别的宫殿都是冷冰冰的，而玉宁宫则充满了温馨的人气，玉宁宫的宫女姐姐们也是最漂亮的。

吃过饭，他还可以在母后那里小睡个午觉。姐姐有时也睡，但她精力充沛，更情愿不睡觉拿这个时间去玩。

姐弟俩坐在一顶轿子里，行至半路。

皇姐忽地开口说："回去我送你个好东西。"

复哥儿好奇地问："什么？"

宁宁狡黠一笑："到时你就知道了。可好玩了，你一定喜欢。"

复哥儿当然期待，他的姐姐最是个会玩的，袖子里总能变出一些新鲜的玩具。

午时刚过。

二人不紧不慢地到了玉宁宫。

一进门就见母后懒懒地躺在暖笼旁。她没穿皇后的裙子，而是一身宽松舒适如道袍般的衣裳，头发也仅仅是随意地用一支玉簪绾着，好生潇洒肆意。

这其实不怎么合宫中规矩，可母后手掌凤印，父皇病时更是代掌皇玺，讲什么规矩？在这宫中，她就是规矩。她想怎样就怎样。

两个孩子都恭正地跪拜，脆生生地唤道："参见母后。"

屋里有地龙，地上还铺着柔软厚实的波斯羊绒毛毯，并不会膝盖疼。

母后这年已经三十八岁，但看上去像是二十八九岁，眉目映丽，当她打起精神来时，一双眼睛尤其炯炯有神。不过这一刻她看上去有些困倦疲累，精神恹恹。

秦月见两个孩子来了，抬起手，衣袖略微滑下，露出一截皓腕，招了招手："过来吧。天气冷，先喝碗汤暖暖身子。"

复哥儿想，母后这个样子，就像是一直在打瞌睡的母狮子，要让小狮子们过来，躺在她身边。

复哥儿觉得自己十岁了，不算特别小了，尤其是搬出去自己住以后，总觉得自己起码算长大一半了，不好再像个幼儿一样黏在母后身边撒娇，是以只老老实实地侧立一旁，歆羡地望着皇姐靠着母后笑盈盈地说各种俏皮话。这也是他很羡慕皇姐的一点，不管对上谁，她总能很快就跟人热乎起来，不像他，是把热的话都说冷了。

不过走近之后，更能清楚看见母后隆起的小腹。

是的。

母后又怀孕了。

就算特意穿得宽松，还是能看出来。母后看着年轻，但到底年纪不小，这场生育颇为危险。御医每天都要来请平安脉，她的衣食住行都有人盯着，一定要叫小皇子或者小公主健健康康、平安无恙地诞生。

这是父皇母后感情好的见证，证明母后圣宠不衰，复哥儿也很期待自己能有弟弟、妹妹，那他就不再是这宫中最小的孩子了，以后兄弟姊妹之间也有个助力。他并不是不知道历朝历代皇子之间兄弟阋墙之事，但他觉得少出于一母同胞的兄弟姊妹之间，更何况，他可比弟弟、妹妹大了十岁。

过了一会儿，母后起身，皇姐挨在一旁紧紧地扶着母后。母后一只手撑在腰后，一只手捧在高高的肚皮下面，看上去就让人觉得累。复哥儿心想，这女子生育可真不容易。

母后站起来以后身材颇高，她不是那等娇小玲珑的女子。母后与父皇都不矮，等他以后开始拔个子了，应当也不会矮到哪里去吧？

母后微微皱了皱眉："不用扶，我自己能走。"

皇姐"哦"了一声，没有执拗，放开了手。要不是下雪，母后每天还要在院子里走一走。

他们到餐桌前坐下来。

母后似乎懒得说话，只挥了挥手，给宫女递过去一个眼神，立即有人去喊"传膳"。

不一会儿，上菜的宫女鱼贯而入，在八仙桌上摆满了一桌子热气腾腾的菜，也不是宫中册子上的定式。母后在穿衣上不讲究奢华繁复，在吃食上却很用心，每日都要琢磨吃什么。他们母子三人口味不大相同，母后喜吃辣，他好清淡，而皇姐则嗜甜如命，母后每天都会让后厨按照大家的口味做不同的菜。

当然，他并不是不能在自己院子吩咐小厨房做饭，但自个儿照顾自己，跟被母后关心大不相同。偶尔，母后也会给他尝尝不同口味的吃食。他问起来，母后还笑呵呵地说："你每天吃一样的不腻啊？来，尝尝这道菜，我吃着挺好，我想你可能会喜欢。"

其实喜欢不喜欢是其次，他只是默默地享受着母后的这份关怀。

他们这边才拿起筷子要开始吃饭了，那边门外响起"皇上驾到"的声音。

他与皇姐赶紧放下碗筷，又站起身来，迎接父皇。母后起身最慢，慢腾腾的，才刚站起来，父皇已裹着阵冷风跨门而入，一进门便先说："赶紧把门关好，免得把风带进来吹着你们娘娘。"

萧叡又看母后："你坐着就是了。"

母后便坐了回去，道："你今天不是不过来用饭吗？"

父皇说："朕吃过了，可不赶巧，你们刚开始吃饭啊？"

父皇说着，笑意泛上他的眼角。父皇已经换下了朝服，身上穿的是一件玄色曳撒织金龙纱，宝装钩绦，衬得身姿挺拔，自有一番渊渟岳峙之姿。

父皇比母后小一岁，但看着可苍老多了，兴许是要操心的国家大事实在太多，还不到四十的年纪，竟然已两鬓斑白。父皇先前染过两回头发，染黑以后人看着年轻了好几岁，不过药味重又麻烦，后来便不见父皇再弄了……也可能是因为母后不喜欢。

母后不咸不淡道："嗯，你也要再用点儿吗？我今儿叫他们给我做了鱼羊肉的饺子吃。"

父皇脱下外袍，从善如流地坐下来："那我也用一碗。"

母后再问萧叡要不要醋、辣椒、大蒜，他们不像是在宫中用御膳，像是寻常百姓人家的夫妻。

父皇坐下以后，同他们说："快坐下吧，吃饭了。"

他说完还还给他们姐弟俩夹菜。

复哥儿觉得自己挺喜欢父皇的，尽管他很晚才第一次见到父皇。父皇在他们面前总是温柔和气的，很少对他们发火，还时常陪他们玩耍，非常关心他们的身体和学习，时不时地就有赏赐打发到他的宫中。而对待外人，父皇也是犹如春风化雨，挺过了早年的种种磨难，这两年民间风调雨顺，万事太平，听说民间都把父皇叫作是仁君，很有贤名。

但他也曾经见到过父皇在朝堂上大发雷霆，当时满朝文武百官皆跪地俯首、瑟瑟发抖。连他远远地见了，也吓得腿软。

他刚从玉宁宫搬出去的头一阵子，父皇几乎每天都会去他的宫殿里坐上一时半刻，去得多了，就有人升起异样的心思。先前他的宫中还曾有过一位宫女姐姐，年轻貌美，文静秀气，像朵山茶花一样。叫什么他记不大清，似乎有个“雅”字，说起话来娇滴滴的，但做得一手好刺绣，还给他做过一双特别好穿的鞋子。

有次父皇来看他，那位宫女姐姐在父皇面前娇声娇气地唤了一声“皇上”，再多望了一眼，就被父皇打发了。当时复哥儿没想太多，只看了一眼她低着头的背影。她跨过门槛，拐了个弯，就再也瞧不见了。

等父皇走了，那位姐姐也没回来，复哥儿问宫中的其他人：“她呢？”

别人告诉他：“她被张总管带走了。”

当然，不是被纳为妃子，就是悄无声息地不见了，也不知道是被打入掖庭，还是人直接没了。复哥儿没深想，也没深问。自那时起，他发现自己对生死似乎不大敏感，他不像姐姐那样充满了喜怒哀乐，有时他感觉自己好像不是属于这个世上的人。

大夫说他身体不好，有的说他活不过二十岁，有的说他勉强能活到三十岁，左右是活不久。可他并不害怕。他连自己去死都不在乎，哪会在乎别人呢？

那次之后，隐约听说父皇跟母后小吵了一架。

然后皇姐很大方地把伺候在身边的雪翠姑姑指派给他，道：“喏，我把雪翠姑姑送给你用。有她在，你宫中就再出不了娄子了。”

复哥儿没有立即答应：“那皇姐你呢？”

皇姐自信地笑笑说：“我能管好我宫中的事情，少了雪翠姑姑也不会出差错。倒是你，早些把你宫中的规矩立起来吧。”

所以雪翠姑姑到了他的宫中办事，负责他的衣食住行，教他容止规矩。

这座偌大的皇宫，明明被母后和皇姐管理得很好，他也是住在玉宁宫旁边的宫殿。可他有时还是会觉得自己像是被父母丢出去自食其力的小兽，隐隐感觉到花团似锦的周围，仿佛潜伏着若有似无的重重危机。

用完午饭后，复哥儿觉得身子暖和了不少。

母后让他在殿内绕着走上三圈儿消消食，然后再去换身衣服睡个冬日午觉。

皇姐道：“母后，今天下雪，下午不用去上骑射课呢。”

她那得意劲儿溢于言表，可把母后给逗乐儿了：“又让你这个懒虫抓着机会了不是？哎，瞧你那眼珠子滴溜溜转的，小脑瓜子里可又是在想什么鬼主意了？”

皇姐笑嘻嘻道：“没什么，我就是想去堆雪人，打雪仗。我想出门去找秀姐儿她们玩。”

母后还没发话。

父皇先皱着眉头否定了：“不行，你上回风寒好了还没多久，还想大雪天跑出去玩？到时候吹了风不说，被雪湿了衣服，肯定得着凉，还要不要命啦？”

皇姐不满地嘟起嘴，抱怨道：“我那么健壮怎么会要了命？我哪有那么娇气？”

父皇道：“你是朕的掌上明珠，天底下顶娇贵的女儿家，你自个儿粗心大意，朕却不能由着你胡来。”此时，父皇不再是个慈父了。

也是。皇姐生病那会儿，父皇比母后更着急，其实没有病危，只是小烧了一两天，皇姐还能说话能吃饭的，意识清醒。没两日她就好了，又活蹦乱跳。复哥儿一向知道父皇更偏心皇姐，因为皇姐是父皇亲手带大的，听说连学爬步都是在龙床上学的，还把龙床龙袍尿湿过，父皇也不怪她。

这时，母后站起来，走到窗边，让人打开窗户。父皇连忙跟过去，问：“又怎么了？”

母后看了一眼天，对皇姐说：“过半个时辰风雪停了你再去，我让人给你包点儿东西一起带去。”

皇姐眼睛一亮，像只小兔子一样要跳起来了：“还是娘亲你更好！”

复哥儿则悄悄地看了萧叡一眼。见父皇脸颊紧绷，嘴唇抿成一线，连眉心都皱成一团了，就知父皇并不乐意，可到底没有开口反驳。一直这样，这种小事，假如母后发话了，父皇绝不会再说不行。是以皇姐才会一开始就先跟母后撒娇，如此，拿捏得稳稳的。

姐姐可以出宫去玩了。复哥儿心下好生羡慕，他也想去，并不特指想去哪儿，就想跳出皇宫这个圈圈，呼吸一下外面的空气，到处走一走、看一看也是好的。

但他是个很闷的小孩子，就是有喜欢的，总也不好意思自己主动提。他只羡慕地看了看姐姐，都没敢看太久，不然就显得太露骨了。

父皇却发现了他的目光，问：“复哥儿，你想跟着你姐姐去玩？”

复哥儿一时犹豫，没有点头也没有摇头，却听皇姐先反对了：“我不要带他去，他多走两步就喘，他才是身子娇贵吹不得风的。”

复哥儿的脸不禁红了，他觉得自己近来身子好多了呢。他迎合姐姐，压低声音说：“我也不是很想去的。”

这话说得微妙，不是“不想去”，是“不是很想”，模棱两可，温温暾暾。

父皇大手一挥，同皇姐说：“你带你皇弟一起去。”

皇帝都亲口发话了，没得法子，宁宁便带上了他。

这天的午睡就免了。

半个时辰后，未时，风雪真的停了。

姐弟俩乘一驾御辇出宫去。

路上无聊，皇姐问道：“母后观云测星的本事可真厉害，什么时候教教我呢？”

复哥儿深以为然。其实不光是观云测星，母后当年在船上的时候还很会看海，每次都能带着船队化险为夷，有如天助一般。这一刻母后卸了对前朝的摄政，她偶尔的爱好就是跟大司命一起研讨天文地理，大司命是位三十余岁玉树临风的叔叔。有时他们聊得多了，父皇看大司命的眼神总是充满杀气。

说到这个。唉。

他知道母后在朝廷和民间有些不大好的名声，有人说她权欲熏心，妄图牝鸡司晨，颠覆社稷朝纲，也有人说她心胸狭隘，呷醋善妒，容不下宫中其他女子受皇上宠爱，致使后宫子嗣凋零，害了整个大齐王朝，着实是个奸后。

也就只有他们几个人知道，母后对父皇还是不冷不热的，向来没给什么约束。父皇是说一不二的皇帝，要是想宠幸个妃子，旁人谁能真管得着？无非是深爱母后罢了。

父皇是这样与他说的：“有那拈花惹草的闲工夫，朕不如多批几本折子，多看几眼民生。”

这话说得也甚是有道理的。

镇国公府不算太远。

小半个时辰就到了。

皇姐去闺密家玩是去惯了的，门房一见她来，登时喜笑颜开地来迎接。正要朝屋里头喊，却被皇姐叫住了：“别大声嚷嚷，不必大张旗鼓。”

那门房憨憨地一笑，点头哈腰：“是，是。听公主您的。”

这时，复哥儿才小心翼翼地边被人扶着，边踩着板凳下来。门房见着他，隐隐猜出是谁，又不敢明说，结巴了一下，恭敬道：“这……这位贵人好。”

复哥儿和气地莞尔：“你好。”他给身边的宫女递了个眼色。他头一回去人家家里做客，是得打赏一番。

镇国公府的门槛颇高，他半撩起下摆，高高地抬脚跨过去。

镇国公府的大太太已经匆匆来迎，皇姐寒暄几句，轻车熟路地要去找她的好姐妹，径直往后院去。复哥儿犹犹豫豫地亦步亦趋，也不知是该跟上还是不该跟上。他十岁了，又不是七八岁的小孩子，怎么好鲁莽地往都是女眷的后园去。可他因为体弱多病长得幼小，看上去还是七八岁的模样。

这时，一个容貌俊秀的少年郎翩翩而至，行礼，道：“见过太子殿下。”

这两年过年二品以上女眷和皇亲国戚进宫拜见，复哥儿记下了大部分人的模样和姓名。这一点似乎遗传自母后，他几乎过目不忘。他见过这个少年郎，此人是镇国公府的世子裴毅，这年十五岁。他们站在一起，他才到人家的胸口。

复哥儿心下对自己弱小的身材叹了口气。

裴毅招待他去自己的院子坐坐，复哥儿点点头，默默地跟去了。

到了裴毅的院子里，裴毅拿出书画来给他赏玩。二人沉默地看着字画，实在无话可说，气氛太尴尬了。复哥儿想了想，问：“我皇姐是打小儿就跟你们家秀姐儿要好吗？”

裴毅道：“是。秀姐儿没做伴读时，有一回进宫，遇见了公主，她们就交上了朋友。之后皇上说要给公主找伴读，是公主亲自点的秀姐儿入宫。”

其实复哥儿都知道，但他还是装成第一次听说的样子点头说道：“哦，这样啊。”

又没什么话可以说了。复哥儿想起件事情来，他七岁时被确立了皇子之身，写上玉牒，之后皇姐就再也没有伴读了。不过，他暂时也没有伴读。

宫中内外有些风声，说早先父皇没有子女，其实曾经考虑过要册立皇姐为皇太女。后来有了他以后，因为他身体不好，可能活不长，父皇又没有定下皇储，且对皇姐宠爱有加，是以皇太女一说还是甚嚣尘上，直到去年他被封为太子才算是偃旗息鼓。

复哥儿还在想事情，听见裴毅先犹豫地开了口：“殿下，听……听闻公主前阵子生病，可有后恙？”

复哥儿闻言抬头，瞥了裴毅一眼，只见裴毅耳朵通红。也不知怎么回事，复哥儿一下子就明白过来了，这人多半是喜欢他皇姐。他道：“小小风寒罢了。你今天不是见着我皇姐了吗？她看上去还是很健康吧？”

裴毅眼眸微亮：“是。公主殿下声音洪亮，脚步踏实，看上去挺壮实的。”

复哥儿一个愣怔，这算什么形容？他觉得头晕了一下，一时之间不知道该如何回答。

正这时，推门的声音随着皇姐不满的话语一道响起：“什么叫壮实？我是牛吗？还是男人？裴毅，你得给我好好说道说道！没偷偷在背后跟我弟弟说我坏话，我头一次带他来，你就编派我？”

话音还未落下，皇姐已然如挟一团火似的进了屋。这大雪天的，她穿一身绣金刺银的红裙，石榴红，走路走快的话裙摆会扬起来，像是花朵绽放。皇姐这两年越长越美，听父皇说是像母后年轻时的样子，但更加张扬肆意，明媚无双。她只是踏进屋子里来，就如让屋子被照亮了几分。可偏生她年岁小，尚有些未长成的稚气，杂糅一起却有一番别样的美丽。

可怜的镇国公世子裴毅被暗恋的小姑娘抓包，顿时羞赧得面红耳赤。他手足无措，支支吾吾道：“我……我不是那个意思。公主，我没有讲你的坏话。”

复哥儿看裴毅怪可怜的，替他解围，上前问姐姐，故意岔开话题：“姐姐，你怎么来了？”

皇姐也没抓着裴毅不放，这就被转移了注意力，摸摸弟弟的脑袋，道：“还不是因为你？我想着把你一个人撇在这儿，实在玩不痛快，这不就过来找你了吗？”

裴毅巴巴地问：“公主想玩什么？蹴鞠？投壶？”

“这大冷天的……”皇姐嫌弃道，“不要。”

裴毅想了想，又说：“我家的猫儿刚生了一窝小猫咪，甚是可爱。公主可要看看？”

皇姐略高兴了些：“好啊，抱来给我看看。”

皇姐可真是小孩子脾气，这般纯真无邪，几只小猫就把她哄住了。复哥儿想了想，问：“皇姐，你宫里不是有小猫、小狗、小鸟了吗？看不腻吗？”

皇姐娇声娇气地说：“不腻。我可以跟小猫、小狗玩一整天也不腻。”

但她话才说出口没多久就反悔了。她摸了一会儿小猫，说：“这好不容易出了宫，要只是摸摸小猫也太无趣了。”

秀姐儿问：“那公主你想玩什么？”

皇姐小声地说：“我们偷偷打叶子牌如何？”

众人纷纷无语，但还是答应了她。这玩意儿平日里家长哪里让玩？四个孩子躲在屋子里有模有样地围桌玩牌，边玩边说笑，氛围渐渐融洽起来。到最后，连复哥儿这个一开始不怎么感兴趣的都觉得很好玩。只是一眨眼，时间就消磨完了。

还是雪翠姑姑过来禀告，说是宫里来催他们回家了。

皇姐意犹未尽地问：“我不能留在镇国公府用饭吗？”

裴毅抢着回答道：“可以的，可以的。公主想吃什么？我吩咐厨下赶紧去做。”

秀姐儿也说：“今晚歇在这里也行。”

可雪翠姑姑很冷面无情地说：“不可，皇上交代了让您与太子回宫去。”

皇姐唉声叹气，复哥儿也挺遗憾的，跟着劝了一句：“姐姐，回去吧。”

姐弟俩回宫去了，裴毅一路送他们到门口。复哥儿发现他的眼神不自觉地黏在皇姐身上，皇姐自己好像没发现。

裴毅还扶她上马车，问：“公主下次什么时候再来玩？我一定备好各种玩意儿。”

皇姐高高在上地睨了他一眼，任性无常地说：“你在说什么？我是过来陶冶情操并叙姐妹情谊的，我玩什么了？说得我多贪玩不正经。”

顿时又把裴毅给闹了个大红脸。

他们扬长而去。

皇姐还要把雪翠姐姐叫到马车里来，抱着她的胳膊撒娇：“雪翠姑姑，你千万不能把我带着皇弟在镇国公府玩叶子牌的事儿告诉我父皇母后，我就小小地玩那么一会儿，无伤大雅的。可假如父皇知道了，一定要打断我的腿不可！”

复哥儿腹诽：父皇哪会舍得打断皇姐你的腿，父皇母后可是能为了你跟狄夷开战的啊。

他想归想，并不拆姐姐的台。

皇姐把雪翠姑姑安抚好了，又跟他说：“你瞧瞧你，小小年纪越发老气横秋，越来越闷骚了。今天都跟裴毅说了些什么？”

复哥儿欲言又止："也没什么。"

皇姐道："是了，他也是个呆子，特无趣。"

复哥儿一下子想起曾见过裴毅在父皇面前的样子，不卑不亢，对答如流，而不是在皇姐面前这样唯唯诺诺、予取予求。不过，他与裴毅不大熟悉，也没必要给裴毅说好话。

接近酉时，他们回到皇宫。

母后还未用饭，便由她做主一道吃了一顿热腾腾的火锅。

吃饱喝足，打道回府。

复哥儿与皇姐在路上说悄悄话，问："皇姐，你说母后是要生弟弟还是妹妹？御医已经能把脉知晓了吧？"

皇姐反问："你想要弟弟还是妹妹啊？"

复哥儿思忖了片刻，认真道："弟弟。"

皇姐诧异道："你不怕有了弟弟，父皇要传位给弟弟啊？"

这话换作其他皇族兄弟这般坦白地说出来估计就是诛心了，但他不以为忤，淡然道："我说不定活得还没父皇久呢，父皇再在位二十年也是可以的，我却不一定能再活二十年。有个弟弟挺好的，也不至于到时候后继无人，我会好好教导弟弟的。"

皇姐不说话，脸上也没了笑，握住他冷冰冰的、小小的手："别净胡说，你可以活很久的，有姐姐在呢。"

复哥儿抬头笑了下："嗯。"

皇姐同他说："走，先去我那坐坐，我不是说要给你好东西吗？我得了几樽可放在掌心把玩的车、舟小雕，精致可爱，你不是喜欢这个吗？"

复哥儿高高兴兴地跟着去了。

彼时，雪已停了。

夜风仍冷，但复哥儿的心里暖洋洋的，脸上情不自禁地洋溢着笑容。他一想到温和醇厚的父皇、慈爱宽容的母后跟活泼善良的皇姐，便觉得又有力气活到明日了。

但愿父皇与母后恩爱，但愿皇姐快活如初，但愿年年岁岁恰如今朝。

番外二

秦月依稀记得自己入宫是在一个潮湿的春夜。

说是夜似乎也不尽然，但绝对称不上是白昼，她不晓得是哪个时辰。只记得日头未出，星月还挂在靛蓝的天边。

井水浇在身上，凉得浸骨。她免不住地打哆嗦，还没擦干就被换上一身雪青色的衣裳，被塞进了马车里。

她坐在最后面，颠簸的路途让深蓝色的布幕微微摇晃，间或露出条缝来。她便从这条缝窥视出去，见到过往的景象缓缓地融入白茫茫的浓雾之中。进皇宫时，天渐亮了，雾气散开，已是皇宫附近的景色。青石板铺就的宽敞大道，两旁有杏花、杨柳与士兵。

女孩儿们都被拢在一座小院子里。

先梳名册。

来了一个身着豆绿色衣裳的宫女，又仿佛有些不一样。她穿的与别的宫女不一样，神采也不一样，模样比旁人略年长些，抄着手，气定神闲地迤逦而来。她头上还戴着类似男子发冠的东西，像官老爷戴的那种。

秦月忍不住多看了几眼。

那人道："我姓徐，是尚宫局掌簿，你们便唤我'徐姑姑'好了。"

如此，徐姑姑开始点人，点到她时，问："叫什么？"

她说："二丫。"

"几岁？"

"十岁。"其实只有八岁，她偷偷加了两岁。

徐姑姑多看了她一眼，说："抬起头来。"

秦月听话地抬头，徐姑姑高高在上地用毛笔托着她的下巴，使她的脸仰得更高。徐姑姑目光冷淡地左右打量了下，又放开，才提笔在册子上圈了一下。

秦月大概知道这是什么意思。

她生得好，之前寄住在族中亲戚家时，还曾有人牙子上门，想要把她卖给人做妾，甚至是勾栏院。

来时，她也打量过，她是这一批里长相最端秀的小姑娘。

刚进宫的小姑娘不是直接派到各宫去用的，就算是干活，也得先调教上半个月。

当天回去以后，秦月问宫女姐姐那位徐姑姑是谁，怎么同旁的宫女都穿得不一样。

宫女姐姐道："那是六局中司簿局的女官，掌誉宫人典籍的人，拿的是朝廷的俸禄，跟普通宫女自然不一样。”

秦月乍然知晓女子还能做官，登时感如劈海分云，豁然开朗，胸口猛然涌出一股澎湃热流，朦朦胧胧之间，真是羡慕敬仰。她觉得徐姑姑好漂亮，除了娘亲与姐姐，是她所见过的最美的女子，不是相貌上的漂亮，而是她的衣着、言行，都让她无比向往。

女官、司簿。她在心底反复默念，牢牢地记住这两个词，又问：“徐姑姑是这宫里最大的女官吗？”

宫女姐姐亦歆羡道：“不是，宫中最大的女官是尚宫，居六局之首，领四品俸禄。”

尚宫？尚宫！秦月暗自记下来。真好，真好，若能做尚宫多好啊。

但是秦月觉得徐姑姑好像不大喜欢她，对她比对旁人更严苛。她从不哭，眼睛都没红一下。徐姑姑说了什么，她立即记下，如刻进骨子里一样，立即就改了，叫人难以挑错。

徐姑姑要大家背宫规，只教大家读了一遍，秦月就记住了大半，读上三遍，她已经背下来了。

后来考校宫规背得如何，秦月是所有人里背得最好的那个。徐姑姑随便问哪一句，她都能对答如流。

徐姑姑听完，却长长地叹了口气，直叫她心惊胆战，在袖子里绞手指，仓皇无措地抬眸看一眼姑姑。她不知道自己看上去有多惹人怜惜，楚楚可人，倔强又可怜。

徐姑姑却没再说什么，叫她们先回屋子里等次日宣名单。

小秦月愁得一晚都没有睡着，她怕第二天一到，就被徐姑姑送出宫去了——回家？她哪儿还有家？她进宫就是来找姐姐的，现在连姐姐的影子在哪儿都不知道。

小孩子精力好，就是一晚上没睡也不打紧。秦月毫无睡意，心急如焚地等待结果。

燕瘦环肥的小姑娘站在一起，鸦雀无声，安安静静地听徐姑姑念名单。一处宫殿一拨人，由宫女带走，鱼贯而出。

徐姑姑一直没念到秦月的名字，她急得咬紧牙关，眼泪水在眼眶里打转，心被吊得老高。刚认识的小姐妹都同她说她不会落选的，但她知晓自己一向不幸运。

徐姑姑念到最后，道：“玉宁宫，四等粗使洒扫宫女，二丫。”

秦月闻言，把眼泪忍了回去。

分去玉宁宫的女孩子全由徐姑姑亲自领去，秦月规矩地深深低着头。她看着脚下的青石板，一块又一块，这条宫路长得像是无穷无尽。左拐，直走五十步，再右拐……她在心底默默地记路，如一株野草悄无声息地将自己细弱的根须扎进泥土里。她想，她必是要在皇宫待上很久很久的了。

她会活下去的，一直活下去。她想。

到玉宁宫时，遇见一行人。

并非正面相遇，只是隔着院子，看到前方横向的走廊有人经过，那处光线幽暗。秦月在低头之前飞快地觑见一眼，是个小郎君款款走过。她没看清，后来才知道，那位应该是被养在皇后膝下的七皇子。

徐姑姑把她们领到玉宁宫，交托给这里的大宫女之后便走了。皇后娘娘知道新来了几个小宫女，打发过来看了一眼，给她们重新取了名字。

听闻她原名叫二丫，还不由得笑出了声，多看了她两眼："生得这么标志，竟然取个这么土气的名字。"

一旁的贴身宫女笑眯眯地说："乡下丫头嘛，都是个贱名。"

秦月深深地低着头，不知该说什么，福了福身。

皇后说："傻头傻脑的。这样吧，我给你换个名字，叫'瑶蕊'吧，更相称几分。"

自此以后，她就成了瑶蕊，再到后来，又成了怀袖。

人人把她当成小猫、小狗，她也只能做小猫、小狗。

萧叡早就留意到玉宁宫里母后的院子新来了几个没见过的小宫女。

皇宫之中的奴婢本就如消耗品，来来往往，更何况是玉宁宫，抚养他的皇后是出了名的善妒狭隘，身边的宫女太监钩心斗角、明争暗斗。每过一阵子，他就会发现有人悄悄地消失了。没人问，所有人都习惯了。

这一批的粗使小宫女，也不知会留几个下来。

以往他从不会过多在意。

但这次他注意到了其中一个小宫女，她每次都起得很早，拿一把比她自己还要高的竹扫帚扫个不停。有回被他撞见，还发现她嘴里念念有词的，好像是在背什么。

真是个古怪的小丫头。

玉宁中的宫女多是十五六岁，少有跟萧叡同龄的。这一批进来的小宫女里，也只有这个小丫头瞧着与他是差不多年纪，他难免对她多加关注。

他总想去问她叫什么，可总也找不到机会。

打量的次数多了，他渐渐发现这个小宫女长得是真好，眉眼怎么看怎么合他眼缘。一见到她，他心底便暖融融的。

其实萧叡最是厌恶去主宫跟母后问安，要处心积虑地装个乖孩子。在几个兄长面前，要足够机灵，又得适当藏拙。说每一句话、做每一件事情都得小心翼翼，实在是累得慌。

可近来，他发现自己好像也没觉得有那么讨厌了——因为可以见到那个可爱的小宫女。

甚至还有些期待起来，心想，哪天能与她说说话呢？

多年以后，萧叡仍记得那是在一个薄雾微凉的夏日清晨。

他见一个他相熟的大宫女与那个小宫女站在一块儿，心思一动，笑吟吟地走上前去，打了声招呼。

那个小宫女太胆小了，缩了缩脚，下意识地想往大宫女身后躲，却止住脚步，跟着怯生生地说："七殿下好。"

萧叡问："姐姐，这是谁呀？新来的小宫女吗？"

大宫女答："是。这是新来的妹妹，叫瑶蕊。"

萧叡心里想，这一定是皇后取的新名字，挺好听的，但他觉得不是很合适。他打量这个小美人，怜惜地想，她看上如此弱小可怜，与他一样大的年纪，能在这吃人的宫里活下去吗？正如他担忧自己，这让他总有一种得保护她的感觉。

秦月自然也发现了萧叡在看自己，她的耳朵和脸颊不禁一片绯红，好不容易抬头瞟了一眼，正对上萧叡的目光，于是飞快地又埋下头。

他为什么这样看着我？秦月想。

她来的时间不长，原没想打听七皇子的事情，回去以后，同房间的宫女姐姐们问起，她们七嘴八舌地告诉了她许多。

她才知道七皇子丧母，寄养在皇后膝下讨生活，先前还有奴大欺主的事情发生。他生过两场大病，大难不死，但很多人还是认为他活不到成年。幸而七皇子逐渐长大之后与宫中诸人交好，这两年好像也入了皇上的眼，不再是最冷门的小皇子了。

秦月枕着愁思入眠，她一闭上眼，就想起那个小皇子的微笑。

那是她进皇宫以后，不，是这几年以来见到的最好看的一个笑容。她能分辨出来，那不是居高临下的目光，也不是对待小猫、小狗般，而是温柔、尊重，又充满善意的微笑。

真是个古怪的皇子，也没什么架子。

她想：也不知明日还会不会见到他？若是能见到就好了。